电影编剧
THE 的 秘密 珍藏版

SECRETS

OF

SCREENWRITING

芦 苇／王天兵 ◎著

北京科学技术出版社

图书在版编目（CIP）数据

电影编剧的秘密：珍藏版 / 芦苇，王天兵著 . —
北京：北京科学技术出版社，2022.10（2023.5 重印）
ISBN 978 - 7 - 5714 - 2498 - 5

Ⅰ . ①电 … Ⅱ . ①芦 … ②王 … Ⅲ . ①电影编剧
Ⅳ . ① I053.5

中国版本图书馆 CIP 数据核字（2022）第 143714 号

策划编辑：许苏葵　赵子涵
责任编辑：许苏葵
责任校对：赵子涵
责任印制：吕　越
版式设计：北京麦莫瑞文化传播有限公司
出 版 人：曾庆宇
出版发行：北京科学技术出版社
社　　址：北京西直门南大街 16 号
邮政编码：100035
电　　话：0086 - 10 - 66135495（总编室）
　　　　　0086 - 10 - 66113227（发行部）
网　　址：www.bkydw.cn
印　　刷：北京雅昌艺术印刷有限公司
开　　本：710 mm × 1000 mm　1/16
字　　数：392 千字
印　　张：27.5
版　　次：2022 年 10 月第 1 版
印　　次：2023 年 5 月第 2 次印刷
ISBN　978 - 7 - 5714 - 2498 - 5

定 价：128.00 元

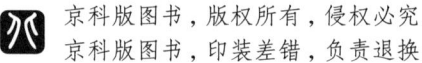

再版前言

王天兵

2013 年《电影编剧的秘密》（以下简称《秘密》）出版后，引起强烈反响，荣登各大畅销书榜，广受读者欢迎，至今已加印多次，并成为电影学院、戏剧学院等院校相关专业的参考书。本书之所以能引起广大读者的阅读兴趣，是因为书中强调的类型意识令人耳目一新、豁然开朗，我们讲解编剧的方式也让读者觉得创作可教、创作可学，由此获得创作的信心。

《秘密》的魅力还在于它不仅深入浅出地讲解编剧技巧，还娓娓道出了芦苇的心灵成长史：一个生于二十世纪五十年代的人，满打满算只读到初二，也没有什么显赫的家庭背景，最终通过坚持不懈的自学，成为世界级的电影编剧，而且在职业生涯的各个阶段都佳作不断。从这个角度来看，《秘密》也是一本励志书，希望它能激励当代青年走自己的路，创作出无愧于时代的电影作品。

此外，当代中国电影虽然票房火爆，但在海外的影响有限，这也是不争的事实，而芦苇担任编剧的电影却屡获国际大奖。我在书中说，芦苇有自己的人生观和价值体系，他不但是其同龄人中的异类，而且与比他年轻两代、三代的电影人相比也是异类，这才是他担任编剧的电影被全世界观众接受的根本原因。《秘密》在讲述电影类型和芦苇的成长经历之外，还全面梳理了芦苇的价值体系。这让他无论是在一穷二白的年代，还是在动荡不安的时期，或是在市场经济繁荣发展的时期，都没有迷失自己，至今仍然超前于时代。

《秘密》出版十年来，中国电影的票房纪录不断刷新，其原因除了和电影院线不断扩张有关之外，和中国电影类型更加丰富、中国电影人的类型意识更加自觉也有直接关系。我相信《秘密》对中国电影的发展也尽到了绵薄之力，但书中指出的中国电影面临的其他问题至今仍未得到根本解决。

因此，我们决定在《秘密》的基础上修订并增补内容，重新出版。本书除增补《秘密》出版后珍贵的发布会现场谈话之外，还首次公开电影《图雅的婚事》芦苇剧本初稿（和公映的电影有所不同），共计新增近十万字。芦苇和我还对《秘密》进行了逐字逐句的修改。此外，本书还收入了《活着》摄制现场的照片，展现了芦苇、巩俐、葛优等人难得一见的真实状态，非常珍贵。

我们希望本书对新一代中国电影编剧的成长和中国电影真正走向世界有所助益。

序言：认识芦苇、认识电影

王天兵

我与芦苇相识近十五年，我印象最深的是他一成不变的外表和无穷无尽的电影智慧。

芦苇似乎永远穿一件圆领套头衫、一条宽松的绿军裤、一双圆口黑布懒汉鞋。他身材高大，鹅蛋形的脑袋，留着平头，稀稀拉拉的胡子茬好像从未刮干净过。从他的外表很难判断他的身份：他有庄稼汉的结实，像工人一样淳朴，又不同于某些不修边幅的脑力劳动者；他衣着随意却不邋遢，既不吸烟也不喝酒，更无打牌玩麻将的嗜好。他既属于又不属于芸芸众生。他仿佛在某个时间点上已做出了身心的选择和穿着的取舍，之后再也不愿在这上面多花费任何心思了。在他的平凡中，流露着一种贵族的奢侈。

我是二十世纪末在美国与他认识的。那时他已是享誉国际的中国电影剧作家，由他编剧的电影《霸王别姬》和《活着》已分别获得 1993 年法国戛纳国际电影节金棕榈奖和 1994 年该电影节评委会大奖。我是坐在美国的电影院里看的这两部中国电影。与之前获得国际大奖的《黄土地》和《红高粱》等风格化的艺术片相比，中国电影仿佛在一夜之间具备了好莱坞大片的叙事功力——不但故事横跨数十年，而且人物命运与历史洪流交相辉映，气势堪比西方电影《阿拉伯的劳伦斯》《日瓦戈医生》《教父》《靡菲斯特》等史诗巨制。

令人吃惊的是，这两部影片的剧本竟出自芦苇一人之手。

当时我正在学习好莱坞电影的编剧技巧，梦想着将俄国作家伊萨克·巴别尔的《骑兵军》改编成电影。不难看出《霸王别姬》和《活着》这两部影片所用的叙事手法正是好莱坞的看家本领。之前，美国人看中国电影常常似懂非懂，认为片中的人往往诡异凶残，情节不可理喻，只因其中的异国情调才使他们有猎奇的兴味。但对这两部电影，美国观众不因故事背景陌生而产生隔膜，反而与人物心灵相通，并和中国观众一样看得如醉如痴。

芦苇这个生于1950年的中国人，一无专业学历，二无相关的家庭背景，他是怎样掌握好莱坞电影叙事技巧的呢？

初次见面，芦苇让我想起西安的老邻居，他像跟我在一个院里长大的兄长。我们相识之后，他便告诉我，他的启蒙读物之一正是美国电影编剧的入门书——悉德·菲尔德的《电影剧本写作基础》。这本书我已反复读过，它不像某些教育那样强调玄而又玄却无可操作性的"悟性"，也不以"文章憎命达"的说教取代创作技法。作者像一位亲传手艺的师傅那样心贴心、手把手、一招一式地教读者编剧技巧。

芦苇早在二十世纪八十年代就阅读过这本书的中译本。他强调，目前中国本土还没有出版过一本实用的剧作教程。芦苇没有将自己的创作经历神秘化，也没有将自己的编剧动机归为苦难经历，而是从技法谈起。他不故弄玄虚，这令我倍感亲切。于是，我们聊起悉德——行家与初学者因发现同一个宗师而成为莫逆之交……

至今，也许人们还没有意识到芦苇是好莱坞剧作技法在中国的真正传人。其实，在电影剧作方面，他有中国人的外表，却有一个早已深度西化的大脑……

他早在二十世纪七十年代就通读过契诃夫的小说，在"文革"期间就接触了罗素和维特根斯坦；他在八十年代不但熟读过梅绍武翻译的纳博科夫①的作品，还通过爱伦堡的回忆录和《外国文艺》杂志发现了巴别尔。这两位作家都是在二十一世纪才广为中国读者所知的。2007年，我经芦苇介绍才知道了巴巴拉·塔奇曼的《八月炮火》，这竟是他过去三十年来的案头书，时至今日，熟悉这位美国犹太女作家的中国人也并不多见。

相识十多年来，芦苇对外国文学经典与电影杰作的涉猎之广、钻研之深令我惊叹。在他的剧作中，可以看到契诃夫的悲悯、黑泽明的力度和贝托鲁奇的格局。他对文化冲突的敏感犹如大卫·里恩，对区域文化的自觉堪比科波拉，他还原历史的追求则在向塔尔科夫斯基致敬……这些品质在《霸王别姬》和《活着》中已经初步显露，在他后来的十多部未被拍摄的剧作中更加饱满。

但从西方文化的角度仍不能完全解释芦苇。《霸王别姬》中的昆曲和京剧、《活着》中的皮影和老腔，又展示了另一个芦苇。除了昆曲和老腔，芦苇对中国其他的地方戏曲和民歌也都情有所钟。他毕生热爱齐白石的水墨画中的乡土气息。对乡土的迷恋与认同，使他自称为半个农民……他除了拥有一个西化的大脑外，还有一副醇正的中国心肠。

在与芦苇交往多年之后，最令我吃惊的是，这个外貌平常的中国人与他的同龄人大不相同，他堪称是一个将时代印痕从自己身上洗刷掉的异类。

芦苇生于1950年，与五十年代出生的那代人有共同的经历——生在新中国，长在红旗下，接受的是共产主义教育，"文革"爆发后辍学，上山下乡，招工回城……又是所谓吃过苦的人。他们中的很多人，尤其是其中的所谓佼佼者，或多或少都有一种"教主情结"。他们跟所有人在所有方面比，过去比他们强、现在比他们强、今后比他们强都不行。他们见了比自己年轻得多的人，第一反应往往是人家"没吃过苦"，一方面，只有他们受的苦

---

① 弗拉基米尔·纳博科夫（1899—1977）：俄裔美籍小说家、文体家、诗人、文学评论家、翻译家，代表作有《洛丽塔》《普宁》《微暗的火》《庶出的标志》等。

算苦，另一方面，好像别人把他们受过的苦再受一遍才行。他们的思维方式将简单的逻辑应用到社会生活中，正着说或反着说都有理……

芦苇的剧作《霸王别姬》和《活着》所传达的人道主义精神，已与教主情结格格不入，也与八十年代流行过的对传统文化的批判和否定迥然不同。

在生活里，芦苇是个会说"我不知道"的人。作为一名公认的优秀编剧，他却常说只懂正剧、悲剧，其他类型都不太懂。对新的题材，他总是从"我不知道"开始从头学起。可贵的是，芦苇上过山，下过乡，坐过牢，但从未说过谁"没吃过苦"。平等待人、宽容为怀是芦苇的本色。他不遗余力地发现和呵护新人，甚至在被他们出卖之后，对他们作品的态度也一如既往。

如果一个生于五十年代的人没有自觉地清洗并重新锻造过自己的灵魂，是不可能这么不像自己的同龄人的。

芦苇属于异类，这才是他的电影能被全世界观众接受的根本原因。

这也是他的价值所在。当我终于确认这一点后，我与芦苇的第一次谈话便开始了。

2005 年，我还在美国时，就请芦苇以"中国电影诞生一百周年"为引子做过一次笔谈。2006 年，这次谈话内容在《天涯》杂志发表，题为《中国电影什么时候能长大》。这让很多人知道了芦苇，也使我发现了芦苇谈话的魅力与潜力。

2008 年，我们在西安曲江电影编剧高级研习班上以对话形式所做的讲座引起学员的热烈反响。该讲座整理成文并以《电影编剧的秘密》为题在《读库0804》上发表后，不但这一期杂志加印，而且该文至今仍在网上流传。2009 年，《电影编剧的秘密（续）》又在《读库0901》发表了。这几次谈话之后，越来越多的普通读者、专业媒体发现了芦苇，对他的各类访谈接踵而至。从 2007 年至今，芦苇做了大量关于电影的访谈。他的电影观念已经广为人知，他尖锐而恳切的批评已成为电影领域不可或缺的一种声音。

2013 年 6 月，为弥补前几次谈话及近年访谈之不足，我们就芦苇的成长经历又进行了一次长谈。本书就是我们这四次谈话内容的结集。

芦苇是怎样掌握了好莱坞的电影编剧技巧的？更重要的是，他在什么时候做出了哪些取舍和选择，使他成为现在这样一个人？答案就在本书中。

其实，本书是我们相识近十五年中无数次谈话的结晶。这也是近年来罕见的，很可能是唯一一本由中国作者写的具有实用功能的剧本写作指南。我们以本书向我们共同的启蒙读物——悉德·菲尔德的《电影剧本写作基础》致敬。悉德本人并没有剧作传世，他讲的是普遍的编剧法则与剧作规定，而在本书中，芦苇对自己成长经历的追忆与电影编剧技巧的讲解融为一体，既有编剧的通用原则又有实战案例，还有血的教训。

这其实是我们两人编排的一出大戏，读之如闻其声，观之如见其人，主人公正是芦苇本人。他一如既往地穿着那件圆领套头衫和那条宽松的绿军裤，像聊天那样一边回顾往事，一边品评电影，同时讲解编剧技巧。四篇谈话各自独立，又奇妙地连成一个整体，有铺垫伏脉，有对位呼应，波澜起伏，高潮迭起，最后戛然而止，结构与书中所讲的正剧模式相契合。这个主人公和善宽厚、循循善诱，又是直脾气，爱憎分明，他会让你想起自己的兄长或父辈，你听得出来，他一不说大道理，二不应付人，他娓娓道出的是取之不竭的电影智慧。

如果你热爱电影，又曾萌发过写剧本的冲动，但总有尚未入门的挫折感，本书会让你的创作兴趣和信心油然而生。也许，你在阅读中还会产生独享秘籍的快感，甚至有一种被大师点拨的幸福——你会认识芦苇、认识电影。

目 录
C O N T E N T S

中国电影什么时候能长大

芦　苇　王天兵

　　下面的谈话原是芦苇和王天兵在中国电影诞生一百周年之际的一次讨论，话题涉及职业与业余电影的区别以及中国电影的现状与未来。谈话时间是 2005 年 3 月 13 日，定稿于 2005 年 7 月 14 日，刊发于 2006 年第三期《天涯》杂志。这次谈话是本书的先声或前奏，其中提到的诸如电影类型、电影剧本的写作技巧、文学作品与电影剧本的关系等问题将在书中得到进一步的解答和阐释。

　　🎤 **王天兵**：我认识的那些搞艺术的都是什么都懂，可你常说"我不懂"。我上次请你谈《骑兵军》，你也说不懂小说。即便对电影编剧，你也说只懂正剧和悲剧。可我恰恰觉得你是一个职业编剧，因为你知道自己能写什么、不能写什么。你什么时候学会说"我不懂"的？你是否觉得中国电影还很业余？

　　🎤 **芦　苇**：有句老话叫"隔行如隔山"，艺术涵盖的内容实在是浩瀚博大，弄懂一个行道都足以倾尽人的毕生精力。我年轻时也自命志在艺术，埋头读各类艺术史，读多了方知个人的局限，每个人都不过是恒河中一粒细沙……

能干干脆脆地承认"我不懂"是受益于维特根斯坦[①]学说。

至于中国电影的水准，是一个令人尴尬的话题，跟谈中国股市和足球一样，提起这个话题心绪就会变得很复杂。

🎙 **王天兵**：你是我认识的艺术家中很少谈艺术，而把"类型"挂在嘴边的人。你自己是写类型片——侦探片（《疯狂的代价》）出道的。类型和艺术是什么关系？

🎙 **芦　苇**：电影的类型犹如文学的文体，亦如建筑中的结构，各有不同的功能及限度。如果用写监狱号规的文体去写情书，结果准会不妙；把厕所设计成剧场那样气派也几近荒唐，这些都是常识。可叹的是，我们的电影常常犯这种常识性的错误，类型不清往往导致电影内容混乱。

"艺术"一词的意境辽阔无边，而说起电影类型一定会有具体所指，我觉得谈电影类型比谈艺术实在得多，是在说电影本身的事，而不是漫游虚境。

🎙 **王天兵**：我常听你说"功力""扎实"两个词。这两个词已经被滥用而失去意义。功力是否指技巧？扎实呢？这是你衡量情节片的标准吗？

🎙 **芦　苇**：功力所指不仅仅是技巧，还是一个人的全面素养及能力。扎实不仅仅是衡量情节片的标准，还是一部好电影的基本品质。

我同意你说的这两个词被滥用，直至用烂，但我国电影所缺失的仍是这两个词，就像"诚信"这个词在当今现实生活中的境遇。这充满了反讽，像是一部事关"社会失语症"的黑色幽默电影，让人无语。

---

① 路德维希·维特根斯坦（1889—1951）：出生于奥地利，后入英国籍，哲学家、数理逻辑学家、语言哲学的奠基人，二十世纪最有影响的哲学家之一。

🎙 **王天兵**：从这个角度看你所喜欢的《小城之春》《小武》《惊蛰》，这些片子都是艺术片，你也说它们功力深厚。为什么你又担心贾樟柯、王全安拍情节片会有一道鸿沟要迈？情节片和艺术片怎么会有这么大差距？你是否因此认为中国电影还"穿着开裆裤"？请列举你认为还很幼稚的五部片子，大片、艺术片、试验片都包括。

🎙 **芦　苇**：这三部电影无疑是中国电影的精品。但贾樟柯的"青春三部曲"（依次为《小武》《站台》《任逍遥》）一部不如一部也是有目共睹的事实。他是以小县城青年人的生存体验为出发点，一举拍出了《小武》这样的杰作。不过数年，到《任逍遥》时还是同样的主题，情节与人物却苍白和脆弱得难以成形。到了《世界》已经可以说是伪善了。这种"其兴也勃焉，其亡也忽焉"的现象，几乎是中国电影人难以逃脱的命运。王全安比较稳健，第一部《月蚀》初露锋芒，第二部《惊蛰》便成了中国影坛具有"惊蛰"意义的作品，令人惊喜。在眼下这个泡沫化的文化市场下，这样一部在人文品格上本色纯粹的作品显得弥足珍贵。这也是当时我推荐他去导演《白鹿原》的原因。《小武》与《惊蛰》均是纪实风格的生活片，在情节叙述上有很大的自由，不受戏剧法则的限制。如果要拍大片、驾驭戏剧强度大和故事情节强的电影，不是仅凭感觉便可以成功的，确有一道鸿沟需要跨越。

合理而精彩的情节叙述是硬功夫，几乎所有中国导演都在此"触礁"，包括陈凯歌、张艺谋等曾闯关成功的也会"翻船"，《十面埋伏》便是明证。这部画面精美绝伦的武侠电影在故事情节上却荒诞不经、一塌糊涂。这种现象的出现有两个原因：一是第四代导演至第六代导演所受的专业训练先天不足；二是电影环境与市场利益已经把电影人卷入惊涛骇浪之中，令他们摇身一变成了借本翻账、火急火燎的赌徒，哪可能再潜心创作呢？鉴于此，我的担心不是多余的。

恕我直言，我对下列五部电影不能恭维：《荆轲刺秦王》《十面埋伏》《恋爱中的宝贝》《绿茶》《紫蝴蝶》。这几部包装豪华、炒作火爆的电影，在剧作上却相当混乱而幼稚。借用张艺谋当年说过的一句话："都是水货。"

🎙 **王天兵**：你自己是什么时候成长的？你能否回顾一下学习和创作电影剧本过程中让你"悟道"的几个坎儿、几句话、几件事？

🎙 **芦　苇**：请问，你的"成长"是什么意思？我要真的成长起来学会了"做人"，就不会点名抨击曾经密切合作的影坛老友了。成长不成长有什么关系？保留住心中尚存的那点真挚，使自己的心灵不至于枯萎、麻木才是要紧的。

🎙 **王天兵**：我说的"成长"是指技巧的成熟，是指从你感到自己入门了直到能够驾驭编剧。

🎙 **芦　苇**：任何行业都有"悟道"这一关。我的几个坎儿其实就是使人心灵震动的几部电影：塔尔科夫斯基的《安德烈·卢布廖夫》、科波拉的《教父》、黑泽明的《七武士》、贝托鲁奇的《末代皇帝》、大卫·里恩的《阿拉伯的劳伦斯》。这五部电影足以让任何人迷上电影，并深悟其道而受益终生。

对了，还有契诃夫 ① 与纳博科夫的小说、中世纪的宗教音乐以及中国河套民歌，都使我对电影的生命力满怀信念。

🎙 **王天兵**：你经常说编剧要用笨办法。什么是笨？和技巧有什么关系？笨和呆有什么区别？"笨"这个字总让人想起中国传统哲学那些老生常谈。你是写过《洛丽塔》的纳博科夫的发烧友。纳博科夫的文笔是天花乱坠。在你看来，他笨不笨？

---

① 安东·巴甫洛维奇·契诃夫（1860—1904）：俄国剧作家和短篇小说大师，代表作品有《第六病室》《樱桃园》《变色龙》《草原》等。

🎤 **芦　苇**：之所以用"笨"这个字，是因为眼下的国产片太机巧、太滑头、太虚假。大家一窝蜂地都去做四两拨千斤的活儿，市场上肯定多是假冒伪劣的货色了。笨人干的活儿倒往往是真货、干货。

张艺谋当初为了演《老井》而体验角色时下的就是笨功夫、死功夫。他天天汗流浃背地去山沟凿石板、背石板，所以角色演得让人信服。他要是坚持用这种方法去推敲剧本、人物、情节，不在主题与情节上投机取巧，那《英雄》便有可能成为货真价实的精品大作，成为地道的干货而非水货。谁又能料到，中国电影史上的超级水货《英雄》，竟是当年背着大石板翻山越岭的老谋子搞出来的呢？这就是人物的戏剧性转变，令人感慨。

我用的"笨"是褒义的，而你说的"呆"是失去了感应的僵木状态，是贬义的。我看《绿茶》时产生的就是这种呆滞的感觉，即使看镜头让人眼花缭乱的《恋爱中的宝贝》，人物仍然是发呆的感觉。

我是纳博科夫的发烧友，收藏了他作品的所有的中译本，光《洛丽塔》就有三个版本。梅绍武先生翻译的《普宁》无疑是深得纳氏精髓的上品，是我多年阅读的小说"圣经"。读梅绍武先生的译本，便知在翻译界也只有靠功力与扎实才能出好作品。我认为中国在功力上有资格翻译《洛丽塔》的，除梅绍武先生外再无他者，并为他未能翻译此书而深感遗憾。读梅先生译的《普宁》才能品味到纳博科夫原作的博大与精巧、悲剧与喜剧、人性中的高尚与卑鄙的完美结合，是一种阅读中的超级享受。可惜根据纳博科夫的小说拍的电影是三流货色，无法与原作媲美。纳博科夫的行文看似天花乱坠，但结构如同妙不可言的音乐一般严谨而精确，无懈可击。他不但是小说家，还是文体专家与文学史专家，他翻译普希金的长诗《叶甫盖尼·奥涅金》耗时十年，译文二百二十八页，注解的评论与阐释竟达一千八百多页，在考据上下的功夫令同行黯然失色。在你看来，他笨还是不笨？

🎤 **王天兵**：《叶甫盖尼·奥涅金》我倒真翻看过，但其冗长就算是专家也无法卒读。纳博科夫强调如实翻译，但不求诗韵，这至今仍有很大争议。纳博科夫患有严重的失眠症，他自己承认翻译这本书是为了消磨漫长的无眠之夜。看来，你只是慕名而已。所以，这不是很好的关于笨的例子。

我问这个问题是因为中国有些作家总分不清笨和简陋，总是说质朴才是最高的境界，结果导致寒碜，还自以为到了"大道无形"的大境界。而纳博科夫天花乱坠、句句暗藏玄机，是灵巧的杰作。很多作家都缺乏这种灵巧，都是在追求什么笨和纯朴，在做"纯朴秀"，实际上是土气、枯燥、乏味。那些追求"味道"的国画也往往如是。

你小时候的朋友都说你从小会讲故事，讲得大人、小孩都爱听。后来你成为职业电影编剧。写电影剧本和编故事到底有什么不同？

🎙 芦　苇：有同有异吧。说书大师王少堂①先生用一把扇子、一块响木就把听众迷个半死，我写的剧本得花大把钱拍成电影，也未必有这般神奇的效果，还得是老艺人，不服不行。王少堂先生要是干了编剧，我们这号人只能自惭形秽去混别的饭碗了。

编故事要的是好听，电影编剧则是要好听加好看。

🎙 王天兵：你的重要作品都是小说改编而来的。一段精彩的故事，你是怎么转化成电影的？在你看来，哪部电影是最"电影化"的电影？请举例。编剧变了什么魔术让二流通俗小说《教父》变成了经典电影？

🎙 芦　苇：小说与电影根本就是两回事。小说通过阅读、想象完成，而电影通过视听完成，两者不可同日而语。一流的小说很难成为一流的电影，正如一流的绘画很难成为一流的雕塑一样。如要换种，就得经过脱胎换骨的再生，

---

① 王少堂（1889—1968）：原名德庄，又名熙和；祖籍江都，生于扬州；评话艺术大师，擅说武松、石秀、卢俊义等人物。

这叫再度创作。库布里克就拍过由纳博科夫的小说改编的《洛丽塔》，依我看这是他拍得最差劲的电影，原作的神韵光彩消失殆尽。我读《复活》原著比看《复活》电影要感动得多。能与小说并驾齐驱的电影可谓凤毛麟角，波兰斯基拍的《苔丝》算一部，大卫·里恩拍的《雾都孤儿》也算一部。

我一直对名著心存敬畏，不敢染指。当年制片人张纪中要我改编《水浒传》，我坦言没胆子接这活儿，实在是自量不才。

只要大家觉得由我写的剧本拍出的电影还能看就成了，至于个中原委，过于冗繁而不免乏味，就免谈了吧。

电影确因其独特的"语法"（即"电影性"）而引人入胜。举例说，与《霸王别姬》同时荣获戛纳大奖的《钢琴课》对电影手法的运用就比我们熟练、自觉，电影表演也更细腻微妙而耐人寻味。《霸王别姬》是靠极为强烈的戏剧张力才与《钢琴课》平分秋色的。我不得不承认，在电影艺术的造诣上我们略输一筹。我多次想与陈凯歌深入地讨论这一点，可惜他无意跟我一起深究这个话题。《钢琴课》就是最电影化的电影，而《霸王别姬》则更多地依靠戏剧性情节的力量取胜，风格各异。

我不想说是科波拉点石成金而成就了《教父》这部作品。确切地说，小说是一座"大矿床"，而科波拉则是独具慧眼地看出了其矿脉所在。他看出了这部黑帮小说中不同寻常的家庭伦理成分，进而破天荒地把暴力黑帮片与家庭伦理片两种类型结合在一起。好莱坞投资老板看了电影版的初稿后疑惑地说："这哪里像是黑帮片呀？"正是这种不同凡响的类型结合，才使《教父》成了电影殿堂中的经典之作。

🎙 王天兵：现在的导演，三十岁才开始上道。以后的孩子，看着无数影像长大，将来会不会有莫扎特式的天才，七岁就能导大片？

🎙 芦　苇：在技术层面，这有可能；在心智层面，这不可能，因为他还处于心智不全的阶段。莫扎特七岁时的作品一定无法与他成熟后的作品媲美。

电影说到底是心智的产物。

  🎤 **王天兵：**另外，你还常叹中国电影没有好表演，连《霸王别姬》的表演在你看来也不是一流的，为什么？

  🎤 **芦　苇：**中国电影表演差，过错不在演员，而是烂剧本、烂导演与烂的制作环境扼杀了许多本来禀赋不错、潜质好的演员。一部电影的基础再好，它的生命力最终也要靠演员的表演来展现，中国导演对此尚无深刻的认识。目前的影视作品都是快餐式消费，对演员的要求只处于程式化地装模作样的水准上，所以很难出好的演员。

《霸王别姬》在许多方面都不错，但在表演方面并非无懈可击。与《钢琴课》相比较，《霸王别姬》在表演上的差距便会一目了然。《霸王别姬》前后得过的各种影展的几十个奖项中鲜有表演奖，而《钢琴课》的女主角霍利·亨特凭此片摘得世界级影后大奖 [1] 便是明证。

我为张国荣的离世深感痛惜，他是具有国际影帝实力的天才演员，他的演技远未充分展现出来便离世，让人扼腕叹息。

不同的电影类型对表演有不一样的要求。电影《惊蛰》就其类型而言，它的表演是让人赞叹的，先后出场的人物个个形神饱满、生动，角色的生命质感自然真切。这就是一流的表演，证明导演的功夫不俗。

近年金鸡奖因各种原因难以使人心服，但当年将最佳女主角奖颁给《惊蛰》的女主角余男则是名副其实的。

  🎤 **王天兵：**一个有意思的问题是，电影编剧是否天生会演戏？你想，在纸上写出各色人物，边写不就得边演吗？

---

① 1993 年第四十六届戛纳国际电影节最佳女主角和 1994 年第六十六届奥斯卡金像奖最佳女主角。

🎙️ **芦　苇**：好的电影编剧当然会演戏，但不是在真实的场景中，而是在想象中。当然是边写边演，不演就写不下去，这种想象中的表演有时会无比神奇，妙不可言。所以称职的编剧看表演时会比较敏感。

🎙️ **王天兵**：二十世纪五十年代出生、"文革"中长大的这代人中，包括那些所谓优秀的人，不少都有"教主情结"，自以为全知全能，不能容忍还有自己不知道的事，事事都在跟别人比，过去比他强、现在比他强、将来比他强都不行。我跟你认识这么长时间，只有一两次你让我想起你的同龄人，但更多的时候，我感到你不是那一代人。第五代导演有三个人不约而同地拍过秦始皇，这是偶然吗？我想听听你对你的同龄人、对这种心理现象，以及对《荆轲刺秦王》《英雄》《秦颂》(《秦颂》还是你编剧的）的看法。

🎙️ **芦　苇**：先说《秦颂》。中国有丰富的历史资源，但没有一部像《末代皇帝》那样精彩而令人信服的历史电影。黑泽明的《蛛网宫堡》(又名《蜘蛛巢城》）、《影子武士》(又名《影武者》）让全世界接受了日本的历史电影，当时对我们触动很大，所以《秦颂》的剧本是倾注了大量的热情与心血的，企图让中国的历史电影坚实地迈出一步，可惜的是这一步走偏了。

我曾反复对导演强调过，《秦颂》的主线是一个友谊破裂的故事，高渐离与嬴政童年的关系愈是生死与共、情同手足，日后两个人的精神冲突与决裂便愈痛苦、愈见悲剧的力量，所以俩人儿童时代在狱中的戏是全片的根基，俗称戏根。戏根若成则全剧皆通，戏根若失则全剧尽输，《霸王别姬》成功的道理便在这里。但令人深憾的是，《秦颂》在拍摄中偏偏将戏根连根拔掉了。剧本中俩孩子相依为命、相濡以沫的情节尽被砍掉，将他们改成了恣意妄为、无恶不作的小狂徒，竟把狱长活埋了。这已脱离了类型的制约，成了无厘头的搞笑版了。在拍摄期间，扮演秦始皇的姜文曾多次提出疑问：他身为至尊至圣的秦王，凭什么要宠爱高渐离这个讨厌的家伙？他的问题一语破的。砍掉生死之情，俩人的关系便无从发展了，本无深情，何谈破裂？姜文、葛优的挑梁大轴、赵季平的音乐、曹久平的美术，可谓阵容豪华，但却无法挽回这部主题与情节缺失指向的电影了。

《荆轲刺秦王》的主题与情节则十分混乱庞杂，以至于我看过剧本后无法断定它的类型，忧心忡忡地去找陈凯歌说，这个剧本全然不顾情节剧的基本章法，在主题、人物、情节上均存在着严重的缺陷，你这是拿大商业片的投资去搞一部实验性的无类型电影，这样干你踏实吗？我出语不可谓不重，但未能引起他的警觉，他回答说，踏实得很。当时我面对陈凯歌，脑子里冒出了一句湖南人常用的叹喟："唤不回来的！"

后来我专门买票去电影院看《荆轲刺秦王》，为自己不幸言中而暗暗叫苦。影片的制作技术精湛，但剧情与人物的逻辑关系如其剧本那样混乱不堪，犹如进入了一座无视结构原理的巨无霸式的建筑之中，满目是大而无当、华而不实的堆砌，台词声嘶力竭，内容却苍白无力，弄得观众从头到尾都不知所云。影院内仅有十几名观众，中途还走掉了一些人。在西安市原定放映一周的档期，只放映了两天便匆匆撤片了事。

陈凯歌在拍这部电影时抱负很大，说这部电影是一个庞大的工程，希望对中华民族的精神有所表达，但结果事与愿违。他在拍《黄土地》时默默无闻，那部投资连《荆轲刺秦王》的零头都不到的电影倒是实实在在地表现出了中华民族的真实质感，令人信服和感动。反观《荆轲刺秦王》，剩下的只是一堆华丽堂皇却散乱无序的碎片。

《英雄》的主题可谓虚妄得可怕，要从根本上颠覆武侠精神与武侠片类型。替天行道、正义战胜邪恶是武侠小说、武侠电影，包括美国西部片永恒的主题，背弃此主题即失去武侠精神的价值，武侠角色就成了毫无意义的行尸走肉。可叹的是《英雄》里的武侠英雄竟能被暴君一通言不及义的说教式训示给洗了脑，幡然悔悟地改变了世界观，认定秦始皇为大救星，心甘情愿地去当祭品。这算是哪门子的英雄？纯属一个弱智的奴才。只有秦始皇写武侠才会用这样的笔法，滑天下之大稽且诳世间之民智，与司马迁笔下的游侠列传是天壤之别。武侠对中国人极为重要，武侠是老百姓对公平正义的梦想与希望。张艺谋后来检讨说他用秦始皇出场是犯了一个低级错误。问题不在这里，你都抹杀了武侠精神，将武侠片拍出了忠于君王的封建思想，不论哪个皇帝出场，结果都一样，反正黎民百姓寄托于武侠的希望破灭了，连梦想都没了，这才是问题的关键所在。试看黑泽明拍的那么多武侠片，没有一部敢去蹚这路浑水。难怪后来《英雄》惹来文化界与媒体的无数恶评，连金庸先生也忍无可忍拍案而起了。

《英雄》是一单赚得大利的生意，也是自毁招牌之举，滚滚而来的钞票抬高了导演的身价，却埋没了他的半世英名。值不值当，后人自有评说。

我们撇开秦始皇的历史功过不谈，就一个叱咤风云、能够扭转乾坤的戏剧人物而论，这三部电影都愧对于他。秦始皇是历史舞台上集壮志与天才于一身的伟大人物，对于他身上诡异的魅力与复杂的欲望，这三部电影均显得才力不逮、鞭长莫及。这证明了第五代电影人的两个问题：一是精神价值上的失衡与紊乱，二是艺术创造力上的委顿与无能。在贝托鲁奇拍的《末代皇帝》面前，我辈都是侏儒。

🎙 **王天兵**：我在美国看《英雄》，感觉不像在国内看那么差。在影片中，这个秦始皇有士为知己者死的行为，他背过身去，等刺客行刺，这种行为感化了刺客。

以头脑清醒著称的著名电影评论家罗杰·伊伯特说这是部具有非凡之美的影片。美国观众不知道咱们的秦始皇，所以看至此处，不会想到他的强权和屠杀。

贝托鲁奇的《末代皇帝》对宫廷生活的描述达到了一种令中国人尴尬的可信度。可是我无法接受这部影片中那个备受凌辱、命运多舛、风流倜傥的溥仪。比如，在《我的前半生》中，他自己承认在抗日战争末期，因为巨大的压力而变得残忍自私，根本不把自己身边的亲人当人。而在电影中，他成了一个彻头彻尾的受害者。我在美国再看此片时更觉不舒服。

另一个问题，在你同龄人中，或者比你年龄更大的人中，总有些人喜欢让别人把自己吃的那点儿苦再吃一遍。而你自己，经历过上山下乡，还坐过牢，而且你的两部戏《霸王别姬》《活着》都涉及二十世纪中国的苦难，但我从没听你教训过谁"没吃过苦"。你从"时代病"中逃出来，大概扒过自己几层皮吧？

🎤 **芦　苇**：苦难大概是生活的语境，所以佛陀说人生就是苦海。纳博科夫通过普宁的声音说，我们在人生中真正能够获得的除了悲哀，还有什么？被美食折磨得消化不良的崇祯皇帝与饥寒交迫的李自成都在忍受着各自的苦难，天子与贱民皆无法幸免，这正是我读中国历史的真实感受。

再说，狼把自己的幼崽赶到荒原上去，更大的驱动力是生存与父爱、母爱的本能，而不是虐子的心理。苦难是浸透于心的体会，对我而言，会给我写电影剧本带来坚定的自信。写到此情此景，我笔下的人物就会有血有肉而呼之欲出，使人落泪。苦难既然如此普遍，又何须他人的训示？

我确实是从政治的"时代病"中逃出来的，现在正在努力从商品"时代病"中逃出去，不管扒几层皮都在所不惜。

🎤 **王天兵**：实际上，纳博科夫是赞美人生的，他说生活对他而言就如新产的乡村奶酪和蜂蜜。

你在对自我、对传统批判之后找寻精神出路时碰上了西方电影。你说过你是看完《末代皇帝》才突然找到《霸王别姬》的视角的。《霸王别姬》有一股京味儿，又有浓郁的洋味儿。你在电影技法上成熟了，但或许还是西方精神世界的"小弟弟"？你自己长大了吗？中国电影什么时候能长大？

🎤 **芦　苇**：写《霸王别姬》剧本时，贝托鲁奇拍的《末代皇帝》对我的启发是关键性的。剧本以人为本，所以视角是全球的，是全人类都能理解的。不管是京味儿还是洋味儿，都是一部好电影的诱人味儿，所幸那一次我们干得还算不错。

我在电影技法上远未成熟，也不在乎是否是西方精神世界的"小弟弟"。这纯粹是一个中国祠堂族谱式的问题。在精神的选择上，我只问良莠，不分东西。与其当个昏聩的爷爷，不如当个明智的孙子，只要心智健全、明白事理，你爱怎么论资排辈都行。

我长大了么？你拿我写的剧本去判定吧。中国电影什么时候能长大？什么时候有了健全的环境，无须为专业之外的事费心劳力，它自会长大成人的。

电影编剧的秘密（上）

芦　苇　王天兵

为了提高中国的电影编剧水平，2008 年 5 月初，西安电影制片厂（简称西影厂，现为西部电影集团有限公司）厂长、导演吴天明和演员许还山在西安发起并组织了一个电影编剧高研班，邀请美国纽约大学、加州大学洛杉矶分校的剧作老师及中国电影导演、编剧前来授课。此班由西安曲江影视集团赞助，无偿为学员提供住宿及教学。学员是来自全国各地的编剧和导演，他们每人至少已经拍了一部电影并正式公映。

以下谈话内容来自芦苇和王天兵以对话方式在这个编剧班上做的两次讲座，文字由王天兵整理。

本文曾发表于《读库0804》。

从艺之初

🎤 **王天兵**：提起电影，电影发烧友可能首先会想到艺术。可是，一提起类型片，大家马上会想起格式化的情节、程式化的人物和正义战胜邪恶的主题，像 007 系列和成龙电影等，也就是娱乐产品。

熟悉和不熟悉芦苇的人可能都知道，《霸王别姬》和《活着》这些经典电影是他的代表作，但大家可能不知道，芦苇恰恰是以写类型片出道的，他是改革开放以来最早探索类型片的中国电影人之一。二十世纪八十年代，他和周晓文合作拍了《疯狂的代价》和《最后的疯狂》两部类型片。

今天，我们希望芦苇能告诉大家，他是怎么从一个类型片作者变成艺术片作者的。请他以亲身创作经验为例，阐明电影类型和电影艺术到底是什么关系。

其实，芦苇自己讲就可以了，为什么要我和他坐在一起呢？因为每当芦苇和朋友坐在一起时，他总是滔滔不绝、妙语连珠，而当他独自面对一群观众时却往往寡言少语。我在台上像平时一样和他交谈，可以使他放松。大家也可以在旁窥见他那几乎取之不尽的电影智慧。

下面我们进入谈话的第一个问题。芦苇实际上不是学编剧的，而是学美术出身的。我们先请芦苇讲一下为什么突然要做电影编剧而不做美工了。

🎤 **芦　苇：**今天在座的都是同行，我有一点怯场，所以我把天兵拉来壮胆。

我以前在西影厂做美工助理，然后做美工，当编剧纯属偶然。当年吴天明当西影厂厂长时，周围都是年轻的新生力量，跟我在一块玩儿的朋友都当导演了。他们当导演后就拉我做美工，因为熟悉、好使。

当时西影厂有良好的创作氛围。在拍电影以前，主创全部要参与剧本的研究和讨论，美工也得参加。当时我给周晓文当美工。周晓文拍的第一部电影是《他们正年轻》，但剧本不是很成熟。我边看剧本边说不行，周晓文就说："你说不行，那么你觉得怎么行？"我说："我写得最起码比他的好。"周晓文说："那你就来改吧。"于是，我白天做美工，晚上改剧本。那部电影拍得不错，做后期时还用我写的一首诗做了主题曲。

我改编的第二部电影是《最后的疯狂》。吴天明当厂长的时候，我们厂的青年导演是有分工的。他安排一拨人拍艺术片去评奖，另一拨人拍商业片去挣钱。我跟周晓文属于挣钱那一拨的，所以就得拍警匪片《最后的疯狂》。但拿到剧本后我又开骂，我又彻底改了一遍。那时候没有什么版权，也没有署名，实际上都是给朋友帮忙。我也不知道改得好不好，只觉得比原来的好了。

我把剧本给了周晓文。记得他在屋里看，我在屋外跟他老婆聊天，等他一起出去吃饭。不一会儿就听他在屋里鼓掌，我知道他认可这个剧本了，非常高兴，最起码这个剧本有拍摄的价值了。

周晓文说："这样吧，你到这个组里来，给咱们写下一个剧本，咱们可以一边拍电影，一边准备下一个剧本。"于是，我就把下一个剧本的提纲拉出来了。我走的时候，他又说："你在厂里的编制不是编剧，稿费我没有办法给你，但既然是朋友，就不在乎这一次。"我说："你给我二百块钱差旅费吧。"那是 1987 年，二百块钱是一大笔钱，有了它，我可以写我愿意写的剧本。他说："好。这可以当差旅费，可以报销。"

我就去了早就想去的地方——湖南湘潭，那里是齐白石的老家。我写了一个电影剧本叫《星塘的阿芝》。多少年来，我一直想写这个剧本，但总觉得好像不到实地看看就写不出来。齐白石的老家门口有一个大池塘，传说是星星掉下来砸的，故取名星塘。我在齐白石的孙子和侄孙子那儿生活了半个月，写剧本用了七天。没想到十年以后，女导演刘苗苗帮我把这个剧本拿到了夏衍电影文学奖参加评比，还得了奖。

这就是我当编剧的起步阶段。

1987—1988 年，周晓文导演公映的第一部电影《最后的疯狂》不但卖了三百多个拷贝，而且得了金鸡奖（1988 年第八届中国电影金鸡奖特别奖）。看这个类型成功了，厂领导就说："周晓文，你还是拍警匪片吧。"周晓文说："我什么时候才能搞艺术呢？"厂领导说："你再拍两部给厂里赚了钱，就可以搞艺术了。"周晓文就对我说："芦苇，你也别当美工了，写剧本吧。"

于是，我就写了《疯狂的代价》，里面既有社会内容，也涉及儿童心理学。实际上，这部电影写了姐妹二人，妹妹被一个歹徒强奸后，不依不饶的姐姐在一个快要退休的老警察的帮助下破案的故事。

这两部电影是改革开放以来最早的票房很成功的警匪片。

后来，陈凯歌主动来找我。我那时候不认识他，他在纽约当访问学者时看了根据我的剧本拍的电影，觉得台词写得很生动。他说："你是有塑造、刻画人物的能力的。"

我说："你找我写一个什么样的剧本？"

他说："有关京剧科班人物的故事。"这就有了《霸王别姬》。

编剧入门

🎤 **王天兵**：现在有必要澄清几点。

听你说来，感觉你从绘景工到编剧是一夜之间发生的事。能否告诉大家，你作为美工，悄悄在下面学了哪些东西，看了哪些书，使你出手就这么高？不是偶然的吧？很多人在写自传的时候爱把自己神秘化，好像自己一出场就样样具备、所向披靡。在你让周晓文惊喜之前，你是从哪儿获得启发，又是怎样逐渐掌握编剧技巧的？这可以展开来讲讲。

🎤 **芦　苇**：这跟我的爱好有关系。我是一个有好奇心的人，什么都想知道、想学，年轻时是音乐发烧友、文学发烧友、电影发烧友，还是一个摄影发烧友。最初，我学的是绘景。那时电影的内景都是在摄影棚里拍的，我就是画布景的人。我到电影厂的时候，很多人说，小伙子不错，个子高，长得端正，可以当演员。但我从来没想过要当演员，一门心思只想搞清楚电影。

🎤 **王天兵**：你写第一个剧本之前，到底看了哪些书？你常说编剧是一门手艺，你是怎么掌握这门手艺的？

🎤 **芦　苇**：多看好电影，多做笔记。当时没有什么电影看，不像后来盗版碟无处不在，只要留心就可以淘得各种电影碟片。我刚入行时"四人帮"还没有倒台，我参加拍摄的第一部电影是"四人帮"规定的题材。"四人帮"倒台以后，我们才接触到电影基本理论的资料。我的启蒙老师是《世界电影》，它教给我许多电影知识，是我的良师益友。

🎙️ **王天兵**：这是书还是杂志？

🎙️ **芦　苇**：双月刊杂志，是电影家协会主办的，这个杂志特别重要，几乎所有经典电影的剧本都有，理论分析也很全面。

那个年代不重视学术，而是重视政治运动，年轻人要么忙着大批判，要么追风政治，谈电影艺术是一件非常另类的事情，电影厂的人都不谈电影。我遇到周晓文，他是电影学院摄影班培训出来的，我们一拍即合，经常聊电影。因此，我对电影的了解比同龄人要深入一些。

电影编剧有两个关键词——一个是电影，另一个是编剧。做电影编剧首先要了解电影是什么，这非常重要，其次才是编剧。那时，我看了电影便猛做笔记，笔记做得多了，忽然意识到电影类型的重要性，任何一部电影都是类型电影。

🎙️ **王天兵**：你当时笔记上都记了什么东西？请举几个例子。

🎙️ **芦　苇**：二十世纪七十年代末，北京举办了美国电影周，放映的电影中有一部就是典型的美国艺术片《黑神驹》[①]，看得我灵魂飞扬，感受到了电影无坚不摧的巨大魅力。电影节只有一周时间，《黑神驹》我看了五场，几乎天天不落，还摸黑画了这部电影的摄影画面构图，记了音乐的简谱……那时候我年轻，充满热情，对电影如痴如醉，看电影对我来说是一种艺术享受。当时没有 DVD，也没有磁带，而一张黑市电影票要三块钱，我的工资是一个月三十六块钱，我借钱买票，一天看一场，看完回来就做笔记，养成习惯了。

笔记的第一项是剧本的构成，第二是导演的风格，第三是表演，第四是摄影，第五是音乐，第六是剪辑。这些是电影的基本要素，要从这六个角度去

---

① 《黑神驹》：1979 年上映，导演为拉罗尔·巴拉德，编剧为沃尔特·法莱、梅丽莎·马西森。

分析电影。时间一长，慢慢就明白了，类型特别重要，是分析一部影片的第一步。

美国电影周放了六部电影，分别是《巴顿将军》《黑神驹》《雨中曲》《猜猜谁来吃晚餐》《原野奇侠》《白雪公主》。明眼人一看便知这是六部不同类型的电影代表作。美国电影人把类型看得跟命一样重要，因为他们知道电影产品的分类就是市场的基本保证。然而，这是国产电影的弱项，纵然是圈内人，说起类型来也多是一脸茫然，死都不知道怎么死的。就这种水准，就别做跟好莱坞抗衡的梦了。

我开始就对类型比较敏感。而电影圈重视类型的时候已经是 2000 年以后了。可至今中国人对电影的认知还是比较被动的，还没有完全搞清楚类型问题。

🎙 **王天兵**：你是通过这个杂志以及做电影笔记慢慢意识到类型的重要了。请你举两个例子，从类型角度谈一谈。

🎙 **芦　苇**：类型就是电影产品的规定性与功能性。类型其实是一种内容功能。

我用《巴顿将军》来举例。这部影片在中国上映以后，我非常震惊，没想到美国电影拍得如此之好。《世界电影》杂志也刊登了《巴顿将军》的剧本，我对它的类型、内容和技巧都做了一些分析。第一，《巴顿将军》是以二战战场为背景的战争片，自然有战争片的类型因素；第二，它是人物传记类型；第三，它有正剧的因素。实际上，这三者互为一体。

🎙 **王天兵**：昨天理查德·沃尔特（加州大学洛杉矶分校电影系教授）也讲了类型。他说天才的导演善于把几种类型结合起来。他讲了库布里克的《奇爱博士》，讲的是因一次偶然失误而导致核战争的故事，融合了闹剧、喜剧和正剧，甚至包括纪录片等几种类型。我注意到，无论什么时候提起电影，芦苇总要首先提到类型。

🎤 **芦　苇**：我的经验是，不管写什么电影，首先面对的就是类型。你到底要写一个什么电影，对剧本要有明确的定位，也就是说你要知道写的是什么东西、有什么功能，说白了就是知道给观众看什么。比如说，你要写警匪片，首先要了解观众的兴趣点。比如《巴顿将军》，我们既可以称之为人物传记片，也可以称其为战争片，还可以称其为正剧。我认为《巴顿将军》是迄今为止最成功的人物传记片，是人物传记片的经典。很遗憾，到目前为止，中国尚未有一部这样水准的电影出现。

我跟天兵探讨艺术时，天兵说："你干电影这么多年，平常不太说艺术，却总听你讲类型。类型是什么东西？类型和艺术的关系是什么？"

我们可以查一下《大不列颠百科全书》，其中关于"艺术"的解释，内容庞杂，内涵非常多。"艺术"是一个抽象的词，不具体，但是类型却非常具体。我们谈艺术时常陷入空洞，不知道在说什么，而说类型一定有所指。

🎤 **王天兵**：你说的类型也是从手艺人的角度说的吧？

🎤 **芦　苇**：编剧就是手艺活。你必须知道你要做什么活，就像一个木匠，他要做家具，必须知道家具的功能。我们看电影也是这个样子，我们看主旋律片和看警匪片的期待值完全不一样，看警匪片和看战争片的期待值也是不同的。

武侠片的模式

🎤 **王天兵**：其实，一谈起类型片，人们往往想起程式化的人物、格式化的情节和爱憎分明的主题，而谈起艺术，则总是想起灵动神奇、难于言喻，恰恰和类型片给人的感觉大相径庭。

那么，类型片到底和艺术有什么关系呢？我想让芦苇举一个例子说明。

大家都看过《双旗镇刀客》，但可能不知道这部电影的剧本大纲最早是芦苇写的。没有人不承认这部电影的艺术性。这部电影最清晰地展现了艺术和类型片的关系——芦苇告诉过我，那是严格按照经典类型片套路写出来的东西。

🎤 **芦　苇**：那个故事大纲最先是我写的。当时我们几个同事在西影厂都没有房子，住在招待所，关系很近。我和导演何平是邻居。他说："芦苇，请你给我帮个忙。我写了一个中国西部武侠片，你帮我看一下写得行不行。"我看完后觉得大而不当，故事很难成立。他说："我这个片子要四百万的成本。"四百万的电影在当时是一个大制作，而何平是一个新手。我说："厂里顶多给你一百万，不可能给你四百万，还是实际点儿吧。"他说："你说该怎么办？你给我写个提纲看看。"我说："让我想一想。我明天给你拉个大纲。"

我当天晚上把提纲写出来了。

这部电影其实是我在学习阶段的作品。类型是交流的梯子，当观众顺梯而上时会有所期待。比如说，冰箱是家电的一种类型，观众一听这个词就知道它可以储存食物，可以将食物放进去保鲜。

西部片也是一种类型。虽然美国当代西部片和二十世纪五十年代的已经发生了翻天覆地的变化，但结构早已定型。类型是沟通的一个方法、渠道，根据类型模式所要求的起承转合来写不会有大问题。

五十年代，美国西部片有一个成熟的模式，代表作是《原野奇侠》，讲的是一个美国西部枪手，不妨深入分析一下。

🎤 **王天兵**：插一句我的感想。芦苇说到模式，可当我初看《双旗镇刀客》时却没有感到有什么框框，这说明类型、模式不但不会限制你，不会是你的"监狱"，反而可以让你获得自由，可以解放你。

🎤 **芦 苇**：美国西部片有三个板块，第一个就是英雄来到小镇。

🎤 **王天兵**：意大利导演塞尔吉奥·莱昂内的西部电影《西部往事》开头就是三个坏蛋在小镇车站等一个人。随后，英雄果然来了，三枪把他们撂倒。

🎤 **芦 苇**：第二个是小镇被恶势力控制，小镇人民无力反抗。

🎤 **王天兵**：《西部往事》也是一样的，开始就是一群坏蛋在小镇为所欲为。当我初看《西部往事》时，没有想到模式这个问题，听芦苇这么说，才有所察觉。实际上《西部往事》的节奏张弛自然，让你感到在西部那种慢慢流逝的时间里随处都会有偶然的事件发生，并没有模式化的僵硬感。

🎤 **芦 苇**：第三个是英雄初露本色，打破小镇平静。

🎤 **王天兵**：《西部往事》也是这样，火车过去，英雄到来。英雄追问，弗兰克来没来？弗兰克是当地恶霸。英雄打破了小镇的平静。

🎤 **芦 苇**：这三个板块就是沃尔特老师讲的故事的开始。现在将这几个内容罗列出来。

以下为故事的开始：

一、英雄来到小镇；

二、小镇被恶势力控制，小镇人民无力反抗；

三、英雄初露本色，有超强本领，打破小镇平静。

以下为故事的中间：

四、英雄与恶势力发生冲突；

五、小镇人民不理解英雄；

六、英雄与恶势力冲突升级，因为得不到支持，英雄受到磨难；

七、英雄在濒临绝境时凭个人智勇杀出重围，消灭恶势力。

以下为故事的结束：

八、小镇人民挽留英雄，被英雄拒绝；

九、英雄离开小镇。

🎤 **王天兵**：由此看来，《西部往事》也基本符合这个模式。

🎤 **芦　苇**：《双旗镇刀客》的模式跟这个一模一样，我是按照这个模式写的提纲。后来此片被认为是何平最好的一部电影。我为这个剧本起名叫《刀会双旗镇》，后来导演改了名字。我是照模式写的大纲，一个情节点都没落。

电影的主人公是一个小男孩。何平本来想写一个标准的侠客，我觉得没有新意，干脆来一个小孩。开场主人公骑马来到双旗镇，尾场他带着未婚妻骑马走了，中间都是按照规定环节来写的，完全符合这个模式。这样确立以后，保证了观众可以接受，甚至赞赏这个片子。

为什么有些故事我们乐意接受，而有些故事我们不乐意接受？这与心理学中的期待值有关。

🎤 **王天兵**：模式不是天上掉下来的，是千百次试验的结果，实际上也符合常情、常理。比如说，电冰箱一般有两三个储藏箱，一个用作冷冻，一个或两个用作一般冷藏，你可以再做一些自由的外观设计和搭配等，但如果没有这两个功能，或没有额外增加什么功能，都被证明不实用。

🎤 **芦　苇**：《双旗镇刀客》应验了一句老话：回回上当，当当不一样。"当"是一个模式，"当当不一样"就是一个创造。

《双旗镇刀客》和香港武侠片不一样，就是"当当不一样"。我们看第七段——英雄濒临绝境。他和一刀仙决斗的时候是以虚代实的招数。只见出刀之时，狂风卷起的黄沙把他们笼罩起来，刀剑相撞的声音不绝于耳。

我对导演何平说，第一个镜头是主人公孩哥脸上流下一行血，观众不清楚谁赢谁输。一刀仙转过身去，完成动作向前走去。镜头切回孩哥，血还在流，这时观众会认为他输了。再切回一刀仙，他双腿发软，扑通一声跪下来，突然回过头，用垂死的声音问："你的刀法跟谁学的？"孩哥怯怯地说："我爹。"一刀仙咽气前最后的话是"好刀法！"，接着扑通一声倒地死了。

这种设计事出有因。当时内地电影的武打动作一定拼不过香港电影，所以要以虚避实。我说："内地的武打片最成功的就是《少林寺》，武打设计全是香港的，打得比较好。香港动作明星都比我们弄得好，一百万资金跟他们拼动作，门儿都没有，但可以在地域、造型与情节设计上另辟蹊径。"

我把《双旗镇刀客》的故事梗概写完之后交给何平。当时我在拍一个二十分钟的短片，是厂里交给我的一个生产任务，我没有时间替他写剧本了，就推荐杨争光来写。后来杨争光写了初稿剧本。

这部片子既有长处，也有不足，人物仍然有概念化的嫌疑。但这部电影的基本品质和口碑都不错，令人耳目一新，在一个日本的电影节上获得最佳影片奖。我记得奖杯是一个抽象派的雕塑，我到何平家去看，那个大奖杯在墙上用螺丝钉铆着呢。

为什么这个故事被大家认可呢？因为故事架构照搬了美国电影的模式，叙述方式没有问题。这就是类型规定的重要性。类型只是提供一个不失败的基础，但不能保证出彩，出不出彩那是创造问题。什么是创造？其实模式下处处都得创造，比如第一男主角到底是什么人？概念化的杀手我们见得多了，有厌恶之情，这时候换一个孩子或者老太太就会让观众耳目一新，因为从未见过。

我们知道，美女杀手也是概念化的东西，如果你到公安局看看案卷，生活中的杀手可谓形形色色，无奇不有，你想象不到。我曾经见到过两个杀人犯，从外形上根本看不出他们是手段残忍的杀人犯。生活还是高于类型和模式的。

类型和模式是基本的规定，在这个上面有突破就不得了了。比如说黑帮片，昆汀·塔伦蒂诺的《低俗小说》（又名《黑色追缉令》《危险人物》）讲故事的方法完全是自己的一套，在类型上他另起炉灶了。

🎙 **王天兵**：你是否也有将一个旧的类型翻新的成功案例？

🎙 **芦　苇**：我是个凡人，所以不太做梦。类型翻新是天才干的事。

类型只不过是有效规定，它不能保证你成功，但是可以保证你不犯基本错误。我举一个反例，看看要是不遵照类型规律去做会闹出什么笑话。

还是何平导演，他的宏大剧作《天地英雄》大家都看过。这部电影的票房非常失败，因为它反类型，他没有按照类型写剧本。

我们知道西部片和武侠片高潮的戏剧冲突点是第七段戏，就是英雄在濒临绝境的时候，应凭个人勇气杀出重围。观众此刻对主角的期待已经到了最大的临界点，全戏最激荡的那一刻即将来临。可是导演的处理违反了类型的规律。在《天地英雄》中，谁把恶势力打败了呢？居然是那个光头尼姑把舍利子取出来，发出万丈光芒，紧跟着像核爆炸一样出现了蘑菇云，把恶人打败了。

首先，这个在剧情逻辑上讲不通，你既然有舍利子这么一个宝贝，开始高高举起来不就完了？恶人肯定不敢碰你，何苦死了那么多无辜的人呢？这种处理在魔幻类型中还说得过去，但在一个西部武侠片中就违背了类型规律。观众是把期望值寄托于武侠英雄身上的，落不到英雄身上就会有上当受骗的感觉。实际上，尽管《天地英雄》的投资、制作的熟练程度，以及包装都比《双旗镇刀客》好得多，但这部电影就是没有《双旗镇刀客》看着过瘾。

看到最后就是一颗舍利子啊?！这么写剧情，电影就不会成功。这就是我讲的类型的重要性。

🎤 **王天兵**：你讲得非常精彩。虽然我们认识这么长时间，你刚才所讲的对我还是有启发。那么能不能举一个例子，让大家见识一下你做过的类型融合的成功案例？

🎤 **芦　苇**：我写过大概二十个剧本，拍成电影的有十部，分别是1987年的《最后的疯狂》，1988年的《疯狂的代价》，1989年的《黄河谣》，1992年的《霸王别姬》，1993年的《活着》，1994年的《桃花满天红》和《红樱桃》，1995年的《秦颂》，1996年的《西夏路迢迢》，2006年的《图雅的婚事》，中间还有好多剧本没有拍成。拍成的影片中，《桃花满天红》和《西夏路迢迢》是失败的电影。

通过这些电影，我已经了解了类型的大致结构，不同的类型都有可能融合。实际上，警匪片《疯狂的代价》就有家庭伦理剧等因素在里面。《霸王别姬》是戏中戏，将真实的生活和舞台上发生的戏剧相融合，也有人物传记与老北平社会生活片的因素。

正剧类型

🎤 **王天兵**：你反复说正剧也是一种类型，说自己擅长的是正剧类型。那么，什么是正剧类型呢？

🎤 **芦　苇**：这是一个戏剧概念，被电影借用了。沃尔特讲的故事的开始、中间和结尾是舞台戏剧的模式，它是从古希腊戏剧来的，一直到莎士比亚时代，莫不如此，电影借用与继承了这个传统。叙述的方式符合过去讲的三一律。学电影的人都知道，正剧必须要有贯穿人物、贯穿事件，要有一个开始、中间和结尾，在时间和空间上有限制。正剧作为一种成熟的模式，其定义有所不同，这得看你查的是哪一部字典了。

🎤 **王天兵：**它可能也是相对于喜剧、悲剧来讲的吧？

🎤 **芦　苇：**对。它的主题是严肃的，相对于喜剧、悲剧、滑稽剧、闹剧而言，它是严肃的。比如《克莱默夫妇》就是一个典型的家庭伦理正剧。

剧作理论家麦基在他的著作《故事：材质、结构、风格和银幕剧作的原理》中说，经典模式叫大情节。我把经典模式示意图写在黑板上，这个图很有名。亚里士多德在他的戏剧理论里谈的就是这个图。

说到这里，我给大家推荐一本书——《认识电影》，作者路易斯·贾内梯，是美国电影理论家和影评人，对电影本体讲得比较全面和准确。今天讲的主要是电影编剧。对电影本体认识不足的人想找到捷径来了解的话，这本书是入门书。

还有悉德·菲尔德的《电影剧本写作基础》，这本书把基本的经典模式说得很透彻，而且以经典电影《唐人街》（又名《中国城》）为例，把这个经典模式整个演绎了一遍。我是写了好几个剧本后才看到这本书的，那时方知这个模式我一直在运用，是不自觉的。

我们看电影理论书的时候经常会遇到一个困惑，那就是不同的书对同一个意思所用的术语并不一样。麦基把所有的电影和剧本分成三个类型：大情节、小情节和反情节。另外一个剧论家也将其分为三个类型：一个是古典模式；一个是形式主义，实际上就是麦基说的反情节；一个就是现实主义，类似麦基讲的小情节。你看，他们说的内容大同小异，但术语不同，这需要加以判断。

我把他们讲的内容用经典模式示意图展现。

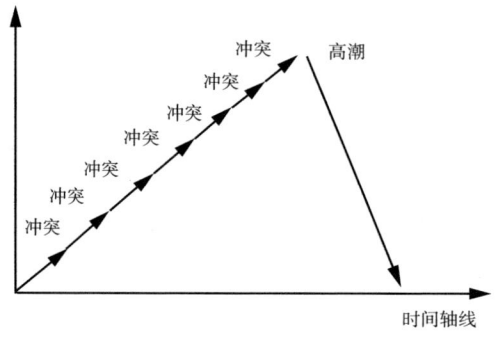

经典模式示意图

　　在上图中，时间轴线代表时间和空间的篇幅。沃尔特说了，一部电影最好是一百分钟，实际上，有的电影甚至长达一百八十分钟，比如贝托鲁奇的《1900》，《霸王别姬》是两小时四十五分钟，《活着》是两小时十五分钟。

　　为什么编剧难当？因为他有时间限制，这是时间轴线的意义。

　　然后，上图中的四十五度斜线的开端显示故事开始了。故事只有一个目的，就是展现人物的个性。我们看完一部电影后，有时会把故事忘掉，却会把人物记在心里。比如说《霸王别姬》，在看过很多年后，大家已经忘记了故事的具体情节，但是却记住了程蝶衣这个人。

　　故事的开始是主人公和对手的戏，不管对手是谁。对手的角色可以改变，每段情节都是对手戏。随着斜线的上升，我们看到一个个场面、动作，即戏剧冲突逐步升级，最后到达结尾，即高潮戏，然后戛然而止。

　　古人总结作文经验有一个形象的比喻，文章开始像凤头，中间似猪肚，结尾像豹尾，其实电影跟这个差不多。所谓的凤头，就是开头要漂亮，用今天的话说就是吸引眼球、引起大家的兴趣、建立悬念；"猪肚"就是中间的内容要饱满结实；结尾的时候要像豹尾般有力。这是做文章的建构，同样适用于写剧本。

　　过去典型的八股文模式是起、承、转、合，起为开始，承、转为中间部分，合为结尾部分。结构都差不多。

　　总之，类型就是对内容的一个规定，标明产品的特性、功能和作用，但类型的归类没有标准答案。

麦基把类型分为二十六种，有的专家说有一百多种。大家买 DVD 的时候，可以看到一些碟片的包装上都有一栏特别注明类型，比如说爱情片、枪战片、武打片，或者更细一些——古典爱情片。

麦基把《活着》归类为生活灾难片，把《霸王别姬》归类为"一个因真话无法说出来而选择自杀的故事"。

类型是一个工具，它让你明确写剧本时必须具备的内容和素材。比如，如果剧本属于爱情片类型，但里面却没有什么爱情内容，这就跑题了。

真要成为内行，类型会是你碰到的第一个问题。专业编剧更应该下功夫研究和掌握类型。

创作《霸王别姬》剧本前的准备

🎙 **王天兵**：请芦苇以具体的某次写作为例说明类型和艺术的关系。《霸王别姬》和《活着》都是根据小说改编的，下面请芦苇讲一下从小说到电影的改编过程。

很多艺术创作者在完成一个艺术品之后，你问他是怎么创作的，他往往说不出来，他会像沃尔特那样说："如果艺术创作有秘诀的话，我一定会教给你，但艺术创作没有秘诀，艺术是不能教的。"

那么，我们千里迢迢跑到这里干什么？

我相信一定有东西可学。比如，如果在芦苇写作《霸王别姬》时，你形影不离地跟着他，他到哪里你就到哪里，他看什么你就看什么，他写什么你就盯着什么……那么，你一定可以学到电影剧本写作的基本常识。所以，让芦苇试着给大家复原一下他写《霸王别姬》时的状态，比如，当时都要面对什么问题？又是怎么解决这个问题的？为了解决这个问题看了什么书，或是采访了什么人，还是自己冥思苦想？

如果芦苇能如实回忆出那个过程，大家可能就会边听边有所悟。这可能就是一种学习艺术的途径，所谓师傅带徒弟不就是这样口传心授的吗？

首先，《霸王别姬》改编自李碧华的小说。请芦苇给我们讲一下，你是怎么介入这个改编的？你拿到李碧华的小说，觉得什么地方打动了你？是否适合改编成电影？改编中要做哪些补充？你讲了类型问题，那么，你觉得这部小说适合改编成什么类型的电影？

🎤 芦　苇：我认为改编小说完全因人而异。同样的小说，有的编剧认为一定可以改编成一个很好的电影剧本；有的编剧就说没有办法弄，它根本就不是一个好的电影素材，缺少电影的基本要素。这个没有严格的界限。总的来说，我知道它对我合适不合适，对别人而言如何我就不知道了。

《霸王别姬》这部小说我多说两句。李碧华是香港的一个女作家，做过记者，写过《胭脂扣》《霸王别姬》等小说。电影《霸王别姬》的出品人是徐枫，她在二十世纪六七十年代是台湾的著名影星，得过两次最佳女主角（1976年和1980年两届台湾电影金马奖最佳女主角）。徐枫买了李碧华的小说，想把它改编成一部电影。这之前，香港人根据这部小说拍过一部电视连续剧。

🎤 **王天兵**：你能不能把小说的内容叙述一下？

🎤 芦　苇：作者是女性作家，小说戏剧性不强，但充满了女性的伤感，按照陈凯歌当时的意见，它不适合改编成电影。

她在故事中提供了三个人物——段小楼、程蝶衣和菊仙，但小说对北京的生活语言描写比较有距离感。

故事的情节和她对人物的定位与电影大相径庭。

在小说中，小豆子娘是寡妇，不是妓女。小豆子娘把小豆子（程蝶衣）送到京戏科班去了，剁儿子指头的情节在小说中没有，这是我们加进去的。后来，小豆子跟小石头（段小楼）结为好友，以后都成了角儿了。小说的结尾也跟电影完全不一样。

在李碧华的小说中，"文革"爆发时，菊仙下落不明，终至失散；段小楼也被下放到福建，在一个陶瓷厂当工人；程蝶衣则一直在"牛棚"里面关着。"文革"结束后，程蝶衣当了京戏团的顾问，他已经成了家，娶的是茶叶店的一个党支部书记；段小楼流落到香港，在一个电车厂做看夜场的工人。程蝶衣和京剧代表团到香港访问时，他们哥儿俩在香港重逢，又一起去泡澡堂子……两个人回顾了各自的一生，最后在香港话别。

对我而言，这只是一个素材，可以做，但是要重新做。

当时，陈凯歌把这个小说给我看。看完以后他问我怎么样，我说："从小说技巧来说，李碧华写的是一个市井言情小说，不是经典。"

徐枫态度很明确，版权已买，必须拍电影。有任何想法，把这个拍完再说。

我们面临的任务是必须把它拍成电影。陈凯歌不想拍，他有另外一个题材。之前，陈凯歌拍了《边走边唱》，在票房上失败了，他要继续拍大片，除了徐枫的投资以外，再难落实。既然如此，我们就只有这样干了。

🎤 **王天兵**：假如把这个任务给我，我头就大了。因为是京剧人物，而我根本就不了解京剧。此外，它讲的是老北京的故事，那台词就都得是老北京话，而我根本不会说北京话。可是，你作为一个陕西的编剧，又是美工出身，怎么敢接这个活儿呢？是不是因为以前的积累正好有契合的部分？

🎤 **芦　苇**：陈凯歌找我据说是他在美国看了我写的《疯狂的代价》。他说："中国电影过去塑造的人物都很概念化，你写的人物挺生动。你有没有兴趣给我们编一个有关京剧的电影？"

我听后心中一喜。我是一个戏曲发烧友，很爱听戏。那是 1991 年，陈凯歌三十九岁，我四十一岁，这个年龄段的人对戏曲感兴趣的不多了，这是巧合。

我说："你找对人了，我从小爱听戏，秦腔、山西梆子、河北梆子、昆曲和福建的南戏，我都听得上瘾，对陕西省的小戏，如眉户、老腔等也很入迷。

这个题材我愿意写。"

陈凯歌很高兴地说："好，你对戏曲有热爱，你做编剧合适，你来写剧本吧。"

🎤 **王天兵**：《霸王别姬》中有一句台词贯穿始终，给人印象非常深刻："我本是男儿郎，又不是女娇娥。"这在你写这个剧本之前就熟知吧？

🎤 **芦　苇**：这句台词取自昆曲《双下山》，是讲一个尼姑思凡的故事。程蝶衣是性别倒错的人，当我写到那段戏时，这句戏词就蹦出来了。我可以以此为契机发挥它，一直到最后程蝶衣自杀时，他和段小楼又重复了这一句台词。这叫贯穿台词。一个编剧爱好广泛一点，其所好就成为一种契机。

写《霸王别姬》时，我把喜欢的唱段都往里写，比如，程蝶衣在日本宪兵队的时候唱的是《牡丹亭·游园》中的一段："原来姹紫嫣红开遍，似这般都付予断井颓垣……"意境非常幽美，唱得沉醉缠绵。转到给国民党大员唱戏的时候，唱的也是这一出。

说起我跟昆曲的关系，可以追溯到我十六岁那年。当时正赶上"文革"，批判电影《桃花扇》，我年龄不大，但这部戏给我留下强烈的印象。后来我到西影厂工作，上戏时遇到演员马长春大姐——现在过世了，她曾出演《桃花扇》里的丫鬟小红。我悄悄问她："昆曲你还记得吗？"她说："当然记得，好听极了。"那时候是"文革"后期，她经常背着剧组教我唱昆曲，是我的引路人。

🎤 **王天兵**：能不能给我们唱一下？

🎤 **芦　苇**（静默片刻后闭眼唱道）：孙楚楼上，莫愁湖畔，又添几树垂杨。偏是江山胜处，酒卖斜阳，勾引游人醉赏，学金粉南朝模样。暗思想，那些莺颠燕狂，关甚兴亡！（观众热烈鼓掌）

这是马长春老师几十年前教给我的，我至今难以忘怀。愿她在天上也能听到此音。

🎤 **王天兵**：我觉得大家很有福气。我认识芦苇这么长时间，还从没有听他唱过。芦苇也很有福气，在那样一个年代，竟然有马老师教你唱这么优美的昆曲。现在，白先勇的青春版《牡丹亭》在全世界巡回演出，广为人知。可是，芦苇在九十年代初写《霸王别姬》的时候，了解昆曲的人已经很少了。

刚才，芦苇说在写剧本的时候那个戏词就蹦出来了，我觉得这个"蹦"字用得特别好，这就是秘诀。当你写到一个东西的时候，一个东西就蹦出来；当你写这幕戏的时候，下一幕戏就冒出来了。这大概就是写作的实际过程。但为什么跳出来、冒出来，只有上帝知道。

下一个问题：你是怎么掌握京腔京味儿的？芦苇的祖籍是河南。

🎤 **芦　苇**：我生在北京，两三岁的时候跟着父母到西安来了，对北京只有很模糊的记忆。我上小学的时候，很多同学是从北京来的。跟那些孩子混在一块儿，我也是满口的京腔，所以说有点儿底子了。

写《霸王别姬》的时候，我又去北京了，陈凯歌等同仁都是京腔，我跟他们就打成一片了。

京腔的魅力，我是在看老舍先生的话剧《茶馆》时领略到的，那真是莫大的享受，听得人入迷。我面临的任务是必须用北京方言来写剧本。李碧华的小说里面没有提供这个，她是香港人，对北京方言不大懂。我必须生活在有北京方言的环境里。那个时候已经有录像带了，我从陈凯歌的父亲陈怀皑老师那借了一盘《茶馆》的录像带，反复看。我一边学习，一边享受，其乐无穷。那个台词写得很地道、很棒，是台词中的经典。

台词即性格，台词即人物，《茶馆》就是例子。我那个时候看《茶馆》看上瘾了，一天到晚用北京方言跟别人说话。

有一天，我碰到林连昆，就是演《茶馆》里的便衣暗探的那位，他是我仰慕的明星。我模仿他的口气说话，他就跟我对开了，彼此很开心、很过瘾。

老舍先生的小说都是用京腔写的，形成了京派文学，邓友梅先生写的《那五》也是京腔，但邓友梅不是北京人。老舍先生是我的语言老师。我后来把《茶馆》大部分的台词都背过了，从中可以体会北京人是怎么表达情感的。这种"热身"非常重要。

🎤 **王天兵**：说起方言，芦苇是对地域文化特别敏感的人。他前些时候写《杜月笙》，因为杜月笙是当年上海的黑帮老大，他找到上海话辞典看上海人是怎么说话的，还看《乌鸦与麻雀》，模仿其中的片段。说起《抓壮丁》，他更是佩服得不得了。

这让我想起去年看的一个国产电视剧《西安事变》，张学良的角色是胡军演的，他在剧中说的是一口学生腔的标准普通话。可是，我刚看了《张学良口述历史》（唐德刚著），书里面附了一张光盘，是张学良晚年的谈话录音，他说的东北话中有一股浓郁的痞气。可见，胡军没有把握住张学良的说话特点。

《霸王别姬》里面讲的程蝶衣和段小楼，一个是青衣，一个是武生。你是怎么了解这些演员的不同特点的？

🎤 **芦　苇**：黑泽明说了一句话很有意思，他说剧本不是用手写出来的，是用脚写出来的。编剧如果对人物的生活环境不了解，就没有办法写。写剧本要行万里路、读万卷书。

《霸王别姬》涉及中国传统文化，懂就是懂，不懂就是不懂，只有深入调查才能弄懂。老一代的文学家有这个传统，对写的东西必须熟悉，这是起码的要求。

我接了写《霸王别姬》剧本的活儿，就干脆住到北影厂（北京电影制片厂）里面，开始做前期的调查。要求自己成为京剧内行，至少半个内行。过去人讲："文武昆乱不挡，六场通透。"① 这个水准虽不易达到，但不要出常识性错误。许多编剧的毛病就是会出常识性错误，人物、情节、台词、背景都不对头。编剧不了解他写的时代、人物，有时候连起码的生活逻辑也搞不清。

我在写剧本前会搜集素材，借书、买书、翻阅资料。有一段时间我就泡在国家图书馆里，那时候叫北图（北京图书馆），六层楼，有很多藏书；还跑中央戏剧学院的资料室；还有一个小书店，我连看带买，颇有收获；也常泡在中国戏曲家协会的资料室。我有一个本事，就是善于"巴结"管资料的工作人员，和人家吃饭套近乎，一些稀缺的书都可以给我拿出来，包括民国时期的书刊资料。

🎤 **王天兵**：能列举几本书吗？

🎤 **芦　苇**：我记得当时搜集的书装了两箱子，回西安的时候提了一箱子。我看过《舞台生活四十年——梅兰芳回忆录》，还有《齐如山回忆录》。齐如山是《霸王别姬》的戏曲剧本作者，后来去了台湾，他是著名的戏曲研究家，曾是梅兰芳的专职编剧。还有《艺海无涯——袁世海回忆录》，里面有民国初年京戏科班的真实记叙。叶盛长的《梨园一叶》对旧时北平有生动逼真的描绘，其中记叙的沿街叫卖的声音犹在耳旁。还有昆曲大家侯少奎的回忆录；新凤霞的回忆录；老舍先生的《正红旗下》，他的《赵子曰》讲的是老北平大学生的生活，写得很生动；梅兰芳的秘书许姬传的回忆录；研究梅兰芳的权威徐城北；明末戏曲家阮大铖的传记；给梅兰芳操京胡的徐兰源先生的回忆录。还看了大量其他的文史资料。

---

① "文武"指京剧中的文戏和武戏；"昆乱"指昆曲与京剧，京剧艺术在成熟之前也叫"乱弹"；"六场"指为京剧演出伴奏的六种主要乐器，即京胡、南弦、月琴、鼓板、大锣、小锣。

🎙 **王天兵**：在写作之前，你要沉浸在那个时代，熟悉那时的人物，包括他们的语言、他们的怪癖等，这些在你写剧本的时候就自然会冒出来。

如果将芦苇创作于八十年代的两部类型片《最后的疯狂》《疯狂的代价》与《霸王别姬》对比一下，可以说从各种角度看，《霸王别姬》都有一个飞跃性的进步。那么，还有什么东西使芦苇有了如此长足的进步？

芦苇曾说在写《霸王别姬》时有两部外国影片使他有一个参照的坐标和追求的目标，一个是贝托鲁奇的《末代皇帝》，另一个就是伊斯特凡·萨博的《靡菲斯特》。请芦苇讲一下这两部片子给你的启发和影响。

🎙 **芦　苇**：我写剧本一定要"热身"，要找一些对我有启发的电影、书籍看，进入情境中去。

《霸王别姬》的时间跨度很大，从北洋军阀时期一直到"文革"结束之后，漫长的半个世纪，有做史诗的基础。

那时候没有 DVD。我向陈凯歌要求看《末代皇帝》和《靡菲斯特》。他安排为我一个人放了专场。这两部电影对我的影响和启发至关重要，让我确立了目标。当我写《霸王别姬》的时候，一遇到相似的困难，就想这两部电影，可以说这两部电影是《霸王别姬》的"精神导向标"。

《靡菲斯特》改编自歌德的歌剧《浮士德》，浮士德把自己的灵魂出卖给魔鬼，他可以跟你到天堂去，也可以跟你到地狱去，前提就是把灵魂出卖给他。这个电影讲的是二战期间的德国，一位扮演靡菲斯特的演员和法西斯的关系。

这两部电影对我的影响不仅是技巧方面，也影响了我对品质的追求。

这给了我们一个视角，我们通过这个视角反观自己的作品。《霸王别姬》给了我面对从北洋军阀时期到"文革"结束后这半个世纪的历史以及其中人物的机会。《末代皇帝》给了我看待历史的视角。

当面对一个新题材的时候，寻找出其精神坐标至关重要。

王天兵： 你能不能把《靡菲斯特》和《末代皇帝》的精神品质给大家讲一下？

芦　苇： 首先，中国以历史悠久著称，然而非常可惜的是银幕上没有一部电影能像《末代皇帝》那样深刻、奇特地从人性的角度解读历史。真正能把中国历史拍得精彩的首推这部，它是意大利导演贝托鲁奇拍的。

《末代皇帝》是从人性的角度解读历史，而不是用意识形态去解读历史。《末代皇帝》给了我一种释放、一种精神上的突破。

我要学习它的品质，从人性的角度去解读历史。

《霸王别姬》剧本的创作过程

王天兵： 谈了这么多，都是写作《霸王别姬》之前的准备工作，要读那么多书，看那么多资料，还要从西方作品中找坐标等。那么，接下来我想请芦苇谈谈进入写作阶段的时候，在这么巨大的素材储备面前，他又是如何开始的。

据我了解，芦苇一到写作的时候就"躲"起来了，不用手机，没有地址，怎么找也找不到他。芦苇，你能否用不到十分钟的时间给我们讲一下你写《霸王别姬》剧本的具体过程？比如，你一般要写一个大纲，用你的话说就是"让故事立起来"。

芦　苇： 步步为营，滴水不漏，天马行空，不拘一格。我会准备一个备忘录，随时把有意思的闪念记下来。但这还不是戏，是捕捉灵感。

编剧"进入角色"是至关重要且又极为困难的事，比演员进入角色要复杂得多。因为演员面对的是一个人，编剧要面对很多角色，要忘记自我，要成为剧中人。有时你突然就进入角色了，有时则难入其门。一旦进入角色，写剧本是既痛快又简单的，一泻千里，这是我个人的经验。

进入角色是很隐秘的事。如果旁边站个人，就很难进入角色。

说一下我写《星塘的阿芝》这个剧本的事吧。

我十二岁时，母亲从图书馆借了一本《齐白石传》，我看了印象非常深刻。齐白石讲起自己的童年往事，人物都栩栩如生，让人难以忘怀。后来，我一直想写他，他是不是具备戏剧因素已经不重要了。我就去他的家乡湖南湘潭的茶恩寺了。我在他的星塘老屋住了一段时间，沿着他的足迹遍踏乡土，他上的私塾、去的水塘、放牛的山坡，还有他搬家以后去的八砚楼，他亲手种的梨树还在。我跟他的孙子、侄孙在一个锅里吃饭。我痴迷齐白石二十多年了，写剧本只用了六天的时间，但酝酿了很久。

有一种战术叫作缓进速战，正是此意。

我写《星塘的阿芝》的时候年纪轻，积累得也好，最多一天能写六千字。了然于胸后才能缓进速战，左宗棠就很擅长用这个战术。他战前准备得很扎实，步步为营，真到了战场其实几天就打完了。每次战役他要准备将近一年的时间，这同样也适用于编剧法则。这是我的经验，可能不合编剧"快餐者"的胃口。

🎙 王天兵：你在写剧本的时候往往先写一个大纲，《霸王别姬》有没有大纲？

🎙 芦　苇：我是分时间段来写的，只有一个提示。

《霸王别姬》实际上只写了两稿半。我的工作习惯是缓进速战。缓进时有大量的笔记，到写的时候比较容易，左写左有理，右写右有理。写剧本跟我们过生活一样，就是不断地在困境中突围。当你熟悉素材以后，进入状态就容易了。

我完成半稿后给陈凯歌念了。当时他也有压力，投资那么多，又是一个偏门题材，但他听完我给他念的剧本后笑得很灿烂，说："得请你吃饭了！咱们的戏有根了。"下棋有棋根，剧作有戏根，剧情把根扎住了。

念剧本时，他说："你用自己的语调念。"等我念到重头戏，比如小豆子转变的那场戏时，陈凯歌就开始鼓掌，他很兴奋。

小说的叙述有诗意，但对于戏剧来说诗意是内在的品质，写出来的是实实在在的戏剧场景，要让人看得到、听得见，让人心有所动。

《霸王别姬》是一部跟陈凯歌的其他电影很不相同的电影。

陈凯歌是一位理念型的导演。我拿到小说后问他投资有多少，他说是三百万到五百万美元。在1991年那是大投资，当时美元兑换人民币汇率高。我说："这投资，一下子成了巨无霸，那么多钱，怎么能花得完？"陈凯歌说："你别看钱多，要把张国荣请来，他一个人的酬金就得上百万。"

我曾和李碧华一块儿去看陈凯歌的电影《边走边唱》。我特意把《边走边唱》小说的作者，也是我的老朋友史铁生请来，他是一个残疾人，我用轮椅把他推到电影院一起看。看完以后，很多人向陈凯歌热烈祝贺，众口一词："真是太棒了！"

陈凯歌特别兴奋，他问我："你说这个电影怎么样？"我说："我是边看边想。电影看完了，我也没想明白你这部电影的主题究竟是啥。"李碧华偷着一笑："我是边看边睡。"

《边走边唱》沉闷得很，不是情节片。我光听那个老艺人说一些词不达意、玄而又玄的话，很难沟通。我说："陈凯歌，你得改一下你的叙事方式了。你敢不敢拍一个情节剧？用经典结构、用正剧模式拍一部电影，也就是用好莱坞的叙述模式来表达你的诗意。"

他说："你这个提法有意思，你跟我父亲谈谈去。"他父亲陈怀皑是中国电影界的老前辈。老爷子对陈凯歌说："我觉得芦苇的建议有道理，你必须掌握情节剧的表现方法。你有没有这个勇气放弃你过去的理念？"他父亲也支持我的想法。陈凯歌说："芦苇，行！只要你写出过硬的剧本，我就敢拍。"

我说："我来写剧本，你不要当编剧。"他说："这样最好。"我又说："剧本写出来后，你按场次标出上、中、下。'上'说明你满意，'中'我们切磋，'下'我统统给你改。"他说："太舒服了，这样当导演太轻松了，很有意思。"

《霸王别姬》我一共写了八十九场戏，他只拿掉了两场，这是我写过的所有剧本中唯一照剧本拍的。剧本写到三分之一的时候，每一个人一张嘴我就知道他要说什么。后来电影拍完之后，我问过张艺谋怎么样，他说这是中国学好莱坞学得最好的电影——那个时候"好莱坞"是个带有贬义的词。

这个剧本写了两稿。我写了第一稿交给他，他就如约标出了上、中、下。这种沟通方式很顺畅，比如他标记"下"，我可以对这场戏进行重点修改。

这种合作很刺激，两个人互相挑战。当时他的判断力很好，往往一箭中的。他提一个问题，我回答一个问题；他再提出一个问题，我回答得更漂亮。《霸王别姬》的合作非常愉快，也充满了刺激与激情，我们像运动员一样，越是遇到劲敌，越能激发出自己的潜力。

第二稿写完的时候，我入戏有点儿深了，常常会有欲罢不能之感。交稿的第二天晚上，陈怀皑老爷子就打电话说："芦苇呀，你是一个鬼才呀，写得好，我都看哭了。"老爷子认可了，应该没有什么大问题了。我回到北京，和陈凯歌一见面，彼此紧紧拥抱。我认为剧本前三分之一可以，后半部分不够严格对位，还得改。我就追着他说还得改。

能合作到这个程度已是入境了。我见到有些编剧把钱一拿赶紧走人。但是你追着导演研究剧本，也很有意思。

🎙 **王天兵**：你在写剧本之前确实没有写提纲吗？你细想一下《霸王别姬》，情节挺复杂。比如英达演的戏园子经理，原来小说里好像没有。加入这样一个全新的人物，难道不需要事先预设一些情节点吗？

🎙 **芦　苇**：我先写了一个人物表，还做了人物分析提示，就是写人物小传，导演也写了大量的人物分析。

写剧本必须写人物分析，确定影片类型。

《霸王别姬》从类型来分析：第一，它是一个经典结构模式；第二，它有同性恋的内容，是一个三角爱情关系的类型；第三，它有人物传记的类型成分；第四，它有戏中戏的因素，生活中的角色与舞台上的角色融为一体，最后程蝶衣用生命证明了这一点。当然，还有史诗片的空间背景。类型会给你一个拐棍，帮你走完结构的路程。

《霸王别姬》电影公映后我才发现李碧华也署名为"编剧"了。我对陈凯歌提出抗议，说她应该署名"小说原著"。陈凯歌说这是香港版本，等内地版本上映后会署我一人，以正视听。果然，我在内地版本里看到他为我正名了，他言而有信。

🎙 **王天兵**：回到剧本，你虽然没有提纲，但是在写剧本前已经有一个人物表，每一个人物还有分析。可是，除了人物之外，那些贯穿道具呢？你是否写前就心里有数了？比如《霸王别姬》中的那把剑，你在开始写时就知道吗？

🎙 **芦　苇**：这把剑在原小说里没有，是根据电影的需要设计的。电影需要贯穿台词、贯穿行为、贯穿道具，小说里没有，编剧就得自己找。

🎙 **王天兵**：你在写作前就知道有这把剑？

🎙 **芦　苇**：知道这把剑的重要性，它是两个主人公情谊的象征，也结束了主角程蝶衣的性命。

🎙 **王天兵**：你开始写的时候就知道结尾了？

🎙 **芦　苇**：编剧开始写剧本时可以不知道中间部分，甚至不知道怎么开始，但是最好明白怎么结束。我对陈凯歌说，程蝶衣这个人对自己的艺术信念坚定不移，不惜以死相证，才有冲击的力量。一开始我们就知道结尾。

实际上我还没有开始写就清楚结尾了。要有方向感，从甲地到乙地，要有目标指向。

🎤 **王天兵**：其中有一个金鱼缸，里面养着金鱼，金鱼本身很美，但被囚禁着。你一开始就设想好这个背景了吗？

🎤 **芦　苇**：这要看剧情走向，据实而言。这两个孩子在院子里耍，他们看到了一个金鱼缸。当时，北京的大户人家都有金鱼缸。他们看到金鱼，小石头一看旁边没有人，就去抓金鱼，然后往草丛里扔。这时候，小豆子把金鱼拾回来放回鱼缸里，说："师哥，它渴！"

小豆子天性爱惜生命，这是对他的性格与生命状态的暗示，小石头比较"匪"。这场戏在影片里被拿掉了。金鱼缸多次出现，也是暗喻程蝶衣被禁锢的命运。程蝶衣是一个非常美丽的人物，他在"金鱼缸"里面四处碰壁。

🎤 **王天兵**：编剧往往得同时协调几条线索，而不是一条线索，而且条条得首尾呼应。

🎤 **芦　苇**：不同线索穿插交织，主线是向心力。

🎤 **王天兵**：会不会你在写第一稿时，刚才金鱼缸的场景还没有出现，到写第二稿时你才发现如果加上这个金鱼缸并让它贯穿始终，那剧本就更完整？

🎤 **芦　苇**：剑与鱼缸都是贯穿的道具，起着连贯和暗示的作用。

袁四爷是为了引诱程蝶衣才买那把剑的，最后，程蝶衣把剑送给了段小楼。段小楼把剑拔出，说"好剑"，又插上了。他说，不唱戏要剑干什么。他们之间分分合合，剑就是贯穿道具。

🎤 **王天兵**：这个道具是为人物服务的？

🎤芦　苇：电影中一切都是为人物服务的。

🎤王天兵：前面你讲到困境突围，以及人物的戏剧性转变，你能否讲讲怎么样实现？你讲得具体些，也许大家印象会更深。

🎤芦　苇：好莱坞经典剧本理论就是讲冲突，"人物冲突"是关键词。

我自己对于冲突的理解：前提就是困境，让主人公陷入困境，然后再看主人公如何从困境中突围出来。这是常见的剧作法则。

《霸王别姬》在我的剧作中情节密度较大，换句话说就是冲突的场次较多。《霸王别姬》影片时间很长，有两小时四十五分钟。美国的剧作老师说，电影最好是一百分钟，但是我们做到了一百六十五分钟。有魅力的电影就算长达三个小时观众也看得下去，这就是戏剧张力的魅力。

🎤王天兵：还是回到人物冲突，你能否举例说说你是怎样实现突围的？刚才你说了，陈凯歌听完小豆子转变的那场戏就开始鼓掌了，我希望你再强调一下。

🎤芦　苇：在生活中，不会背书的孩子经常被老师打，而老师打完之后，这个小孩就会背了。这场戏来自对生活的观察。

说起冲突，我们刚才在讲模式的时候已经讲了英雄有超常本领，实际上就是强迫观众在最短时间内关注你的主人公——这个人怎么这么厉害？他下面要做什么？实际上是悬念、技巧，同时也是好看的戏。

比如《黄昏双镖客》，两个杀手见面的时候就是我们讲的展示本领的时候。伊斯特伍德扮演的杀手无名客一上场就把一个带着三个手下的黑社会头目杀了，四个人都不是他的对手……无名客一拳先把克里夫扮演的杀手莫迪默打倒在地，莫迪默爬起来去捡掉在地上的帽子，无名客一枪接着一枪把他的帽子往远处打，莫迪默还是一声不吭地去捡帽子。莫迪默戴好帽子，拔出枪冲着无名客头顶开了一枪，无名客的帽子被打上半空，莫迪默技高一筹，一枪又一枪，不让帽子落地。

他们俩是在炫技，这样的场面特别好看。

在《霸王别姬》开始的三分钟必须引起观众对人物的关注，让观众看到三个事件。其实，电影开始二十秒钟的时候冲突已经开始。小豆子娘拉着小豆子，经过天桥的时候，有人调戏她说"这不是艳红吗？老没见，你可想死我了"，被她断然推开，为冲突一。

紧接着，小豆子娘带着小豆子看戏。小癞子逃跑让戏班陷入混乱，地痞流氓来找碴儿。怎么摆脱这个困境呢？小石头挺身而出，叫道："我小石头今儿个玩真的，让爷们儿开开眼！"一砖拍在自己的脑袋上。地痞们一看真活儿来了，四周观众喝彩，只能就此作罢。这是小石头的突围。

接着是本场最惨烈的一幕。小豆子是六指儿，关师傅不收他，说这一亮指把人都吓跑了，这个孩子没有吃戏饭的命。小豆子娘使出妓女的招数说："您只要收下他，怎么着都成。"关师傅说："他祖师爷不赏饭吃，谁也没辙。"小豆子娘突然拉着孩子就出去了，镜头跟得很快。这是冲突重场戏。我们看到小豆子娘陷入了困境。她是怎么突围的？她的障碍怎么突破的？她把自己孩子的第六根手指头拿刀剁掉了！

好的戏会有双重指向——表象含义和象征含义。此时此刻的象征意义就是他的性别已经被"阉割"了。这发生在影片的前几分钟。

写科班生活稍微不注意就会显得非常沉闷，所以务必要有精彩的内容。

下一个突围紧跟着登场，是在科班孩子睡的大通铺上。孩子们说小豆子是窑子里来的人，不让他上炕，还用脚丫子把他娘留给他的唯一一件大衣扔到了地上。小豆子又面临困境。他反抗的方式是从地上捡起大衣，在火盆里烧掉了。小石头被罚跪回来以后问："你们是不是欺负他来着？""过来，跟我睡吧。""小癞子，睡和尚被窝里去。"大师兄的权威一目了然。这是一连串的冲突与突围。

小豆子上的第一课是用砖把腿叉开，小豆子痛不欲生，又陷入了困境。这个时候小石头把砖踢了一下，使他的腿可以收拢一点儿。师傅的眼睛多亮呀，发觉了，要惩罚他，师傅对小石头说："站一边儿去。"小石头到旁边把裤子一脱，利索地趴在板凳上，师傅还没有开打呢，他就开始号叫了。这场戏的密度很大，环环相扣，令人目不暇接。

中间我觉得有些太紧了，密度太大，担心观众受不了，所以在最紧张的关口，节奏忽然慢了，孩子们在池塘旁边吊嗓练唱，一转场，节奏放缓了。

🎤 **王天兵：**听芦苇娓娓道来，简直让我如醉如痴、恍如入戏。戏剧中的突围确实非常考验编剧。

🎤 **芦　苇：**生活中的突围也一样考人、一样精彩。

我当编剧得惠于吴天明对我的栽培。八十年代，因为我写了《最后的疯狂》和《疯狂的代价》两个剧本，给厂里赚钱了。他说："你想当导演还是编剧？想当导演，我把你调到导演室去；想当编剧，把你调到文学部去。"我说："我还是在美术组待着。头儿，有什么好项目我来写剧本就行，什么部门都无所谓。我想下去体验生活，收集素材回来写西部题材。"他说："你要下，好，下、下、下，你要多少钱？一千块钱够不够？"那时候是1988年啊，一千块钱是大钱了，我还真不敢要，说给五百就够了。他拉开抽屉数了五百块塞进我手里。我跑到甘肃体验生活，《双旗镇刀客》与《黄河谣》的故事都是那次跑出来的。吴天明最后还说："五百块钱弄个编剧太便宜了。"

关于突围和困境，我再讲一个吴天明的故事。

当时，我们厂有一大堆老导演，都是年近退休的人。话说有一天，吴天明下班回家了，厂里一个老导演就到他家去了。一般的职工到厂长家去，必有大事。一进吴厂长家门，老导演说："天明，我求你来了，你让我当导演，你看我挂导演名挂一辈子了，一部戏都没有拍过。天明，我求你了，你让我当一回导演！"话一说完，他扑通一声跪在地上了。

吴天明陷入困境了——下跪这个行为是非常严重的，因为这个习俗早就被革除了。当时吴天明一看也惊呆了："你站起来，有话你站起来说！"老导演说："天明，你今天不答应我，我就不起来！"这是变相逼迫、胁迫。他眼神决绝、凄惨，潜台词是你不答应我，我就不起身，不走了。

吴天明从来不看好这个导演，他认为这个人根本不是吃这碗饭的材料。

吴天明身陷困境，只用了三秒钟，扑通一声也给他跪下了，而且吴天明一跪下就盯着他看，盯得这个老导演比较狼狈，连连说："厂长，你起来，你快起来。"吴天明直挺挺地跪着不起身，一句话不说。老导演又说："你怎么能给我跪呢?！"吴天明说："你能给我跪，我怎么不可以给你跪？"他的潜台词是跪就跪，咱们都跪，看谁的膝盖硬！从此以后，这个人再也没有到吴天明家里来。

🎙 **王天兵**：我这次跟吴天明相识，觉得这个情节符合老吴的性格——出其不意、情理之中。

🎙 **芦　苇**：总之，吴天明突围了。（笑声、掌声）

🎙 **王天兵**：我希望你举一个例子，你是怎么将文学中的片段改造成电影中的情景的？

🎙 **芦　苇**：还是以《霸王别姬》为例。故事发展到新中国成立后，京剧面临天翻地覆的变化，形势非常复杂。

陈怀皑、陈凯歌和我一起讨论这部分该怎么写，很长时间谁也没吭气儿。他俩很感慨，觉得深不得、浅不得。我当过绘景工，画过幻灯片，我突然灵光一闪，设计了一个场景，舞美在舞台上换幻灯片，舞台上背景不断变换，人们立即看到社会主义新舞台、看到宣传画里屡见不鲜的社会主义新气象。通过这个设计把时代特色一一展现出来了。程蝶衣置身于一个变幻莫测的时代环境里，新的大潮会席卷而来。

如果编剧可以提供这样的视觉效果，导演就能乘风而上，一展宏图。

🎙 **王天兵**：芦苇举的例子很生动。

这个剧本写好后，剧情原封不动地被导演拍出来、台词被演员念出来的时候，你有什么想法？演员给编剧带来了什么？请谈一下演员和剧作的关系？

🎙 **芦　苇**：剧本应该是一个舞台，编剧可以出演那么多角色，可以在自己的天地中自由飞翔。

看《霸王别姬》的时候，我觉得表演不是无懈可击的，有很多问题需要推敲。我对陈凯歌说："我们得总结一下电影的全面问题。"当时《钢琴课》正在上映，表演就比我们的出色得多。

有的演员演得比你想的好，那就是绝妙之境。当演员的节奏和动作不准确时，观众可以感觉到。陈凯歌拍的时候说，芦苇，你挑一个角色，我让你露个脸。我说，我演花满楼的嫖客，那个有趣。很可惜，拍这场戏的时候，我在莫斯科写《红樱桃》剧本，失去了一举成名的机会。（笑）

写《霸王别姬》的时候，其实蛮愉快的，因为我可以出演各种各样的角色，甚至可以调戏程蝶衣。后来我把这告诉了张国荣，我说我写剧本的时候就把你调戏过了。后来他送给我一个很精美的台历，上面写着：献给我心目中的四爷。

陈凯歌拍《荆轲刺秦王》的时候说我有高渐离之风，可以演高渐离，还说："我把张艺谋请来，他演秦始皇，你演高渐离。"结果张艺谋来了，说："戏剧化表演咱可没训练过，这个不像《老井》，那是生活化的，我当过农民，心里有底儿。这可是一个千古大帝呀！不好演。"他跟陈凯歌说，"我演秦始皇只有一个条件——说陕西话。我说陕西话有自信。专业演员演得再好，我一说陕西话，你们都得发蒙，都没有我自信。"张艺谋是一个很好的演员，他最后辞演的原因可能是陈凯歌始终没有答复他能不能用陕西话来演。我觉得会写剧本的人，看演员演得好或不好往往一目了然。

🎙 **王天兵**：芦苇是一个很能驾驭现场气氛的人。他中场休息的时候说上半场有点沉闷，下半场得活跃一点。于是，大家就被逗得哈哈大笑，他编剧的才能在谈话时也展现出来了。

🎙 **芦　苇**：我是一个编剧，写剧本可以独往独来、天马行空，但当演员是另一码事，不会就是不会。

第五代导演不太会讲故事

🎙 **王天兵**：你曾说陈凯歌、张艺谋不会写剧本，请谈一下。

🎙 **芦　苇**：我们的教育体制，不管是电影学院还是中戏（中央戏剧学院）毕业的，对于情节剧的理论研究和实践探索都不够，从而导致很多导演讲不好故事。这个编剧班因此显得特别重要，美国的剧作老师也只讲经典情节剧，只讲大结构，不讲反结构和小结构。在故事的叙述上，最棒的中国导演应该是第二代，就是拍《乌鸦与麻雀》《八千里路云和月》的那一代人。第五代导演的作品，如《黄土地》《红高粱》，属于风格化的、非叙事性的。张艺谋说《红高粱》剧作到最后两张皮贴不到一块儿去。但是它拍得非常风格化，有视觉冲击力。

我们做编剧的要先把自己的手艺搞明白再说。

第五代导演中，比较在意故事叙述的是张艺谋。他前期的电影是非常注重情节的，《秋菊打官司》就是非常完整的情节片，没有脱节或讲不清楚的地方。

不过，第五代导演缺少对情节片、类型片的专业学习，他们有两个致命的问题：一是不太会讲故事，二是不太懂表演。

《霸王别姬》写出诗意的时候，比如孩子在练唱那段，陈凯歌会拍案叫好。但他要自己写剧本就弄出了《无极》这种东西，令人无语。

拍《活着》的时候，我和张艺谋合作了一次，领教了他对表演的关注程度，这是别的导演少有的。表演是电影中最后的工序，表演失败了则一切全完蛋。张艺谋对表演是很下功夫的。他当过演员，认为当时内地的演员表演普遍不行，演员的素质不如香港的。《活着》是一个散点结构，在技巧上是有难度的，张艺谋做得非常好，我认为《活着》是他拍得最成熟的电影。

王天兵： 芦苇今天拿出了自己的真活儿，我很感动。我学习过各种各样的艺术形式，有些人，你向他们咨询有关艺术家的成长问题时，他们总爱说"要学艺，你要先学会做人"。但是芦苇从来没有这么糊弄过我，他总是老老实实地说自己知道什么、不知道什么。我们谢谢他！（掌声）

电影编剧的秘密（中）

芦　苇　王天兵

在《电影编剧的秘密（上）》中，芦苇、王天兵从类型与艺术的关系切入，回顾了芦苇从写作类型片《疯狂的代价》起步到创作出史诗片《霸王别姬》的编剧历程。2008 年 11 月 7 日、9 日，芦苇和王天兵在西安电影制片厂家属院芦苇家中继续上次谈话的话题，从芦苇《霸王别姬》之后的从影经历开始，回顾了他过去十五年的职业生涯，谈话内容侧重电影编剧技巧。此谈话由西安人民广播电台的林海女士录音并打出文字稿，又经王天兵整理成文，芦苇最后审定。

本文曾发表于《读库 0901》。

从《秦颂》说起

🎙 **王天兵**：在改编《霸王别姬》和《活着》之后，你还创作过电影剧本《秦颂》、自编自导过电影《西夏路迢迢》，随后还写过《杜月笙》的电影剧本大纲、电视连续剧《李自成》的前二十集剧本，并将美籍华人作家哈金的《等待》以及中国作家陈忠实的《白鹿原》改编成电影剧本，等等。可是，因为种种原因，这些项目或成片不尽人意，或中途搁浅，或不了了之。我记得你为了创作《杜月笙》，曾经不远万里收集资料，足迹遍及中国和美国各地，实际上，你为每部剧作都付出了大量心血。这些电影题材看似和《霸王别姬》

《活着》迥异，但实际上都是你情有独钟的史诗题材，你都力图将个人命运融入历史洪流中。

🎙 芦　苇：我喜爱史诗风格与人文品质的表达，这是流在血脉中的本能选择。历史的洪流就是无数人的命运，所以每个人的故事都有史诗的舞台与背景。司马迁的《史记》不就是一个个人的故事吗？我追求的是将中国的故事融入史诗类型的电影中去，形成一种可以与世人交流的中国电影，这得有点儿堂吉诃德的愚韧才行。

🎙 王天兵：这是你毕生的追求。

🎙 芦　苇：有一个榜样是黑泽明，他把日本的历史片打造成了一种电影类型，把日本的历史文化推向世界，使其作为一个成熟的电影艺术品类被国际影坛接纳，深刻地影响了世界影坛，斯皮尔伯格、乔治·卢卡斯、科波拉等都自认受过黑泽明的熏陶。其实，日本的历史资源没有我们的深厚，但日本人发挥、整合、组织、创作得出色。我们有资源，但没有把它打造出来的自觉意识，也缺少这种抱负。我在《活着》之后创作《秦颂》《西夏路迢迢》也是基于这种追求，哪怕失败了，也希望能推动其发展。

🎙 王天兵：你认为《秦颂》失败在哪方面？

🎙 芦　苇：《秦颂》与《霸王别姬》很相似，讲的是友谊破裂的故事。悲剧是什么？鲁迅说，是把有价值的东西撕碎给你看。设置友谊破裂的关系，就必须要把友谊建立得非常牢固，这样撕碎的时候才特别有冲击力，这是常识。我写《秦颂》的时候是按照这个戏剧规律下笔的。

我在剧本中写到秦始皇和高渐离在少年时代建立起了深厚的友谊。嬴政少年时是赵国的人质，时刻有被杀的危险。秦始皇性格残暴跟这段不幸的经历有关系。我写的高渐离是燕国民间艺人，当时十五岁，靠卖唱演奏为生，他到赵国演出时逃税，被抓到了监狱里。突然有一天，秦国和赵国关系紧张，小嬴政也被关进了监狱，此时高渐离有这个小伙伴来陪伴，很是善待和关爱他，跟《霸王别姬》中的小石头对小豆子相似，写他们身在监狱则显示两人关系更为密切。这两个少年共戴着一具双人枷锁，度过了地狱般的艰苦岁月。年长的高渐离对这个难弟关心备至、异常体贴，使嬴政在潜意识里对高渐离一直有着难以磨灭的情感需求。这段关系牢固了，后来嬴政杀他的时候戏剧的冲突力才会强烈，如同杀亲般令他悲痛之至。

可是，当我看电影时，看了前十五分钟就暗自叫苦，知道这个电影拍砸了。导演将嬴政与高渐离改成了两个为非作歹、毫无信义的小无赖，身处狱中竟然能将狱长活埋了。对于这种毫无根据瞎闹般的改动，我只能哀叹。这部电影的戏根已被毁掉，难以立足成形了。

🎙️**王天兵**：这又回到咱们上次的话题——导演没有把握好类型。

🎙️**芦　苇**：如此一来不单破坏了类型，而且破坏了这部电影的精神品质。除非你是拍无厘头类型的电影，否则必须以历史的真实逻辑为依据。

《西夏路迢迢》

🎙️**王天兵**：随后你自编自导了《西夏路迢迢》?

🎙️**芦　苇**：随后是《红樱桃》，在 1995 年拍的。我为此还去了一趟莫斯科，见识了伟大的俄罗斯，旅行很愉快，但电影成色不足，而且我连一分钱稿酬也没拿到。

🎙️**王天兵**：这不是你写的剧本吗？为什么成色不足？

🎤 **芦　苇**：是三个人的剧本。导演叶大鹰先写了一稿，他也是西影厂出来的。我一看题材不错，写了一稿，张黎也参与了编剧。

如果真把《红樱桃》中那些人物原型的真实生活拍下来，定然会是部相当杰出的电影，他们的遭遇很有戏剧性。像朱敏——朱德的女儿，小时候就被送到苏联去了，俄语还没学会呢，就被德军抓了。她被关在东欧的一个纳粹集中营里，与波兰人、法国人、捷克斯洛伐克人、保加利亚人关在一起，直到1945年才被苏联红军救出。当时朱敏操着一口五花八门的语言，很难与人交流。

电影的情节反映了主创缺乏历史感，最离谱的是添加了一段纳粹军官给那个中国小女孩楚楚文身的戏。文身在当时的纳粹德国是很低俗的，吉卜赛人、做苦力的等社会下层的人才干这种事儿，德国的贵族军官都有一定的文化水准，文身真是错得离谱。少弄奇巧，老老实实把这些孩子的真实经历拍出来，就会是一部精彩的电影。

🎤 **王天兵**：随后你自编自导了《西夏路迢迢》，很多人并不知道这部电影。你一直是个职业编剧，为什么突然做导演了？

🎤 **芦　苇**：这部电影失败了，也没有正式在电影院发行，只是在电影频道播出了几次，在国际电影节露了几面。

1995年，我的一个熟人"下海"捞了一笔钱，他过去也是文学青年，让我和他一起拍电影，而且说要拍就赶紧拍。拍就拍吧，但我一直是编剧，现在让我做导演，我问他是不是太仓促了，要求多给我点儿准备时间，能不能1997年拍，这样我有一年的准备时间。他说不行，1996年你必须拍，因为商场上局势万变，到了1997年我的钱就没准儿了。他逼着我拍，而且声明赔了没关系，我就拍了。其实是赶鸭子上架，时间太仓促了，质量不过关。

🎙️ 王天兵：当时的投资有多大？

🎙️ 芦　苇：五百万，算中小规模。之前，《霸王别姬》《活着》《秦颂》每部都是几千万以上的大投资。

我在 1992 年就写完了《西夏路迢迢》的剧本，希望有能力的导演来拍。陈凯歌还专门给我写了一封信，他觉得电影梗概写得很好，但是最后没人出面来做这个事儿。既然没人愿意拍，那我就自己拍吧。

我也想学一学导演的手艺，积累点儿制作经验。

🎙️ 王天兵：你能不能把《西夏路迢迢》这个故事讲一下？

🎙️ 芦　苇：故事发生在公元 1100 年前后，背景是与北宋、辽并立的西夏。西夏是党项族建立的一个王朝，他们是半游牧民族，人口少，为了补充兵源而实行"血赋"政策，大量地掠夺外族的妇女和儿童，在强征税收的时候也强征儿童。那时候人口稀缺，人口是战争资源，非常值钱。

历史上不单党项人如此，奥斯曼帝国曾经在西班牙、法国等欧洲国家也干过这种事，在征战中杀掉大量成年男子，掠夺能工巧匠、女人和儿童，因为孩子是可以改造和培养的。南斯拉夫作家安德里奇在他写的小说《德里纳河上的桥》中对此有生动的描述。

回到这个故事，党项人在强征孩子的时候，因为数额没征够，就把一个怀孕的妇女抢走了，希望这个孕妇生下孩子以充数额。后来孩子生下来，还是个男孩，他们就把婴儿抢走了。这个母亲就追自己的孩子，她穷追不舍，一路上发生的事就是《西夏路迢迢》的故事。

🎙️ 王天兵：这部电影是什么类型？你选择西夏是因为你对河套民歌的兴趣吗？

🎤 **芦　苇**：河套民歌有很多文化基因汇合的成分。这是个历史传奇片，事关母爱的主题，又有多种文化冲撞与和解的内容。从类型上来看，它有战争片、伦理片的成分，也有区域风光片的成分，因为那个母亲一直追着自己的孩子跑，跑了很多地方，遍及黄河流域。

我对党项族和西夏的历史感兴趣。西夏曾把北宋打得一塌糊涂，这是游牧民族与农耕民族斗争的一段历史。党项人占领了今陕西、内蒙古、宁夏、甘肃、青海，最后被成吉思汗所灭。

写这个剧本时，美国影片《与狼共舞》已经上映了。两部片子有相似之处，都是在讲今天已经消亡的一个民族的生存状态。不同的是一为精品，一为劣品。

我看历史书，读到关于征税的"血赋"，看到被掠夺人物的命运，感触颇多，忽然心血来潮，就把它写成了剧本。我自认为这个剧本写得是一流的，但是电影连三流都不到，成了不入流的电影。

《西夏路迢迢》参加了很多次电影节，也在国内外拿了四个奖，证明这部电影的品质尚算不错。可活儿实在是糟糕透顶，说起来就脸红。每次在国外参加影展我都不敢看，电影放映前露一下面就赶紧溜走，有的时候人家给我鼓掌，我真是恨不得钻进地缝里去。唉，人无全才呀。

🎤 **王天兵**：为什么会这样？

🎤 **芦　苇**：那部电影是我第一次当导演，还兼制片人，真是无知者无畏，自不量力。

当时我兢兢业业、全力以赴，每天只睡三四个小时，也照败不误。外景地的高原气候也有影响，我的脑子准是进了不少水。拍电影应该让一个有经验的制片人来抓生产，导演来管拍摄内容。但制片方掏了钱却没有出制片人来管理生产，这是一大失误。我的准备时间又太仓促，加上没经验，我兼管生产、导演，确实力不从心，不败才怪。

🎙 **王天兵**：有很多导演曾说，在拍第一部戏之后才发现以前根本就不懂电影。你在拍了《西夏路迢迢》之后，对电影的理解是不是跟以前不一样了？

🎙 **芦　苇**：不是不懂电影，是不懂如何拍电影。

制片跟导演是有严格分工的，制片是组织生产的人。举个例子，我要用一百匹马来拍战争场面，制片就得去谈一匹马多少租金，用什么车运来，要用几天，这几天这些人吃什么、马吃什么、马饲料从哪里来……如果导演陷入这些事务中就完了。

拍《西夏路迢迢》我掉了十几斤肉，一共拍了三百多个镜头，剪出二百七十个镜头，但最关键的是重场戏的质量没拍出来，没有实质性的内容。而且，拍到中间的时候，老板忽然说没钱了，这不要了命吗？

🎙 **王天兵**：上次谈话时你提到编剧进入角色是很困难的，因为你在写剧本的同时要演很多角色。在导演《西夏路迢迢》的过程中，你一边看着演员在演你写的戏，一边为他们说戏，是什么感受？

🎙 **芦　苇**：这当然比负责摄制组的吃喝拉撒睡要有意思多了。演员这块材料，有的时候会出乎意料地好，有的时候又会出乎意料地烂，这就是我当时真实的感受。

《西夏路迢迢》的表演谈不上出彩，电影节上得了几个小奖。原本定的男主角被我炒掉了，因为他的表演过于舞台化。其实，他身上孤独阴郁的一面与角色很相似，可是摄影机一开，他就身不由己地表演，让我很烦恼。

🎙 **王天兵**：这部电影给我留下的唯一印象就是那个女演员。

🎙 **芦　苇**：女演员巴德玛很棒。那些藏族演员也是出乎意料地好，牧民们哪知道什么是演戏呀，但都很棒。这部电影最差的是导演和制片人，这两个角色恰巧都是鄙人，我对这部电影的失败负有不可推卸的责任，罪不可赦。

🎙 王天兵：是不是野心太大了？处女作就敢搞一个群像戏、儿童戏，还有马的戏。很多导演的成名作讲的都是一人一事。

🎙 芦　苇：不是。在正常的制片条件下，如果这五百万不中断的话，不至于此。我们拍到一半的时候，老板忽然说没钱了，我只好给摄制组放假，一天到晚拿着电话号码簿找朋友借钱。还好一个哥们儿雪里送炭，借条也不打，什么手续都没办就把一百五十万给汇来了，这样才把这部电影拍完。

后来在拍《图雅的婚事》的时候资金也中断了，我竭尽全力地支持导演王全安，要死就死一块儿，义无反顾地替他抵挡一切压力，就因为我有教训，知道在关键时候只有咬着牙关干下去。可是，拍摄《西夏路迢迢》的时候没有人替我抵挡，就失败了。

🎙 王天兵：我们回到编剧上。《西夏路迢迢》之后，你又写了什么剧本？

🎙 芦　苇：做《西夏路迢迢》后期的时候，中央电视台找我写《李自成》，是一部电视剧。

《李自成》

🎙 王天兵：《李自成》是迄今为止你写的唯一一部电视剧，而且也是一部历史剧，时间跨度也很长。

🎙 芦　苇：原定写四十集，我只写了二十集。我写得很慢。像电视剧这种快餐式生产，我很不习惯，但又不愿应付了事。用写电影剧本的力道来写，当然就慢了，延误了人家的生产计划。我跟《太平天国》编剧是同时接的活儿，《太平天国》都拍完了，我的剧本还没写完呢，真是对不起找我的那两位热情的女编辑。

我当时还有点儿抱负，想拍一部有电影品质的电视剧，用电影语言、电影手段和电影的感觉来拍，所以写得非常慢。

🎤 **王天兵**：写《李自成》的时候，你看了很多第一手资料吧？

🎤 **芦　苇**：大量地读、大量地啃，资料看了有这么半柜子，主要是晚明历史和明末农民战争史资料。那时候我收集资料、做笔记就费了很长时间，用的是慢工出细活的笨办法。

🎤 **王天兵**：你能否讲讲《李自成》的故事背景？

🎤 **芦　苇**：崇祯皇帝是明朝少见的欲图有所作为的一个皇帝，很不幸的是他生在一个积重难返的动荡年代，明朝断送在他的手里。

史载农民起义军的领袖高迎祥在今周至县的马召镇激战，被活捉后送到北京，在午门被斩首。我杜撰了一段戏，崇祯因为好奇而私下去探视高迎祥。两人之间有几句对话。崇祯问高迎祥为什么造反，高迎祥答，说起来话长，从何说起？崇祯说天灾人祸不是朝廷的问题，你为什么要反叛朝廷？高迎祥反问他，你吃过观音土没有？一句话把崇祯给问住了，贵为天子，哪知道什么叫观音土呀。高迎祥说如果你没吃过观音土、没吃过草根、没吃过树皮，我为什么造反就跟你说不清了。你要是吃过这些，你也得反了去。高迎祥掷地有声地回答了明朝灭亡的根本原因。

明朝末年民间有一个说法，叫"三石皇粮，七斗入仓"，从农民那儿收了三石税粮，只有七斗（十斗为一石）入了国库，中间被层层克扣盘剥的竟达七八成。你想想，农民负担有多重！国库空虚，农民被掠夺压榨，喂肥了一个官僚阶层，可是这个阶层又解决不了社会和农民的危机。农民活不下去了，只好揭竿而起，自谋生路。就这八个字，足以判明朝的死刑了。

作为"盗寇"的李自成和作为天子的崇祯同样在经受磨难，都在活受罪。这个社会已经走到了无可救药的地步了。

我当时有点儿抱负，想搭一座大舞台，把明朝的官僚体制、军事体制、农民起义军的军事体制和清朝势力的兴起做一个对比，把这些都写得绘声绘色，所以写得又细又慢，二十集我写了三年时间，足有六部电影的量。

🎙 王天兵：剧本现在还在吗？

🎙 芦　苇：在。用这二十集剧本拍五六部电影一点儿问题都没有，现在谁要说要拍崇祯皇帝、拍李自成，拿来就能用。

🎙 王天兵：你的《李自成》跟姚雪垠的《李自成》没有关系吧？

🎙 芦　苇：没有关系。他笔下的李自成是明朝的革命先烈"洪常青"（电影《红色娘子军》中的男主角、党代表）。姚雪垠写得还有点儿意思的人都是明朝的官僚、将领。他笔下的洪承畴、卢象升、崇祯都比李自成好，可是李自成这个主角写得最没劲、最虚假。

当时姚雪垠还活着，编辑曾问我愿不愿意跟老爷子见个面，他毕竟是小说《李自成》的作者。我问，姚雪垠对他这部小说有什么评价？她们说老爷子自负得很，认为这是不朽之作，要留名青史的。老爷子还说，今天有"红学"，将来就会有"李学"。他把自己跟曹雪芹相提并论了。

我一听这么膨胀的人就害怕，说这位老先生不见也罢。所以我没去见他，他那部小说我倒是认真看了。第一卷还马马虎虎，因为开场时李自成还没完全露出"洪常青"那张脸来呢，但已经有点儿不对劲了。越往后写越不好看。

其实，姚雪垠很有才华。他年轻时曾写过一篇小说①，我记不清名字了，是写他自己的经历。他出身于地主家庭，家里有点儿钱，小时被土匪绑过一次票。土匪不能老在一个地方待着，官军剿他们啊，土匪就拉着他到处流窜。他写的就是那一路的所见所闻。他作为肉票，着实见识了一番江湖本色。

国画大师张大千也有过当肉票的经历。在重庆上中学时，张大千放假徒步回老家，路上看到土匪跟保安团打起来了，他一看，保安团的指挥官是他的中学体育老师，就是后来当了元帅的刘伯承。他就问，你看我能不能过去？刘伯承用一口四川土话跟他说，江水浑得很，哥子们抓不开，意思是情形乱得很，局面不保险。张大千就走了另外一条路，结果还是让土匪给抓住了。本来土匪要把他当肉票，一听他说是重庆中学的读书郎，就让他当文案了，专门给人写肉票的价格，写催要肉票钱的通牒信，还要算伙食账，管土匪的财产登记、审讯人的笔录。土匪等级森严，他写文案，比一般的土匪吃得还好。后来土匪散伙了，肉票就是财产嘛，他被分给了一个土匪，就跟着这个土匪到另外一个地方去，他在路上溜掉了，之后成了一代画师。

姚雪垠的那部自传性质的小说的水准之高，堪称经典。民国小说写得那么好是罕见的，不仅叙事语言好，台词也好。他写这篇小说的时候也就三十岁左右，落笔就有彩。

可是他的《李自成》却写得一塌糊涂。我看《李自成》时感到此人才华尽失，他要树一个高大全的革命者形象，要搞古代题材的主旋律，要给李自成打上一层当代政治的蜡，不败待何？

他有位朋友叫姜泓，当年是武汉文联的人，曾写文章回忆姚雪垠当年创作《李自成》的真实动机——他要在文坛上打翻身仗。他那个时候是"臭老九"、

---

① 指姚雪垠的长篇小说《长夜》。该小说以二十世纪二十年代军阀混战时豫西山区农村为背景，描写了一支土匪队伍的传奇生活。这是五四运动以后的新文学中绝无仅有的描写绿林生活的长篇小说。此书译为法文后，姚雪垠被授予马赛纪念勋章。

右派，被运动整得七荤八素的，老不得舒展，就困极思变，写了《李自成》。

我写《李自成》剧本的时候，对他的"李学"敬而远之，确实是觉得他笔下的李自成很是无趣，其实真正的李自成的精气神儿大了去了。

🎙 **王天兵**：流传下来的关于李自成的历史资料有多少是可以用的？

🎙 **芦　苇**：关于明末农民起义的资料很多，但没有一个是具体的，说到李自成都是寥寥数语。有人说他独眼，他确实在围攻开封的时候一只眼睛被短箭射伤了。那种箭是成排射出的，就跟机关枪扫射一样，让人防不胜防。

🎙 **王天兵**：《李自成》是你第一个电视剧剧本。写作电视剧剧本和电影剧本有什么区别？

🎙 **芦　苇**：电视剧是全本大戏，电影是经典折子。不是早有总结了吗？电影的台词是可说可不说的最好不说，而电视剧的原则是可说可不说的一定要说，所以常常是废话连篇、又臭又长。

我那时琢磨能不能把电影的长处揉进电视剧里去，让通俗易懂的电视剧别太水，让情节紧凑一些、人物鲜明一些、台词精练一些？

有人说，电视剧嘛，就别这么认真啦，你这是把肉贱卖成豆腐钱了，你这都是干货，电视剧是三分之一干货、三分之二水货一掺和就行了。我不为所动，写《李自成》的时候尽量做到不要有一句废话，尽量句句落在实处，为此竟误了交稿时间，害得我的两位女编辑连年终奖金也没了。

🎙 **王天兵**：你曾说过，电视剧是连环画，而电影是油画。你笔下的李自成是什么样的人？

🎙 **芦　苇**：李自成之所以能当上领头人物，必有其过人之处。那些起义军将领都是人中豪杰！生活中你找一个人替你卖命试试，一个你都找不着。掌盘子的一开口就有成千上万人为之摇旗呐喊、赴汤蹈火，这是何等本事！

李自成早年跟后期判若两人。早先他奋发向上，重情义、能担当、有抱负、有勇气，在农民起义军里一呼百应；后期他自我膨胀、朽败昏愦，不择手段地消灭异己，以至于清兵入关以后，他的军队已是兵无斗志，一盘散沙，组织不起来任何有效的抵抗。这是他的局限性。他在困难的时候是英雄，而在轻取天下后变得虚妄苛酷。

起初农民起义军不是一个整体，而是各路不同的起义军，各打旗号，各自为战，所以很难独自跟官军对抗，经常被各个击破。就在最危险的关头，李自成挺身而出，打阻击以掩护各路人马突围，他的威望自此树立起来。

🎙 **王天兵**：《李自成》涉及战争和暴动，你是根据什么复原当时的战斗场面的？

🎙 **芦　苇**：据史料记载，那时的陕北饥民遍地，地主们害怕粮食被抢，就联合扎一个土围寨子，把城墙修结实了，然后组织民团武装保护屯守。流民把那些分散落单的地主的粮食都吃光了，就包围寨子，但是小股流民力不能及，得成百上千人才行。于是，你一股我一股，各股流民汇集起来。在这一大批人里挑选出有战斗力的青壮年去破寨。李自成和张献忠都是边境守兵出身，弓马娴熟，有些战斗经验，就由他们来指挥作战。

他们破寨的时候顶着门板、锅，然后用大木锥撞击寨门，守在墙头上面的人就用开水、砖头不停地往下砸。撞门之时，大股的流民，主要是妇女、孩子及老弱病残，围在旁边山头上呐喊助威，扯着嗓门喊："灌呀灌呀！"流民在呐喊声中往里冲。我写《李自成》还有个愿望，就是想把陕北方言做一番发挥，陕北方言有魅力，属于北方语言，大部分人都能听懂。

在破寨之前他们都有约定：一旦攻入，先分口粮，让每个人都有吃的，然后论功行赏，负伤的什么待遇，死了的什么待遇，都得讲清楚。谁是带头冲进去的功臣，就把俘获的女眷赏给谁，当天就成婚进洞房。所以，每攻破一个寨子，总产生几十对新婚夫妻。这些史实在影视剧里都是空白。

🎙 **王天兵**：在这基础上，你又有哪些创新？

🎙 **芦　苇**：我写过攻下寨子后的一场戏，破寨的头领派亲信把守粮仓，但根本不顶用。你想，成千上万人拥进去了，七大姑八大姨的都认识，进去就扒粮食，裤子一脱就装，衣服一脱就兜，乱成了一锅粥。一个起义军头领把地主抓住吊起来，问金银细软藏在哪儿，这叫"拷饷"。这个头领拿着一瓢热油逼问：藏哪儿啦？地主说：没有呀。然后一瓢热油就倒到地主背上了，一股白气倏地冒了上来！后来地主的姨太太说藏在我家尿槽子底下呢。他们就把尿槽子抬开，果真藏着大批银两……

等城池一破，起义军把地主家的衣服抢夺一空，满街人穿红挂绿。李自成着意搜寻的是马械，城池破了第一件事是找马。他看到侄子李过穿着一件大红的缎子衣服过来了，就骂道："瞧你这点出息，是当丫鬟的命！"李过看他脸色不对，就赶紧脱了递上说："二爸你穿。"李自成用刀直接把衣服挑成两半，说："快快去找马、找盾牌刀剑去，那才是家当。"

中学时候我一个同学的爸爸是老红军，我曾问过他："你当年长征的时候穿的是什么衣服？"他说："我那时候才十六岁，个子小，衣服早穿破了，后来打土豪给我分了一件丫鬟穿的绿绸子衣服，我一路就穿着这件绿绸子衣服走到了陕北。"这就是历史的质感。

可想而知，当年的红军队伍根本不会像现今电视剧里演的那样军服齐整。我曾见过一张长征时的照片，你知道红军戴的什么帽子？戴的是遮阳的礼帽！只有通过这些准确细节，才能还原时代历史的真貌与质感。

🎙 **王天兵**：你为什么只写了二十集《李自成》？

🎙芦　苇：写着写着，出品方说项目下马不拍了。《李自成》的下半部分写的是清朝兴起的时代，天下分三种势力。电视剧有篇幅呀，我在《李自成》里写了几十个人物——农民起义军一大堆，明朝的皇帝、太监、皇后、后妃、将领、官员也写了一大堆。清朝那些人还没登场呢，我的好梦就被打断了。

🎙王天兵：以后还会拍吗？

🎙芦　苇：天知道。

🎙王天兵：说到这儿，我们谈谈另一部以农民和革命为主题的电影项目，也是一部历史正剧，也有成为史诗的潜力。你曾为之奋斗了四年，光剧本就改了五六稿，而且你也一度作为候选导演被媒体宣传过。可是，经过反复报道和猜测，最后还是不了了之。——我们谈谈《白鹿原》吧。

《白鹿原》

🎙芦　苇：唉，提起《白鹿原》，感慨万千，不由得脱口而出："落花流水春去也，白鹿原上。"小说《白鹿原》是二十世纪九十年代初问世的，出版不久吴天明就来找我写这个剧本。当时《白鹿原》的电影改编版权在一个叫罗新的人手里，他也来找过我做编剧。他们都说，这个编剧你来做最合适。

吴天明、陈忠实和我为这个事碰过很多次头，吃过好几顿饭。我干电影这么多年，有陕西乡土情结。我对跟吴天明、张艺谋都说过，咱们吃秦川的粮、喝秦川的水，秦川养育我们长大，一辈子都仗着关中乡土的根活命呢，拍一部陕西关中乡土的电影是理所应当的事情呀。虽然《老井》拍得很好，但说的是山西的事儿。这是一种血浓于水的情感，拍摄《白鹿原》义不容辞、情不容辞。

但事情一直就这么吊着。有关方面说不能拍，这个事儿就撂下没人管了。大概在2002年、2003年的时候，西影厂又把《白鹿原》的电影版权买到了。厂领导找我，说把这个重任委托给我了。我是2003年正式开始写剧本的，到了2007年，七易其稿，这期间不停地在写它。

🎙 **王天兵**：我看了第三稿和第五稿。

🎙 **芦　苇**：但是到今天，这部电影还是无法拍摄。[①] 心中遗憾虽难以言表，但也习惯了，这十来年我写了这么多东西，真正拍出来的只有一部《图雅的婚事》，别的剧本要么流产了，要么因为各种各样的原因被束之高阁。

🎙 **王天兵**：先谈谈小说《白鹿原》吧。

🎙 **芦　苇**：关于陕西乡土的小说，过去有一部《创业史》，下面就是《白鹿原》了。写《白鹿原》的时候，我把《创业史》重新看了一遍，为了勾起对乡土的记忆，熟悉它的语言、人物状态与精神面貌。《创业史》的作者柳青是陕西作家里很有才华的老前辈，文字很地道，但是他在二十世纪五十年代的创作思路太受局限，难以突破时代的樊篱，故难称大家。

迄今为止，《白鹿原》是我看到的写陕西乡土历史出众的一部小说。

若纯论小说技巧，该书还有很多可商榷之处，小说结构、人物定位、人物与情节的铺展及转折都有可以讨论的余地，我看重的不是技巧，而是陈忠实对陕西乡土历史的关切与表达。别的陕西作家都没有达到他的水准。

中国自古以来是一个乡土国家，但是乡土小说和有关乡土的记忆太少了，

---

① 这次谈话进行时电影《白鹿原》还没有开拍。

这是个悖论。我们没有写《静静的顿河》的肖洛霍夫^①，没有写《鱼王》的阿斯塔菲耶夫^②，没有福克纳^③这样的美国乡土作家，也没有哈代^④这样的英国乡土作家，这是中国文学在乡土表达方面的巨大缺失。

所以，陈忠实的《白鹿原》难能可贵，他记录了乡土历史的精神变迁，蕴含文史价值，那些被遗忘的历史场景、人物与生活在他的小说中重新浮现出来。这是陈忠实不可抹杀的一个功绩。他对农民把握得很到位，把鹿三、白嘉轩、鹿子霖写得活灵活现，但他没有充分把握住新旧交替时代里知识分子的真实心态，比如说朱先生这个角色，就比较单薄。就目前来看，这部小说仍是中国乡土小说的代表作之一。

柳青的社会观在常识性判断方面是有时代局限性的，中国的农村已经发生了天翻地覆的变化，《创业史》那么厚的一部书，只有新中国成立前的部分写得真实可靠。《白鹿原》也难达到这个水准。《创业史》从民国十八年，就是1929年陕西著名的大旱灾写起，很多难民跑到长安县黄堡那边去，这一段文字的水准不比《静静的顿河》差，但是再看下去就后继无力了。柳青没有肖洛霍夫的格局，他对社会学的解释犯了常识性的错误，但这不是他一个人的错误，是那个时代的人的共性错误。

陈忠实写《白鹿原》的时候已经拥有相对的自由和独立的判断了，还有着比柳青更丰富的农村生活经验，他是农村基层干部出身，这段经历成就了

① 米哈伊尔·肖洛霍夫（1905—1984）：苏联作家，1965年获诺贝尔文学奖，代表作为《静静的顿河》、《新垦地》（又译《被开垦的处女地》）、《一个人的遭遇》等。
② 维克托·彼得罗维奇·阿斯塔菲耶夫（1924—2001）：苏联作家，生于西伯利亚一个农民家庭，参加过苏联卫国战争，1951年开始发表作品。小说《鱼王》于1978年获苏联国家奖。
③ 威廉·福克纳（1897—1962）：美国最有影响力的作家之一，1949年获得诺贝尔文学奖，代表作为《喧哗与骚动》《我弥留之际》《八月之光》等。
④ 托马斯·哈代（1840—1928）：英国杰出的乡土小说家、诗人，代表作为《德伯家的苔丝》《无名的裘德》。

他。一个作家能真正了解农民并以农民的立场来回顾乡土，这是前不见古人的。现在别说九〇后、八〇后，就是七〇后，有谁真正了解农村？这是个悖论，一个农业文明的古老大国鲜有能表现乡土农民的文学作品，更遑论电影。

🎤 **王天兵**：面对《白鹿原》小说，你是怎样考虑改编问题的？

🎤 **芦　苇**：改编《白鹿原》的意义是拒绝遗忘。我想把它改编成一部有分量的电影。从内容上说，《白鹿原》不是好的电影素材——它人物众多、故事繁杂、年代跨越了半个世纪，我要把它写成一部传统意义上的正剧当然是自讨苦吃。

若写正剧，就得按照正剧的结构来写，这会给我徒增难度，需要极强的戏剧结构能力、表现能力和突变能力，对自己的剧作能力是个磨炼过程。我曾暗暗鼓励自己，如果我写不好，就白吃了五十年陕西的饭。写不好的时候，我会告诫自己慢慢来，别急于求成，做写三五年的准备，一稿一稿地来。实际上从我接稿到完成，前后耗时四年，2007年又写了一稿。从2003年算起，七易其稿，非精琢细磨难以达意。

🎤 **王天兵**：我看了第三稿，感觉浑厚大气，有些场景仿佛让我看到法国画家米勒的油画中播种、收割的农民。可能是因为投资的问题，等到了第五稿，剧本却以黑娃和田小娥之间的关系为线索，使整部电影格局变小了。后来，投资者专门在北京开了个剧本研讨会，请一些评论家来判断你写的这一稿对小说的改编是否成功……

🎤 **芦　苇**：一半是肯定的，一半是否定的。肯定的坚决肯定，否定的也是坚决否定。这是个好征兆，有争论才有生命力。

🎤 **王天兵**：第五稿你为什么要这么改？

🎤 芦　苇：每次都有一些改变，一切都是围绕这个戏剧故事来做。

这部电影真正的戏剧矛盾是两代人的冲突，我通过黑娃和田小娥这两个人物来强化冲突。白鹿原上的年轻人知道追求自己的幸福了，不管是自觉还是不自觉的。鹿兆鹏是自觉的，他决然离开包办的媳妇。黑娃是不自觉的，但却凭本能与田小娥自由相爱了。白孝文很被动，他被田小娥所诱惑是小说里的情节。在剧本里，是田小娥在这个时候需要他，他也敢于表示了。

白嘉轩的宗法规矩是你必须"合法"地占有、"合法"地奸淫。当小老婆可以，把她买来当私货用也可以，都必须经过祠堂的认可，否则就犯了族规，就要被无情地打压，非常残酷无情。这种宗法制度对人性的摧残是很无情的。

田小娥在小说的前半部分就死掉了，她死了之后还有漫长的一段时光，一直延续到1949年，这两代人的恩怨并没有因为田小娥的死而画上句号。这两代人的恩怨情仇一直延续到最后一场戏，白孝文跟他的父亲依然无法和解。这对父子的关系代表着新旧思想情感的矛盾与冲突，自始至终把这条戏剧对抗线贯穿到底，不容有一丝一毫的疏忽、转移。

我写《白鹿原》剧本时没有用观念来写，而是尊重人物自己的心路历程。这个剧本是我所写的剧本中耗时最久、花费精力最多的一个，把半个世纪的故事压缩到两小时四十分钟的电影中。

🎤 王天兵：小说里写了一百多个人物。你怎么决定人物的取舍？

🎤 芦　苇：你还记得黑泽明的《七武士》吗？其人物刻画的功力达到了电影史上的极致，但你看完后也只能记住其中的四五个主要人物。电影若超过七个人物，观众就记不住了。

🎤 王天兵：你怎样决定哪个保留、哪个删除呢？

🎤 芦　苇：小说里的朱先生因为无法让人信服，我把他删掉了，白灵删掉了，鹿兆鹏的弟弟也删掉了。我删掉的人多了，包括鹿子霖的父亲、白嘉轩的父亲、鹿三的一个儿子，最后他们这三家都是只有一个儿子。为什么要这么做？也是为了遵循正剧结构的规律，要么不出场，出了场就必然要有头有尾，必须有充足的戏份儿。

🎙 **王天兵**：你在写《霸王别姬》时看了大量人物传记、历史资料等，写《白鹿原》的时候看过类似的东西吗？

🎙 **芦　苇**：我看了柳青的小说，如《种谷记》《狼透铁》《创业史》。另外，凡能搞到手的写陕西农村的小说我都拿来看，陕西方言、农业节气和谚语这类书也看。陈忠实不太主张过分表现方言，但语言即人物，若用了方言，每一个字、每一个词都要物有所值，要有出处。我还看陕西文史资料，比如蓝田"交农"事件，在陕西省文史资料和蓝田县文史资料里都有切实的记载。"交农"事件规模不小，写之前得了解这个事件的原委经过。

🎙 **王天兵**：《白鹿原》小说用到这些了吗？你的剧本做了哪些改动？

🎙 **芦　苇**："交农"事件针对的是当时的蓝田县政府，也可以具体到一个乡镇公所，那个规模一下子就小了许多。我在写剧本之前都要问投资多少钱，要清楚写的范围。《图雅的婚事》的投资只有五百万，下笔应当根据投资规模而定。

🎙 **王天兵**：能否用电脑特技来表现大场面呢？

🎙 **芦　苇**：电脑特技费用算下来也不得了，也得上百万的投资。在我看来，一切大场面都是人物的背景。场面并非目的，而是为了刻画人物的情感与性格。

🎙 **王天兵**：电影《白鹿原》是什么类型？

🎙 **芦　苇**：是正剧与悲剧的框架，有传奇的色彩，也有家庭伦理剧的成分。

🎙 **王天兵**：你在重新阅读史料的过程中，感觉《白鹿原》这部小说对史料的掌握怎么样？陈忠实在历史上下的功夫足吗？

🎙 **芦　苇**：他下了相当大的功夫。他写的一些事件都是有出处且可靠的，像种植大烟、"交农"事件、农会斗争，这些都是有据可查的。

清政府被推翻以后陕西农民的思想与情感的状态那一段是陈忠实写得最精准的部分。农民一听说没有皇帝了，就惶惶然不可终日，觉得天塌了，不知道今后的日子到底该怎么过。后来又剪辫子、放大脚了。白嘉轩就说，这以后女人都长两只大肥脚片子，还不恶心人？这句台词精准生动，是一代人的审美心声。

白嘉轩不知道这样的女人如何能让男人动心，这还是女人吗？这不成了妖怪了？这些都意味深远。

后来我在剧本里写鹿子霖见了县长，他站着没法儿说话，见官不跪着就浑身不自在，所以扑通一声就跪下来了。县长说，这都民国了，没有这个规矩了嘛，为啥要推翻清朝？就是不想给人跪了嘛，你站起来说话！鹿子霖说，谢大人，站起来了，然后默不作声。田福贤提醒县长说，下头人见了官，站着就说不成话了。这是电影里有趣的动作与台词，内容相当深刻，令人回味。

皇帝被推翻后，鹿子霖的头号问题是，爷呀，清朝没有了，清朝银子和制钱还能用不能用咧？他为此深感恐惧。第二个问题是，科举也废了，那俺以前请先生给娃交的私塾钱就白花了。县长说，读新学嘛，小学毕业就是秀才，中学毕业就是举人，大学毕业就是状元，我就是读了新学才当上县长的。鹿子霖这回灵醒了，与时俱进了，回家立马把他儿子送到西安读新学以求官路去了。白嘉轩的问题是，以后皇粮咋交呀？这个问题关乎农民的切身利益，十分严重了。县长说，这是民国了，大家都是公民了，以后没有皇粮了。白嘉轩还说，自古以来这地都要交税呀，不交税不行呀，哪有不交税的臣民？他可没想到第一次给新政府交税，数目就加了好几倍，他大为愤慨：不是说咱都是公民了吗？咋越交越多了？这锤子公民有个啥好处嘛？

🎙 **王天兵**：康熙被称作"圣祖仁皇帝"，他死的时候要求后代的皇帝不给农民加税，谁加谁死了不能进祖宗祠堂。清朝是不准有徭役的，就是禁止义务劳动，所以白嘉轩会感到新不如旧。

🎙 **芦　苇**：封建社会制度非常脆弱，出点儿意外就容易乱套。太平天国、捻军起事，康熙皇帝定的那点儿税就入不敷出了，还不是给农民摊派军费嘛。

🎙 **王天兵**：经过这么多波折，其中还有一家影视公司请你来做导演这一大段事儿，当时说得跟真的一样，你愿不愿意谈谈？由此可以看出中国电影界有什么问题，网上还有一个你待选导演的视频专题呢。

🎙 **芦　苇**：小说《白鹿原》在社会上有一定的影响，很多人难免想入非非，想拿这个项目来做一些有经济效益的事情，至于它真正的文化内涵和意义却少有人问津。

当时那家影视公司没有资金来做这么大的项目，是想通过这个项目来让别人出钱，他们来操盘折腾，结果把时间耽误了，班子成立起来开始工作了，但是制片方资金迟迟到不了位，所以这个电影就不死不活地拖下来了。现在这种事司空见惯。

我当然希望有经验的优秀导演来做这个项目，我曾找过张艺谋，很动情地给他写过一封陕西人血浓于水的劝拍信，但他在奥运会开幕式上下不来。找来找去，当时看中国农村题材拍得尚有质感的只有一部王全安的《惊蛰》，便想用其所长，上下左右劝得厂领导算是对他认可了，但条件是我必须在里面当艺术指导。中间又几起几落。厂方后来对他做导演又持否定态度，这时就没人了，就剩我对《白鹿原》最熟悉，实在不行我就先当"看守导演"，守住摊子，然后苦求高明，我随时让贤。

写中国农村真相写得扎实精彩的是一部纪实性的回忆录——韩丁的《翻身——中国一个村庄的革命纪实》（以下简称《翻身》），那里边的人物栩栩如生。这本书现在几乎无人知晓，很难找寻。这是我看到的关于中国乡土大变革时代最真实的文献，是美国人韩丁参与1947年山西太行山区土改的事。韩丁是联合国派到中国北方农村推广农业技术的技术员。1942年，河南发生过一次大饥荒，饿死了很多人，大量的难民往陕西跑。韩丁曾监督过救济粮的发放，目睹过旧中国农村的黑暗落后，后来这个地区成解放区了，他又很积极地参加了土改运动，他认为土改有利于改变中国农民的命运，是进步而有意义的事情。书里边的事件写得惊心动魄。大家如果想知道乡土农村的命运真相，可以去读这本书。

小说《白鹿原》讲的是中国乡村的宗法社会是如何解体的。这部电影倘若能正视历史中的真相和惨痛，其意义自会久远，至少证明我们这一代人拒绝遗忘，功比史典。

《杜月笙》

🎤 **王天兵**：除了《李自成》《白鹿原》这些以农民为题材的剧作，你还写过《杜月笙》《活着》《等待》这些以城市、城镇为背景的题材。能否谈谈《杜月笙》的写作过程？

🎤 **芦　苇**：《杜月笙》是故事梗概，没有正式剧本。

🎤 **王天兵**：可我觉得你那个两万字的梗概气势磅礴，戏根埋得稳，人物已卓然成型，而且你为写这个梗概曾漂洋过海，查阅了大量的资料。

🎤 芦　苇：资料是一堆一堆地看，光是关于杜月笙的传记就看了七八种。在美国看了章君榖的《杜月笙传》，四大本，有半尺厚，写得比较详细，但有作传美化的倾向。

🎤 王天兵：是杜月笙的弟子写的？

🎤 芦　苇：是他的弟子陆京士策划主持并校订的。陆京士这个人是大学毕业的知识分子，后来当了上海滩行业工会的领导，之后投到杜月笙门下，这个变化很有意思。还有朱学范，也曾是杜月笙的弟子，当时是邮电工会的头儿，新中国成立以后升到了全国人大常委会副委员长的高位。他俩都出自杜门。

章君榖是写人物传记的，他还写过《吴佩孚传》。章君榖写的四大卷《杜月笙传》，应该是陆京士出稿费来替他的恩师作传。因为是弟子陆京士出资主持，所以溢美之词就在所难免。

🎤 王天兵：最开始是陈凯歌来找你写杜月笙的，杜月笙在近代史上有什么意义？你作为一个电影人为什么要写杜月笙？或者说一部电影怎么表现杜月笙才有意义？

🎤 芦　苇：首先，我们对杜月笙所处的时代应有个认识和判断。

杜月笙最辉煌的时期应该是从 1927 年到 1937 年淞沪会战这十年，这是他一生的顶点。抗日战争结束以后，他就没地盘儿了——上海已经天翻地覆了，他的舞台角色也只剩末场了。

中国历史上商业的发展是很缓慢的，至晚清才真正开始发展资本主义经济，官办与民办的企业都出现了雏形。1911 年到 1927 年这段时间，已经具备了发展的基础，突飞猛进地发展是在 1927 年到 1937 年。老上海人都觉得那是一个非常值得怀念的黄金时代。当时的上海工作好找，钱挣得多，只要肯劳动、肯投资就会有收获，这是日新月异的社会中人们普遍的感觉。

杜月笙这个人物就是在这个舞台背景中崭露头角的。如果把他放到晚清，他不一定会成为名人，把他放到今天也不过是一个水果店的小老板，他恰恰是在社会转型时期成了气候。

他早年是上海滩的一个小混混、水果摊的小贩，后来投靠了青帮。那个时候上海的小商贩多以青帮为靠山。中国历来的专制政府是不保护商人利益的，人们只得拉帮结派自搞组织来保护自身利益，青帮就应运而生了。当时势力最大的青帮实际上是靠漕帮发展起来的，而后又蔓延到各行各业。杜月笙开始是法租界霸头黄金荣手下一个不起眼的小喽啰。黄金荣是靠租界发家的，他是法租界巡捕，后来混成了巡捕长，成了一个班头，就是今天刑警队队长这么一个角色。杜月笙对黄金荣可谓肝脑涂地全力拥戴，黄金荣的势力是在他的一手策划和扶助下发展壮大起来的。

清末民初，上海滩各帮派为争夺烟土销运的主宰权而纷纷火并，在这场斗争中，杜月笙替黄金荣出谋划策，使他取得了烟土生意的控制权。黄金荣之所以成为上海滩的老大，是杜月笙把他推上马的，他是黄金荣的"诸葛亮"。后来黄金荣被军阀卢永祥抓过一次，算是栽了，也是杜月笙出面把他的地盘保住了，把人也救出来了。1927 年北伐战争以后，黄金荣的地位逐渐被杜月笙取代，这是时势使然，也是人势使然。

当时中国政局四分五裂，北伐时各种势力在军事上和政治上进行角斗。北伐结束以后，国民党实际上只控制了长江中下游的几个省，但控制不了上海滩，因为它是个租界世界，是英国、法国以及日本等列强的势力范围，国民党进不去。

上海经济繁荣而局面混乱，商会林立，像经济纠纷、利益的争夺、地盘的争夺、行规的确立、行规之间的矛盾等等，问题太多，租界也解决不了，还有民族工商资本家和租界的矛盾，上海各公司、各工厂劳资矛盾，随着经济的发展都尖锐起来了，虽是百舸争流却一片混乱。市场的争夺也很残酷，黑社会暴力事件层出不穷。在这种情况下，上海滩需要一个领袖式的权威人物，一个有能力、有信誉的人来摆平这些问题，于是，杜月笙趁机粉墨登场。

黄金荣是见钱眼开的主儿，他给国民党办事、给法国人办事、给英国人办事，也给共产党办事。他曾经掩护过共产党的人，只要交钱，他也放共产党的人，也给他们通风报信，只要收了钱他就替人消灾。

黄金荣的见识、心态、气魄、谋略、能力等跟杜月笙相比都略逊一筹。杜月笙出身卑微，识字不多，但有抱负、有担当。他十七八岁的时候，以讲义气而在码头上小有名气。此人对同伙解衣推食，有时杜月笙到赌棚里赢点儿钱，一出来转眼就没有了，全救济那些小兄弟了。而且此人言而有信，身上很有"光棍精神"，所以他很有人缘儿。

淞沪会战爆发之前，上海一共一百多家商会，杜月笙是上海九十多家商会的名誉会长，他起了一个统理协调的作用。当时需要一个类似"影子政府"式的人物来处理上海各种各样的社会矛盾，而杜月笙就是这么个大拿。1927年到1937年，他在上海成了纵横捭阖的灵魂人物，诸多社会矛盾都靠他出面来调停解决。

🎤 **王天兵**：这实际上是农业型经济的乡土中国向资本主义社会过渡的一个典型时期。

🎤 **芦　苇**：对，杜月笙起家于一个承前启后的时期，他也是一个承前启后的人物。

陈凯歌曾问过我对杜月笙这个人是怎样定位的，我说杜月笙是一个叱咤风云的社会调和者。与传统帮派不一样，他已经掌握了比较文明的手段来处理社会矛盾，实现协商调和、利益共享。这比传统的帮派争斗高明。过去事关利益的矛盾、地盘控制权争夺，传统帮派必定通过暴力来解决。尽管黄杜帮派在开始的时候也采用暴力手段，但控制了上海滩之后，杜月笙认识到单靠暴力，他们的地位很难长久，因为一定会有新的暴力集团来对付他们。怎么办呢？他采取了亦暴亦和、化暴为和的策略，就是谈判、讨价还价、共谋同利，上海人叫"吃讲茶"。杜月笙的主要生活就是从早到晚出入各个茶馆"吃讲茶"，干什么呢？解决商家帮派之间各种各样的纠纷。"吃讲茶"曾是他的主要活动。

抗日战争全面爆发之前，杜月笙成了上海最有号召力与威望的人。当时法租界电车工人大罢工，劳资双方发生冲突。电车工会推举的代表是杜月笙，有趣的是法租界资方请的代表也是杜月笙，等于说两家都请他来做代理人，也可以说两家都请他来做仲裁。他的办法也简单明了，他说，好啊，大家都抬举我，那我就出主意了。他对资方说，你们得给工人加钱，工人的要求是有道理的，钱不加是不行的，理由是物价都涨了，工人工资应该也涨；他对工人讲，你们的要求是合理的，但是你们要得太多的话，资方就要亏本了，老板当然就不干了，你们就少要点儿。谈到最后的时候，中间这个价位拉不平，杜月笙就说，这样吧，中间的这个价我出，我出钱化解这个矛盾。最后的结果是工人们对他感恩戴德，杜老板替我们说话了，工资也涨了，我们胜利了，老板没敢开除我们。法租界资方也觉得不错，因为他们付出的比工人要求的要少。

尽管杜月笙未必意识到，但他的做法跟当时欧洲的工团主义的宗旨是大同小异的，就是确立良性秩序，避免暴力冲突，通过谈判、互相退让来达到一种社会安定。他是与时俱进的。杜月笙在"清党"的时候是站在国民党右派这一边的。道理也很简单，他自己的行帮势力与社会地位受到威胁了，当时左派工人纠察队要推翻行帮组织，还要铲除各大商会，杜月笙和黄金荣是公开地与工人纠察队为敌的。新中国成立以后，对杜月笙持否定态度，这是有历史原因的。

今天回过头来冷静地看待杜月笙，他当然不是完人，但确实为当时上海保持安定繁荣的局面起到了重要的作用，为当时上海的经济发展起到了推动作用。

在这个意义上，杜月笙在当时的历史条件下不失为一个新式的社会活动家，在当时舞台上的政客、青帮、商界首领里边，他是一个鹤立鸡群的人。

若说杜月笙的行事风格，不妨再举一例。当时有一个商业巨子叫王晓籁，控制着上海最大的渔业市场，杜月笙与他抢夺这个市场，几经交锋，杜月笙采取黑白两道的办法得了手。抢过来之后，他又交给王晓籁来经营，他说你来经营，投资各占一半，利润平分，我不会经营，要它没用，你是内行，我恭请你来经营。这是杜月笙典型的化敌为友策略。传统黑帮是把对手杀了，斩草除根，独自霸占市场。杜月笙有一句有名的话：有饭大家吃。这话体现了一个时代的进步，也体现了中国人在觉悟上的提高，过去是我吃饱撑死，让你活活饿死，充满了恶斗争霸的血腥。所以，杜月笙身边大有像王晓籁这样对他心服口服的商人。

当这个人物的真相与实际角色显现后，剧作就有了方向感。

🎙️ **王天兵：** 实际上以前的青帮帮主是土皇帝，而杜月笙是上海的总裁。如果说《白鹿原》写了中国农村宗法社会的衰亡，那么《杜月笙》写的就是现代城市文化的出现和成熟。

🎙️ **芦　苇：** 杜月笙的角色实际上是个"影子政府"。杜月笙后来干脆放弃了黑帮的组织形式，搞了一个恒社，这已经是一个政治团体的雏形了，也是个政党的雏形了。恒社虽有黑帮组织的遗风，但已经向现代化迈进了一大步，当时上海的很多精英分子都曾是恒社的成员，电影界的巨星金山（1937年曾主演《夜半歌声》）就是恒社的一分子。

如果让黄金荣来当这个"上海总裁"的话，他会把事情处理得一团糟，会影响上海的社会安定与经济发展。

🎙️ **王天兵：** 刚才你从历史学的角度讲了杜月笙和他所处的时代，以及他存在的意义。你能不能从编剧的角度来谈谈杜月笙这个人有什么魅力、怪癖和特点？他的生活习惯、品行有什么比较有趣的地方？这对你写作又有什么帮助？

🎤 **芦苇：**李宗仁说，当年上海赫赫有名的几个黑帮头子要见我，没想到来了三个人全都长袍马褂、言辞恭顺、行为得体、彬彬有礼，活像三个土里土气的小店铺老板。

杜月笙外形清瘦单薄，不张扬，喜怒不形于色，是个城府很深的人，极善察言观色，反应异常敏捷。在旧社会环境下，他吃喝嫖赌自然免不了，但也不过分，他一直抽大烟，是个瘾君子。若说他有什么爱好，那就是痴迷京剧，属于超级发烧友。他娶的姚玉兰就是上海滩的京剧名角，他最后一任老婆孟小冬是京剧界泰斗级的女须生，当年曾跟梅兰芳结过婚。孟小冬跟姚玉兰是干姊妹，孟小冬去上海就住他们家，天长日久就和杜月笙有了感情。杜月笙是在临死之前跟孟小冬结婚的，其实是为了给她个名分，让她能合理地分得一份家产，因为那个时候结婚已经没有什么实质性的意义了。他对什么电影呀、舞会呀，兴致不大。当时上海重要的体育比赛他也出面，比如说大学生足球比赛，他主持开场，踢第一脚。杜月笙是穿着长袍马褂晃晃荡荡的一个大烟鬼，上去嘭地踢一脚球，掌声雷动。

杜月笙当年在上海滩声望极高，他的名字就是金字招牌。我曾问过锦江饭店的创始人董竹君，老太太八十多岁了风采不减，看得出年轻时是个绝代美人。她说当年开锦江饭店时，杜月笙经常去吃饭，因为锦江饭店的川菜做出名来了，客人多就要排队，有休息室给来客等待用，她说杜月笙经常坐在那儿等排队。第一次人家说杜老板来了，她也害怕，就赶紧上前去请杜月笙先进去吃饭，说大驾光临，蓬荜生辉。杜月笙很平易地说，侬勿要客气，伊拉都在等，阿拉也等等，勿客气，勿客气。她说根本看不出杜月笙是黑社会的大拿。有一个邻居想抢占她的铺面，闹开了，杜月笙来吃饭的时候，她就把这事儿原原本本地说了，杜月笙说，好，我晓得这个事体了，侬勿要管了。果然没几天对方就无声无息，再不提这事儿了。那个时候的杜月笙一言九鼎，是上海秩序的象征。

🎙 **王天兵**：他实际上是当时的"上海教父"嘛。

🎙 **芦　苇**：他是一个爱唱京剧的"教父"。无奈此人天生一口浦东腔，唱起京剧来奇腔怪调、不伦不类，他却自我陶醉、乐此不疲。若是发了水灾、旱灾了，在上海举办赈灾义演，他经常粉墨登台演出。看杜老板的戏得多少钱一张票？他很卖座的。据说他的行头很昂贵，理由是我唱得不行，就得弄得花里胡哨点儿抢个眼，反正让座客总有东西可看。他还和黄金荣一块儿上台演过京剧《盗马》，就是窦尔墩盗马这一折。只见他一身行头金光闪耀，一上台大家就为他和他的行头喝彩，只要开嗓一唱底下就哄笑声四起，他也不在乎，照唱照演。

他和黄金荣票戏实际上是为了募捐，就像今天歌星义演募捐一样。当时上海"大世界"有个演滑稽剧的演员学杜月笙用浦东腔唱京剧，学得惟妙惟肖，经常在滑稽剧舞台拿他开涮，他问，你们听过杜老板的戏没有？台下观众说没听过。他就说，我给你们来一段，这戏本来怎么唱的，但杜老板唱成什么了——成了一出精彩绝伦的小品段子了。"大世界"是青帮的势力范围，杜月笙手下的四大金刚、十三太保就不干了，说你敢损我们杜老板？就把他给抓了起来，向杜月笙一汇报，说这小子竟敢嘲弄老板，非办他不可。杜月笙说，把他叫来。那人一进来就扑通一声跪下。杜月笙说，起来起来，听说你在背后学我唱戏？那人赶紧说，不过就是混口饭吃，想哄点儿钱嘛。杜月笙说，你唱两句我听听，看你唱得像不像，如果你唱得像了，你就没有骂我，唱得不像，我还有个说头儿。那人哪里敢唱。杜月笙很通人心，就请他一起吃饭，跟他海阔天空地拉家常，那人觉得杜老板并不可怕了，吃完饭就真的学唱了一段。杜月笙一听，说我就是这么唱戏，学得好，学得像，有本事，有本事。可是人都有脸嘛，你这样学我出丑，我徒弟自然不高兴，我要是在背后学你，你也会不高兴的。杜月笙给了他点儿钱，叫他以后不要唱这一出了。那人千恩万谢地走了，以后再也不唱这一出了。从这件小事中可以看出，杜月笙为人处世的做派很是大度体贴。

🎙 **王天兵**：这种民国人物身上有股浓郁的市井气。除了这些有趣的细枝末节，在重大原则问题上，杜月笙又是怎样一个人？

🎙 **芦　苇**：抗日战争时他很有民族气节，是坚定不移的抗日派。杜月笙当时办了个银行，是个规模一般的中小银行。日本人想拉他出来做上海市市长，许给他高官厚禄。大特务头子土肥原贤二和驻军司令去拜访他，许愿说，如果你跟我们合作出面主持上海市，日本方面就给你的银行注入大笔资金，是个天文数字，诱惑很大，但被杜月笙一口拒绝。

当时上海滩帮派里势力最大的有三个人——黄金荣、杜月笙、张啸林，只有张啸林跟日本人合作了。黄金荣听了杜月笙的劝诫，杜月笙说咱们若敢跟日本人合作就是秦桧，秦桧咱们谁敢当呀？这要遭千世骂名的，光是唾沫星子也把人淹死了，这一步棋是千万不敢走的。后来每次日本人来请黄金荣出山，他就推说老了、病了、不行了。日本人一来，他就躺床上装病。

杜月笙在这个问题上和张啸林有很大的矛盾。他曾经劝过张啸林，把不能当秦桧的这个道理告诉这个老把兄，但张啸林说，你少来教训我，当年咱们都是法租界里混出来的，不是给法国人也当过汉奸吗？不是也当过走狗吗？那个时候你咋不说秦桧了？我管他是谁呢，我有奶便是娘，谁给我喂奶我就认谁。杜月笙看说不通就独自去了重庆。

张啸林之死跟杜月笙有直接关系。张啸林后来出任伪浙江省省长，国民党几次组织人暗杀他得不了手，因为他防备太严。当时他身边枪法最好的保镖是杜月笙的徒弟林怀部，是杜月笙推荐给他的，张啸林怎么也料不到这个人会杀他，因为他和杜月笙是换了帖子的把兄弟，在江湖上一块儿混了几十年了。而林怀部杀他，明眼人都知道，没有杜月笙点头是绝对不可能的事情，这是有规矩的。杜月笙和张啸林是拜把子兄弟，按名分杀他等于杀自己的亲哥哥，这是违反帮会规矩的。后来我在剧本里写到这一段，最后时刻黄金荣追问杜月笙说，我们之间的事情不说了，没有我就没有你的今天，没有你也没有我的今天，咱们在江湖上这一辈子，戏唱完了，该下台也该谢幕了，但是有一件事你得给我说清楚，张啸林到底是谁杀的？你不点头国民党如何能杀掉他？黄金荣当然知道林怀部是何许人也。杜月笙始终没回话，但是给黄金荣跪下了，等于默认了。

🎤 **王天兵**：这一段是真实的还是你编的？

🎤 **芦　苇**：情节动作是我编的，但事件是真实的。这件事情杜月笙终其一生都无法释然，从江湖规矩来讲，他对谁都无颜交代。青帮的势力尽管到了民国时期已经变弱，但青帮的戒规仍为社会名望德行的依据。杜月笙这个人还不是一个纯粹的机会主义者，他是一个讲规矩的人，所以才会那么愧疚。在《杜月笙传》里，这一段是隐约见诸文字的。

🎤 **王天兵**：你的《杜月笙》剧本梗概有两点比较有意思。第一，你实际上把杜月笙和张啸林兄弟情谊的戏根给埋下了，他们是拜把子兄弟，生死之交，但最后杜月笙指使人杀死张啸林，这很有震撼力。

第二，你写了一个贯穿始终的线索，就是杜月笙对爱情的态度。最开始他是黄金荣老婆的"药引子"，但临终时却对孟小冬说，我现在才知道爱情是什么。上海本来就是一个传统和现代交汇的地方，这作为结尾很有力量。

🎤 **芦　苇**：杜月笙曾对孟小冬说，我过去对女人只知道喜欢不喜欢，不知道这个爱是什么意思，搞不清楚，只看到美国好莱坞电影里说爱情爱情的，我认识你之后，知道了原来这就叫爱情。旧中国的婚姻跟爱情没多大关系，在杜月笙身上可以看到一个青帮头子成为一个现代人的转变过程，时代的转变也影响了杜月笙这个黑帮大佬的爱情观。

抗日战争胜利以后，杜月笙在政治上很失意，成了被国民党少壮派排挤和打压的人物，成了反动旧势力的代表，而且挑头儿排挤他的就是他过去的门徒吴绍澍。吴绍澍当过上海市党部头目，后来杜月笙把他挤走了。他是叛师了，杜月笙的门徒曾扬言要杀掉他。

🎙 王天兵：这么复杂的背景，你的剧本是如何涵盖的？你用电影而不是用长篇小说来表现，你选中了他生活中的哪几段来展现他？

🎙 芦　苇：当然要挑他的每一个阶段里面最具有戏剧性的内容与人物命运的转折点来做文章。

如何表现青年杜月笙与张啸林在十六码头取得控制权的场面？他们的身份是什么？两人的友谊是怎么建立起来的？

杜月笙小的时候伶牙俐齿，人见人爱，他的舅舅却看不上他，觉得他不务正业，净跟一些不三不四的人鬼混。他的外号叫水果阿生，是个水果小贩，削梨又快又好，削完后手一转一拎，一个白梨就出来了。他跑码头、跑妓院摆摊儿，哪儿能卖梨他就往哪儿跑。他跟张啸林认识以后，为争夺码头控制权跟另一拨人打起来了。杜月笙差点儿被打死，是张啸林把他背回来的。这个事件在戏剧上讲的是第一次冲突的失败。张啸林悉心照顾杜月笙，给他看病，把他当亲爹一样伺候着，熬药、上药，大冬天光个膀子，手里拎着一包药回来了，张啸林把自己身上的袍子也卖掉了。

杜月笙的事情很多，必须筛选最有代表性的、最有看头的、最有戏剧性的事件来作为展示他的舞台，聚光灯一定要打在他的身上。

🎙 王天兵：了解了杜月笙这么多背景之后，你在写这个剧本的时候是怎样决定类型的？

🎙 芦　苇：因为其时间跨度很长，所以类型定位为黑帮史诗片。杜月笙是清末到上海来闯荡的，历经北洋军阀时期——这是他发家的阶段，全面抗日战争时期，最后是解放战争时期。

🎙 王天兵：你把提纲给了陈凯歌，他怎么说？

🎙 芦　苇：他没表态，只是说希望能在有生之年把它拍了。

🎙 王天兵：有生之年，这话等于没说。

🎙 芦　苇：关键是还原杜月笙的"庐山真面目"。陈凯歌的电影屡拍屡败的原因是"为赋新词强说愁"，最易矫情虚妄。他忘了即使《霸王别姬》这般风格华丽的电影，其撼人的力量也是来自真实的市井人性，而非"新的发现"。真实自有万钧之力。

《活着》

🎙 王天兵：接着你改编了哈金的《等待》。这部小说曾获得美国国家图书奖，而你所崇拜的纳博科夫曾连续七次被提名但都未能获得此奖，可见这部小说的水准之高。《等待》讲的是中国"文革"前后，军医孔林花了十八年的时间和自己的农村妻子离婚的故事，最后他虽然娶到了自己的情人吴曼娜，但却失去了爱的能力。我读这部小说的时候，总觉得这个故事仿佛是《活着》的续篇。

🎙 芦　苇：各有魅力。《等待》是一部"真实"的小说。

🎙 王天兵：先谈谈《活着》吧。首先，小说《活着》的主人公是农民，而在电影《活着》的主人公却是城镇平民。你为什么这样修改？

🎤 **芦 苇**：这是张艺谋的想法，他刚拍了一部农民电影《秋菊打官司》，想换戏路子，他想展现另一个群体的真实生活。在 1991 年春节前后，张艺谋听曹久平说我在 1989 年拍了一部陕西关中皮影艺人的纪录片，他一看，兴致大发，就来找我，我们俩谈了一个通宵。他说：呦，陕西的民间艺人这么富于激情，这么生动有趣，可外面的人并不了解他们，我们要拍就拍这个。那时候他是一个激情洋溢的人，说一定要拍一个陕西皮影艺人的故事，为此，我写了《桃花满天红》的剧本。

🎤 **王天兵**：在《活着》之前？

🎤 **芦 苇**：是。可是这个剧本没有立项，就没弄成。

1993 年春节过后不久，天还很冷，张艺谋说你赶紧来北京，咱们来开会讨论拍《活着》的事情，我就去了。他把余华的小说《活着》给我，说先看看感觉怎么样。我看完小说很感动，很乐意做这个事儿，就当《活着》的编剧了。

🎤 **王天兵**：你是怎样将小说《活着》电影化的？

🎤 **芦 苇**：电影《活着》跟小说有很大的区别，因为余华的小说多用象征手法，但是象征手法不是电影所长，因为小说是文字的，读者可以通过阅读想象来完成，而电影是可以视听的。

🎤 **王天兵**：你能不能举个例子来说明余华的小说中哪些地方用了象征手法？你又是怎么样改编的？

🎤 **芦 苇**：小说开始是老头儿福贵在喂牛，跟牛说话；在小说结尾的时候，他还在跟牛絮叨。他在人间没有一个倾听者，他的悲苦人们是不屑于听的，因为司空见惯了。他只有对牛诉说，应了中国一句老话——对牛弹琴。

这个手法本身即是象征。余华在小说中为了突出生存的悲剧，写了福贵曾经有一大家子人，爸妈、老婆，还有俩孩子，最后家人大部分都死了，女儿留下一个外孙，还被人拐走了，就剩福贵一个人了，可以说是家破人亡。在实际生活中家族灭顶之灾毕竟很罕见，一般都是一些人死掉了，一些人活下去了，这是生活的一个秩序，所以我们电影还是遵从生活本身的逻辑。换句话来说，我们并不想拍一部具有象征意义的风格化的电影，而是想拍一部真切的、具有普遍意义的家庭生活片，这样就势必要在内容上、形式上做重大改动，在改编上下功夫。

因为余华也是编剧，他把小说用剧本的形式写出来，但内容没有实质性的改编。毕竟他是小说作者，让他大拆大卸，像杀他的孩子，是比较困难的。张艺谋说这个很难为余华，你让小说家革自己的命困难着呢。他说，芦苇，这个"革命"就指望你了。我说，我没问题，我是编剧，如果是我写的小说没准儿也割舍不得。所以影片完成后制作字幕时，张艺谋就在编剧之外又给我注明了"定稿剧本"，特意说明剧本是我写的。在这一点上，他很认真实在，也很厚道。

🎤 **王天兵**：咱们上次讲了多种类型融合产生的一种新类型的创作手法，对于《活着》这部小说，你从类型的角度是怎么理解它的？

🎤 **芦　苇**：张艺谋选择的是实在而结实的传奇正剧，因为福贵的一生很传奇。其实每个人的生活都挺传奇的，《活着》的类型是正剧传奇与家庭伦理片。

🎤 **王天兵**：实际上是好几种类型的结合。这是你在改编之前张艺谋明确的还是你自己找到的？

🎙 芦　苇：是我和张艺谋与主创人员在不断的讨论中逐渐找到的。

🎙 王天兵：那就是说张艺谋本人对类型也是挺敏感和自觉的。

🎙 芦　苇：至少在拍《活着》之前，他对电影的类型把握得都很清晰，没有一部是含糊的。

🎙 王天兵：他是怎么悟到类型问题的？

🎙 芦　苇：他是凭直觉，但是他并没有上升到理论。如果上升到了理论，就不会出现他后来的电影在类型上混乱不清的问题。

🎙 王天兵：但对你来说，类型问题一直是高度自觉的。

🎙 芦　苇：这是编剧的基本功，毕竟是自己的饭碗嘛，比较敏感。

🎙 王天兵：在写《活着》剧本时，你写提纲了吗？

🎙 芦　苇：我现在记不太清了，这个需要去翻箱底儿，看看当年到底是怎么写的。

🎙 王天兵：《活着》和《霸王别姬》不一样，《霸王别姬》有贯穿始终的友谊、背叛、爱情。

🎙 芦　苇：《活着》的主线是中国人对家庭的挚爱，这个线索贯穿始终。二者的剧作手法不同。

🎙 **王天兵**：《活着》的结构像鲁迅的《祝福》，祥林嫂的一生是一个不断失去的过程，她最后连个诉说的人都没有，把希望寄托在阴间，很悲惨地死掉。你认为《活着》讲的是什么？

🎙 **芦　苇**：首先，它表现了中国人特有的生存态度：为了活着而活着。活着本身即是目标与意义，这个主题深刻而准确，这种生存态度根深蒂固，深植于土。中国电影过去从未去表现它、揭示它，《活着》是第一部。

其次，它讲了一个普通中国人和一个普通中国家庭在历史巨变中所承受的磨难、所付出的代价，以及他们应对悲剧的态度。他们实际上没有意识到何以如此，宽厚且麻木。

🎙 **王天兵**：是啊。但美国的剧作老师在编剧班讲过：人物需要主动，人物的动机越强，所受的阻力越大，故事就越好看。人物不能是被动的。一个被动的人物往往导致电影的失败。可是你写的福贵的命运总在别人手里，他是非常被动的，几乎没有选择自己命运的可能，只是随波逐流。可是，这部电影却非常耐看。你是怎么使这个被动型主人公能吸引人看下去的？

另外，《霸王别姬》之所以吸引观众，是因为它有极强的戏剧性，冲突不断地升级。而《活着》没有中心事件，很可能会让观众觉得无聊乏味、看不下去。你是怎么使这样一部没有中心事件的电影这么吸引观众的？

🎙 **芦　苇**：尽信书则不如无书。戏剧法则和编剧法则在写作过程中只是一种技术指导，不太重要了，重要的是必须忠于福贵这个人物的本色，了解、表达他的生活境遇、他的命运。戏剧法则只是个法则，不是创造性的实体，只是手段。在这个时候不可套用剧作结构，以正剧结构来说，《活着》是没有一个中心事件，在这部电影中所有的法则都是为内容和主题服务的，不要本末倒置。

福贵是靠真实的情感力量俘获了观众的心。他的感情使观众能够与之交融、与之共鸣，这才是目的。

🎤 **王天兵：**虽然福贵是个被动的角色，但是有一点他是主动的，那就是他想保护自己的家人。这一点深深地打动了观众。

🎤 **芦　苇：**一语中的。福贵这个人最可贵的是他对家庭、亲人的热爱和关护。有家庭、有亲属的人大都会被福贵的爱心打动。

🎤 **王天兵：**他的内心动机实际上是非常主动的，让自己的家庭"活着"——很卑微但很感人的动机。

🎤 **芦　苇：**他的行为卑微，他的情感质朴而高贵。

《活着》没有一个中心事件，所以一定要有一种强大的内在力量把各个事件贯穿起来，这种力量就是福贵的爱心与他对家庭的责任感，这是本片的贯穿力量所在，一切叙述遵从这个总的指向。所谓中心事件、主线情节，不过是个手段而已。就像中国传统绘画，它是散点透视，同样可以表达非常丰富的层次、浑然整体的感觉，它是不遵照透视法则的。《活着》就是一种散点透视的结构，也有其自身的魅力。

从内容到形式，《活着》都是一部非常中国化的电影，中国人对家是非常亲近的，家是自己的窝嘛，那是能够给人保护、给人温暖、使人的生命能够得以延续的地方。《活着》生动而充分地表现出了中国家文化的内涵。

🎤 **王天兵：**你在写《霸王别姬》时已经形成了一种特殊的"芦苇电影"特质——把一个人物的命运叠印到历史的进程中，就像《日瓦戈医生》那样。《霸王别姬》是这样，《活着》也是这样。电影《活着》有比小说更清晰可见的历史进程。

🎤 芦　苇：既是个人视角，也是对那段历史的整体回顾。电影里史诗的感觉比小说突出，这得益于电影无可比拟的强大表现力。

《活着》可称之为家庭伦理片或者家庭生活片，但是剧情里隐藏着历史表达，它有对史诗精神的追求表现。任何家庭和个人都是在历史洪流中的一滴水，是被历史的洪流无情地裹挟着前进的。《活着》虽然是部家庭片，却能看到历史裂变的剧痛。

🎤 **王天兵**：你在改编《霸王别姬》的时候曾受到《末代皇帝》和《靡菲斯特》这两部电影的影响，那么你在改编《活着》的时候有没有受到什么影片的影响？

🎤 芦　苇：一定是有的，只不过是潜移默化的。

🎤 **王天兵**：比较一下《活着》和《克莱默夫妇》，后者也是家庭片，但是它没有什么历史背景，也没有什么社会文化背景。

🎤 芦　苇：这是故事本身的内容决定的。《克莱默夫妇》讲的是很短的时间内发生的事，充其量不过一两年。福贵从二十啷当岁一直到成了爷爷，横穿了将近半个世纪的时间，给了电影表达历史的广阔空间。

🎤 **王天兵**：这就牵扯到《活着》的表演问题了。你说过，《霸王别姬》的表演不是一流的，和西方电影《钢琴课》相比略逊一筹。你觉得《活着》的表演怎么样？

🎤 芦　苇：我认为《活着》的表演因朴实自然而更胜一筹，葛优成为戛纳影帝便是证明。

🎤 **王天兵**：为什么会出现这种情况呢？同样是那批演员——葛优、巩俐。

🎤 **芦　苇**：这是导演不同的追求所致。张艺谋是我所认识的第五代导演里对表演最下功夫的一个人。早在 1993 年，张艺谋就意识到表演问题的重要性。他是靠风格起家的，一般来说，风格化的导演不太重视表演，甚至把演员当道具。第五代导演起步时更重视导演的风格，而不重视演员的表演，但张艺谋后来成了一个把表演放在导演风格之上的人。拍了《红高粱》《大红灯笼高高挂》以后，他很快就意识到，中国电影要想达到世界第一流电影的水准，表演必须跟上去。

那时候我俩反复地讨论一部外国电影《我的左脚》，那是多么令人心动的出色表演啊！

🎤 **王天兵**：我爱这部电影，丹尼尔·戴·刘易斯演得太棒了。

🎤 **芦　苇**：我们把那部电影看了很多遍，说，中国的演员和中国的电影什么时候能到这个水准，就可以称之为世界级的电影了。拍《活着》时，张艺谋的这种追求是非常明确的，对表演的质感、表演的风格、表演类型的追求是有目标的。

那时候，张艺谋很留意哪里出了什么好演员，整天琢磨这个事情。他对葛优的表演是十分了解的，他知道葛优的表演有多少可塑性、能到什么水准。

葛优也出演了《霸王别姬》里的角色，但《霸王别姬》的表演和《活着》是不一样的。《活着》有纪实风格倾向，《霸王别姬》则是戏剧性表演，风格不同。

🎤 **王天兵**：既然你提到《我的左脚》，可以多谈一谈这部片子。

🎤 **芦　苇**：《我的左脚》当时还是录像带版，我跟张艺谋看了好几遍，看得心服口服，说，什么时候我们也能拍到这个水准。所以在拍《活着》的时候，他是有目标的。

🎙️ **王天兵**：《我的左脚》中那个残疾孩子用脚指头抓着粉笔在地上写出"妈妈"的情景可谓荡气回肠。小主人公的身上有一种爆发力，仿佛能在一瞬间在银幕上爆炸。丹尼尔·戴·刘易斯也是一个很有爆发力的演员，但是我觉得葛优身上恰恰没有这种爆发力。

🎙️ **芦　苇**：你低估了葛优的表演水准，他在《霸王别姬》里的表演是非常独到的。如果不给他一个有爆发力的角色，怎么能知道他没有爆发力？他出演过电影《黄河谣》里的土匪，至今还是中国银幕上演得最出色的土匪。中国演员的潜力一直没有被充分地发掘出来。葛优不是科班出来的，他没有上过中戏或电影学院，当年全总文工团（中华全国总工会文工团）看他长得歪瓜裂枣，就把他招去演匪兵甲、匪兵乙，在舞台上跑了好几年的龙套。

表演的问题就跟剧作一样，是中国电影的死结。张艺谋早期对表演是有想法的。他在拍《有话好好说》的时候，对表演的追求是相当明确的。那时一见

《活着》拍摄现场，葛优在表演，山东淄博周村，1993 年，芦苇摄影

面他就唠叨关于表演的问题，说在中国好演员太难得了。他曾说过，一个潜质不错的演员，一上电视剧那种程式化的表演，就被毁掉了。记得有一次我到《有话好好说》摄制组去了，说到演员，我俩兴致勃勃地一说就是两三个小时。

🎤 **王天兵**：当年《活着》中演配角春生的郭涛，现在因为《疯狂的石头》出名了。

🎤 **芦　苇**：郭涛是中戏毕业的，当年有部先锋话剧《北京蓝》，郭涛在里面串了一角儿，他在舞台上的爆发力和表演能力让我吃惊。《活着》里春生这个人不好演，这个角色不讨好，没观众缘儿。第一，他是过场人物；第二，他把福贵的儿子给撞死了，很不得人心。春生与福贵最后分手的那场戏，郭涛演得非常感人。当时我说，如果他逮着了机会，会很出色。他到《疯狂的石头》才出名，算是大器晚成。在《活着》里，他的表演才华已经初步显露出来了。

🎤 **王天兵**：他的相貌太普通了，但他在《疯狂的石头》里变弱点为优势了。

🎤 **芦　苇**：达斯汀·霍夫曼长那样我看也很普通，美国满大街都是这种模样的家伙。

🎤 **王天兵**：《活着》里有很多一瞬间就能让人落泪的镜头，这在张艺谋以后拍的电影中几乎没有了，《活着》确实是贴心贴肺。

我印象最深的就是福贵一回家发现女儿哑了，他说，我走的时候还好好的。那句话我一听眼泪马上就流下来了，太精彩了，很普通的一句台词，经葛优那样一说就特别让人感动。这个台词是怎么写出来的？

🎙️芦　苇：我是含泪写的这句台词，编剧是第一个哭的人。

🎙️王天兵：我一直在想，为什么这么普通的话却这么感人？葛优的演技是不是起到了很大的作用？

🎙️芦　苇：戏写到情真意切，行话就叫"戏保人"，演员很容易入戏、出彩。

🎙️王天兵：而且也不煽情。

🎙️芦　苇：夫妻俩说话时相当淡然。巩俐饰演的家珍说，就这都不容易了，都说这孩子活不了了。

🎙️王天兵：这些话让我一下就回到了童年，很像自己的奶奶、姥姥说的话，很真切。类似这样真切的表达在《活着》中比比皆是。

🎙️芦　苇：这是生活经验。拍《活着》时，张艺谋和我都四十三岁，阅历和人生体验都有了，所以能写出来，能拍出来。我想年轻人可能拍不出来，他们不可能有那么多体验。

🎙️王天兵：都是你经历过的事儿？

🎙️芦　苇：唉，都经历过了。

🎙️王天兵：我记得你曾说过，《活着》有很多张艺谋自己的阅历在里边。

🎙️芦　苇：戏中那个王医生吃了七个馒头，就是张艺谋母亲医院里发生的事儿。三年困难时期人都饿得眼睛发绿，当时医院农场在收获时会给单位职工改善伙食，有人就饥不择食地拼命吃，吃到最后胃穿孔动手术。我就把这个事情写进去了。我也会把张艺谋生活里的一些真事用到电影里面去，比如福贵见到他老婆带着儿子有庆回来的时候特别激动。这是我目睹张艺谋见他女儿时的真实情境，包括台词，我都照搬到剧本里去了，还是准确、生动的。

🎤 **王天兵**：还有父母经历的事儿……

🎤 **芦　苇**："枪毙龙二"以后的这些事儿，我们都看到了，也经历过了。

🎤 **王天兵**：张艺谋在拍《活着》前拍了《菊豆》和《大红灯笼高高挂》，对这两部电影你是怎么看的？

🎤 **芦　苇**：我比较喜欢《菊豆》。《大红灯笼高高挂》太风格化、太刻意，有学生作业的痕迹，过分依靠强烈的风格来支撑一部电影。《菊豆》比较成熟。

🎤 **王天兵**：你觉得《活着》和《菊豆》比怎么样？

🎤 **芦　苇**：《活着》比《菊豆》要成熟、朴实一些。

🎤 **王天兵**：电影《活着》给人印象深刻的还有两点：一是皮影道具的运用，二是用板胡拉的主题曲。我最开始听到主题曲的时候，感觉像是一个合成器做的，有些单薄，但仍感人。你能不能谈谈为什么要用皮影和板胡独奏？

🎤芦　苇：我和导演很愿意把陕西关中的皮影搬上银幕，这是乡土情结。小说《活着》的主人公缺少动作，刚好皮影戏班子的活动可以填补。中国电影编剧中对皮影下功夫最多的可能就是鄙人，我拍过陕西关中皮影的专题片。

🎤王天兵：为什么偏偏选中皮影呢？

🎤芦　苇：《桃花满天红》没有拍成，就想在《活着》里把关中皮影展示出来。我对皮影比较熟，怎么往情节里插入皮影，怎么穿引它、发挥它，我很有把握。后来写出来以后，大家都觉得不错，很自然，没有卖弄民俗之嫌。

🎤王天兵：这就引出两个话题：第一，编剧或者说艺术创作有一种随意性。假如说你感兴趣的不是皮影，而是另外一种手艺的话，你也可以把它融到这个故事里面，福贵干的就是另外一件事儿了。第二，张艺谋好像很自觉地把中国的一些民俗、一些观众看了会觉得新奇的东西用到自己的电影中，使之成为电影中的一个商业元素，直到2008年北京奥运会的开幕式，莫不如此。你觉得这些东西会不会降低《活着》的艺术价值？就像《大红灯笼高高挂》里面的捶脚一样，有人考证中国根本就没有给妻妾捶脚这一说。

🎤芦　苇：实际上捶脚是一种隐含批判的展现，张艺谋认为这些东西是有画面表现力的。

🎤王天兵：那个皮影的箱子也成为贯穿道具了，最后是只空箱子。

🎤芦　苇：民间艺术历来都会被不同的社会风潮所利用，不足为奇。在封建社会它宣传封建伦理，在新社会它自有新的时兴说词，当失去利用价值的时候，它往往就被丢弃。

🎙️ **王天兵**：从这里我想到你的电影编剧技巧，你把皮影加进去，不仅加得比较自然，而且贯穿始终，和别的元素叠加在一起时又出现了新的含义。

🎙️ **芦　苇**：毕竟这是一部电影，毕竟这一切因素都必须成为电影形态的有机部分。

🎙️ **王天兵**：对于一个学编剧的年轻人或导演来说，这很有启发性。

🎙️ **芦　苇**：这里面是不是有什么规律，我也搞不清，但熟能生巧是毋庸置疑的。我对皮影下过一番功夫，所以最后让它成为电影的有机组成部分，而不是拼贴上去的。

🎙️ **王天兵**：你写完《活着》剧本之后，张艺谋提了什么意见？有改动没有？因为你讲过《霸王别姬》是照剧本原样拍的。

🎙️ **芦　苇**：写《活着》剧本的时候，我一再要求张艺谋给我宽限时间。他既不问，也不看。我是一个星期一个星期地往后拖，前前后后拖了大概一个月的时间。我说还是不行，我还要推敲一下，他说那你就推敲吧，刚好时间也还来得及，你慢慢来吧。我写完剧本，他当时在山东复查景地，我到淄博去给他送剧本。我下午到的，把剧本给了他，我心里还忐忑不安，因为第一次跟他练真活儿。第二天早上吃饭的时候，他说他看了一夜，说这个剧本是除了《菊豆》以外，他拍的所有电影中最完整、成熟的一个剧本。他拍多数电影，包括《大红灯笼高高挂》，都是剧本尚不完整就开始练了。他说写得不错，把我们所要的那种感觉都写出来了。他很高兴，我心里的一块石头也落下来了。

🎙️ **王天兵**：《霸王别姬》的台词全是京腔京味儿，为了找到那种京腔京味儿，你把《茶馆》的磁带找来反复听，后来还和《茶馆》里的演员林连昆对过词儿。那么你在设计《活着》的台词时是怎么把握的？

🎤 芦　苇：《活着》的台词不是方言，而是普通话，这是一开始就确定的。写《活着》的剧本时要掌握人物的心态，它的台词风格是自然而扎实的。

🎤 王天兵：为什么不用方言？

🎤 芦　苇：这个电影不是纪实类型的，它的正剧成分居多，没必要用方言。张艺谋刚拍过《秋菊打官司》，方言的瘾已经过了，他还是愿意得到更多的观众，中国还是愿意听普通话的观众多嘛。

🎤 王天兵：在写这个台词的时候，不同的演员、不同的角色说不同的话，你是怎么把握住那个语调的？

🎤 芦　苇：你只有吃透了人物，才能把握其特有的语调。

🎤 王天兵：你在写《霸王别姬》的时候写了很多人物分析，写《活着》的时候写过人物分析没有？

🎤 芦　苇：每个剧本都写，人物分析是必做的功课。

🎤 王天兵：所有的人物都要写？

🎤 芦　苇：编剧的任务第一个是抓主题，第二个是抓类型，第三个就是人物了，第四个才是情节。

🎙️ **王天兵：**你能不能回想一下，比如巩俐演的那个角色，你在人物分析上都写了哪些东西？

🎙️ **芦　苇：**我问过她在《活着》中希望演一个什么类型的角色，她过去演的角色都有强烈的个性，她说这一次很想演一个贤妻良母，一个很守规矩、很顺从的女人，一个很传统的人物。这么一说，她的角色基本上就定下来了。中国大多数的女性都比较忍让、顺从，有宽容的美德。

🎙️ **王天兵：**不断地原谅自己的丈夫，为了维系自己的家庭忍辱负重，很典型。

🎙️ **芦　苇：**人物确定下来以后，她的性格特点就有了明确的脉络。

《活着》拍摄现场，巩俐试装照，山东淄博周村，1993 年，芦苇摄影

《活着》拍摄现场，巩俐在化妆，山东淄博周村，1993 年，芦苇摄影

🎙 **王天兵**：你说张艺谋在表演上追求明确，能不能举个例子，在导哪一场戏的时候，他怎样指导或改动演员的表演？

🎙 **芦　苇**：你看完《活着》这部电影之后，若是人物感动你了，这就把一切都说明白了。至于导演在导某一场戏时是怎么把握分寸的、怎么启发演员的，那是他的本职工作。要去细究这些事儿，那就看我拍的现场纪录片吧。

🎙 **王天兵**：拍摄时你都在现场？

🎙 **芦　苇**：很多场戏我都在。赌场那场戏我在，早期的那些戏我也参与了。

《活着》的表演在中国电影里是属于上乘的，葛优凭此片拿了戛纳国际电影节最佳男演员奖，这是当之无愧的。听巩俐说，电影节颁奖典礼上葛优坐在她旁边，揭晓最佳男演员的时候，他根本没想到会是自己。当时人家用法语宣布什么人获奖，他也听不懂，他坐那儿还纳闷呢，耍贫嘴说这奖怎么没人领呀？没人领给我得了。后来主持人用英语又念了一遍，巩俐听出来了，说就是你呀，就是你呀！他一下就蒙了。他刚才还潇洒得很呢，一听自己真的获奖了就乱套了。事后我问过他拿到世界影帝时是什么感觉，他说跟做梦一模一样，整个儿晕菜，怎么上台、怎么下台的都变得虚幻不清了。

🎙️ **王天兵**：葛优那时候多大？四十多了？

🎙️ **芦　苇**：不到四十，我和艺谋也才四十三岁。

🎙️ **王天兵**：当时你们俩也处在"黄金时代"。

🎙️ **芦　苇**：在第五代导演创作状态最好的时候，我们在一块儿合作。那是很珍贵的一段时光，我们都处在对艺术追求最纯真的时期。

《活着》拍摄现场，葛优（左）、芦苇（右），
山东淄博周村，1993 年

《活着》拍摄现场，曹久平（左）、芦苇（右），山东淄博周村，1993 年

《等待》

🎙 **王天兵**：现在可以说说《等待》了。小说讲了一个忍辱负重的城镇小人物如何被命运戏弄的故事，时间跨度也有二十年。《等待》和《活着》这两个故事连起来，也许可以概括二十世纪中间七十年中国城镇民众的生存状态。

🎙 **芦 苇**：这部小说确实出类拔萃，因为中国反映当代现实生活的小说不多，鲜有作品能够直面生活的真相，将一个时代中小人物的困惑及生活状态真实地写出来，可是哈金做到了。在华人小说家里边，他的功力出类拔萃。

2000 年的一天，导演黄建新给我来了个电话，说香港导演陈可辛相中了一部小说，请我做编剧。我得知陈可辛拍过《甜蜜蜜》，是个优秀的导演，就很乐意。我问是本什么小说，黄建新把《等待》小说稿给我寄来了，当时小说还没有正式出版。《等待》是哈金用英文写的小说，台湾那边翻译成中文之后再请哈金校对，我看到的就是哈金的校对稿，上面有哈金的一些文字批注——翻译得准不准、词汇用得是不是恰当等。这是部长篇小说，非常吸引人，我一口气看完，非常感动，毫不犹豫地给黄建新说乐意写。我很久没读过这么好的小说了，有久违了的读经典文学的快感和愉悦。

我和陈可辛在北京相见，把对这部小说的看法、感觉，以及电影的类型都讨论了一遍，之后就签约合作。黄建新出主意说，芦苇你干脆到深圳去写，这样你跟陈可辛住得近，便于你们俩沟通，其实黄建新是想把我封闭起来提高效率。在深圳，我弟弟把我安排在离市区很远的西丽湖，我就在此扎营开始写稿了。之前我已经做了笔记和小说研究，结构方法和人物分析都做完了，但写得比较慢，用了六十来天的时间。写完后兴奋过度，校正打印稿的时候神思恍惚，在路上稀里糊涂地撞在一个广告牌上，晕倒了，醒来后躺在地上茫然四顾，起来一看满地稿纸。所以我写《等待》剧本的时候是非常忘我的。

写剧本期间，陈可辛有时从香港过来找我，我记得有两三次。他一来我就带他先去吃顿饭，然后就在西丽湖的客厅那儿泡壶茶，给他读剧本。记得我第一次读剧本的时候，陈可辛总是发笑，觉得这个剧本非常有趣。当我念到一段男女主角偷情未遂的情节时，他开怀大笑，不能自已。

那段情节是这样的：吴曼娜想跟孔林约会，那个时代男女约会很困难，根本就没有私人空间。吴曼娜好不容易借了朋友的房间，拿了钥匙，用意是想和孔林亲热亲热。孔林问她，你借房这事儿还有谁知道？她说房间的主人肯定知道，是我朋友嘛。孔林马上就说不去了，说这个人能知道，就有第二个人知道，第二个人知道就有第三个人知道，你看吧，不出几天，满医院都是咱俩的风言风语。他不敢去，就断然拒绝了。吴曼娜为这次约会煞费心机做了不少准备，结果孔林觉得这事儿风险太大，很决绝地走了。吴曼娜又窘又急，冲着他背后吼了一句：孔林你站住！孔林一回头，她张口就说：为什么不要脸的事情都让我来干？

陈可辛听到这句台词时哈哈大笑，我便知道这句台词写得让他很过瘾。陈可辛对这个剧本挺满意，他从来没说过你再改一稿吧。这个剧本也是我的用心之作，因为我被小说的魅力深深折服，感觉不能辜负它，力求写出小说的品质，用影视剧的方式把它表现出来。

🎤 王天兵：我看了你写的《等待》剧本。小说主要以孔林的情感为线索，而你加入了宏大的历史背景，将小人物的命运放在时代洪流中，和《活着》有一脉相承之处，从某种意义上来说对小说的内涵有所拓展，视觉效果更强烈。

🎤 芦　苇：写《等待》剧本，用电影的方式诉说这个故事，要力求不辜负这部小说的品位和水准。这个故事时间跨度很大，男女主人公经历了将近二十年的苦恋，有做史诗的空间了。我尽量把时代真实的氛围跟人物命运结合起来，互为因果、互为衬托。

《等待》的剧作技巧我是比较满意的。它讲的事情很琐碎，如何把这些生活场景变成具有观赏性的故事，并赋予其丰富的内涵，这是需要下很大功夫的，要推敲每个细节对于展开整个结构的作用，以及局部和整体的关系。

我很期待这部电影，但是却迟迟无法开拍。

🎤 王天兵：既然你自己也认为这是一部力作，能不能多举几个具体的例子说明写作的难度何在？

🎤 芦　苇：越平凡的事件越难以深入。必须写出人物转变的细节，心理冲突一波接一波，令人信服地走到结局。

🎤 王天兵：要让想当编剧的年轻人看明白这段话，你得举例说明才行，比如吴曼娜身上的哪个细节从头到尾是如何变的？你能不能回想一下？

🎤 芦　苇：孔林有点儿像《活着》里面的福贵，他是小知识分子的典型，谨小慎微、胆小怕事，走路都怕树叶落在头上，他虽内心向往，却没有力量实现自己的追求。

小说《等待》深刻地揭示出了这类人的真实心理。剧本就是要把这个小知识分子的内心世界以及他的行为与故事完整地、如实地表达出来。从他出场，他如何取得吴曼娜的好感和信任，一直发展到两个人真正相爱，他为什么犹豫不决、左右盼顾，他的软弱无奈、矛盾挣扎都条理分明地展现出来。

经过十八年的等待，他终于离了婚，却对迟来的结合丧失热情而难以承受了。这一切，编剧都要步步设局、精心经营。孔林是一个被现实以及自己的性格打败的人。

从电影类型上来看，他们是一种三角关系，孔林有老婆，又有了一个情人。他在一个军队医院当内科大夫，爱上了一个护士，这个护士也爱上他了，十八年的苦恋，带给他的却是生命难以承受之重。这一切都要通过孔林懦弱而善良的性格才能体现。

🎙 **王天兵**：请具体谈一下孔林是怎样在电影中变化的。能否从你怎么设计情节让他赢得吴曼娜的好感开始讲起？你又设计了哪些电影化的东西来表现那些挣扎呢？

🎙 **芦　苇**：剧中的每场戏都有一个指向，在这场戏里你要表现什么？你要表达什么问题？大多数的剧作在最简单的要求上会出问题，比如有人写了一场戏，但戏的指向写得稀里糊涂，不能有效地表现写这场戏的目的。

对于选取什么指向，每个人的判断是不一样的。剧作的水准也恰恰以此判定。指向虽然是一个技巧问题，但是暗含着对生活价值的判断问题。技巧可以传授、交流、切磋，也可以创造，但价值取向很难判断与拿捏，那是每个人自己的一副面孔、一个灵魂，别人是无能为力的。

🎙 **王天兵**：比如说，你写孔林和吴曼娜第一次相见，孔林给吴曼娜留下了很好的印象，吴曼娜开始喜欢他了，那么你这场戏的指向就是，你要使观众信服孔林赢得了吴曼娜的心。这是不是你说的每场戏的指向？

🎙 芦　苇：每一场戏要达到一个什么目的，这就是指向。孔林如何赢得了吴曼娜的芳心，这就是一大段戏的指向。

🎙 王天兵：你能不能举例说明？

🎙 芦　苇：孔林和吴曼娜一开始是工作关系。孔林天性善良，看到吴曼娜违反军纪私下谈恋爱，他没有揭发，反而有意庇护，他愿意看到别人幸福，乐意助人成其好事，所以他多次替吴曼娜打掩护。这使得吴曼娜对他很信任，所以当她的恋爱遇到困难的时候，她会请求孔林来帮她。

开场戏我设计的是从医院大搞"红海洋"运动开始的。"红海洋"从1966年开始，1971年的时候达到了高潮，那时候全国各个单位门口都有大面积的语录口号标语，医院也一样，每个人都放下工作去刷写红色语录了，偏这时吴曼娜当时的男朋友——一个部队里搞机械通讯的技术员要外出拉练，想跟她告别。陷在"红海洋"里的吴曼娜走不了，孔林就找了个借口，替她请了假。那时候没有出租车，孔林还借了辆自行车带着她去跟男朋友约会，是救人之急。

故事从此入手，两个人的关系就建立起来了。

孔林的婚姻是包办的，没有恋爱就结婚了，结了婚就生孩子了，他的婚姻里没有爱情。所以当他看到这一男一女在树林里约会的时候，感到格外美好，也增添了对这个女孩子的好感，那个时候他还不敢有爱慕之心。从此开始一段一段地发展，每个阶段都有一个大的指向。

🎙 王天兵：你刚才说的那段戏的指向是什么？

🎤 芦　苇：开场指向是孔林用实际行动帮助吴曼娜，吴曼娜对孔林产生亲近感。这是开场戏的主要戏剧任务，要很明确地知道任务。

写这一段的时候，我想让观众感知到，孔林看到男女恋爱的情景时感到异常美好，十分向往，因为他自己没有这种经历与体验。你要给观众传达的信息是孔林看到恋爱非常美好，那么这个"美好"和"看到"就成了关键词，你要把这两个关键词落实在画面动作与声响音效中去。

我的设计是：一对情人在树林里约会，观众可以看到影影绰绰的两个年轻的身影，时而相拥，时而接吻，孔林看到这些很不好意思，他从未领略过这种滋味。孔林一直在树林外面等他们，这个时候广播里播放的是当时流行的一首藏族歌曲，叫《哈达献给毛主席》，这是一首革命歌曲，但旋律深情而优美。

（芦苇低声哼唱）

"一条洁白的哈达，

凝结着翻身农奴的深情，

千里雪山万里草原，

千里江河万里流云，

手捧着哈达上北京，

献给伟大的领袖毛主席……"

在歌声及音乐的旋律中，孔林的远景是两个恋人，可以给中景，也可以给近景，但必须通过孔林的视角来展现，剧本须从音乐和画面上给剧情以表现力。

🎤 王天兵：把它烘托出来。

🎤 芦　苇：对。观众看到的是孔林很受触动、颇为动心。

🎤 王天兵：你是怎么设计孔林的行为的？孔林在做什么呢？

🎤 芦　苇：他开始是注目凝视，看到人家接吻很不好意思，头掉转过来了，忍不住又要去看，可又看不真切，他情不自禁地伸着脖子看，看到吴曼娜和男友缠绵不舍、窃窃私语。要点是一定要通过孔林的视角来展现。

🎤 王天兵：实际上他们俩的亲密只是背景，是为了烘托孔林这个人物。

🎤 芦　苇：是的。

🎤 王天兵：这是一次爱的启蒙。同时，也为了给孔林最后失去爱的能力做铺垫。

🎤 芦　苇：《等待》小说里人物心理的反复比较多，这也符合生活的真相，哈金写得非常细腻、非常准确。在电影里尽管知道了戏剧的目的——要写孔林感动，但孔林是怎么感动的则要落到实处。

🎤 王天兵：你这一段写得很优美。

🎤 芦　苇：妙的是它的音乐不是硬贴上去的配乐，而是现场的环境音乐，有真实感。

🎤 王天兵：干这个的高手是美国导演马丁·斯科塞斯，他的每个片子里的音乐都是当时的流行歌曲，但用得都恰到好处。

🎤 芦　苇：这样是最好的，不要刻意煽情。不像我们现在有些电影的音乐，简直让你觉得可怕。我看《赤壁》时就觉得音乐用得太滥了，从头到尾响个不停。

🎙 **王天兵**：还有你刚才说到的戏剧任务，好像你一开始就已经有个任务表似的。

🎙 **芦　苇**：你要清楚地知道在这段戏里你要表达什么，这是编剧要反复追问自己的问题。你写这场戏的目的是什么？有时你单独看一场戏写得非常好，但可能重复了，或者它不是情节的指向，就要坚决拿掉。有的人舍不得拿掉，但它不在整体里面，必然破坏结构。

🎙 **王天兵**：这还牵扯到一个问题——指向和价值观的关系，你说指向和编剧的价值观有关系，这是什么意思？

🎙 **芦　苇**：写剧本的时候是什么决定了编剧会这样写而不是那样写？是什么决定了编剧不同的方向、取舍？刨根寻底就会发现是作者的价值观起了导向的作用。

🎙 **王天兵**：说白了就是他最看重什么。

🎙 **芦　苇**：是。审美观也是价值观的一部分，不同的导演和不同的编剧会有不同的选择。

我最害怕的是陈词滥调。例如，导演一拍男女激情戏，摄影机镜头就旋转起来了，成了很滥的一个套路，谁都会这么整。一看到这个，我就知道这个导演黔驴技穷了，不信就去看《黄河绝恋》。写剧本最怕的也是这个陈词滥调。

🎙 **王天兵**：但是，你的任务设定会不会有另外一种危险，就是目的过于明确，这场戏完成得过于刻意？

🎤 芦　苇：目的要明确，手法要有新意，不要老调重弹。

🎤 王天兵：在文学写作中有一种说法是，你在写作时恰恰不能过于明确地知道你要写什么。

🎤 芦　苇：所谓的经验都是因人而异的，没有"放之四海而皆准"这一说。我是必须要把每场戏的指向搞清楚，因为我不是天才。有的天才不做分析，跟着感觉走，结果是浑然天成、完美无缺。我要画张油画，须得画素描，把素描画得准确无疑了，然后才有把握去铺色彩。天才型的艺术家才能一笔挥就。本人不才，就得下足死功夫。

🎤 王天兵：请你对比一下《等待》小说的结构和剧本的结构。小说的结构基本是平实的叙述，写孔林对爱的态度的变化，写得很实在。你在电影中写进了很多历史背景，从"文革"一直到改革开放初期，把这些大背景全加进去了。

🎤 芦　苇：有准确的背景才有准确的人物，舞台与人物是互为一体不可分离的。《等待》和《活着》结构不一样，《活着》是散点结构，它有中心人物，但是没有中心故事，一个时代有一个标题性的故事，跟珠子一样是串起来的。《等待》有一个中心事件，就是离婚、结婚，它始终围绕着离婚、结婚，贯穿了二十年的历程。绝大多数观众是喜欢一个主线结构的，这是观众的普遍观影心理，就是要通过一个完整的故事来欣赏人物。

《活着》是串珠子，《等待》就是"一根筋"了，要把握住一个主要的事件来刻画人物。不管你怎么写，一定得和离婚、结婚有关系，别的都是折射，折射多少是多少，结构方法一定是跟着这个中心事件来走的。

《等待》这种经典模式的写法对有些人来讲较容易，对有些人较难，因为你要死抠着戏剧情节线走。有些编导会觉得散点结构比较舒服，你看王全安的两部电影都是散点结构，他就不会拍情节剧，他拍的唯一完整的情节剧《图雅的婚事》是我写的剧本。

🎤 **王天兵**：走主线是很考人的。

🎤 **芦　苇**：你要咬住那根线不能偏离，它对你是有限制力的。

🎤 **王天兵**：而且每一次转变的分寸感要把握得特别好才行。

🎤 **芦　苇**：戏剧之所以叫戏剧，结构之所以叫结构，就是要让作品成为一个整体，而不是随心所欲，最后搞得一地鸡毛。

🎤 **王天兵**：你在《等待》剧本里强化了好多历史背景，但小说里并不明确。

🎤 **芦　苇**：小说有折射，而我则有意地将其强化为视觉与听觉。电影自有空间、时间无限的可能性，为什么不利用这种可能性呢？历史背景与人物水乳交融，电影才能体现出史诗的意境。

🎤 **王天兵**：在你强化的过程中，是不是也出现了新的含义？

🎤 **芦　苇**：《霸王别姬》的剧本已从小说脱胎而出，完成了精神与内容的蜕变。《等待》则要牢牢恪守小说的品质与内容，不能失之毫厘，但史诗的含义可以做视觉上的拓展。

🎤 **王天兵**：你的剧本给我印象最深的就是出现了军队行进的场面、政治运动的场面等等时代背景。

在这个无爱的世界里，有一个人渴望爱，但当他最终得到爱时，却失去了爱的能力——这个时代悲剧在你的电影剧本中比在小说中更加明确、强烈。

🎙芦 苇：这是这部电影痛苦的内涵。编剧得把小说敲骨吸髓，一定要把它砸烂了，你才能够有效地吸收它，才能够去发挥它。我非常崇拜、敬仰这部小说，做了它的编剧，对这部小说，我可能比一般的读者理解得更深，因为我反复看了。有的时候也能发现这部小说在技巧上的一些小缺陷。

别忘了人是时代的产物。所谓史诗性就是要表现出人与时代的关系，没有史诗就没有经典，这是我始终不渝地追求的电影目标。

🎙王天兵：能不能举个例子？

🎙芦 苇：瑕不掩瑜。哈金写的就是真正经典的小说，他的功力很厉害。美国一个书评家说他继承了契诃夫的伟大传统，说得很中肯，他确实在小说技巧及品质方面明显地高于国内一些小说家。

🎙王天兵：因为国内一些小说家写的东西比较抽象，他写东西非常具体。而且，他还花了四年时间修改。

🎙芦 苇：他比他们写得简朴而深刻。我认为哈金的小说是中国小说中最好的，在技巧上和内涵上都是最好。我为能改编这部小说而感到幸运和自豪，所以我得感谢黄建新的举荐。

🎙王天兵：这部电影为什么没有拍？

🎙芦 苇：没拍是有另外的原因，作为编剧来讲，我的事儿已经做完了，而且从剧本来看，对得起哈金，也对得起陈可辛与黄建新。

🎙 **王天兵**：哈金看了电影剧本吗？

🎙 **芦　苇**：不知道。

🎙 **王天兵**：他对将《等待》改编成电影有什么看法？

🎙 **芦　苇**：我没问他，他也没说。我跟他只是打电话聊天，他在波士顿某所大学教书，说你将来来这儿，咱俩坐下来再好好聊一聊。

《图雅的婚事》

🎙 **王天兵**：刚才你提到王全安，不妨谈谈《图雅的婚事》。这部电影是你过去十年来唯一一部投拍的影片，而且获得了 2007 年柏林国际电影节最佳影片金熊奖。

🎙 **芦　苇**：我一般都是写完就走，"手伸得比较长"的一次就是《图雅的婚事》。我干了策划、筹资、寻找景地、帮着找演员、签合同这些琐事。最后这部电影总算完成了，我要是撒手不管的话，这部戏就得烂包。

🎙 **王天兵**：我看了《惊蛰》很感动，《图雅的婚事》虽然拍得比较真实，但是不感人。

图雅和她丈夫的感情应该很深，后来他失去了生活能力，她不得不嫁给另一个男人，那是撕心裂肺的，对她丈夫来说也是很痛苦的，但是这部电影一开始图雅和丈夫并没有建立情感，用你的话说就是戏根没有埋好，只是轻描淡写地一带而过。此外，像那个小伙子骑着白马追图雅的车，这在一部浪漫爱情片里是完全可信的，但在一部纪实风格的影片里就属于搞笑了，因为马的速度再快也不可能追上汽车，尤其是在高速公路上。

🎤 **芦　苇**：这是你个人的观感，马要截道就可以。

🎤 **王天兵**：但居然也能获金熊奖，也太幸运了。我看《活着》时确实很感动，看《惊蛰》时也很感动，那个关二妹一直揪着我的心让我看下去。《图雅的婚事》看完后，觉得它没说出个啥来。

🎤 **芦　苇**：《图雅的婚事》有它的长处。第一，它的价值与文化品相很好，坚实可靠；第二，它是个很完整的情节剧；第三，它的内涵很丰富。电影说的东西你没听懂。

《惊蛰》吃亏在它不是情节剧。若是《惊蛰》不出色，我也犯不着不遗余力地推荐王全安当《白鹿原》的导演了，而且也不会推荐他来导《图雅的婚事》了。当时老板是把事情交给我的，我根本不认识王全安，之所以把这个机会给他，是出于对《惊蛰》的欣赏。

🎤 **王天兵**：余男是个很有魅力的演员，她在《惊蛰》中的表演太棒了。

🎤 **芦　苇**：余男在纪实性表演上堪称才女，这与王全安的指导也有关。人下了几分功夫就有几分收获。王全安在电影学院一直很关注纪实性表演，所以《惊蛰》是他刻意追求的结果。《图雅的婚事》在表演上也不错，因为它是深入人性的情节剧，演员都是有神有形的。而《惊蛰》中关二妹的陕北人的质感很地道、很出彩。

王全安是第六代导演中相当聪明的一个，但是他掌控经典情节剧的功夫还是差了点儿，也难以进入《白鹿原》乡土历史的语境中。我这才发现拳击场上分量级比赛的合理性，最优秀的轻量级选手也上不了重量级比赛的台。电影的领域也一样，人各有定数。

我把一个导演在电影拍完之后总不总结经验看成他有没有发展潜力的一个标志。我反复地给王全安讲过，说陈凯歌当年拍完《霸王别姬》后我跟他说过多少遍要总结经验，他嘴上也赞同，但从来没有坐下来总结，有时间他都应酬场面去了。总结点儿经验，下一部可能会做得好一点儿。

我说这事情其实是告诫王全安，他也点头同意，说很有必要。但《图雅的婚事》自从获得金熊奖到现在，几年过去了，他也没有一次坐下来和我总结经验。胜利往往比失败更能显露出人的本色与气数，这屡见不鲜了。世界上就怕"认真"二字，但我们认真了吗？一部电影拍完以后，它的长处在哪里、短处在哪里，鲜见有人认真总结过。

张艺谋是例外，当年他是真能够坐下来认认真真地分析自己的长短。有一次他让我看《大红灯笼高高挂》，因为这部电影当时被禁了，他只能以检查拷贝技术为名在中影公司放了一场，看完后，他拉我到丽都饭店跟他住一个屋，彻夜讨论这部电影的得失。半夜了，巩俐还给我们送来点心、茶水以示关切。我提了七八条意见，张艺谋自己又总结了二十多条，我那时的感觉就是这个人前途无量。当时《大红灯笼高高挂》已经得了威尼斯国际电影节银狮奖，而且在国内外有很好的口碑，可是我们俩加起来能总结出三十多条这部电影的缺点，当时其心胸和心态可见一斑。

实际上只是春梦一场

🎤 芦　苇：中国电影界里没有天才，至少我没有遇到这样的人物，一个都没有。像库布里克、科波拉这样的人，甚至像尼基塔·米哈尔科夫这样水准的导演，中国一个都没有，就更别说像黑泽明、塔尔科夫斯基这样天才型的导演了。中国导演都是经验型的，状态好了，班子组好了，实打实地认真干，电影可能会拍得不错。自我"封神"了，得上"大头症"了，摆大师谱儿了，立马就得栽倒现原形、挨唾骂。

在第五代导演创作状态最好的时候我有幸与他们合作，那是非常美好的一段时光，他们处于艺术生命力最旺盛的时期。但他们在那个时期以后确实一直走下坡路。谁又有先见之明呢？当时我以为他们以后拍的电影理应会更上一层楼。如果他们再接再厉，理应还会更好，因为不管是条件、时间还是资源，都比以前好多了——我们被世界影坛承认了，以前中国电影界论资排辈、老一代压制新一代的情况是很严重的，后来不存在这个压力了，所以我以为眼前一片坦途，大有胡风当年说"时间开始了"的那种感觉，实际上只是春梦一场。

张艺谋在拍《活着》的时候是很有抱负的，对中国的历史剧、武侠剧都有自己的设想。他说要拍历史上的女人就拍《武则天》，要拍历史上的事件就拍《太平天国》，都很有意思。谁想到北京奥运会开幕式上，他只会用奢华浮丽的所谓文化符号去堆砌巨无霸式的场面，把《满城尽带黄金甲》又做了一个放大豪华版。

二十世纪九十年代初我跟陈凯歌出门都坐北京街面上最便宜的"面的"，连大点儿的出租车都舍不得坐。他一米八四，我一米八二，两条大汉蜷缩在斗车里，却雄心万丈地纵论电影。后来看他坐上大奔了，有了跟班了，我心里反而不踏实了，觉得勃勃生机离他而去了。陈凯歌的创作状态在拍《霸王别姬》时与之后判若两人。

我当时觉得中国电影真正的春天从《霸王别姬》开始了，哪曾料到它成了终点。这部既是开始又是终点的电影，印证了有些人在创作上是短命的，他们偶尔露峥嵘，然后就一蹶不振地走下坡路去了。

这是个事关传统文化里信仰缺失的问题。我们的信仰不是一神教文化，所以成功人士在心理上都自觉或不自觉地以"神"自居，但凡得点儿势，总要挤到神坛上去装神弄鬼、自愚愚人，丧失了平常心，拍的电影也就不可理喻了。鲁迅说人一阔脸就变，还真是这么回事儿。

🎙 **王天兵**：为什么你能保持平常心？

🎙 **芦　苇**：可能是读契诃夫的小说读出来的，看经典电影看出来的。我没有把那个金棕榈大奖太当回事儿。金棕榈奖牌可以年年复制，但程蝶衣的生命展现只此一次，将来在影坛上能够传留下去的是这份情感和痛苦的重量，而不是奖牌的重量。奖牌还有一项功能——可以把人的创作力霎时间阉割掉，我有近距离的观测经验。

🎙 王天兵：你这样说我就理解了。因为你是一个爱读历史、有历史感的人，能把电影在历史中的位置看得比较清楚。

🎙 芦　苇：科波拉在《巴顿将军》的剧本里写的最后一句台词是"这一切都是过眼烟云"。

奖项其实没有电影品质本身重要，电影一旦成为作品以后，它就是个实体了，就成为历史了，是胶片上的历史，就有固定的生命力了，自会展现其价值。很多电影没有得过奖，但是一点儿也不影响其价值；即使有些电影得奖了，我们也会嗤之以鼻，觉得很臭。费穆的《小城之春》就没有得过奖，你酷爱的巴别尔得过什么大奖没有？契诃夫得过什么大奖没有？纳博科夫得过什么大奖没有？还有墨西哥那个迷人的胡安·鲁尔福，他们的小说会让任何奖都变得无足轻重。

🎙 王天兵：为什么你现在还是一个能创作的人，而当年那些和你合作的第五代导演已经失去了创作能力呢？

🎙 芦　苇："废了武功"很不妙，我自认为尚可一战。

他们的状态也不是他们自己所能决定的，也是身不由己、时势使然。就算人自己不抬举自己，但是架不住媚俗潮流裹挟着你，架不住那帮庸臣俗子来抬举你。这幕闹哄哄的烂戏永远演不完。他们不明白被抬与被砸同样险恶，捧杀比棒杀更狠毒，若不是金刚不坏身的话，穿上"皇帝的新衣"，闹了笑话还不知道。

《霸王别姬》的成功给我的感受是好电影的确是世界文化的产品，值得为此一拼。《霸王别姬》的成功证明当初我们对电影文化品质的追求和锤炼是有价值的。真正令人欣喜的是各种肤色的人都为这部电影鼓掌。今天我也不改初衷，谁要搞史诗剧找我，老夫尚可一战。

🎙 **王天兵**：不是有一位日本导演找你写《李陵传》吗？

🎙 **芦　苇**：这不机会又来了嘛。

🎙 **王天兵**：但实际上，迄今为止，中国还没有一个导演能像黑泽明那样把历史片变成一种类型。

🎙 **芦　苇**：是呀，死不瞑目呀。虽然我们拥有悠久的历史和深厚的文化底蕴，可就是没有好的历史电影，这个很反讽，我辈应当为之汗颜。

写中国土改这一段历史，最真实权威的著作竟是美国人韩丁写的《翻身》，将土改的真相展露无遗。虽然现在国内的一些博士研究生也在研究这个课题，他们也能做到真实，但是无法身临其境，而韩丁是亲历者、见证人。中国电影还有一个死穴，即对生命的漠视。我们在《翻身》这本著作里能看到生命的遭遇及经历，作者一直坚持这个视角，这与他的基督教文化背景有关系。可是我们的记录多为标语口号式的行政文体，视角是完全不一样的。

反映中国历史的电影中拍得最好的是《末代皇帝》，这是意大利人贝托鲁奇拍的。国内也拍了《末代皇帝》的电视剧，两片相比优劣立见。倒是鲁迅有真知灼见地说"真的猛士，敢于直面惨淡的人生，敢于正视淋漓的鲜血"，电影和文学艺术理应起到证词的作用，这是电影应负起的文化职责。比如《安德烈·卢布廖夫》这样的电影，俄罗斯电影可以毫无愧色地说对得起俄罗斯历史了，但我们就不敢说有再现本国历史的能耐。

《安德烈·卢布廖夫》中有一段故事讲的是俄罗斯贵族勾结鞑靼人来攻打本地城堡，残杀自己的同胞，导演塔尔科夫斯基在拍历史片时敢于面对这个事实。描写异族占领军跟原住民产生冲突的真相，拍得最经典的也是这部电影。鞑靼骑兵到修道院里面把一个饿得发疯的女人给带走了，这一段戏真切地描画出了俄罗斯人对侵略者的仇恨，侵略者对当地人的蔑视侮辱，这种深入骨髓的冲突在电影中如同纪录片般展露无遗。饥馑三年的俄罗斯人本指望苹果救命，结果秋天一下雨苹果全烂了，他们只有饿死，鞑靼人来了以后，把肉一片片割了喂狗，这些细节的表现极其震撼。那个疯女人跟鞑靼骑兵调情，僧侣卢布廖夫深感羞耻，拉着她就走，疯女人不从："你又不给我吃的，你管我干什么？"这些细节与质感确实把历史保留下来了，令人动容。

侯孝贤的电影《悲情城市》触及了真实的历史，他拍国民党派去的军警残酷地镇压台湾人民，台湾人受欺压后又激起盲目排外情绪，他很真实地把两方面都表现出来了。一方面是军警疯狂地乱抓知识分子，另一方面是梁朝伟饰演的哑巴在火车上被误认为大陆来的人，差点儿被当地人群殴，亏得同伴急辩说他是台湾人，才逃过一劫。这种区域冲突的悲剧，在中国历史上频繁出场，这部电影也是中国电影含金量最高的文化经典。但是今天的电影人却连正视历史的能力都丧失了，更不用说表现的愿望了。

我的《西夏路迢迢》拍得很烂，唯一可取的是造型上还原了历史的质感，影片中党项人和汉族人的形象和那个时代还是挺贴近的。在这之前没有一部电影能做到这一点，全是戏装。二十世纪六十年代香港的武打戏用的都是戏装。我很钦佩的拍《策马入林》的台湾导演王童，他是搞美术的，也下功夫，但是官兵一出来还是戏装，全是绸子的、闪亮的、红的，你想押运的官兵怎么可能是那种服装？在造型上无力还原历史，只有胡金铨导演意识到了这个问题。

从人的价值观来看，中华民族的历史是个悲剧历史，但是我们既无悲剧意识，亦无真正深刻的悲剧，这是个可悲的悖论。什么罪都受了，还不知道这么多罪是为什么受的；死了多少人，还不知道是怎么死的；让人卖了多少回，还可能帮着别人数钱呢。这还不惨吗？要说中国电影题材的话，那是取之不尽、用之不竭的，尤其是今天，有太多太多的故事、太多太多的戏剧、太多太多的人物，但是我们的电影却那么贫瘠、空洞。

如何通过电影来使我们正视自己的历史与现实，这是需要一个根本的心理转变的。现在做电影的人都靠倒卖娱乐资源发财，没人关心电影的文化品质。我希望中国电影能够拥有令人信服的经典作品，让全世界的观众接受并欣赏，将民族的文化资源变为像莎士比亚作品一样的无国界的世界文化产品。这个愿望虽说是痴人说梦，但也是一部好电影的起点。

🎙 **王天兵**：你能不能把你的编剧生涯总结一下？

🎙 **芦　苇**：还没盖棺呢，你干吗急着下定论呀？

🎙 **王天兵**：或者展望一下？

🎙 **芦　苇**：展望？你不如这样说：芦苇，你该写遗书了！

🎙 **王天兵**：我回顾你的生平，确实很有悲壮感。

🎙 **芦　苇**：君不见，多少电影人都是慷慨悲壮出场，以无厘头的闹剧收尾的。

电影编剧的秘密（下）

芦　苇　王天兵

2013 年 6 月 18—19 日，芦苇、王天兵在西安电影制片厂家属院芦苇的家里又进行了两次谈话，经王天兵整理成文，再由芦苇校订，最后由王天兵定稿。

本篇节选内容曾发表于《读库 1305》。

关于罗素与维特根斯坦

🎙 王天兵：我先做一个简短的开场白。

如前所述，在连篇累牍的访谈之后，芦苇作为一个电影人，他对价值观及电影类型的强调已经成为大家的共识，他的个人经历也广为人知，他对当代电影有大量评论。我们今天还要谈些什么呢？

我想进一步搞清楚的是，芦苇本人的价值观是怎么形成的？他的精神世界是怎么形成的？

认识芦苇十多年来，我跟影视界、出版界以及文化界打交道也比较多，我对芦苇的评价是，芦苇是影视界中一个罕见的现代人。

可能别人听到这个说法觉得很奇怪，我们都是现代人，为什么说芦苇是罕见的现代人？什么是现代人？我打个比方你就能理解：唐德刚先生说孙中山是一个罕见的现代人，袁世凯也好，各路军阀也好，蒋介石也好，和孙中山相比，全是过去的旧人——都是帝王将相这路人，而孙中山，不管他有多少局限、有多少失败，他是个现代人。

这也是我对芦苇的判断。尤其在出生于二十世纪五十年代的那代人中，他不知什么时候对自己进行了一番锤炼，从而有了自己独到的价值观——现代人的人道主义价值观。这明显在气质上和第五代、第六代导演，甚至与更年轻的导演们都不一样。

我们就从这个角度切入。芦苇，你从什么时候起对自己进行了怎样一番自我教育或者说自我救赎？我们先要谈你从青少年时期直到现在还在进行的对西方大师的学习。我们一个问题一个问题、一个作家一个作家地谈一遍。

🎤 芦　苇：冰冻三尺，非一日之寒。一个人的情感与思想不会凭空出现，总有出处。

影响过我的人中，契诃夫应该是一个。后来年事渐长，我知道读书、开始求知、开始自学了。在思想方法上对我影响大的，一个是罗素①，一个是维特根斯坦。我在二十四五岁时读过罗素的一本书叫《哲学问题》，对我有很大影响。在社会学上，马克斯·韦伯对我影响很大。

🎤 王天兵：你二十四五岁，那就是 1974 年、1975 年。

🎤 芦　苇："文革"后期吧。

🎤 王天兵：你当时为什么要读这样一本书呢？

---

① 罗素（1872—1970）：英国哲学家、数学家和逻辑学家，致力哲学的大众化、普及化。有很多人将罗素视为时代的先知，与此同时，罗素的许多政治思想又是十分有争议性的。

🎙️**芦　苇**：我二十多岁了，经历过"文革"和上山下乡，开始寻求自己的思想出路时面对的首先就是信仰的问题。

过去社会与学校里灌输的那一套已经不能再让我信服了。二十多岁是一个人思想最敏锐和活跃的时候，我反复思考：这个世界上什么是对的？有没有真理？对我这样的年轻人来说这是极为重要的问题，正如方向感对动物而言非常重要一样。

🎙️**王天兵**：那这本书给了你答案吗？你有没有找到真理？

🎙️**芦　苇**：《哲学问题》不同于八股教条，它是完全不同的一个体系，它把我领入一个崭新的天地里，令我眼界大开。

过去掌权者都标榜自家理论是放之四海而皆准的真理，罗素否定的就是这条。他说如果"放之四海而皆准"，也就都不准了。罗素的理论使我进行了思想突围——对自称拥有绝对真理的人要格外警惕。

寻求真理是上天赋予人类的一种神奇禀赋，但是这种禀赋也容易把人带入认知误区里，绝对真理就是一个误区。而我这一代人中大部分都是在这种误区里成长起来的。

🎙️**王天兵**：像你这代人中很多人都有类似的经历，1971年是一个转折点。

🎙️**芦　苇**：之前我习惯从善意的方面去考虑一些问题，而1971年"九一三事件"彻底地把我的这种对真理的善意向往与惰性心理给打碎了。

在"老三届"的学生群里，我是另类。

我是1968年下乡的，待了三年，1971年就招工到工厂里去了。那个工厂叫5702厂，是空军的一个修理厂，按当时的标准是一个好单位。在里面待了一个来月吧，我做出一个重大的决定——不干了，宁可回农村继续当农民去，工人这个"铁饭碗"我不要了。因为我感觉这个军工厂对思想的教育极其严厉，八个小时工作之外还要加一个小时的政治学习时间，经常开批判会、检讨会、交心会，我很不适应。

辞职在如今是个稀松平常的事情，但是在那个年头可是稀罕的怪事。

🎤 **王天兵**：我虽然没有经历，但是我能理解，那时候进工厂上班是非常不容易的。

🎤 **芦　苇**：我提出不干了，要一走了之，工厂的劳资干部非常惊讶，他说本单位自从成立以来只有进不来的，没有进来还要走的，说进了本厂还要走的你是第二个，第一个人是个神经病，你是不是神经也不大对头了？该到精神病院检查一下。

我告诉他，我有没有神经病无关紧要，贵处本人反正是不待了。这件事当年是有点传奇色彩，别人说我分到上好的去处，居然"炒"了国营单位，真是不可理喻。总之，我回家了。

我那时就如同动物在困境里迫切地要寻找出路一样，觉得思想的出路比暂时的生存要重要十倍。当时我家庭条件还不错，因为我父亲从"五七干校"回来，分配工作后有了收入，所以没有家庭经济负担。我决心下功夫学习，先梳理自己的问题，厘清自己的思想。

🎤 **王天兵**：这是 1971 年的事吗？

🎤 **芦　苇**：是我离开 5702 厂之后，1972 年后的事。

🎤 **王天兵**：那你当时怎么能找到罗素的书呢？

🎤 **芦　苇**：我父亲工作的机关中共中央西北局（以下简称西北局）有一个图书馆，是过去西北党校遗留下来的，里边藏书丰富。罗素的书在新中国成立前后出版过一些，发行量很少，仅供一些党校当反面教材使用。

🎙 **王天兵**：是不是叫什么"灰皮书"之类的？

🎙 **芦　苇**："灰皮书"是"文革"以后的事。"文革"前把罗素作为西方资产阶级哲学家的代表人物来介绍，供批判用的。我满腹狐疑地在寻求正确的价值观，碰到他是我的幸运。

西安当时存在着一个类似于读书会的小团体。此事在陕西文化思想史上是一个不容忽略的现象。在"文革"后期，年轻人在寻找思想出路的时候产生了这样的学习小组，犹如沙漠里的一股清泉。

🎙 **王天兵**：虽然那代人都有类似的经历，但我觉得你是少数几个形成了自己完整的价值观的人，在影视界里你很可能是唯一一个这样的人。

🎙 **芦　苇**：任何时候都不要随大溜，这是人生经历告诉我的。罗素的这本书很重要，他的哲学别有天地。对于我这一代人来讲，当时读罗素的书、思考这些问题的人绝对是一个背离了时代的"另类怪物"。

后来，我知道了维特根斯坦，对他的学说也很信服。

🎙 **王天兵**：你是什么时候知道维特根斯坦的？

🎙 **芦　苇**：知道维特根斯坦时已经到了二十世纪七十年代中期。当时很难找到他的原著，只有内部刊物上的零星介绍。维特根斯坦孕育了一个影响深远的哲学学派——语义逻辑学派，他从语义逻辑的角度入手，把哲学问题的专业术语重新梳理了一遍，发现哲学史里有大量内容是在探讨假问题，如果用语义逻辑的方法来分析，这些内容是因语法结构、语义歧义、混淆不清而产生的，所以他用这把"手术刀"来剖析哲学史。

🎤 **王天兵**：那时候你看维特根斯坦的书，很超前啊。

🎤 **芦苇**：在那种环境里，躲在"阴暗"的角落里读维特根斯坦、罗素的书是货真价实的"思想异己分子"。

🎤 **王天兵**：但关于罗素，不妨讨论两点。第一，他的《西方哲学史》提到同时代的很多人，包括杜威，但就是没有提到维特根斯坦。

🎤 **芦苇**：他的年龄比维特根斯坦要大一点，维特根斯坦的一生相对短暂。

🎤 **王天兵**：但他提到同时代哲学家的时候，只字未提维特根斯坦。

🎤 **芦苇**：《西方哲学史》主要讲的不是现代哲学，而维特根斯坦完全是现代哲学家。罗素其实跟维特根斯坦的关系是很密切的，他们的思想是相互影响的。罗素认为维特根斯坦的思想是个方法问题，担心过于强调思想方法会失去哲学追求真理的目标。他对维也纳学派有保留。

🎤 **王天兵**：维特根斯坦实际上是在质问所谓真理有没有意义。

🎤 **芦苇**：追问的是真理的规定性与确定性。维特根斯坦特别强调方法论。罗素担心当方法最终消解了哲学意义的时候，也最终消解了人类追求信仰的意义。他觉得有这种危险倾向。

🎤 **王天兵**：实际上，现在是维特根斯坦哲学思想一统天下的时代，所谓后现代哲学。

🎙芦　苇：这是人们对他的误解，维特根斯坦并不否认终极真理对于人类的重要性，他怀疑的是自称终极真理的学派和鱼龙混杂的信仰体系。但他说自己的方法也是向终极目标靠拢。

🎙王天兵：第二，罗素写过一本书叫《为什么我不是基督徒》，他在书中全面批驳了基督教。

🎙芦　苇：我看过这本书。

🎙王天兵：那你怎么看？我知道你对基督教还是比较认可的。

🎙芦　苇：这不是认不认可的问题。我是把它作为一种人类现象或人类思想史上的一个重要阶段来看的，包括过去时、现在时、未来时，相互会发生一个连贯的作用。我们应该超越关于基督教正反两面的解说，把它看成是人类思想史上的一个有重大意义的过程，这样容易在整体上了解基督教。

我看过《圣经》，纯属于文学阅读，不属于研究，也不属于探索信仰性质的系统阅读。《圣经》在我看来是好看的故事、动听的音乐，而不是深奥的教义。

🎙王天兵：无论怎么说，罗素、维特根斯坦是你的人生观的启蒙者。

🎙芦　苇：有启蒙作用，是两盏明灯。

关于契诃夫

🎙王天兵：接下来我们来谈一谈契诃夫。你刚才说了，对你影响最大的文学家是契诃夫。你的剧作中有契诃夫的气质，包括他的人道主义，他对知识分子、市民、农民的关注和悲悯已经渗透在你的剧作中了。

你是什么时候知道契诃夫的？

🎤芦　苇：初中就知道了。上山下乡时我带了一箱子书，其中就有平明出版社（上海文艺出版社有限公司前身之一）出版的一套契诃夫的选集，大概有十几本，很薄，比如《灯光集》《苦恼集》，他的作品很有美感，如同美酒一样，会喝上瘾的。

🎤王天兵：契诃夫的小说分成两大类：一类是中篇；另一类是短篇小品，几千字。现在看来也很一般，有一点过时。

🎤芦　苇：他的创作分几个阶段，早先他是个医学院的学生，穷得要命，靠写笑话挣零花钱。

🎤王天兵：幽默小品。

🎤芦　苇：他把生活里听到的那些笑话记到本子上，忽然发现这样居然能挣钱，写作就逐渐成了他的爱好。他受过一些人的影响，比如说果戈理。当时的文人也给了他很大的鼓励，比如柯罗连科①。他的小说越写越棒、越写越长，中年以后中长篇小说就多了。

🎤王天兵：契诃夫四十六岁就去世了，写作生涯不长。

---

① 柯罗连科（1853—1921）：俄国作家、社会活动家。1883 年（一说 1885 年）发表成名作——短篇小说《马卡尔的梦》，1885 年发表的《库页岛上的人》被契诃夫称为"近年来最优秀的作品"。

🎤 芦　苇：肺结核要了他的命，这个病在当时是不治之症。

🎤 王天兵：契诃夫的中篇小说实际上也不长，几万字，都是经典。你现在还能想起契诃夫小说的名字吗？

🎤 芦　苇：《第六病室》《草原》《萨哈林旅行记》……他的精神是一贯的。他是一个俄国人，有东正教的背景。人性的优美在他诗意的、伤感的文字中闪烁，"含着眼泪的微笑"就是指契诃夫的作品。很难再找到第二个跟他有同等文字魅力的人了。

🎤 王天兵：就是说你在青少年时期已经受到了契诃夫作品的熏陶。

🎤 芦　苇：契诃夫教给我的就是对人性的欣赏与珍惜，以及一颗伤感而博大的心灵。

🎤 王天兵：怎么理解你这句话？什么叫对人性的珍惜？人性有好有坏……

🎤 芦　苇：他讲述的是人性的真相，丰富而细腻。

🎤 王天兵：关注人的灵魂……

🎤 芦　苇：灵魂的质感与秘密。

🎤 王天兵：你看《第六病室》大概是什么时候？

🎤 芦　苇：二十二三岁的时候。

🎙 **王天兵**：关于《第六病室》，我们可以多说一些。因为《第六病室》这篇小说非常重要，对整个俄罗斯文学乃至世界文学的影响都非常大，它影响过很多人，包括中国的巴金。巴金曾说，看了《第六病室》以后很害怕。

🎙 **芦　苇**：他们受《第六病室》启发，开始怀疑生活环境、道德传统，以及精神品质等问题。没有《第六病室》就没有鲁迅"救救孩子"的呐喊声。

🎙 **王天兵**：《第六病室》的主人公是俄国外省小城的一位中年医生，他感觉整个城市的人都十分庸俗、麻木，但他在医院的精神病房里，即第六病室，发现了一个年轻人，此人是唯一一个可以和他沟通交流的人。最后的结果却是，这个医生被诊断成精神病患者，被关进同一间病房。

🎙 **芦　苇**：契诃夫写得很真实。《第六病室》的主题是：一个良知尚存的人被周围所有人当成精神病人。看完《第六病室》，你能感到契诃夫身处的时代已经病入膏肓了。

🎙 **王天兵**：契诃夫在呼唤革命——其实整个十九世纪的俄国文学都在呼唤变革、呼唤革命。这篇小说对后世的影响非常大：二十世纪有位苏联作家叫布尔加科夫 ①，他的小说《大师和玛格丽特》和《第六病室》有渊源；甚至美国电影《飞越疯人院》可能都受过它的启发；这部小说对当代人来说也仍不过时。

🎙 **芦　苇**：契诃夫写出了人类身陷悲剧而不自知的真相。他还有一篇小说

---

① 布尔加科夫（1891—1940）：苏联小说家、剧作家，其父亲是神学教授。他深受果戈理、歌德等的影响，代表作有《大师和玛丽特》《不祥的蛋》《狗心》等。

叫《黑衣修士》，讲一个优秀的神学院教师的神经如何失常的故事。契诃夫的作品大多讲的是面对困境时的情感与心灵，这是他永恒的主题。

🎙 **王天兵**：你大概何时看到《黑衣修士》的？

🎙 **芦　苇**：应该是 1969 年。我看了很多遍，每次看都会心灵战栗。

🎙 **王天兵**：我是二十世纪九十年代中期在留美期间看的《黑衣修士》，英文名 *Black Monk*，对我也有很大影响。它讲的是主人公碰见一个黑衣修士，黑衣修士说他是一个天才，他因此渐渐走火入魔，竭力留下传世之作，最后家破人亡的故事。

其实这牵扯到我们最开始讨论的哲学问题，以及对真理的探求等等。契诃夫探讨了极易在知识分子身上出现的一种心灵病症……

🎙 **芦　苇**：寻求信仰体系时也会走火入魔。若不追求信仰，人性会失去方向，但是追求信仰若是走火入魔的话又会陷入偏执的病态之中。《黑衣修士》揭示的就是这种困境。

契诃夫的主题藏得很深，在他娓娓道来的语句后面是一个高贵的灵魂。

🎙 **王天兵**：契诃夫是不给人物贴标签的，你不能把他的人物分成好人或坏人、进步的或落后的、天才或凡人。这和后来的社会主义现实主义文学大相径庭。

🎙 **芦　苇**：他是一个思想博大的艺术家。契诃夫还写过一篇小说叫《我的一生》，描写了俄国一个小知识分子的一生，此人追求真理、向往光明，但在生活中屡受挫折、历尽苦难。这部小说写得也很棒，堪称经典。

🎤 **王天兵**：契诃夫还有篇小说叫《带叭儿狗的女人》，大约写于十九世纪末，气质迥异于十九世纪的俄国小说，毫无道德说教，却有很强的电影性，这是小说进入现代的标志。

🎤 **芦　苇**：他的戏剧是现代戏剧的一座里程碑。在他之前，戏剧有固定的程式，他打破了这个程式。他的戏剧刚被搬上舞台的时候，很难为人所理解，因为过于超前了。他的戏剧跟他的小说同样重要，比如《三姐妹》《海鸥》《万尼亚舅舅》。

🎤 **王天兵**：还有《樱桃园》。

🎤 **芦　苇**：对。他把俄国知识分子的精神历程和一代人的追求，以及他们的苦闷绝望、挣扎突围，都逼真地刻画出来了，成为俄国知识分子的一部精神史。你看他的戏剧的时候会看到这一代俄国知识分子的思想与情感的历程。

🎤 **王天兵**：这些东西你都是七十年代看的？

🎤 **芦　苇**：其实早就看过，但看不太懂。后来有了些生活阅历，就看懂了他的小说，进而也理解了他的戏剧。

🎤 **王天兵**：你从农村回来是哪年？

🎤 **芦　苇**：1972 年以后。

🎤 **王天兵**：你二十出头的时候。

🎤 **芦　苇**：二十二岁。

🎙 **王天兵**：现在回过头看，契诃夫对你的写作技法有哪些影响？比如说在你塑造人物、编故事、编情节的时候有无影响？

🎙 **芦　苇**：契诃夫对我最大的影响是他对生命的珍惜与对生活的热爱。他的语言很尖锐，但又是最宽厚的，这才是巨匠。

为什么伟大的作家多出生在有宗教背景的国家？其他国度的作家往往有洞察一切的能力，却没有超越时空的博爱。鲁迅的语言就很尖锐，但我在鲁迅身上却看不到契诃夫那样的宽容。而这两种品质完美地体现在契诃夫身上。

我不觉得契诃夫在写作技法上对我有直接的影响，我不会写小说。

🎙 **王天兵**：这就是所谓的宗教感，就是你所说的东正教中最优美的东西吗？

🎙 **芦　苇**：契诃夫对东正教也有质疑，他笔下的人物就处在质疑和彷徨、疑惑和挣扎中，但远处总有东正教的歌声萦绕。

🎙 **王天兵**：实际上契诃夫本人就是契诃夫式的人物。

🎙 **芦　苇**：他把自己看得很透彻，这是他独享的秘密。

🎙 **王天兵**：他和他笔下的人物一样彷徨和犹豫，他在呼唤革命，也在怀疑革命。他是一个充满怀疑的人。现在看来他是一个先知。

🎙 **芦　苇**：他对革命疑虑重重，对暴力深恶痛绝。

🎙 **王天兵**：但他不把人物分成革命的和反动的、资产阶级的和无产阶级的、进步的和落后的，他笔下的人物都处在一种灰色地带。这就是契诃夫。

契诃夫对你的影响可能不能落实在具体的写作技法上，但是这个影响确实非常大。

🎙芦　苇：是潜移默化的。他观察世间有入木三分的穿透力，同时他又很宽容与博爱。这两种品质结合在一个人身上非常难得。

🎙王天兵：你有没有过把契诃夫的作品改编成电影的想法？

🎙芦　苇：没有。一来是自量不才；二来我是他的崇拜者；三来他是俄罗斯精神的体现者，我不是俄罗斯人。但他对我影响极大，不管是在《霸王别姬》还是《活着》中，都有着他那博大、宽厚的身影。

🎙王天兵：你看过俄罗斯人根据契诃夫小说改编的电影吗？

🎙芦　苇：看过。

🎙王天兵：有没有成功的？

🎙芦　苇：很少。有一个《草原》①拍得不错，但是节奏感不够自如。

🎙王天兵：契诃夫的《第六病室》也曾被改编成电影，黑白片，网上有。

🎙芦　苇：这部片子我没看过。

---

①《草原》：1979 年上映，由谢尔盖·邦达尔丘克导演，描写一个男孩子随着舅父和神父到城里读书，在穿过大草原时的所见所闻。

🎙 **王天兵**：契诃夫的话剧你看过吗？《海鸥》《樱桃园》……

🎙 **芦　苇**：我都是买碟看的，鲜有机会去剧场看话剧。

🎙 **王天兵**：是中国人演的还是俄罗斯人演的？

🎙 **芦　苇**：俄罗斯人演的。中央戏剧学院徐晓钟[①]老师是研究契诃夫戏剧的专家，是契诃夫戏剧的推动者。他从苏联留学回来后，在中央戏剧学院排演过不少契诃夫戏剧。

🎙 **王天兵**：排得怎么样？

🎙 **芦　苇**：他们有勇气，排得也不错。但似乎缺少契诃夫戏剧的神韵，这大概是因为在语言和形体方面有极大的差异吧。

🎙 **王天兵**：关于契诃夫戏剧的神韵，你能不能再说得具体点？

🎙 **芦　苇**：一种淡化的、散文式的戏剧神韵，他把非情节性的生活搬上了戏剧舞台，使舞台充满了真实的魅力。他既不玩弄技巧，也不玩弄戏剧冲突的花招。他朴素实在，在舞台上展现的是生活本身。这是他与众不同之处。

🎙 **王天兵**：这些也已经渗透到你的血液中了。

---

① 徐晓钟（1928—　）：中国戏剧教育家、戏剧导演艺术家、教授，1955 年前往苏联莫斯科卢那察尔斯基戏剧学院学习。1960 年毕业回国后，历任中央戏剧学院导演系主任、院长、名誉院长。

🎙芦　苇：有深刻的影响，对我有净化作用。

关于俄罗斯的其他文学家

🎙王天兵：除了契诃夫，在十九世纪的俄罗斯作家中还有哪个作家对你有影响？

🎙芦　苇：那多了，列夫·托尔斯泰、屠格涅夫、陀思妥耶夫斯基、果戈理的书我都看过，如果说我自己还有些宗教情怀，恐怕都是从这里来的。这些作家都是宗教感很强的人，他们背后有传承久远的东正教信仰系统。

🎙王天兵：具体哪部作品对你影响大？

🎙芦　苇：屠格涅夫的《猎人笔记》，还有《木木》，后者写了一个悲伤的故事。列夫·托尔斯泰的主要代表作我都看过，如《安娜·卡列尼娜》《复活》等。尤其是电影《复活》，里面那个女主角令人终生难忘。

托尔斯泰曾做过边防军军官，驻守在高加索地区。他写的《哈吉穆拉特》与《高加索纪事》令人难忘，看了以后，你会进入那个俄国军人跟鞑靼人发生民族冲突的时代，情节跌宕起伏。

我还看过陀思妥耶夫斯基的《死屋手记》，还有《卡拉马佐夫兄弟》。

🎙王天兵：《卡拉马佐夫兄弟》是啥时候看的？

🎙芦　苇：看得比较晚，大概是二十六七岁吧。

🎙王天兵：很多人看完精神上都受到了震撼，你呢？

🎙 芦　苇：这本书让我知道人的精神层面可以如此深厚又如此阴暗。气质上，我更倾向于列夫·托尔斯泰和契诃夫。陀思妥耶夫斯基是精神异常的"鬼才"，有"鬼"气，我跟他有时候会保持距离。

🎙 王天兵：这个能不能说得具体点，哪些方面表现出他精神异常？

🎙 芦　苇：他笔下的人物都处在一个非正常状态，处境和心理相当怪异，但这些可能正是人类的某种真相。

🎙 王天兵：黑泽明改编过陀思妥耶夫斯基的《白痴》。你看过这个电影吗？

🎙 芦　苇：我看的不是黑泽明的，是苏联在二十世纪五六十年代拍的彩色电影《白痴》，记忆很深刻。

🎙 王天兵：还有谢尔盖·邦达尔丘克拍的电影《战争与和平》，你看过吗？

🎙 芦　苇：看过。

🎙 王天兵：你觉得怎么样？

🎙 芦　苇：拍得不错，但是跟读小说的体验还是不一样，我觉得电影还是缺乏小说深厚的力度，有图解之嫌。还有肖洛霍夫，我看他的《静静的顿河》时才十五岁，给我留下了终生的印象。

🎙 王天兵：那时候你怎么想到看肖洛霍夫的作品？

🎤芦　苇：我知道这是一本世界名著，一看就上瘾了，不分昼夜地看，一共四卷，四大本儿，我是一口气把它看完的。

看到好书的时候，我经常欲罢不能。我记得看《静静的顿河》第一卷的时候，半夜三更的躺床上偷着看，大受感动，居然声泪俱下。我母亲听见了，说怎么半夜三更不睡觉偷看书，还哭得一塌糊涂，脑子不会出问题了吧?! 她把书没收了，不让我晚上看了。

🎤王天兵：还记得什么情节让你哭吗？

🎤芦　苇：读到格里高力的老婆娜塔莉亚自杀那一章，我感到世界一下变黑了。他的情人阿克西妮亚中枪死去的那一章，也让我如坠深渊。

🎤王天兵：《静静的顿河》在哪些方面对你有影响呢？

🎤芦　苇：《静静的顿河》写的是区域文化，充满了乡土气息的诱惑。肖洛霍夫对顿河流域的一山一水、一草一木都那么熟悉和热爱，让我陶醉于乡魂的巨大魅力之中，迷恋难返。

依恋乡土是人类的天性。

关于俄裔美籍作家纳博科夫

🎤王天兵：说到俄罗斯文学，我们不妨接着谈一个二十世纪的俄国作家，实际上是俄裔美籍作家，也就是你经常提到的纳博科夫。

你们这代人中热爱十九世纪俄国作家的人有很多，但听说过纳博科夫这个名字的就很少了，更别说阅读他、感悟他了，所以你在这方面也是个异类——在二十世纪八十年代就读纳博科夫。在国内，纳博科夫也就是这几年才火起来。

你是在什么情况下读到纳博科夫的？

🎙 芦　苇：我看的第一部纳博科夫的小说是《普宁》，应该是在八十年代早期，梅绍武先生翻译的。这是迄今为止这部小说最权威的一个中译版本，他翻译功力深厚，堪称典范。顺便说一句，梅绍武是梅兰芳先生的儿子。

🎙 王天兵：你那时候已经开始写剧本了吗？

🎙 芦　苇：应该是写剧本之前。

🎙 王天兵：写剧本之前啊？那《普宁》一定对你有深远影响。我们详细谈谈这部作品吧。

纳博科夫是俄国人，十月革命后辗转于欧洲各国，1941 年前后去美国之前，一直用俄语写小说，而《普宁》讲的是一位俄国老教授移民美国后的日常生活，是用英文写的。

🎙 芦　苇：从阅读《普宁》到现在，我在中国绝少碰到知音。很多人看完这本书之后不知其所云。小说讲的是一个俄罗斯灵魂在异国漂泊的故事，展现了一代知识分子的命运与情感历程——失去了故土家园，找不着情感和精神归宿。

🎙 王天兵：很奇怪，我们认识这么多年，竟然没有仔细谈过纳博科夫。

因为我在美国待了很多年，我知道他写的是什么，写得有多精彩，而且很真实。其实作家白先勇也写过类似的题材，比如《纽约客》，但是不一样，格局没纳博科夫那么大，也没那么生动地写过美国生活。《普宁》这篇小说，我知道很多人要么看不下去，要么看了无动于衷，甚至说不知其所云……

你能不能解析一下你所理解的《普宁》的魅力、纳博科夫的魅力？

🎤 芦　苇：一个人如果真心热爱契诃夫，便会理解纳博科夫深入骨髓的怀乡深情与俄罗斯情结，读《普宁》就不会有障碍了。纳博科夫毕竟是俄罗斯人，身为一个流亡者，他的《普宁》写出了一个俄罗斯灵魂在大洋彼岸的美国的漫游过程。

我惊讶的是纳博科夫的小说技巧和刻画人物的能力，尤其是他对传统小说结构的颠覆。在纳博科夫的身上既能看到传统深刻的意境，又能看到现代文学跟传统意境的完美结合。

🎤 王天兵：对，他把传统的小说敲碎后重新组装了。

🎤 芦　苇：是，但不止于此。

🎤 王天兵：他展示了普宁真切而丰富的生活，但他不像十九世纪小说作家那样按部就班地讲故事，而是讲得空灵而巧妙。

🎤 芦　苇：这部小说我看了很多遍，爱不释手，成了我随身携带的经典书籍。

🎤 王天兵：这一点很有意思。我认识的人中看过《普宁》的很少，你这一代人了解纳博科夫的几乎没有，和我同龄或比我年少的人中喜欢《普宁》的也非常少。我很少遇到过喜欢《普宁》的知音，更别说你了。

🎤 芦　苇：经典难遇，知音也难遇。

🎤 王天兵：所以，我们今天谈《普宁》这本小说是缘分啊。

🎤 芦　苇：我曾经对《普宁》做过结构的解析、研究，得找一找我那个

《普宁》的读书笔记本在不在。

（芦苇从里屋拿出几本纳博科夫的著作。）

我有个书柜，其中有一层都是他的书。《说吧，记忆》是他的自传；《薇拉：弗拉基米尔·纳博科夫夫人》是他夫人的传记；还有不久前才出版的《纳博科夫传》，上下部，上部是"俄罗斯时期"，下部是"美国时期"。——那个笔记本暂时找不到了，这很像普宁每逢关键时刻必掉链子的困境。

🎙 **王天兵**：我也是纳博科夫迷，还曾做过对比纳博科夫和巴别尔的谈话……

🎙 **芦　苇**：你和我算是他的知音。谁能想到在西安这犄角旮旯儿里还藏着两个纳博科夫迷，足见文学无国界。

🎙 **王天兵**：这很有意思。有些人接受纳博科夫是有困难的。

🎙 **芦　苇**：他很难被大众理解。很多人读他的作品是凑热闹，赶一下文学时尚的风潮。有人在我推荐之下看了以后还是一片空白。他们说想不通我为什么喜欢这本书。知音难觅呀！

🎙 **王天兵**：《普宁》精致、灵巧，但读者如果没有阅读经典俄罗斯文学的经历，读起来会很累，它太超前了——它的故事性不强，自始至终没啥情节，但纳博科夫写得无风三尺浪、平地起波澜，真是作家中的巨人。

🎙 **芦　苇**：他不为情节所困，跳跃式的叙事跨度极大。这是经典人物传记和现代小说技巧完美的组合。我们从纳博科夫的作品中可以看到果戈理式的幽默，也可以看到陀思妥耶夫斯基式的绝望，还能看到列夫·托尔斯泰式的博大，契诃夫式的诗意乡愁，以及纳博科夫挥之不去的俄罗斯情感心结。同时，能看到现代文学的结构手法，这都在纳博科夫一个人身上，在《普宁》小说里完美地结合为一体，发出不可思议的诱人光彩。

🎤 **王天兵**：我看的时候，首先感到这是一个美国作家写的，是地道的美国小说，同时它又有醇正的俄罗斯味儿，这真是一个奇妙的结合。

🎤 **芦　苇**：普宁是美国大学教师，但他的灵魂、情感是纯粹俄罗斯式的。在《普宁》小说里，各种因素这么完美无缺、天衣无缝、严谨而宏大地融为一体。

🎤 **王天兵**：而且篇幅也不长。

🎤 **芦　苇**：篇幅很短，可是时间跨度大，从普宁的婴儿时代写起。该书有纳博科夫自传的成分，他们都出身于俄罗斯贵族世家，祖父辈都是当时俄罗斯学界、政界名人。小说从普宁出生一口气写到他的晚年，时间横跨了大半个世纪，在这么漫长的历史跨度内，在新旧不同的两个大陆上，用那么精练的语言和情节、那么细致入微的刻画，详尽地展示了普宁的生活与灵魂。经历过二战的那代人和战后那代人都说只能用"天才"来形容纳博科夫。与他相比，中国很多作家望尘莫及。

🎤 **王天兵**：他有十九世纪小说家的禀赋和二十世纪小说家的格调。纳博科夫认为契诃夫的《带叭儿狗的女人》是最伟大的短篇小说。现在看来，《普宁》接续了这部短篇小说的多种气质——片段式的、不含道德说教的叙述，当然《普宁》更博大。

🎤 **芦　苇**：纳博科夫是研究文学史与小说文体的专家，是技巧大师。能够证明他技巧水准的就是《普宁》。我看了《普宁》之后，方知如此浩瀚的社会生活内容、如此丰富的情感经历能如此精练地写出来，简直不可思议。除了"天才"，没有别的词能够形容这个人。

🎤 **王天兵**：实际上，普宁的俄罗斯移民的生活可谓平淡无奇，甚至有点窝囊。普宁经历的都是家常事，但纳博科夫写得如此妙趣横生。

🎤 **芦　苇**：这就能发现他与契诃夫之间隐秘的关系。梅绍武的翻译功夫很老到，我反复阅读之后，词句都可以背出来。比如说普宁讲跟他的情人分手是因为"历史解除了他们的婚约"，视角高远而宏大。

🎤 **王天兵**：这样的精彩之处太多了。我看过很多外国人写的美国人，都不如纳博科夫写得准确。他描写的移民的生活状态，以及美国人对他们的态度，比如他们对普宁的奚落、冷落，同时又不乏关爱，都非常准确。他笔下的美国人，包括普宁的同事、邻居、房东，个个活灵活现。

🎤 **芦　苇**：纳博科夫写半夜三更两个房东做梦，信手拈来，妙不可言。

🎤 **王天兵**：纳博科夫这样的奇才很少见，他精通英语、法语、俄语，又在欧洲其他国家待过。

关于纳博科夫的《洛丽塔》与库布里克改编的同名电影

🎤 **芦　苇**：纳博科夫还是一位语言专家，他真正的专业是文学史。他教法国文学、英国文学、俄国文学，是文学史教师。在写《洛丽塔》之前，他一直以教书为生。

🎙 **王天兵**：他还是鳞翅目昆虫学家，还因为他特殊的身份和阅历——他母亲是犹太人，他是一个有犹太血统的作家——而天生对种族、文化的差异非常敏感。

其实，《洛丽塔》比《普宁》更精彩。

🎙 **芦　苇**：《洛丽塔》也很好。但我觉得《普宁》的独特性无可替代。当然，这是我个人的看法。《普宁》的商业性远不及《洛丽塔》，但在小说界却闻名遐迩。

🎙 **王天兵**：那是因为通行的中文版《洛丽塔》翻译得不好，或者你看的那个中译本翻译得不好。再说，《洛丽塔》比《普宁》更难翻译，我认为几乎是不可翻译的。

🎙 **芦　苇**：有可能。

🎙 **王天兵**：梅绍武曾回忆说，当初让他翻译纳博科夫的作品时，他听说其代表作《洛丽塔》写的是一个中年男人和一个小女孩谈恋爱的事，他就不愿意翻译，也不敢翻译了，因此他选择了《普宁》和《微暗的火》。很可惜，梅绍武最终没有翻译《洛丽塔》。实际上，《洛丽塔》才是纳博科夫自己最钟爱的作品。

🎙 **芦　苇**：梅绍武的文字功夫是一流的。可能他对《洛丽塔》的理解还有局限性，无法识别在色情表面下人性欲望的复杂性。《洛丽塔》与《普宁》的翻译质量有好有坏，但国内的出版业对纳博科夫已经有一定程度的关注了。他所有的书都在国内出版了，包括《文学讲稿》。但是凑热闹的人多，真正热爱的人少。

🎙 **王天兵**：真正理解他的人寥寥无几。我们谈一下大导演库布里克对《洛丽塔》的改编吧，你说过你对那个版本的电影很不满意。

🎙 **芦 苇**：不是不满意，是愤懑。

🎙 **王天兵**：为什么？我们可以详细地谈一谈。

🎙 **芦 苇**：我说句难听的话，他根本没把《洛丽塔》读懂。库布里克这人我非常佩服，他拍的电影是真的好。不说别的，他拍的《全金属外壳》就是越战片中的经典。但是，他拍得最烂的电影恰恰是根据我崇敬的作家的作品改编的，就是这个《洛丽塔》。

🎙 **王天兵**：烂在什么地方？他在哪些方面误解了小说？

🎙 **芦 苇**：他就没有读懂这部小说。

🎙 **王天兵**：你说这部小说讲的是什么？

🎙 **芦 苇**：这个小说讲的是一个欧洲知识分子与美国社会的文化冲突和情感错位。在这部电影里，我既没看到文化冲突，也没看到情感错位，只是依样画葫芦地拍了一部电影。纳博科夫对于美国社会及世俗精神或善意或无情的调侃，还有对欧洲感伤式的怀念，在他的电影里是一概没有。

洛丽塔在小说里面是多么生机勃发的女孩子，在电影里完全是一个失去了青春活力的木偶。

🎙 **王天兵**：小说中的洛丽塔出场时年龄只有十二岁，但在电影里她是由成年演员演的。小说中洛丽塔是早熟的、复杂的。

🎙️芦　苇：她是一个充满生命活力的精灵，这在电影里没有表现出来。纳博科夫不是从褒贬的角度对男主角亨伯特进行描写，而是把人性真实的一切都呈现出来。亨伯特的稀奇古怪的情感病态有非常真实而深刻的力量。

🎙️王天兵：亨伯特给我的印象是情圣。美国文学评论家特里林①曾这样评价这个角色——最后的情人。

🎙️芦　苇：他是一个病态的情圣。

🎙️王天兵：这是纳博科夫五十多岁写的。

🎙️芦　苇：纳博科夫笔下的人物可以让读者仁者见仁，智者见智，可以多角度地解读释义。

🎙️王天兵：说一个题外话，如果让你改编《洛丽塔》的话，你有信心吗？

🎙️芦　苇：绝对没有。

🎙️王天兵：是因为你对美国生活不了解吗？

🎙️芦　苇：这是一部异常复杂而纯粹的小说，要保持这种特点相当困难。它包含两种不同的载体，要做这种转型需要巨大的能量。我自量不才，能力不够。

---

① 莱昂内尔·特里林（1905—1975）：美国著名文学评论家、哥伦比亚大学教授，曾撰写过研究纳博科夫的论文《最后的情人》。

🎙 **王天兵**：我们刚才说到契诃夫对你的影响，你提到他既尖锐又充满博爱的气质。纳博科夫对你的影响是在哪方面，如果不是从单纯的技巧上来说？

🎙 **芦　苇**：纳博科夫的人物描写跟契诃夫是一脉相承的，所不同的是我们在看纳博科夫的小说时需要更多的阅读经验，需要有深究文本的兴趣，如果没有这种兴趣，则难以领会其精妙之处。

🎙 **王天兵**：可以这样说，纳博科夫是小说家中的巨人。

🎙 **芦　苇**：契诃夫不搞文体游戏，而是在人物和故事情节上下功夫。纳博科夫则有技巧结构的魅力。阅读的经验是不一样的。

🎙 **王天兵**：说到这个文本、文体，你现在还没有写过一个探讨电影文本的剧本。

🎙 **芦　苇**：没有。

🎙 **王天兵**：是因为没有这样的需求吗？

🎙 **芦　苇**：电影剧本就是一部电影的设计蓝图。在文本方面做一些形式上的翻新花样，我觉得未免卖弄，太小儿科。剧本的写作技巧应该藏得越深越好，电影中的人物和剧情才是最重要的，炫技就是喧宾夺主，容易玩儿栽。

我的电影剧本会让人物自己去展示主题，我离得越远越好。这点我跟第六代导演有区别，他们会自觉或不自觉地站在人物前面，我则要躲在人物背后，最好是钻到地下去。

🎙 **王天兵**：但实际上，纳博科夫经常跳出来站在人物旁边。

🎤 **芦　苇**：纳博科夫有的时候会玩技巧。他会把自己放在里面做个隐蔽的角色。《普宁》就是如此，他最后躲躲闪闪地出场了。他要挽留普宁，但一切都错位了，普宁仓皇而去。

🎤 **王天兵**：这个手法实际上是纳博科夫对陀思妥耶夫斯基的双重人格的一个调侃，可以这样理解吗？

🎤 **芦　苇**：当然可以，也可以做多重理解。

🎤 **王天兵**：实际上普宁是他又不是他，这是纳博科夫的现代性。契诃夫是不会这样写的。

🎤 **芦　苇**：所以说纳博科夫是小说家里的巨人，是技巧大师。

🎤 **王天兵**：在电影导演中有没有这样的人？

🎤 **芦　苇**：尽管我把库布里克的《洛丽塔》贬得一钱不值，但公平地说，库布里克就是导演里的巨人，因为他能掌控完全不同，甚至截然相反的类型，还有充满个性的表演技巧。电影《洛丽塔》非常失败，但不能否认《全金属外壳》的出色，不能否认《2001 太空漫游》。他的另外好几部电影都拍得很成功。

🎤 **王天兵**：《斯巴达克斯》也是他拍的。

🎤 **芦　苇**：《斯巴达克斯》大而无当，这部电影亦不敢恭维。

🎤 **王天兵**：前半部不是他拍的，后半部是他拍的。我觉得这部片子一般。

🎙️**芦　苇**：你说得对。

🎙️**王天兵**：他最后一部片子《大开眼戒》呢？汤姆·克鲁斯夫妇主演的。

🎙️**芦　苇**：抱歉，我没看过。

🎙️**王天兵**：是根据施尼茨勒的《梦幻的故事》改编的。施尼茨勒也是犹太作家，写尽了一战前维也纳的社会百态。

🎙️**芦　苇**：没看过。

🎙️**王天兵**：还有《发条橙》。

🎙️**芦　苇**：那是在英国拍的，很棒，让一些人看了以后肃然起敬而又自惭形秽。

🎙️**王天兵**：我们再回到纳博科夫。你刚才对《普宁》的概括非常精练。没有一定的底蕴是不可能看懂这本书的，因为你几乎复述不出它的情节。

🎙️**芦　苇**：大概在二十年前吧，我把《普宁》的情节摘列出来，做了一个结构示意图。我惊叹纳博科夫在结构上的能力如同天才的作曲家，在结构上他是个出色的大师。可他自称对音乐一窍不通。

🎙️**王天兵**：纳博科夫曾经写过自己的创作过程，他一般不是从第一章写到最后一章，他会写任意一段，但他能预知这一段在全篇中的位置，然后又写其他位置的某一段，最后这些片段竟然全部自动归位，连成一体。他在写作之前有成竹在胸的感觉。

🎙️ 芦　苇：罗伯-格里耶①是玩时空倒错、搞结构变法游戏的作家。纳博科夫对这套技艺也很在行，技巧花样在他手里如同玩拼图游戏。

🎙️ 王天兵：纳博科夫与罗伯-格里耶惺惺相惜，但是纳博科夫又没有失去人物。

🎙️ 芦　苇：他不以做游戏为目的，他最关注的是人的命运中的无常感。

🎙️ 王天兵：人物还是他的目的。

🎙️ 芦　苇：读者记不住这些技巧，却会记住普宁这个人物，把他的音容笑貌、内心情感、生活经历，以及可爱、可笑、可敬、可悲之处都记在心里了。对一部小说来讲，夫复何求？

🎙️ 王天兵：你这么多年来一直在看这部小说啊？

🎙️ 芦　苇：看《普宁》，开卷有益。纳博科夫的文笔很棒，看这本小说真是一种莫大的享受。

🎙️ 王天兵：我看了这本小说也非常喜欢。但是至今除了你之外，我再没有遇到第二个这样鞭辟入里地解析它的人。

---

① 罗伯－格里耶（1922—2008）：法国新小说流派作家，代表作是剧本《去年在马里昂巴德》，讲的是一名少妇在某休养地遇见一位陌生男子，但男子坚持说他们曾相识并相约今年在此相会，最后说服少妇与他一同出走。据此剧本拍成的电影于1961年在威尼斯国际电影节上获奖。

🎙 芦　苇：我给所有热爱文学的人推荐这本书。我买了不下十本，见人就送，逢人就说这是极品，不读此书，何谈文学？

🎙 王天兵：但是回应的有几个？

🎙 芦　苇：唯一正式回应的是你，但是还没送给你书呢。

🎙 王天兵：我自己有书。九十年代初期，我在美国留学时发现了纳博科夫，读的是《洛丽塔》和《独抒自见》，而《普宁》却是 2007 年我在中国读了梅绍武翻译的中文版以后才喜欢上的。其实说起纳博科夫，对我自己的影响也很大，这是题外话。

我们还是回到俄罗斯文学，除了纳博科夫、契诃夫，还能不能再谈点别的，如某个作品、某种思潮、某个时期等等。

🎙 芦　苇：再说一部杰出的小说吧，阿斯塔菲耶夫的《鱼王》，从中能看到俄罗斯精神文化一脉相承的特点和魅力。我认为，阿斯塔菲耶夫是应该得诺贝尔文学奖的。

🎙 王天兵：你什么时候看的阿斯塔菲耶夫？

🎙 芦　苇：八十年代中期看的。他跟肖洛霍夫一样，是一个区域性的作家，他专门写西伯利亚的森林与冻土。

🎙 王天兵：是个乡土作家。

🎙 芦　苇：他一生都在写西伯利亚叶尼塞河流域，那是他的家乡故土。《鱼王》写得很棒，写一个叫阿基姆的青年猎人的故事。读他的书会有一种复杂的心痛感觉。我对这个作家很佩服，读他的小说你才会领略到这方乡土不可替代的独特魅力，就像好酒的浓香。我读他的小说时，耳边经常会响起格林卡、穆索尔斯基、里姆斯基-科萨科夫这样的音乐家创作的旋律。尽管岁月、区域相隔，我仍能跨越时空，与他共享俄罗斯的情感与魅力。

🎙 **王天兵**：阿斯塔菲耶夫有什么样的命运？我对他没有什么了解。

🎙 **芦　苇**：二战的时候他当过兵，已经去世了。他如同油画家普拉斯托夫，同属于俄罗斯土地养育的艺术大师。

关于莎士比亚

🎙 **王天兵**：俄罗斯文学是谈不完的。接下来，我们不妨谈谈英美文学。

首先，谈一下莎士比亚。我记得你说过，要学剧本，一定要看莎士比亚。但这个话题我们从来没谈过。西方的所有剧作家、作家都研究过莎士比亚。

你看过莎士比亚的哪些作品？

🎙 **芦　苇**：我有《莎士比亚全集》，但是并没看完。他的一些大部头，比如说《亨利五世》等帝王系列，基本上都看过。

在莎士比亚时代，戏剧仿佛经久不衰的电视连续剧，一上演就是若干天。这种演出形式要求他写得重复，台词也冗长。

当然我们不懂古英语，不知观众是不是在欣赏一种古英语的韵律、一种语言节奏，所以很难判断。从剧情上看，当之无愧的经典还是《哈姆雷特》。这在当时叫短剧，演一晚上就完了。这是英国戏剧史上难以逾越的一座高峰。

🎙 **王天兵**：黑泽明说过，你要学电影必须懂编剧，要懂编剧必须研究莎士比亚。

🎤 芦　苇：黑泽明是一个拿来主义者，有时他干脆就照搬过来。

🎤 王天兵：你能不能从编剧的角度讲一讲《哈姆雷特》？

🎤 芦　苇：舞台剧跟电影是有区别的。我不是舞台剧的行家，所以不太懂，我看过不同版本的《哈姆雷特》舞台剧，也看过其不同版本的电影，深感其凝练与宏大。

我从黑白电影看到彩色电影，几代名角儿演的都看过。毕竟是从戏剧改编成电影的，通过不断观看，我可以将戏剧与电影进行对比。但是我不认为这就是电影，因为电影与戏剧差距很大，戏剧主要是语言的魅力，电影是故事与声画合一的魅力。

《哈姆雷特》是典型的正剧、悲剧，这种戏剧形式从古希腊发展到文艺复兴时代的英国，形式上臻于成熟，迄今难以逾越。如果要了解舞台正剧、悲剧类型，首先要研究《哈姆雷特》。

🎤 王天兵：黑泽明的所有电影都有莎士比亚的影子。但现在看来，莎士比亚的戏剧用太多的误会和巧合来推动情节，也旧了。由于时间关系，我们不能说太多莎士比亚，还有其他的英美作家给你留下印象吗？

🎤 芦　苇：约瑟夫·海勒①的《第二十二条军规》我看了好几遍，觉得很是过瘾。威廉·福克纳的小说我看了不少，包括早期作品。我第一次看他的作品，是刊登在五十年代末《译文》杂志上的一篇小说，叫《拖死狗》，写得很好。

---

① 约瑟夫·海勒（1923—1999）：美国黑色幽默派代表作家，出生于纽约市布鲁克林的一个犹太移民家庭。1961 年，他因发表长篇小说《第二十二条军规》而一举成名。

《拖死狗》写的是一战结束，美国空军飞行员失业以后的谋生经历。他们靠跳飞机等惊险表演维持生计，跳飞机就是在飞机起飞以后，站在飞机翅膀上往下跳。诡异与奇怪之感跃然纸上。他的《献给艾米莉的玫瑰》写得好，几十年过去了，我仍牢记于心。

🎙 **王天兵**：你对外国文学的涉猎都来自你对几本杂志的长期阅读，而且这从你很小就开始了。

🎙 **芦　苇**：有两本杂志——《世界文学》和《外国文艺》，我至今仍在订阅。《译文》收录的是通俗商业小说，不大看。

关于《八月炮火》和犹太作家

🎙 **芦　苇**：英美作家中对我影响深远的，除了小说家，还有一位历史学家——美国的巴巴拉·塔奇曼。她写的《八月炮火》至今仍是我的案头书，且手不释卷。

🎙 **王天兵**：一本讲战争谋略的书为什么是一位职业编剧的案头书呢？

🎙 **芦　苇**：《八月炮火》是历史经典，阅读性超强，作者巴巴拉·塔奇曼凭借此书获得了普利策历史类大奖，她是位令人敬佩的历史作家。

🎙 **王天兵**：你什么时候读到这本书的？

🎙 **芦　苇**：八十年代初，中文版一出版我就买到了这本书。

🎙 **王天兵**：我知道这本书还是你推荐的呢。那是 2007 年我的《哥萨克的末日》在《布老虎散文》上发表并送你看了之后，当时你向我推荐了两本书，一是唐德刚的《袁氏当国》，二是《八月炮火》。《袁氏当国》很棒，但有学究气。《八月炮火》我一看就上瘾了，因为我自己的作品的结构、叙述方式与之暗合，但远没有它庞大恢宏和挥洒自如，让我有相见恨晚之感，仿佛发现自己尝试的路原来别人早已走过，而且自己简直无法企及。我至今还在反复阅读。

芦　苇：我把《八月炮火》推荐给了很多人，很少得到你这样反应强烈的反馈。这是一战的"史记"，叙事宏大、人物众多，充满了戏剧冲突。在其他小说中你很难看到这样宏伟的格局，它写了 1914 年 8 月这个历史时空的剖面，让你了解第一次世界大战的复杂起因。

王天兵：类似这样的书，我们还能列举一些，托尔斯泰的《战争与和平》也有宏大叙事……为什么《八月炮火》三十年来一直是你的案头书？你到底在向它学习什么？

芦　苇：这本书比编剧技巧要有趣、精彩得多，看完后领会的是历史的视角和叙述法则。这本书之所以重要，是因为它除了展示了宏大的历史场景和复杂的战争动因外，还有经历现场的生命体验以及深刻的反思。这是一本传递着人类体温的史书。

王天兵：巴巴拉·塔奇曼是一个犹太人，而且对自己的犹太身份很自觉。犹太人往往比较缺少归属感，因此对各种文化很敏感。

芦　苇：犹太人在接触历史的时候，总能触摸到不同凡响的东西。巴巴拉·塔奇曼还曾经写过一本很棒的关于中国的书——《史迪威与美国在中国的经验》，也是一部被史学界忽略的书。

🎙 **王天兵**：但那本书不如《八月炮火》。巴巴拉·塔奇曼写中国人写得"隔"……

🎙 **芦　苇**：应该是翻译的缘故。《八月炮火》有个实力超强的翻译班子，来自上海外国语学院英语系，由张岱云把关，翻译功力可以说是炉火纯青，是翻译书里的典范。

🎙 **王天兵**：是不是也可以理解为它有一种气场，你看后感到精神愉悦？

🎙 **芦　苇**：开卷上瘾。逮着点时间就重读，卷不离手。

🎙 **王天兵**：我和你一样，也是经常拿出来看看，它能让我的心静下来。我也有几本书是反复读的，《八月炮火》是一个，还有丹纳的《艺术哲学》，傅雷翻译的，经常要拿出来看一看，不是从头到尾，而是打开任意一页就看下去。

🎙 **芦　苇**：傅雷翻译的《艺术哲学》当年也是一代人的必备书，是"沙漠绿洲"。

🎙 **王天兵**：以犹太人的身份来看巴巴拉·塔奇曼其实很有意思。她早先写的一本书是讲犹太建国史的，叫《圣经与利剑》（全称为《圣经与利剑：英国和巴勒斯坦——从青铜时代到贝尔福宣言》），但她自认为作为犹太人很难对犹太历史保持中立的、冷静的立场，因此自那以后她不再写关于犹太历史的著作，而是将目光投向其他国家和民族的历史。

🎙 **芦　苇**：她的眼光是世界性的，因此出手不凡，还有她良好的家学渊源和坚实的学术素养，使《八月炮火》成为经典。

🎙️**王天兵**：犹太作家中，还有没有对你有特别影响的？

🎙️**芦　苇**：太多了。我最早看过美国的犹太作家迈克尔·戈尔德写的书，叫《没钱的犹太人》，是关于美国大萧条时期普通犹太人的家庭生活，写得很生动，我小时候看得很感动。此外，还有美国犹太作家辛格①。还有卡夫卡，我年轻的时候几乎读遍了他的书，《变形记》《审判》都读过。我有个诗人朋友胡宽很崇敬卡夫卡，但也跟卡夫卡一样英年早逝。

卡夫卡是二十世纪的作家，他的身份很复杂，身处布拉格，是说德语的奥地利犹太人，但又有捷克斯洛伐克背景。他把人的心理问题展示为人的悲剧性的真实处境。

与卡夫卡并称"现代主义文学三大家"的乔伊斯、普鲁斯特的经典小说我也都看过。

🎙️**王天兵**：你好像更喜欢十九世纪的小说。

🎙️**芦　苇**：十九世纪的作家多有宗教情结，但有些二十世纪的作家看到了宗教并不能解决人的精神问题。他们对解决这个问题的贡献比心理学家还大，这是人类为寻求精神困境的突围所做的又一次努力。

🎙️**王天兵**：你的电影基本上是现实主义的，与上面三位那种叙事特点还是有差别的。

---

① 艾萨克·巴什维斯·辛格（1904—1991）：生于沙俄统治下的波兰，1935 年迁居美国纽约，1978 年凭借《卢布林的魔术师》获诺贝尔文学奖。西方评论家称这部作品是辛格最佳的长篇小说："他的充满激情的叙事艺术，这种艺术既扎根于波兰犹太人的文化传统，又反映了人类的普遍处境。"

🎤 芦 苇：我写的剧本都是情节剧，面对的都是生活中的困境。

关于东南欧作家

🎤 芦 苇：再来谈一个对我有很大影响的作家——安德里奇 ①。

🎤 王天兵：安德里奇啊，我连听都没听说过。你是什么时候看他的作品？

🎤 芦 苇：也是八十年代，如果说我对历史的舞台有兴趣，可能是因为潜移默化地受到了他的影响。他写的《德里纳河上的桥》是长篇，《情妇玛拉》是短篇集。南斯拉夫有两个作家得了诺贝尔奖，一个是他，另一个是乔西奇。

安德里奇是描写南斯拉夫民族史的代表作家，《德里纳河上的桥》通过一座桥贯穿了一个国家四百五十年的历史，是历史长卷。《情妇玛拉》讲的是巴尔干半岛被奥斯曼帝国统治期间关于种族冲突、信仰冲突的故事。两本书都对我影响很深。

南斯拉夫是不同宗教的接触点、冲突的舞台，是一个文化异常敏感的地带，被认为是欧洲的一个"火药桶"。

许多民族不同、语言不同、信仰不同的人发生剧烈冲突，一战由此爆发。现在这里依然是一个各种势力角逐的敏感区域。

《德里纳河上的桥》写得很精彩，德里纳河是南斯拉夫的一条大河，安德里奇写的就是这个流域的故事。中国不乏丰富的历史，但是我在中国没发现安德里奇这样水准的作家。

---

① 伊沃·安德里奇（1892—1975）：南斯拉夫诗人、批评家、小说家，曾任南斯拉夫驻罗马、柏林等地大使，1961 年获诺贝尔文学奖。

🎤 **王天兵**：是否因为我们中国人总是习惯从中国看世界，而西方作家有一种对不同文化的敏感性，使他们能从世界来看一个地方？

🎤 **芦　苇**：安德里奇是历史学家，他一直在写区域冲突史、不同民族的命运，写民族冲突、国家战争、种族纠纷、信仰竞争，他是通过小人物的命运来折射大的历史舞台。

🎤 **王天兵**：这是形成你自己的风格的一些元素？

🎤 **芦　苇**：我潜移默化地受到他的影响，不自觉地将这些融入自己的认知里了，这种影响是终生的。

🎤 **王天兵**：波兰作家对你有影响吗？

🎤 **芦　苇**：我看过亨利克·显克维奇①的《十字军骑士》，大概二十世纪七十年代看的。波兰的电影、音乐、绘画和文学艺术都有深厚的根基，有个画家叫马特义可，是专门给皇宫绘制大型历史场面的，他是波兰美术的学院派。波兰裔犹太人、用意第绪语写作的辛格对我影响也很大。

🎤 **王天兵**：意大利作家中有对你有影响的吗？

🎤 **芦　苇**：意大利有一个女作家叫艾尔莎·莫兰黛②，她的前夫是阿尔贝

---

① 亨利克·显克维奇（1846—1916）：波兰小说家，代表作有历史小说三部曲《火与剑》《洪流》《伏沃迪约夫斯基先生》，以及著名历史小说《十字军骑士》等。1896 年，显克维奇完成了长篇历史小说《你往何处去》，1905 年他因这部作品荣获诺贝尔文学奖。
② 艾尔莎·莫兰黛（1912？—1985）：代表作有《历史——延续万年的丑闻》《阿图罗的岛》等。

托·莫拉维亚①。莫兰黛写二战时意大利的普通民众的生活，功力深厚，德国人、犹太人、游击队、黑帮势力，活生生的各色人等聚集在一个历史舞台上。我看了很受震动，能看到意大利二战时期真实生活的场景，人物呼之欲出。她的书是写民族史诗的大手笔，可与其前夫比肩。

关于拉美作家与魔幻现实主义

🎤芦　苇：对我有影响的，还有一位拉美魔幻现实主义的鼻祖和灵魂人物——墨西哥的胡安·鲁尔福。他的作品当年可是风靡一时，他写过一本书叫《佩德罗·巴拉莫》。

🎤**王天兵**：没看过。

🎤芦　苇：鲁尔福觉得同时代的作品都很乏味，于是写了一个村庄的故事，在那里生活的都是死人。此书刚出版时无人理解，后来惊动文坛，这就是《佩德罗·巴拉莫》。但该书出版之后他不再写作。

提到拉美魔幻现实主义，大多数读者只知道马尔克斯，其实，鲁尔福才是真正的鼻祖。马尔克斯与鲁尔福有师承关系。

🎤**王天兵**：讲讲鲁尔福作品的特色吧。

🎤芦　苇：魔幻现实主义有一句著名的格言："时间是无限循环的，空间

---

① 阿尔贝托·莫拉维亚（1907—1990）：意大利作家，获得过15次诺贝尔文学奖提名，代表作有《冷漠的人们》《鄙视》《罗马女人》等。导演贝托鲁奇的电影《同流者》就是根据他的同名小说改编的。

是交叉循环的。"这是博尔赫斯说的，但最早说这句话的是鲁尔福。陈忠实与莫言等一代中国作家都直接或间接地受到过鲁尔福的影响与启发。我喜欢这个拉美魔幻现实主义的鼻祖，反倒与博尔赫斯有距离。博尔赫斯喜欢卖弄学问，他还写过中国历史故事呢。

🎙 **王天兵**：《小径分岔的花园》最后出场的就是一位汉学家、红学家。

🎙 **芦　苇**：博尔赫斯晚年反省一生的创作，说自己的小说太卖弄了。这句话非常中肯，一语中的。他的小说太"聪明"、太显摆，不像契诃夫，是出于对生命的感悟和怜悯而写作。

博尔赫斯热爱的是他掌控的技巧，是他自己所构筑的迷宫花园一样的结构。

🎙 **王天兵**：他是为艺术而艺术的。

既然说到魔幻现实主义，因为你对小说《白鹿原》很熟悉，还将它改编成了剧本，我们对比一下陈忠实的《白鹿原》和魔幻现实主义的经典吧。

🎙 **芦　苇**：《白鹿原》在写作技法上显然受到了魔幻现实主义的影响。但我们一直强调，在中国文学中农民是缺位的，陈忠实写作《白鹿原》的意义正在于此。

🎙 **王天兵**：这部小说的社会学价值超过了它的文学价值。

🎙 **芦　苇**：我认为，如果没有这部小说，农民也许将被社会忘记，这是陈忠实的功绩。

小说的艺术成就见仁见智，各有各的说法。陈忠实完成了一项壮举，他把中国的农民、乡村搬上了小说正史。我对王全安导演的《白鹿原》电影非常失望，他没看懂小说的内容，把电影拍得苍白无力、失魂缺魄，如同患上了当代都市的"冷血症"。

关于日本作家

🎤 **芦　苇：**我年轻的时候对川端康成的小说很着迷，比如《雪国》，其文字有日本传统俳句的优雅美感。

🎤 **王天兵：**九十年代我在美国看过电影《雪国》的黑白录像带，很精致。

🎤 **芦　苇：**他的好多小说都拍成电影了。还有日本的井上靖，早期写得很好，但是他的《井上靖西域小说选》中的敦煌、苍狼有一种很难说透的距离感。中国电影《狼灾记》（根据井上靖的同名小说改编）更是苍白乏力，缺失了"大漠孤烟直，长河落日圆"那种苍茫壮阔的意境。

写《罗生门》的芥川龙之介我也很喜欢。还有三岛由纪夫，我看过他的长篇小说《丰饶之海》，水流般纯净。他的文字感觉是一流的，但是他为之献身的思想是不入流的。我不喜欢他的偏执极端的自杀情结。他的《金阁寺》《丰饶之海》的文字十分有魅力，有种病态、怪异的独特境界，诱人而又有毒。

🎤 **王天兵：**总的来说，日本文学对你的影响好像不是很深。

🎤 **芦　苇：**日本文学清新而朴实，有一种平实而优雅的魅力。

日本人自有一种审美的境界。五四运动前后，中国的文学也深受日本文化的影响。伟大的中国画家齐白石的作品的艺术价值也是首先被日本人发现的。当时他的画在国内无人问津，在北京被人说是不入流的"野狐禅"，根本没人看得懂他的画。陈师曾带了他的画去日本，全部高价售光，从而使齐白石在国内声名鹊起。有人看到日本人这么买账才看重他。国人在艺术价值判断上，包括文学与电影，有时会遇到同样的尴尬，就是墙内开花墙外香。

关于《红楼梦》

🎙 **王天兵**：中国文学经典也该说几句，一直没听你说过《红楼梦》。

🎙 **芦　苇**：《红楼梦》我二十多岁前看不进去，觉得脂粉气太重，不爱看，居然没看完。到四十多岁了才看懂，觉得曹雪芹是大师、巨匠，能透过脂粉锦绣、儿女情长写出一个时代的悲剧，很深刻。

🎙 **王天兵**：为什么你在四十多岁的时候才看懂这个？那时，你已经写了《霸王别姬》和《活着》两个优秀的剧本了。

🎙 **芦　苇**：算是晚熟吧。《红楼梦》把当时封建官僚精神上优雅与晦暗的一面都毫无掩饰地展现出来了。它秉承了中国文学诗情画意的传统，有史诗视角，是从家族命运、个人命运写出了封建王朝伦理掩盖下的人性冲突的悲剧。

🎙 **王天兵**：可以把《红楼梦》跟《普宁》对比一下，《红楼梦》跟十九世纪的西方经典小说（《包法利夫人》《安娜·卡列尼娜》等）那种笨笨的气质大相径庭，但与《普宁》一样，都不乏灵动和禅意。

🎙 **芦　苇**：这种对比有意思。两者的相似之处是都有史诗的格局与胸怀，还有精湛的技巧。

🎙 **王天兵**：它们都写了一个完整的天地，但表面上东一榔头，西一棒子，写完这儿写那儿，在多维时空中跳着写，最后却融为一体。

🎙️**芦　苇**：细腻而灵活的笔触写出了大悲大悯的情怀。

🎙️**王天兵**：贾宝玉之外还有个甄宝玉，而与普宁相对的是叙述者。《普宁》的读者原来以为叙述采用的是全知视角，最后才冒出来一个叙述者，既是纳博科夫，又不是他，实际上纳博科夫是以普宁自况，或者说普宁是他的一个替身、一个侧面。贾宝玉、甄宝玉都是曹雪芹的另一面。由此也可以看出曹雪芹的叙事技巧的灵动与超前。

正如纳博科夫所说，伟大的小说即伟大的童话，《红楼梦》其实也是一个童话。我以前就说过，纳博科夫的小说和其他西方大师在气质上不太一样，他有东方性。

🎙️**芦　苇**：纳博科夫的某一位祖先是鞑靼王子，作为人质被扣留在俄罗斯了。

🎙️**王天兵**：如果让你来改编《红楼梦》，你有什么想法？

🎙️**芦　苇**：如果胆没被吓破的话，也得把自己好好掂量掂量，看看自己配不配去干如此尊贵的事。当年张纪中到我家来让我改编《水浒传》，我说这可是四大名著之一呀！他说，四大名著怎么了？不能拍电视剧了？我说，可以拍，咱们也得照照镜子，看看咱配不配干这个事！张纪中说，你有钱不挣，你有病呀？我说，这钱挣了，怕被有识之士"下了油锅"。现在《红楼梦》都有三四个版本了，有人不怕"下油锅"。

🎙️**王天兵**：早晚有一天还会有人再把它拍成电影的，但必须对满汉文化，主奴关系，儿童、少年与成人之别，以及作者的叙事技巧、结构匠心等等都特别敏感、高度自觉，才有可能改编成功。

🎤 芦　苇：我对《红楼梦》心存敬畏，但有的是胆大包天、敢对经典胡来的人。我自量不才，没这个胆量，不敢冒犯经典，还是躲在一边儿吧。

关于中国乡土文学

🎤 王天兵：你对乡土文学情有独钟，在谈中国乡土文学之前，我想起英国作家哈代的《德伯家的苔丝》，这是西方乡土文学的经典。

🎤 芦　苇：《德伯家的苔丝》是我父亲年轻时的读物。由经典文学改编的电影大多数都是失败的，比如《洛丽塔》《静静的顿河》，契诃夫的小说拍成电影多数也都不尽如人意，但波兰斯基拍的《苔丝》（根据《德伯家的苔丝》改编）却是一部罕见的成功之作。

波兰斯基的这部电影的艺术水准可与原著比肩。这个太难得了，很难再举出相同的例子。

🎤 王天兵：你读《德伯家的苔丝》时大概多大？

🎤 芦　苇：初读也就是十五六岁吧。

🎤 王天兵：初中的时候。

🎤 芦　苇："文革"的时候稀里糊涂地偷看的，成年后再读才心悦诚服。

中国乡土小说中令我印象深刻的是《创业史》的第一章，1929 年到新中国成立前这一部分笔墨不多却力道十足，堪称陕西乡土文学的一段经典，这一部分写得非常出色。

🎤 王天兵：有哪几段文字给你的印象比较深？

🎤 **芦　苇**：小说写的 1929 年陕西旱灾，渭河以北大批难民逃荒，渭河以南当时有河水灌溉的稻田，土地还有收成。小说把那种背井离乡、卖儿卖女的惨景写得非常详尽、扎实。其中有一个情节是一个寡妇带着孤儿要饭来到了汤河边——汤河就是现在西安市长安区的滈河，柳青把这一段写得感人至深。

🎤 **王天兵**：周朝建都的地方是镐京，就在沣河、滈河一带。

🎤 **芦　苇**：梁三收留了寡妇和孤儿，苦干了半辈子，憧憬着发家致富。后来，梁三腰也弯了，背也驼了，依然是一贫如洗。

柳青笔下的故事对我有很大的吸引力，让我深受感动。1967 年，学校组织学生去夏收。我就跑到滈河畔，小说里叫蛤蟆滩，把学生们带到那儿去参加夏收。因此，我也得以结识了小说中的一些人物原型。

🎤 **王天兵**：你实际上不是在农村长大的吧？

🎤 **芦　苇**：城里机关大院长大的。

🎤 **王天兵**：但你天生对乡土有一种亲近感。

🎤 **芦　苇**：是呀。

🎤 **王天兵**：是因为这个小说的影响吗？还有其他原因吗？

🎤 **芦　苇**：说不清楚。

🎤 **王天兵**：包括后来对《白鹿原》的改编……

🎤 芦　苇："文革"开始后我在农村插队，成了地道的农民。我看《白鹿原》的感动来自我对关中乡土的依恋与热爱，农村生活历历在目。但是导演王全安跟乡土没有关系，不了解农民的情感语言和生活氛围，其表现多为开口闭口说粗话。关中农民自有一套语言风格，讲究的是骂人不带脏字，多用比附意会。如果没有在农村生活过，很难明白。这不是凭小聪明就可以解决的问题，得有生活根基。王全安要拍《白鹿原》，又不下功夫研究农村和农民，最后只是一场与实际生活相去甚远而互不搭调的误会。

要体会农民对土地、庄稼的情感，以及农民的悲欢离合是很难的。王全安生活在都市的时尚氛围之中，捕捉小感觉、小氛围尚可，让他去寻找《白鹿原》的根基与灵魂实在困难。

🎤 王天兵：民国时期有没有中国作家写过有乡土气息的小说？

🎤 芦　苇：很少。描写中国乡土的长篇小说的作者中有影响的是个美国人——赛珍珠，她的《大地》有可取之处，但和真正的乡土也存在着与生俱来的隔膜与距离。

🎤 王天兵：二十世纪三十年代好莱坞就拍过《大地》。有没有必要再重新改编、重新拍一遍？

🎤 芦　苇：真正的关中农村比她笔下的要生动鲜明得多，何必要舍近求远？

🎤 王天兵：你能不能讲一下《大地》哪些方面写得好、哪些方面和实际有隔膜？

🎤 芦　苇：你把《大地》跟《活着》或《黄土地》做个比较就能感觉到想

166

象和真实的区别。赛珍珠是生活在中国的白人女子，但她无法融入这片土地。跟到美国去的中国移民一样，与美国有相当的距离感。

🎤 **王天兵**：鲁迅对赛珍珠有过类似的评价。《大地》前几年在美国又火了。美国的一个电视节目重新介绍了赛珍珠与《大地》，它立刻成了美国畅销书，研究赛珍珠也成为热门。

鲁迅也写过农民——阿Q。

🎤 **芦　苇**：他写的阿Q其实是游离于村镇城乡的游民，就是一个打短工的，家里没地，不是地道的农民。

🎤 **王天兵**：《死水微澜》呢？我看了一部分，但没有看完，印象不是很深。

🎤 **芦　苇**：《死水微澜》是五四运动以后一部不可忽视的小说，作者李劼人是一个被忽略了的小说家。这本书写的是四川成都的城镇，也不是写农村的。

🎤 **王天兵**：沈从文写过湘西。

🎤 **芦　苇**：他写的是船户，贩夫走卒之类，不是地道的农民。

🎤 **王天兵**：沈从文有点儿把乡土美化了。

🎤 **芦　苇**：沈从文十几岁就离开了湘西，他写的是一个童真气未脱的孩子眼睛中的湘西，是记忆中的湘西。

🎤 **王天兵**：中国本来就是乡土国家。我们的祖先都是农民，但是很少有真正的小说或者电影对得起乡土，这个以前我们就谈过。

在王全安的《惊蛰》里面还能看到当今的农民形象。还有上次在你这儿看的徐童的纪录片《老唐头》和《麦收》，其中的乡镇气息很可贵。《麦收》片尾那个女孩用脚播种的场景、灌溉的水在泥土上流动的画面，都很有美感。

有趣的是，这两部片子都是经过你推荐后，我坐在你家中一动不动地看完的。

🎙 芦　苇：我能从《惊蛰》中感受到当今农村生活的气息，这已经难能可贵了。徐童的纪录片更货真价实，但他不是只讲乡村，他拍的多为城镇底层百姓，不单是纯粹的农民。徐童把老唐头的生存状态呈现在镜头当中，其真实性很有说服力，力量无比强大。

关于农民的电影到目前为止还非常少。中国电影每年的产量有几百部，但农民基本缺位，有那么几部，却又多为虚假粉饰，把农民喜剧化、调侃化了。《黄土地》拍的是真正的农民，《老井》也算一部，《惊蛰》也部分地表现了当今农民的处境。电影《白鹿原》是为农民树碑立传的大好机会，可惜白白地浪费掉了。

农民是中国社会坚实的主角，但同时也是在中国影视作品中缺位的主角群体。《图雅的婚事》把今天牧民的生存状态搬到银幕上来了，这是这部电影的价值所在。

🎙 王天兵：四大名著和《金瓶梅》中也很少提及农民……赛珍珠还翻译过《水浒传》。

🎙 芦　苇：《水浒传》讲的是揭竿而起的各路英雄，不是地道的农民。

关于武侠小说

🎙 **王天兵**：有没有对你有影响的通俗小说，比如武侠、言情？

🎙 **芦　苇**：张艺谋是武侠迷。他拍《秋菊打官司》时，我们一起讨论剧本，他看我弟弟有武侠书，就一书包一书包地搬去看，还给我上"武侠课"。我抱着一个学习文体的态度硬着头皮去看金庸的武侠小说，《天龙八部》看了二十五页就看不下去了，放弃了。

🎙 **王天兵**：页数你都记得?!

🎙 **芦　苇**：我反思自己是否态度不端正、是否有偏见，觉得此类书不入流、低俗？文体可是没有高雅与低俗之分呀。定下心来再看，还是看不进去。我说去他的，这路神仙的妙音再好我也听不懂，就把书全撂那儿了。

🎙 **王天兵**：为什么觉得它不好？

🎙 **芦　苇**：我感觉味同嚼蜡，毫无魅力。

🎙 **王天兵**：因为从小就看契诃夫吗？

🎙 **芦　苇**：我看武侠小说的时候心智已经成熟了，这些东西不吸引我了。

🎙 **王天兵**：我也有类似的情况，中学时代很多人看武侠小说，我也是看不下去。

🎙 **芦　苇**：萝卜白菜各有所爱。拍《秋菊打官司》的时候，摄制组中好几个人都是武侠迷，说起武侠来津津乐道，言必称金庸、古龙、梁羽生。我毫无兴致，敬而远之。

关于心理分析与文艺理论

🎙 **王天兵**：弗洛伊德对你有影响吗？

🎙 **芦　苇**：我很早就看过《弗洛伊德传》，也看过他的学术理论，免不了受影响。他是我心理学常识的入门老师，他把人的心理现象分析得头头是道、条条是理，学问大了去了。他很伟大。

🎙 **王天兵**：你的出道之作《疯狂的代价》是看过弗洛伊德之后写的吗？因为它涉及性心理……

🎙 **芦　苇**：我读弗洛伊德的《梦的解析》的时候还不知道自己要当编剧呢，只是把它作为一门知识来了解。写剧本时才想到要读弗洛伊德的准是傻瓜，我只是间接受到他的影响。

有的人把心理学著作啃遍了也不懂得心理；有的人不看心理学著作，却深谙人的心理。曹雪芹没读过心理学著作，但他的心理描写是一流水准。这是两回事，一个是科学分析，一个是生命体悟，是人类不可思议的两种功能。

有的人以为看了心理学著作就能掌握别人的心理，这是天大的笑话。

🎙 **王天兵**：那你对心理医生这个职业是怎样看的？

🎙 **芦　苇**：心理医生是社会进步的产物，这个职业很重要。比如在美国，心理医生是一个社区必不可少的组成部分。西方古代的心理医生其实就是神父，信徒们有了心理问题会去教堂倾诉、求解，神职人员会给他们解惑并给予关怀。

   🎙 **王天兵**：但是中国有家庭。

   🎙 **芦　苇**：家庭的心理关护是不专业的，远远不够。

   🎙 **王天兵**：那你研究过精神病和抑郁症吗？

   🎙 **芦　苇**：我母亲曾经是护士，后来上过医学院，当了医教人员，所以我们家有成套的医学书，我小时候没事就瞎翻，似懂非懂。我也看过关于精神病学的教科书，知道弗洛伊德是迈不过去的，这是常识，必须了解。读懂了他，对解析人物心理大有裨益。

   🎙 **王天兵**：电影史上有很多导演用电影来阐释弗洛伊德的学说，比如西班牙的路易斯·布努埃尔——《一条安达鲁狗》的导演。

   🎙 **芦　苇**：但我对他并无兴趣。我对生命个体有兴趣，不太在乎其后引申出来的各种理论。我下乡的时候发现有些农民是能人，他们对农人的心理了如指掌，往往几句话就能把癔症患者治好了，他不知道弗洛伊德乃何方神圣，听都没听说过，但是他能够把疯疯癫癫的人搞得豁然开朗，可以重新过正常的日子。

   🎙 **王天兵**：说起弗洛伊德，不得不提尼采，因为他们的理论影响了几代艺术家，尼采对你有影响吗？

   🎙 **芦　苇**：读过他的书，不知道有没有影响。

🎙王天兵：什么时候看的？

🎙芦　苇：也就二十多岁。

🎙王天兵：哪些书？《悲剧的诞生》？

🎙芦　苇：《查拉图斯特拉如是说》。

🎙王天兵：他对你的影响表现在哪些方面？

🎙芦　苇：我对尼采的东西敬而远之。他是一个有深刻悲剧色彩的理论家，他的某些结论过于悲观而决绝，时不时会不自觉地扮演上帝，来一场庄严舞台上的滑稽演出。

🎙王天兵：柏格森对你有影响吗？他也是一个哲学家，还获得过诺贝尔文学奖。

🎙芦　苇：柏格森的学说滋养了不少有作为的奋斗者，但不要忘了纳粹分子也叼过他的奶头，结果长成青面獠牙的怪物，变得禽兽不如了。

关于家庭出身和电影启蒙

🎙王天兵：说了这么多，都是你早期读的文学作品，它们影响了你的电影作品的气质，是间接的。我们的话题该转入你所受的电影教育了。

你提到你父母提供了一个生存环境，使你有了阅读的条件。其实我们谈一个人的成长时不能忽略他的家庭出身。你能把你的家庭背景稍微讲一下吗？你的童年时代的朋友中有人说"芦苇当年是干部子弟"。

🎙️**芦　苇**：我父亲曾在中共中央西北局工作。他是一个小干部，西北局有一个很漂亮的环境，有个大花园，以前是党校，绿荫遮天、鸟语花香，这在一定程度上培养了我的美感。

当年古城换季，暮秋时分，成千上万的候鸟铺天盖地地飞来，恍若幻境。

🎙️**王天兵**：作为干部子弟，你有优越感吗？

🎙️**芦　苇**：我父亲就是个"芝麻官"，我没有优越感。

🎙️**王天兵**：小官也是官呀。

🎙️**芦　苇**：我的周围有的是大官子弟，比我条件优越得多，所以没什么可自豪的。要是在一群工人、农民子弟里，可能会有一种鹤立鸡群的感觉，但在那个环境里面，我只是鸡群里的一分子。

西北局有一家很棒的图书馆，是西北党校留下来的，藏书非常丰富。我在十来岁的时候就能够接触到许多世界名著、中国古典书籍，可以看到不少画册。当年能有我这样环境的孩子太少了。

🎙️**王天兵**：来自各地的画册？

🎙️**芦　苇**：是图书馆收藏的画册，有些画报还是民国年间的。我很早就知道了维特根斯坦，大约是七十年代后期，当时中国社会科学院办的期刊《社会科学译文》里介绍了他，还介绍了罗素的学说。包括维也纳学派的人物石里克等，我都由此而知。

我父亲曾在西安市人民大厦工作，那儿有一个西安市最专业的剧场大厅。我近水楼台先得月，经常去听戏、看演出，所以比一般孩子更早接触到戏曲、话剧、电影、音乐会。我在八九岁的时候就看过日本前进座剧团等外国文艺团体的演出，听过梅兰芳、尚小云的京剧，让我眼界大开，这是一般孩子看不到的。

偷偷摸摸地溜进剧场大厅去看电影是一大乐事，我看过《海之歌》和《共产党人》。《海之歌》是苏联的诗意导演拍的，《共产党人》也拍得很好。

这一切都沾了我父亲的光。

我八岁看过皮影。当时西安市有个德庆皮影社，是民间艺人组织的皮影戏班子，到人民大厦去给苏联专家和省市干部演出过。那时民间戏曲就深入我心了，后来我把关中皮影写进《活着》的电影里，使电影大放异彩。

人的性格的形成与童年时的经历密切相关。

🎙 **王天兵**：你能不能回想一下，当时对你影响最大的一部电影是什么？你童年时期看的电影中有没有让你觉得将来自己要成为电影人的？

🎙 **芦　苇**：我记得 1957 年的时候曾经跟我母亲到电影院里去看意大利"新现实主义"的电影《卡比利亚之夜》。

🎙 **王天兵**：1957 年，七岁？

🎙 **芦　苇**：是的。意大利"新现实主义"被称为左派电影，有强烈的批判社会的性质。我对这部电影印象很深，虽不完全明白内容，但当时为那个悲惨的小妓女泪流满面。

《警察与小偷》（1951 年，导演马里奥·莫尼切利）、《偷自行车的人》（1948 年，导演维托里奥·德·西卡）等纪实类经典也看了。我是沾父母的光，有书看，有电影看，也有画册看。

🎙 **王天兵**：你小时候肯定也看过很多国产的电影吧，比如《地雷战》《地道战》？

🎙 芦　苇：《地雷战》《地道战》是 1962 年以后上映的。"文革"开始以后，全中国电影只剩下"八板三战"了。"八板"就是八部革命样板戏，"三战"是《地雷战》《地道战》《南征北战》。

西北局每个礼拜都会在大礼堂放一场电影，那儿成了我们的天堂，每逢礼拜六晚上，我们都跑到那儿去看电影，看了好多电影，还有香港的电影，像《可怜天下父母心》。我印象深的是四川方言版的《抓壮丁》，那个一脸大麻子的王保长成了一代人记忆中的偶像，他的台词很经典，这是一部被忽略了的可以做教科书的电影。

关于台词启蒙教育

🎙 王天兵：说到《抓壮丁》，我们不妨说说台词的写作，这么关键的编剧技巧我们反而没有专门谈过。在八十年代，影视圈中就有"芦苇台词写得棒"的说法流传。

戏剧台词也好，电影台词也罢，是个专业问题，很多作家初学写作的时候，人物描写得还算成功，但是人物说的话味道全一样，不同人物说同样的话，台词很难写，这是很多编剧、作家的共同难题。刚才说的那些你在八十年代看的小说更多的是在精神气质上启发了你、陶冶了你，那到底是什么让你领悟到台词怎么写呢？

🎙 芦　苇：写台词，恐怕跟我坚持写日记的习惯有关系。我会把别人说什么、我如何应答写到日记里去。我下乡时融入农民的语言环境里去了，才发现语言的魅力原来是如此诱人，色彩如此丰富，这种生动的感觉后来让我明白了台词就是人物。

农民的语言丰富多彩，研究他们的语言是我终生的兴趣、乐趣。

🎙 王天兵：能不能举个例子？

🎙️ 芦 苇：我下乡第一天被安排到一个农民家里去吃饭，叫吃派饭。那家房主对我说（用陕西宝鸡方言学道）：

"城里来的学生甭心慌咧，离开你爹离开你娘了，想家了咧是，人之常情哩。你们到这达来是当农民来了，户口也成农民户口了，这农民是个啥咧？农民是牛。留在城市里面你当工人就好咧？工人是个啥？工人是个马！

"牛吃的料不好，是粗料，但是牛做起活来，出的是慢力，做一下你能歇两下，做两下你歇四下，不出紧力；马吃的料好，有细粮还有菜有油，但是做起活来，一口气也不准你歇，出的是紧力。我实话实说，当工人也罢，当农民也罢，都是当牛做马，都不胜当穿四个兜兜的干部好，吃官粮、领工资，能训人能骂人，还能不下地挨日头，躺在炕上吃白馍，是人上人！"

🎙️ 王天兵：很透彻啊。

🎙️ 芦 苇：说得我心服口服，我对他肃然起敬。

🎙️ 王天兵：这是精彩的台词啊。

🎙️ 芦 苇：这是我人生中第一位台词老师，功力深厚。后来我才知道他是本村的牙客，就是伶牙俐齿、口才出众的人。每当村中邻里发生纠纷、冲突的时候，摆平事端的就是牙客。

有一天，一对外村的父女拉着一车山柴从山里出来了，被村人拦住，将这个牙客搬来了，请他辱骂这父女俩。那个内容污秽不堪，把对方侮辱得恨不得一头钻到地底下去，但是他不带一个脏字，抑扬顿挫，面朝青天言。

原来，外村那个女孩跟我们村的一位青年农民小的时候定了亲，后来女方十七八了坚决要退婚。男方已经二十啷当岁了，面对人去财空的窘境，窝了一肚子火。刚好那天碰到女方跟她爸从山上拉柴下来了，男方要羞辱他们以发泄怨火。他自己可没这个本事，就雇牙客来骂他曾经的准岳父和未婚妻。

这个牙客受人之托就上阵了，连正带反对天檄讨地说了一串。我听不明白，后来经人翻译，方才醒悟，骂得那叫一个恶毒、凶狠，杀人不见血。

他第一句话说："你把你家闺女才柳叶宽的地方就去卖了钱吗？"

我问旁边的老头儿："这'柳叶宽的地方'是什么意思啊？"老头儿诡笑着说："就是人从娘肚子里爬出来的地方。"牙客掷地有声、妙语连珠、口若悬河，一口气骂了足足一刻钟，骂得父女俩恨不得钻到地缝里去。

🎤 **王天兵**：没重样的。

🎤 **芦　苇**：那话歹毒至极，谁碰谁死。

我插队两年以后，也学会用本地方言流畅地与人对阵了，都听不出来我是外地人，风传我是西安来的"读过大书的牙客"。

🎤 **王天兵**：从你的语言敏感性来说，这是一个初步的锻炼吗？

🎤 **芦　苇**：口语的丰富相当于无限的可能性。

🎤 **王天兵**：我们说的普通话与之相比是一种乏味的官方语言吗？

🎤 **芦　苇**：普通话流行的时间短啊，怎能与方言的丰富相比？普通话积累不够啊。你看北京人骂人，那叫火爆，听听《茶馆》里喝骂损人，那叫生动，不带脏字又恶毒至极。

🎤 **王天兵**：有没有哪个作家笔下的人物对话给你留下了很深的印象？

🎤 **芦　苇**：契诃夫的台词很棒，翻译家汝龙翻译他的作品中的人物对话时夹杂着东北方言，像东北人说话一样，很有味道，很有语言魅力。

电影中台词比较经典的是《茶馆》和《抓壮丁》，我把这两部电影看了很多遍。我是 1964 年看的《抓壮丁》，当时只觉得这电影怎么那么有趣，里边的保长、地主怎么那么生动鲜活呢？

陕西方言也很有特点，但陕西电影人没能把陕西方言的魅力在影视作品中展示出来。《白鹿原》是个机会，小说台词很扎实，但是电影的台词写得平庸粗浅，其编剧不懂戏剧性台词为何物，不知道戏剧性台词与纪实性台词有天壤之别，二者各具特色。

人物鲜明不鲜明，有没有生命的感觉，台词是至关重要的因素。台词很感性，又非常理性，要靠功夫与才华、积累与研究，不是耍小聪明就可以糊弄过去的。

🎙 **王天兵**：台词要自然生动，但还要放到结构中间去考虑。

🎙 **芦　苇**：电影《低俗小说》的导演昆汀·塔伦蒂诺的台词感觉就很好，它抓住美国人"话痨"的特点，口若悬河，妙语连珠。

🎙 **王天兵**：可以说他是美国的"牙客"。

🎙 **芦　苇**：美国人说起话来也是啰里啰唆，却异常生动。语言是有其生命魅力的。

🎙 **王天兵**：昆汀·塔伦蒂诺笔下的每个人物上场都是一大堆话，表面是废话连篇，但是除了塑造人物之外，又在预示着下一场戏，有铺垫的功能。

🎙 **芦　苇**：要学习台词，应该研究老作家的戏剧作品，认真学习曹禺的《雷雨》、老舍的《茶馆》、四川方言版的《抓壮丁》。我当年下了功夫就很有收获。

🎤 **王天兵**：《抓壮丁》之前的中国电影对你影响大吗？

🎤 **芦　苇**：中国电影在二十世纪四十年代的时候已经有水准很高的作品了。像《乌鸦与麻雀》（1949 年）这种社会生活剧，其生动丰富、水准之高，是今天的很多电影远远不及的。

关于素描训练与电影结构

🎤 **王天兵**：刚刚我们谈了台词启蒙，下面再谈谈结构。你经常批评中国电影结构散漫，或第五代、第六代导演不懂结构，那你对电影结构的自觉是从什么时候开始的？

🎤 **芦　苇**："结构"最早是绘画与建筑的术语。

🎤 **王天兵**：你什么时候开始学画画的？哪些画家对你有影响？

🎤 **芦　苇**：七十年代初，我的朋友刘爱民，借给我一本书，叫《印象派画史》，我看了后又是振奋又是吃惊，才知道美术史上还有这么有影响力的一个画派。我如获至宝，大段大段地手抄这本书中的内容。当时学绘画的都是从苏联学院体系出来的，绝少有知道法国美术史的。

我当时跟西安的油画家张荣国学习绘画。我是个没有户口的"黑人黑户"，张荣国也被注销了户口，所以我们俩是"难兄难弟"。我比他强的是我有父母养着，有口饭吃。张荣国比我惨，他被单位注销户口以后就失去了生活来源，只能流落江湖了。他在秦岭里边砸过石子，当过建筑工，后来去布置商店的橱窗，经历坎坷，备受磨难。

🎤 **王天兵**：你从他那儿学到了什么终身受益的东西吗？

🎤 芦　苇：对艺术的热爱，对专业的忠诚与锲而不舍。

🎤 王天兵：从其他角度来说呢？

🎤 芦　苇：他的那些感动我的油画作品都是在他最不幸的那段时间画的。他没户口、没工作、没有衣食着落，可是他从未放弃绘画，画至今日已成大家。

🎤 王天兵：你跟他学画的时候，他的年龄比你大不了多少。

🎤 芦　苇：大十岁吧。

🎤 王天兵：他算是你的大哥。

🎤 芦　苇：老大哥。他对我的影响是对艺术的选择从一而终。这句话我写进了《霸王别姬》的台词里。

🎤 王天兵：他的那些遭遇是在七十年代吗？

🎤 芦　苇：是的，可是他仍然坚韧不拔地埋头画画。为吃口饭他得有一套复杂的计划，今天到谁家去吃，明天到哪儿，如何才不至于使对方难堪……那时候吃饭是有定量、要粮票的，到人家家里吃饭只能吃一顿，多吃就影响到别人家的生活了，必须精密计算。其中的艰辛困苦与饥饿的泪水，一言难尽。

🎤 王天兵：你是怎么跟他认识的？

🎤**芦　苇**：是油画家刘爱民介绍的。刘爱民说，有一个中央美术学院毕业的人油画画得很好，在长安县文化馆。你可以去跟他学美术。刘爱民很热情地把我带去了。我是想投师学艺嘛，一直苦于没人教我，我买了一暖瓶稠酒拎去当见面礼。我们很高兴地把那壶酒烧开喝光了，张荣国很爽快地答应教我画画。

🎤**王天兵**：你跟他学了几年时间？

🎤**芦　苇**：断断续续有五六年的时间。

🎤**王天兵**：先教素描吗？

🎤**芦　苇**：先画大卫头像，按学院的方法训练我。他说，在中央美术学院油画系的课程中，大卫头像要画七十二节课，他带着我画了有三十七八个小时。今天来看，他对我的训练很严格。

🎤**王天兵**：我们有一次谈话时，你说在拍电影前写好剧本就像画油画前先把素描画扎实一样。可见素描训练对你后来的编剧技法还是有影响的，是吧？

🎤**芦　苇**：素描是一个系统的训练工程，它强调步骤，循序渐进，苏联的学院派素描是一个科学体系，使我的绘画基本功专业化。这种训练教会了我万物皆有规律。

我后来学编剧的时候没有走弯路是得益于我的美术基础，让我能够将理性与感性统一起来，顾此而不失彼，完整性保持得很好。

美术训练让我知道怎样自我训练，知道要抓要点。素描反复强调的就是对象的结构，什么决定了对象的形态？是结构决定的。编剧也是同理。结构决定了起伏，这是素描的基本概念，剧作的情节起伏也是由结构决定的。

🎙 **王天兵**：以前我们没有谈过你的美术训练和编剧学习之间的关系。

你曾经反复批评同龄的以及比你年轻的导演，说他们不懂结构。

🎙 **芦　苇**：许多大片最终都栽在剧作的结构上面，是因为先天的训练不够。我对结构格外重视，因为我学过绘画，读过一点哲学书籍。

艺多不压身，哲学在很大程度上是研究思想方法的，有体系、有逻辑性。

绘画是这样子，哲学也是这样子，我小的时候喜爱足球、摔跤，都是有规律、有方法的。

🎙 **王天兵**：对类型片的研究实际上就是研究电影规律。

🎙 **芦　苇**：没错。

🎙 **王天兵**：类型片的理论就是"电影哲学"，是吧？

🎙 **芦　苇**：可以这么说。

🎙 **王天兵**：问题是比你大的第四代导演、和你同龄的第五代、比你小的第六代，以及更年轻的新生代导演，都没有自己的"电影哲学"。

🎙 **芦　苇**：对类型的认识比较清楚的是第二代导演，就是蔡楚生、郑君里、费穆这一代人。他们是直接看美国电影，从好莱坞学出来的。

🎙 **王天兵**：你曾给过我一本美国剧作理论书——埃克斯的《你的剧本逊毙了》，书中写道，如果一个电影编剧只看剧本的话，他就死定了，因为电影编剧是个综合艺术，不是说光学电影剧作技巧、光看电影剧本就能成为电影编剧的。

🎙️ 芦　苇：功夫全在身外嘛。教科书不会讲什么是综合艺术，得自己去分析研究。

关于经典电影

《教父》及美国黑帮片

🎙️ 王天兵：前面我们谈了文学、哲学、生活对你的影响，现在我们的谈话内容终于到电影了。先从《教父》谈起吧，这部电影被称为"电影史上十大影片之一"。

🎙️ 芦　苇：黑帮、家庭伦理、社会，加上传奇因素，构成了《教父》这部电影史上经典的类型电影的框架。

🎙️ 王天兵：《教父》原著是一部通俗小说。美国文学界的范畴划分得很清楚，这部小说难以列为文学中的经典，但据此改编成的电影确实是电影中的经典。

🎙️ 芦　苇：对。

🎙️ 王天兵：科波拉为什么能把通俗小说转化成经典电影？我以前多次问过你这个问题。

🎙️ 芦　苇：陈凯歌刚拿到小说《霸王别姬》的时候认为它品质不高，拍的兴致不高。后来出品人徐枫坚持要拍，说版权已经买了，要拍就是它。陈凯歌找我商量，觉得这只是一个素材，可以在上面做文章，于是就有了《霸王别姬》这部电影。我们对小说进行了根本性的颠覆，看过原版小说又看过电影的人便心知肚明。后来小说作者又把剧本的内容移植到她的再版小说中，这也是前所未见的。足见小说作者也认可、喜欢这个剧本。

《教父》这个题材是被科波拉点石成金了。他最初没兴趣拍，被迫接受后才发现可以改编成一部具有上乘品质的电影。在这之前，黑帮片有固定的模式，从来没有像科波拉这么拍的。

《教父》拍完后，制片公司的老板很困惑，因为他从没见过这种风格的电影。他对科波拉说，你这不是黑帮片啊，这可如何收场？

这个话题很有意思。《教父》之所以伟大，正是因为科波拉把一部以商业性为目标的通俗小说改编成了一部反映美国历史和社会现实的经典电影，使它如同里程碑般耸立。他把美国的意大利裔天主教社区的生存状态、生活真相展现出来了。电影《教父》既是一部独特的黑帮片，也是一部真实的社会生活片。

🎤 **王天兵**：我曾经试图破解科波拉的改编秘密。比如开头那场大派对，各路人马纷纷出场，与小说情节基本一致，我边读英文版小说，边回想电影画面，几乎每个情节都有出处，编剧并没有特别的奇思妙想，只是将叙事压缩了，但看电影比读小说更具体、更形象，比如意大利裔美国人穿什么衣服，怎么吃饭，彼此怎么说话，怎么开派对……这种东西在小说里只是一些名词、动词，是抽象的，小说的叙事很流畅，但语言并无特别之处——作者不是纳博科夫，也不是巴巴拉·塔奇曼。但这些器物、动作在电影中全部落实了——通过场景、美工、服装、化妆、道具，这本身就是一场视觉盛宴，加上从室内到室外的光影变幻所渲染出的热闹而隐含杀机的家族气氛，还有众多演员的令人信服的表演……所有这些都是为了烘托教父一人，导演将这么多元素驾驭得如此轻松自如。可以想见这种电影会给第一次观看的人带来什么样的冲击，熟悉意大利裔生活的人肯定会诧异，所谓黑帮原来和我们一样啊！也难怪当初来审片的制片人会纳闷，这到底拍的是什么？

多年前在美国，大概在《时代》周刊上，我看过对一个招供了的真正黑手党的访谈，当被问起好莱坞的黑帮电影是否真实时，他说《教父》第一部真实，第二部相当接近真实，黑帮生活就是那么回事。这无疑是对电影最好的评价。

🎤 **芦 苇**：《白鹿原》也是区域性小说，是讲地域文化的，但电影《白鹿原》缺少的正是这种地域文化的特点，拍得概念化且肤浅。

🎤 **王天兵**：概念也是糊涂的。

🎤 **芦 苇**：电影跑题了。不得不惊叹美国电影导演掌控类型的能力。科波拉当时的创作状态令人深感佩服。那时他才三十多岁，但已经是一个很成熟的导演了，他对电影语言的掌控程度是我们今天很多导演远远不及的。他坚持要原汁原味地再现意大利社区的真实生活，这决定了电影叙述语言会严格遵从内容。他有一个抱负，就是要把意大利社区生活拍成社会史诗，这就是老板对他疑心重重，中途几次都动了要他走人的心思的原因。

科波拉是有文化目标的。对比一下香港导演吴宇森的黑帮片《英雄本色》，高下立判。吴宇森的电影仍属于娱乐片，停留在商业片的感官刺激上，上升不到社会片类型与史诗片。《英雄本色》在香港的黑帮片里是拍得最好的，但要跟《教父》比，就是小巫见大巫了，与《教父》的文化品质相去甚远。

🎤 **王天兵**：可以说《教父》是美国生活、美国梦的一个缩影，或者一个侧面。当年马龙·白兰度愿意参演就是看中了这部电影中有美国先辈白手起家的创业史，也有一种对黑帮作为家族企业而得以在美国壮大的反思。

🎤 **芦 苇**：《教父Ⅱ》展示了先辈移民艰苦奋斗的历史，其文化和精神格局是香港黑帮片无法比拟的。香港电影人没有这种文化追求的自觉意识，也没有这种能力。吴宇森依然是把暴力刺激推到极致，被称为吴氏的"暴力美学"，这一切都为了一个目标——票房。

🎙 **王天兵**：对。在西方电影界，对《教父》这种史诗电影与吴宇森这种娱乐大片是有严格区分的。吴宇森的黑帮片一般被称作 genre film，即类型片，可以获得较多票房收益，但很难登堂入室。

🎙 **芦　苇**：《教父》在展示暴力方面做得自觉而内敛，很真实。但你看《教父》会感到很紧张，压力很大，这不是靠感官刺激，而是人物内心的紧张造成的。《教父》这种电影目前在中国是绝无可能出现的。

🎙 **王天兵**：你不是写过电影《杜月笙》的大纲吗？

🎙 **芦　苇**：是。

🎙 **王天兵**：《杜月笙》即便被拍了，可能也落得个以闹剧收场。

🎙 **芦　苇**：《杜月笙》的目标就是成为中国版《教父》。中国的青帮与美国黑帮有天壤之别。我倒是希望《杜月笙》拍出来以后能具备《教父》这种深厚的史诗品质，不要因一味追求感官刺激而陷入暴力情色的误区。

🎙 **王天兵**：我们能不能从电影语言的角度来探讨一下《教父》的人物塑造？你以前说过，一部电影能记住三四个人就不容易了，最多记住七个。可是看完《教父》，我至少能记住十个人。

🎙 **芦　苇**：科波拉是编剧出身，人物刻画的功力过人。他的第一个剧本《巴顿将军》中的人物就充满性格魅力，写得很有才华。到了《教父》的时候，他已经将才华发挥得淋漓尽致了。

科波拉有两部电影是真正的经典，一部是《现代启示录》，另一部是《教父》。他有这两部影片，就是当之无愧的伟大导演与剧作家。

🎙 **王天兵**：还有一部美国黑帮片也是经典，就是意大利导演塞尔吉奥·莱昂内的《美国往事》。你对莱昂内是情有独钟的，是否喜欢这部片子？

🎙 **芦　苇**：莱昂内的优点是无人可以取代的，他的美国西部片三部曲（《荒野大镖客》《黄昏双镖客》《黄金三镖客》）中的《黄昏双镖客》的主演是克林特·伊斯特伍德和李·范·克里夫，开场和前三分之一堪称经典，中场后就垮下来，前后不像是出自同一人之手。莱昂内的缺点是很多导演都有的，但其优点却无与伦比。这个导演真是有意思，他水平不稳定，前后相差得好像不是一个人。

《美国往事》拍得非常精致，每个镜头都可圈可点，人物鲜明，台词扎实、有趣，令人回味，但票房失败了。原因是这部电影用了三重空间的叙述结构，这个难度太大了。我第一遍没看明白，这个故事断线了，不连贯，后来看了第二遍，直到第三遍才看明白。一般观众看不懂情节，票房只有失败。他的结构做得野心太大，他想要在电影时空结构上有所突破。这部电影是个创新典范，它的票房失败也是试验的结果，它的事件组合得过于繁复，弄巧成拙。

🎙 **王天兵**：最开始上映的《美国往事》是一个发行商剪辑的压缩版。首映中间那些主演都退场了，说剪得太烂了，不是我们的电影。导演因为电影反响不好而备受打击，此后再未拍片，几年后就去世了。而导演版二百七十分钟，四个半小时啊，非常精彩、耐看。当初我回国还买了二百七十分钟版的光碟送你，这个版本是能看懂的。

另外，《教父》讲的是美国纽约意大利裔天主教社区的黑帮，而《美国往事》讲的是美国纽约犹太裔移民社区的黑帮，属于不同的区域文化。

我在编辑巴别尔的《敖德萨故事》时，发现美国的犹太人中有不少是从今天乌克兰南部海港城市敖德萨移民过去的。而《敖德萨故事》讲的就是二十世纪初直到二十年代敖德萨犹太黑帮的家族兴衰，与《美国往事》正好可以衔接上，《美国往事》中的犹太黑帮是敖德萨黑帮的后代。纽约有一个地区叫小意大利，还有一个地区叫小敖德萨。《美国往事》与《教父》一样，都讲了移民们的美国梦的盛大与破灭。

美国电影在表现各种区域文化时可谓无所不用其极，而中国电影往往浅尝辄止，意思一下就算了。

《阿拉伯的劳伦斯》

🎤 **王天兵**：该谈谈《阿拉伯的劳伦斯》了。

🎤 **芦　苇**：电影有两个功能：一个是商业功能，另一个就是文化功能。《阿拉伯的劳伦斯》是文化电影的代表作，但商业性也很好，是经典中的经典，也是我最喜欢的电影之一。我看了很多遍，也讲过关于这部电影的剧作与结构的课。

这部电影是大卫·里恩在 1962 年拍的，到现在为止，它的史诗气质依然是难以超越的。每一个对电影有兴趣的人都应该看这部电影、关注这部电影。从剧本到影片，我做了多次观摩研究，获益匪浅。今年 4 月，北京国际电影节上放映《阿拉伯的劳伦斯》七十毫米宽银幕版，我为此专程跑到北京看了一遍，终于如愿以偿，并与观众现场对话。

这部电影以整体气概、史诗视角取胜。该片的原型事件非常复杂，以第一次世界大战期间，英国、德国和土耳其联盟之间的战争为背景，战争舞台是在阿拉伯半岛。其中牵扯到英国军政首脑、阿拉伯各部落酋长、美国记者、土耳其部队等等，但它叙述得精彩热烈、丰富有力。

《阿拉伯的劳伦斯》力度十足。一个导演如果没有历史学家的素养与眼光是拍不出这种电影的。到目前为止，中国没有一部如此品质的电影，连一部跟它接近的也没有，可谓望尘莫及。中国不乏精彩的故事和人物，缺少的是能够理解历史和掌控电影类型的导演。中国晚清这段历史同样错综复杂，电影也拍了不少，香港的李翰祥导演从五十年代开始就一部接一部地拍，可这些片子加起来，分量也不及《阿拉伯的劳伦斯》的零头。

🎙 **王天兵**：你看第一遍的时候觉得这个片子明白如画，但是反复看又觉得耐人寻味。这部电影让人琢磨不透。

🎙 **芦 苇**：《阿拉伯的劳伦斯》表现的是不同宗教与文明的冲突，这个问题今天依然延续于世，是深刻而尖锐的主题，也是永恒的主题。

劳伦斯是一个考古学家，他的专业是研究中世纪城堡。他最后成为一个名扬四海的、改变了国家和民族命运的间谍，后来间谍学校以他为事业上的标志性人物，欧洲后来夸赞女间谍就用"穿着裙子的劳伦斯"来形容。劳伦斯在一战的时候策动阿拉伯人站在英国一方，卷入欧洲战局中去了。

这部电影是根据劳伦斯的回忆录《智慧七柱》改编的，原著千头万绪，但电影流畅、洗练。这就是大卫·里恩的独到功力，他能从一堆资料里面寻找到电影的框架，找到了部族争斗和文化冲突这条脉络。而且，他有深刻的反思和批判精神，立足点很高。大卫·里恩是英国人，但他对英国殖民主义的批判态度比阿拉伯部族更为深入与犀利。

这就是西方导演的素养，哪里有文化冲突，哪里就有他们的目光与身影。大卫·里恩的视野深、魄力大，《桂河大桥》《日瓦戈医生》《印度之行》都有一脉相承的品格与气质。

🎙 **王天兵**：刚才你说大卫·里恩从千头万绪的素材中发现了电影的脉络，能否具体讲讲？

🎙 **芦 苇**：劳伦斯的真实故事比电影要复杂得多，大卫·里恩抽取的恰恰是电影擅长表达的东西。《阿拉伯的劳伦斯》充分发挥了声音、画面等电影因素。

🎙 **王天兵**：阿拉伯世界的沙漠景象、驼队让我想起大漠孤烟、落日长河……

🎙 **芦　苇**：他们拍片是不惜工本的。大卫·里恩为了拍这部电影，在峡谷里建了个飞机场，以保证资源供给。

🎙 **王天兵**：伟大的片子背后有一个工业基础。

🎙 **芦　苇**：这是一种文化产业。

🎙 **王天兵**：《智慧七柱》的英文版我买过，内容庞杂琐碎，难以卒读，后来送给了一位阿拉伯裔的美国同学，他说一读就放不下。回国后我也买过中文版，但翻译得不好，读不下去。对比原著和电影，感觉它的编剧实在了不起，能把那么繁杂的史实、那么多人物压缩在三个半小时之内，电影让镜头跟定主人公，随着他的身影，层次分明地揭示出原著中错综复杂的人物脉络。

🎙 **芦　苇**：大卫·里恩在改编时敢于大胆取舍。他拍的这个是大卫·里恩的"劳伦斯"。如果劳伦斯活着的话，他本人未必认可。即便如此，却无碍于一部伟大电影的问世。

我从事编剧后，这个片子给了我潜移默化的影响。拍电影时切记，不要妄想把文字的魅力表达出来，因为那是不可能的，还是老老实实地把画面、表演与声音的魅力展现出来，电影自然好看。

大卫·里恩是剪辑师出身，他在英国是以剪辑出名的，剪而优则导，他的镜头语言干脆利索，剪辑功夫特别好。而且他音乐做得很棒，其电影音乐成为经典，与电影叙事配合得天衣无缝、相得益彰。场景转换得既紧凑又流畅。

我在为吴宇森写《赤壁》时又看了《阿拉伯的劳伦斯》。一是看他怎样用画面再现战争场面，他仅交代了几个战略要地，没有连篇累牍地讲解军事部署，他不是拍军事纪录片，而是为了刻画戏剧人物，战争只是背景；二是看他怎样做到将人物贯穿始终；三是看人物的台词，句句在刻画人物，声声在推动情节。

吴宇森最终没有采用我写的剧本。

吴宇森拍的《赤壁》在艺术上远谈不上成功，票房亦平淡无奇。

我希望中国的历史片能拍出《阿拉伯的劳伦斯》这样的历史质感，并能拥有展现文化冲突的戏剧性，那中国电影就有指望了。

🎙 **王天兵**：台湾青年导演魏德圣去年刚拍了一部《赛德克·巴莱》，很生猛。

🎙 **芦　苇**：魏德圣在还原历史空间质感方面做出了相当大的努力，我对他很有敬意。但跟大卫·里恩比的话，一个是绝顶的大师，一个是尚待修炼的后起之秀。

🎙 **王天兵**：问题出在哪儿？

🎙 **芦　苇**：历史视野不够宽广，文化素养不够深厚，没有穿透力。《赛德克·巴莱》的剧情重复单一，也缺少对人性的深刻而丰富的表达，它是一部英雄主义的作品，缺乏把控宏大叙事的能力，人物也有概念化之嫌。

🎙 **王天兵**：历史的复杂性还是有的，比如日本殖民者和赛德克人的冲突等。

🎙 **芦　苇**：有这个因素，但流于表面，文化的反思也比较概念化——压迫、反抗，一再重复。历史哪有这么简单？这部电影很难有长久深远的影响，不如同是展现台湾历史的《悲情城市》。

🎤 **王天兵**：回到《阿拉伯的劳伦斯》，我当年也很痴迷于这部电影，读过相关文章。你知道阿拉伯人怎么看这部电影吗？约旦国王侯赛因认为这是一部种族歧视者拍摄的电影，尽管当初他也到过拍摄现场。

🎤 **芦 苇**：大卫·里恩更多地是表现英国殖民主义与官僚的无知和短视。

🎤 **王天兵**：大卫·里恩的文化反思在外人看来似乎可贵，但在阿拉伯人看来是一个种族歧视者的伪善，表面上批判殖民主义，骨子里还是将阿拉伯人异国情调化。

🎤 **芦 苇**：意大利导演米开朗基罗·安东尼奥拍的纪录片《中国》不也曾被认为丑化中国吗？人看问题的视角是会变的。

🎤 **王天兵**：我是看到他们这样的评论。

🎤 **芦 苇**：我相信不是所有阿拉伯人都这样评论，他们会有不同的观感。

🎤 **王天兵**：这种评论认为说来说去还是以欧洲为中心的，好莱坞电影毕竟不是历史，有粉饰、有美化，这当然是另外一个问题了。我们看赛珍珠的《大地》不也认为她尽管真诚但仍然有隔膜吗？但是我们仅从电影语言看《阿拉伯的劳伦斯》的话，确实充满魅力，百看不厌，看似简单的情节却那么引人入胜。我们也绝对不乏类似的素材。

🎤 **芦 苇**：我们有的是素材，但没有表达能力。大卫·里恩的几部代表作都是史诗画卷。他有部电影到现在我也没找到片源，就是《瑞安的女儿》，我很是遗憾。

🎤 王天兵：我也没看过。

🎤 芦　苇：《瑞安的女儿》是一部商业上非常失败的艺术片，也是电影评论家评价最低的。

🎤 王天兵：他还拍过《雾都孤儿》呢。

🎤 芦　苇：《雾都孤儿》拍得真好。

🎤 王天兵：黑白片吗？

🎤 芦　苇：黑白片。我还看过其他人拍的，都拍得很好。

🎤 王天兵：我看过波兰斯基的《雾都孤儿》，既没超出我的想象，也没让我失望。

🎤 芦　苇：老将出马，基本水准还在。

李安和《色·戒》

🎤 王天兵：我想顺便谈一下李安，大概因为李安近年来也根据世界各地的题材拍了不同类型的电影，从《饮食男女》到《理智与情感》，从《断背山》到《色·戒》，再到《少年派的奇幻漂流》，有英国背景的、中国台湾背景的、中国大陆背景的、美国背景的，还有印度背景的。他非常敏锐，拍的电影涉及不同种族、不同文化……

🎤 芦　苇：能表现文化冲突，是素养也是功力。李安驾驭历史的能力与大卫·里恩相比还有很大的差距，格局不一样。

🎤 王天兵：你这样认为？

🎤 芦　苇：《色·戒》人物的塑造与戏剧性转变不够纯熟、流畅。女主人公的戏仍显单薄，缺乏个性魅力。

🎤 王天兵：你看的是剪辑版还是完整版？

🎤 芦　苇：剪辑版、完整版我都看过。我不认为这是一部成功的电影，只是不失败而已。王佳芝（汤唯饰）的原型郑苹如是个风月场上的人精，有多重身份，哪里是一个纯情学生？在电影里，这个人物显得比较单薄。

张爱玲的同名小说我没看过，我不知道她的小说跟电影差别有多大。我不认为这部电影是经典，也不认为它有多重要。郑苹如这个人物比电影角色要复杂得多，耐人寻味得多，可惜电影没展现出来。

🎤 王天兵：如果要你写这段历史，你会怎么写？

🎤 芦　苇：希望如同事件本身一样精彩。

🎤 王天兵：你会在哪些方面弥补《色·戒》这部电影的不足？

🎤 芦　苇：首先要把这个人物搞清楚，才能完成影片角色的再塑，必须塑造一个饱满而完整的戏剧人物。

🎤 王天兵：《色·戒》的人物不饱满吗？

🎙️**芦　苇**：不精彩。

🎙️**王天兵**：它从性的角度来探讨人性。

🎙️**芦　苇**：性也可以很精彩，你看大岛渚的《感官世界》，那才是情色电影中的经典。

🎙️**王天兵**：一般的评论认为，从性的角度，《色·戒》是可以自圆其说的，甚至可谓精彩绝伦。

🎙️**芦　苇**：那么这个女人的生命力就要通过性爱来展现、落实。人物落不到实处，一切皆虚。

🎙️**王天兵**：在这方面它展示得非常完美。

🎙️**芦　苇**：恰恰难以完美。把《感官世界》与《色·戒》做个对比，高下立判。

🎙️**王天兵**：关于《色·戒》的评论中有一种是民族主义的，认为这是汉奸电影，一个女性和汉奸发生了关系，最后完全被汉奸所征服，中国人看了是不能接受的。

🎙️**芦　苇**：汉奸在中国历史上层出不穷。抗日战争时期的汉奸有多少？电影不能反映这个吗？不能表现这个吗？

🎙️**王天兵**：这些批评者不是说电影不能表现汉奸，而是认为电影采用的是一个汉奸的视角，是从汉奸的角度去看人性的。

🎤 芦　苇：贝托鲁奇的《随波逐流的人》（又名《同流者》）就是叛徒的视角，但批判、鞭挞的正是这个人物。

🎤 王天兵：不管怎么说，这代表了一类人的看法：你这个东西说白了，不就想说汉奸也是人嘛。

🎤 芦　苇：如果仅是这个主题，就太单薄、太幼稚了。

🎤 王天兵：较为平和的批评是：编导漠视抗日背景，忽视中国人的民族情结，对汉奸到底意味着什么几乎只字不提，只谈他对谋杀的警戒……李安想从人性的角度看历史，他说他不懂政治。但完全抛开政治谈人性，尤其是在那个动荡年代，是否说明他的历史感也有所欠缺？至少李安对那个时代的人性描述还不够到位。

无论如何，这些围绕《色·戒》的评论让我想起阿拉伯人对《阿拉伯的劳伦斯》的批评……

我个人对《色·戒》还是很欣赏的。我认为从戏剧的角度而言，这个人物是完成了。

🎤 芦　苇：萝卜白菜，各有所爱。

🎤 王天兵：还有一种评论认为，这是李安拍给白种人看的电影，即针对北美市场拍的，因为在白种人看来，无论日本人还是中国人，都是黄种人，电影讲的是黄种人之间的事儿。他们看的时候，不会像我们这样带着中日仇恨的历史记忆去看，他们就看异国舞台上的性、暴力与人性的变化。

🎤 芦　苇：这种评论在逻辑上很奇怪。在战争中哪一个民族没有女性受到伤害？都有。我感兴趣的还是人物，我觉得电影女主角跟真实的郑苹如相比差远了，黯然失色。

王天兵： 你觉得这个女性角色不可信，为什么？

芦　苇： 人物单薄、概念化、简单化，戏剧性不饱满。我看不到她在上海滩错综复杂的舞台上的传奇活动，看到的就是一个纯情女学生四处碰壁，三分钟之内就让人把她的来历搞得一清二楚。真实的人物很复杂，她应是一个有风尘感的交际花、有丰富社会阅历的特工，纯情是她的本性而不是她的职业习性。戏剧的焦点在这种人格中才有力量。

王天兵： 那李安有他改编的自由啊！他写一个纯情女学生有什么不可以？

芦　苇： 他拥有一切自由，但角色要让人信服。

王天兵： 是不是因为你对上海了解得太多了？

芦　苇： 女特工有好几种特点，美貌绝伦是其中的一种。郑苹如曾登上过当时的时尚刊物《良友》的封面，是一个社会名媛，风月场上的老手。她在上海滩的舞台上活得如鱼得水、左右逢源，是那个时代的明星人物。

王天兵： 李安不是为还原真实而拍的这部影片。

芦　苇： 他有一切理由来拍个人的感受，但电影跟旧上海的历史感最好能够吻合。至少在我看来二者是脱节了。

王天兵： 我觉得这种分歧是你们两个优秀电影人不同的价值取向和不同的叙事风格所致，你是偏重历史的真实，他是偏重一种童话的幻境。李安的所有东西都是一种童话，包括《绿巨人》《少年派的奇幻漂流》《色·戒》《卧虎藏龙》，全是童话。

🎤**芦　苇**：这要看你对"童话"的定义是什么。

🎤**王天兵**：纳博科夫说过：所有伟大的小说实际上都是伟大的童话。这句话耐人寻味，你要他像科波拉那样把《色·戒》里的东西全部"坐实"，那就不是李安了。

不妨把《色·戒》与《洛丽塔》对比一下，《洛丽塔》是对传统童话的颠覆和戏仿。在传统童话中，主人公往往是一个天真纯洁的小女孩，她在困境中遇到她心目中的白马王子，最后他们幸福地生活在一起。而洛丽塔也是一个女孩，但并不天真，遇到的"白马王子"是一个贪恋幼女的亨伯特，结果终生不幸。

《色·戒》则将一个纯洁的女学生推入从事间谍的险境，而她那凶险老辣的异性对手让她从一个女孩变为一个女人，他们最后竟然产生了真挚的爱情，她却为此献出了生命。这也是对经典童话的一种反讽、一种戏仿。

纳博科夫对政治背景、历史事件、道德说教都不感兴趣，他只关注一个人孤绝的内心。李安似乎也是这样，他将政治背景、历史舞台虚化了、淡去了，所以《色·戒》更像是童话类型的电影。电影上映后，很多影迷挖空心思地寻找人物的原型、背景等，看着有趣，但有点走火入魔，也是对李安风格的一种误读。

你对李安的《卧虎藏龙》很推崇，能不能讲讲这个片子？

🎤**芦　苇**：中国武侠片多如过江之鲫，《卧虎藏龙》为什么能够获得全世界观众的认可？这部电影与中国所有的传统武侠电影都非常不一样。吴宇森把武侠中的暴力属性发展成一种风格，所谓"暴力美学"，实际上是卖弄血腥，这是香港武打片的本质。但是李安的武侠是诗情画意、田园牧歌。两者相比，格调高下立见、雅俗立分。胡金铨的《龙门客栈》也有让人欣喜的清新气质，但是李安做到了极致，前所未有。他的武侠电影让世界看到中国人并不是只认暴力、嗜好血腥，中国人是有诗情画意的天赋的，心境是飘逸优雅的。《卧虎藏龙》横空出世，令世界观众耳目一新，这是空前的一幕。

🎙 **王天兵**：中国味儿，地道。

🎙 **芦　苇**：它也有很多商业因素，如天山南北的景色、打击乐的音乐节奏、昆曲的委婉沉静、维吾尔族民歌的风情……不分门户统统拿来用上。

🎙 **王天兵**：你现在还有武侠片上的抱负吗？

🎙 **芦　苇**：拍一部与众不同、风格独特的武侠电影是我多年的向往，但愿有生之年能实现。

黑泽明和《七武士》

🎙 **王天兵**：我们谈谈对你影响最大的武侠片——黑泽明的《七武士》吧。

🎙 **芦　苇**：我最近又看了一遍《七武士》，仍然认为它是当之无愧的经典。它之所以能够成为史诗片，因为它展现了日本历史的质感，还原了武士阶层的生存状态——武士们的抱负，他们的职业品格和忠于职守的道德魅力，还有不同人物的性格魅力，完成得可谓酣畅淋漓，可圈可点。

🎙 **王天兵**：我一直在想，黑泽明的这个剧本是怎么写出来的？他做了哪些功课？我看过黑泽明的自传，他说以前的日本武侠片像日本的能剧、日本的饭菜一样，都过于简单，而他要打造一席盛宴——大意如此，但究竟怎样写出这部大戏，却讲得不多。

🎙️ 芦　苇：《七武士》有三个编剧——黑泽明、桥本忍、小国英雄。当时，黑泽明已经拍了《姿三四郎》系列电影和《罗生门》，他有了更大的目标。黑泽明在那段时间正沉浸于交响乐的欣赏研究，他想实现一个抱负，即在日本电影里实现交响乐那种博大丰富的结构。黑泽明想在日本传统文化中追求交响乐的表现力，他实现了这个目标。

黑泽明将一部武侠片拍成了史诗的格局，正剧、悲剧、传奇三个类型因素加起来形成了宏大的格局。在拍摄方法上，他将《罗生门》里的技法在《七武士》中进一步发挥与提高，由摄影机的运动和影像所产生的心理和视觉冲击让全世界为之惊叹。那场在暴雨和泥浆中的战斗至今依然是影史经典。

黑泽明还原了武士们真实的战斗情景，这不是舞台剧，也不是山水画，这是性命攸关的生死之战。

🎙️ 王天兵：让人身临其境。在他早期拍的《姿三四郎》中，有些打斗场面就拍得非常真实，远非武侠片常见的花拳绣腿所能比，比如主人公和他情人的父亲摔跤那场戏，双方都竭尽全力，这是拼老命，哪里是在演戏？《罗生门》的决斗也是如此，双方混战，在崩溃的边缘挣扎。

🎙️ 芦　苇：从《姿三四郎》到《七武士》，他拍的电影有质的飞跃，需要静下心来做专题研究。日本以往的武侠片有舞台剧的痕迹，但是《七武士》将以命相搏、以命相拼的战斗场面做到了极致。此外，《枪手》《原野奇侠》等美国西部片当时流行于全世界，黑泽明把这个框架拿到日本，不着痕迹地使之本土化，而且超越了美国西部片，这种功力让人叹服。所以，美国电影大师个个崇拜他，原因是《七武士》奠定了一个英雄传奇与武侠片的坚固基础。

🎙️ 王天兵：他拍的《乱》就是美国人赞助的。《姿三四郎》是个类型片，而《七武士》已经是史诗了，这和你自己从《疯狂的代价》到《霸王别姬》的飞跃是类似的。他驾驭了更多的素材，将更多的元素完美地结合在一起，达到了你所说的交响乐的格局。黑泽明有一个自我完成的过程。

另外，我第一次看《七武士》时注意到一个细节，武士们发动村里的老百姓和他们一起抗击山匪，农民从自私、怯懦到"觉悟"提高，最终与武士们并肩战斗的过程，他交代得层次分明、有条不紊，有点类似我们的革命题材。

🎤 **芦　苇**：武士们开始是村舍的雇佣军。村民们吃糠咽菜、节衣缩食，勒紧裤腰带省下大米给武士吃，这感动了他们，转折从这儿开始……他们本来是契约关系，是有偿服务，但是因为相互的同情融合，契约上升为道义，道义又升华为情感与责任，最后融为一体了。至此，导演也完成了人物的戏剧性超越。

🎤 **王天兵**：刚才你说《色·戒》中人物的戏剧性转变不清晰，也许是因为导演对女主人公内心的复杂性表现不足，戏根没埋好，揭示得不够充分，而在《七武士》中，人物的转变却格外令人信服。当初让我吃惊的是，日本人竟然把中国大陆影视作品常见的故事套路——发动群众拍得这么感人、这么扎实，这里有贯穿黑泽明一生的东西——真正的人道主义。

🎤 **芦　苇**：黑泽明青少年时期深受英美文学的影响。他也研究过莎士比亚、托尔斯泰、陀思妥耶夫斯基……下了一番功夫。

《七武士》的长处，一是人物塑造，七个人，不概念化，形神各异；二是情节的穿插技巧，节奏有序、浑然天成；三是影像拍得很棒，尤其是那场大雨中的决斗，至今无人超越。这种对生命质感的不懈追求，才是这部电影的价值所在。

🎤 **王天兵**：我记得你说过，你看《七武士》的剧本在先，看电影在后。

🎤 **芦　苇**：是。

🎙 **王天兵**：剧本和电影有啥根本不同的地方？

🎙 **芦　苇**：看剧本还是比较概念，文字要依靠读者的想象力呈现。好电影的画面比个人的想象壮丽得多，人物一出场就个个神气十足、不同凡响。《七武士》剧本在结构上干脆利索，每一个细节都可圈可点。

🎙 **王天兵**：黑泽明说过，作为一个导演，一定要懂编剧，一定要研究莎士比亚等戏剧大师。黑泽明电影的文学性很强。我一直想知道他的这个剧本是怎么写成的，他看了哪些史料，再加入哪些想象而编成了这么一出大戏？

我还有一个疑问，就是黑泽明的军事专业知识是从哪里来的？他肯定看过相关战术方面的专著，学习过打仗，他一定专门研究过怎样利用地形、怎样做战斗部署，甚至有可能已经成了军事专家。每一场战斗都展现得不一样，都交代得干净利落，可以看出日本人的民族性。

🎙 **芦　苇**：以前在日本，要想当导演，必须先做编剧，写出合格的剧本，这种传统的训练很严格。导演和编剧多是师徒关系，导演兼编剧，导演教徒弟编剧，所以编剧的功底都很扎实。有问题就请专家来研究，方案做得很扎实。

黑泽明曾做过美工助理、美工，当过执行美术的副导演。他本人的绘画基础很好。在电影界，他是很早注意到日本的服饰和道具的独特魅力的。他专门下功夫研究服化道，后来成为素养深厚的行家与指导者。

《七武士》是黑泽明电影生涯的顶点，是集大成之作。我认为唯一遗憾的是他在《七武士》里尚未认识到日本本土民族音乐的魅力。他用西洋交响乐做配乐，与纯粹本土化的影像风格有点脱节。也许那个时候，他正当中年，这是他的一种探索吧。到拍《乱》的时候，用的就是纯粹的日本传统管弦打击乐了，日本乡土的独特神秘感霎时使人入戏。

🎙️ **王天兵**：在《七武士》之后，黑泽明又拍了《保镖》（又名《用心棒》《大镖客》）。

🎙️ **芦　苇**：《保镖》跟《七武士》很不一样，《保镖》讲的是黑帮内部的冲突，是他的最后一部生命力充盈、人物仿佛破幕而出的作品。大概到了《影子武士》以后，他的作品有形式重于内容之嫌。

他的生命力在减退，可是他对电影场面、电影类型的掌控有一种暴君式的欲望，再复杂、再庞大而难以驾驭的题材，他都要掌控在手。野心既是动力，同时也是自设的障碍，很多艺术家身上都有这种误区。

黑泽明成功的电影都是跟桥本忍合作的。按照桥本忍的说法，黑泽明的一生都在探索电影艺术的可能性，他是一个永不满足的人，他不会在成功的类型里面重复自己，总要朝新的高度迈进，但这里面也蕴藏了危险，就是为了创新而创新，为赋新词强说愁，落到形式重于内容的困境中去。

他后期拍《乱》时美学抱负很大，但有些大而无当，导致电影没有《七武士》那么自然质朴。《乱》的形式重于内容，但在《七武士》中丝毫不见华而不实的弊端，可谓天然浑朴、完美无缺。

黑泽明用八个短片凑起来的《梦》，说句实在话，拍得很好，但陷入了过度私密化的个人空间，与观众的距离过于遥远。

🎙️ **王天兵**：黑泽明也一辈子为拍电影缺钱而发愁。

🎙️ **芦　苇**：他有永不知足的目标要实现，这些目标是要烧钱的。

🎙️ **王天兵**：黑泽明还有哪部片子给你的印象比较深？

🎙️ **芦　苇**：《生之欲》，拍得挺棒的。

🎙 **王天兵**：力透纸背。

🎙 **芦　苇**：拍小人物的命运，情感质朴动人。

🎙 **王天兵**：黑泽明还有部《红胡子》你看过没有？知道这部片子的人远比熟悉《七武士》的人少。

🎙 **芦　苇**：看过，人物刻画得很有个性。

🎙 **王天兵**：我很喜欢这部片子。红胡子这种舍己为人的正面形象非常难以塑造，即便不是伪善也会显得刻意。

黑泽明塑造的人物个个丰满坚实，台词句句掷地有声，他是一个伟大的人道主义者。他其实也是俄罗斯文学滋养出来的，兼有对人性的剖析和悲悯情怀。

🎙 **芦　苇**：黑泽明这一代人所接受的文化教育是开放而全面的。说起黑泽明，还有一个绕不开的话题。

黑泽明在回忆录的前半部分用很大的篇幅痛骂一个日本军官。这个日本军官是代表军方来审查电影的，给日本电影设下许多莫名其妙的障碍，对电影横加阉割。黑泽明恨死他了。

一个坏的电影制度能够扼杀一代电影俊杰，而一个好的制度能催生出一个新的电影时代。以黑泽明为代表的那一批电影人的创作力是在二战结束后日本废除电影政治审查制度之后出现的，气势冲天。

1949 年我们拍了像《乌鸦与麻雀》这样的社会生活片，之前还有《一江春水向东流》（1947 年）这样反映社会问题的正剧，还有费穆的《小城之春》（1948 年）这样的纯艺术片，中国电影人的创作力接近于亚洲的最高水平。

第五代导演的问题也跟电影大环境分不开。这是一个绕不过去的话题。我过去一直不谈这个话题，谈亦无用，徒耗时光，但这又是一个最根本的问题。一个民族的电影复兴必须依靠制度正常的环境。日本电影是在电影政治审查制度废除后复兴的，韩国电影也是如此，过去连朝鲜电影界都看不起它。可是短短二十年，韩国电影不但征服了中国观众，而且成了亚洲的主流。

冯小刚、姜文等人都呼吁过电影要立法，要明确地把电影管理制度法律化，让大家知道规则是什么，不要再摸着石头过河了。

🎤 **王天兵**：为什么战后日本电影能崛起呢？自明治维新以来日本一直是一个向西方开放的社会，而战后它在价值观上更是和西方世界完全接轨了。

现在电影领域又产生了一种新的模式，就是中美合作，有些美国大片是特意添加中国元素的，有些是美国的制片商雇佣中国演员拍摄面向世界市场的电影，等等，你对这个模式有什么看法？

🎤 **芦　苇**：这纯粹是经济上权衡利弊的结果，双方不会在电影生产上有什么交流。

中国电影的文化品质也不是他们所能解决的问题，他们没这个责任。像贝托鲁奇与中国合作拍摄《末代皇帝》，纯属一次偶然，刚好撞出火花来。

塔尔科夫斯基和《安德烈·卢布廖夫》

🎤 **芦　苇**：我第一次看《安德烈·卢布廖夫》时，看的是磁带。导演塔尔科夫斯基拍摄这部片子之前凭借《伊万的童年》获得威尼斯电影节大奖，已经是国际著名导演了。他于1965年拍摄了《安德烈·卢布廖夫》，该电影准备参加戛纳国际电影节的时候被苏联文化部审查，禁止出境了。

戛纳国际电影节特别重视这部影片，希望他来参赛，结果苏联政府不让去。电影节主办方态度明确：如果不送这部电影，别的电影都不接受。听说僵持了好几年，后来还是送去了，得了国际影评人奖。这部电影之所以重要，是因为它再现了俄罗斯的那段历史。能真实地还原本民族历史真相的影片屈指可数。有一部《安德烈·卢布廖夫》，俄罗斯人就可以自豪地说："我们不是失忆的民族。"

🎤 **王天兵**：我看过这部片子，说实在的，看不下去。

🎤 **芦　苇**：八个段落，其中有四场戏是大段对话，多数人看得一头雾水。其中有四场外景戏拍得堪称经典。所以对这部电影，喜欢的人沉浸其中难以自拔，不喜欢的人则难以入门而避之唯恐不及。

这部电影分两个部分。一部分表现画家的内心世界，有大量的独白，让很多观众难以忍受，看不下去。另一部分是对历史场景的再现，其冲击力是无与伦比的。他拍了一段鞑靼骑兵攻打俄罗斯城堡的戏，鞑靼人的屠杀和俄罗斯人的抵抗，战争场面拍得真实而惨烈。最后，鞑靼人在攻破东正教教堂以后开始抢掠屠杀。

鞑靼骑兵碰到一个讨要吃食的半疯女人，鞑靼骑兵肆意地调戏她，嘲笑俄罗斯人。安德烈·卢布廖夫的民族自尊心大受伤害，痛斥疯女人，并要拉着她走。疯女人坚决地把他甩开。鞑靼骑兵说，你若是给我当老婆，你会吃得饱、会穿绫罗绸缎，这个女人蹬上马鞍跟鞑靼骑兵走了。这场戏拍得堪称经典。导演的本事在于他能够把历史场景和人物状态真实地展现出来，这是非凡的功力。

塔尔科夫斯基把镜头对准的是俄罗斯民族的灵魂质感，这是他永远的主题。这部电影能带我们回到中世纪的俄罗斯，回到中世纪异国他乡的人物中间，跟他们同呼吸、共命运，这是电影的神奇力量所在。

🎤 **王天兵**：这段我看了。

🎤 **芦　苇**：我们现在还没有一部这种水准的电影。我们一拍历史片就是武侠片、闹剧、宫斗剧，拍的正剧、悲剧多是假大空的货色。

🎤 **王天兵**：全是戏说。

🎤 **芦　苇**：没有历史的真相，看不到真实的悲剧和情感，让人觉得中国的历史就是杀戮、抢夺、宫斗，就是阴谋诡计，人的心灵都趋向弱智化，而且很诡异。

🎤 **王天兵**：你是一个中国人，又没有去过中世纪的俄罗斯，但是你感觉电影让你回到了中世纪的俄罗斯。这说明什么？

🎤 **芦　苇**：很难解释，信与不信很个人化。

🎤 **王天兵**：你看《安德烈·卢布廖夫》之前有没有研究过俄罗斯中世纪的历史？看没看过相关影像？为什么你看这部片子时会觉得它很真实？

🎤 **芦　苇**：感应也是一种经验与积叠，表现在俄罗斯的音乐、绘画、小说里。我还真看过不少俄国历史小说，比如《斯捷潘·拉辛》，一个农民起义将领的传奇故事，还有《彼得大帝传》《叶卡捷琳娜传》《库图佐夫传》等。

🎤 **王天兵**：我想探讨一个问题：艺术是否真是一个有超越性的东西？比如我们现在看某一时期的西班牙国王的油画肖像，很多画家都画过同一个国王，他也没留下照片，现在谁也没有见过那个国王，他那个时代还没有照相机。但我们把那些肖像全放在一起的时候，唯有大画家委拉斯开兹画的国王最让人信服。他的肖像画具有某种权威性，我们好像不得不接受。这很神奇，你发现了吗？这是怎么回事？怎么解释这个现象？电影是否也有类似的现象？

🎤 **芦　苇**：这就是心理感应吧。我们在生活里也经常会碰到这种情况，有些人你一见如故，有些人你跟他混了半辈子也识不透庐山真面目。

🎤 **王天兵**：就电影来说，究竟哪些东西让你觉得它可信或不可信？

🎤 **芦　苇**：电影之所以具备人性，是因为它可以让你瞬间进入真实的或心灵的世界，有穿越感。

🎤 **王天兵**：这样说不等于玩文字游戏吗？到底是什么东西让你在刹那间进入？

🎤 **芦　苇**：直白地说，就是影像的质量。

🎤 **王天兵**：我也没有看过中世纪俄罗斯人穿的衣服是什么样的，为什么我看《安德烈·卢布廖夫》也会感觉这是真实的？

🎤 **芦　苇**：我看过大量俄罗斯的中世纪绘画资料，积累多了自会有感觉。

🎤 **王天兵**：但我要是没有这个基础，我对俄罗斯一无所知的话，我看到《安德烈·卢布廖夫》也可能有这种感觉，也认为它是真实的，就和看委拉斯开兹的画所感到的一样。再比如《教父》，我也没在美国纽约意大利裔天主教社区生活过，但我觉得它非常真实，和那个经历过此种生活的黑帮头目的判断一样。

🎤 **芦　苇**：那就是影像艺术本身的魅力。它让人在顷刻之间不容置疑地就走进它设置的时空舞台里去了。这是一种能量，所以理论家说艺术有鬼魅的功能。

🎤 **王天兵**：这就是电影天分吧，很神奇，这正是电影的魅力所在，对吧？很多人拍同一个东西，为什么我觉得有一个人拍得更真实，其他人的就不真实？有一个人打动了我，其他人则打动不了我？他们可能都同样用功。

电影中有没有一种超越性的、绝对的真实？我们是在谈论神学吗？

🎙芦　苇：这不是神学，是人类对本体论与生俱来的爱好，这与神学仅一步之遥。

🎙王天兵：循环论证的说法是，真正的电影导演就是具备这种还原真实的天分的人，他能通过捕捉某些光影、某些画面、某些动作，召回人心中一种先验的记忆。我无法用语言确切地表述这个东西到底是什么。

🎙芦　苇：陈凯歌拍的《霸王别姬》打动过无数影迷渴求交流的心灵，之后这种交流戛然而止。观众期望的是与真实的人物进行心灵交流，一旦感到人物虚假，这个交流的契约就作废了。

🎙王天兵：或者说跟这部电影的缘分尽了。

🎙芦　苇：流水落花春去也，天上人间。

🎙王天兵：你在写剧本的时候对文字有没有一种感觉，就是抵达塔尔科夫斯基的境界？

🎙芦　苇：能否与你的人物息息相通，这是对编导能力的考验。所谓编导功力就是指这种能力。

🎙王天兵：你在写的时候有没有一个判断：这段我进入这个人物了，那一段还没有？

🎤 芦　苇：如果编剧进入不了人物的心灵空间，就会导致写不好剧本，还有一种更坏的结果，那就是"假冒伪劣"，代角色而言，凌驾于角色之上。

🎤 王天兵：进入人物需要一种天分，也是日积月累形成的一种素养。我记得美国演员罗伯特·德尼罗回忆自己和马丁·斯科塞斯一起拍摄《愤怒的公牛》时他们之间有某种默契，如果哪个道具看着不对劲儿，他使个眼色，导演就会让剧务拿走或更换，没啥道理，就是感觉不对。姜文在拍摄《阳光灿烂的日子》时也觉得开头的军用飞机怎么看怎么不对，他索性让人将机身全部涂成绿色。

🎤 芦　苇：这叫心有灵犀一点通。

🎤 王天兵：其中的原委要完全说清楚是不可能的。

还有，当一种新的影像问世后，之前我们认为真实的也会变得不再令人信服了。《安德烈·卢布廖夫》中的战争场面当年看着也许还行，但与《拯救大兵瑞恩》《兄弟连》等战争片，甚至与《魔戒》中的骑兵混战场面一比，就是小巫见大巫了，还是过时了。我相信如果导演塔尔科夫斯基活到今天，他会采用最新的电影技术更逼真地还原中世纪的俄罗斯。

🎤 芦　苇：《霸王别姬》这个故事是虚构的，但众多的京剧行家没有人说这个电影是假的。而同一题材《梅兰芳》上映后，有人评论说这是京剧界有史以来最大的一宗谎言。

🎤 王天兵：虔敬是不是还原真实的必要条件？

🎤 芦　苇：如果只迷恋自己，就不可能再对真实虔诚了。人是自我欺骗的高手。

我特别佩服《安德烈·卢布廖夫》的美工师、摄影师。《镜子》的摄影师也非常出色，令人印象深刻。

塔尔科夫斯基的父亲是俄罗斯的著名诗人，能把俄罗斯的民族性与历史的质感展现出来的人就是塔尔科夫斯基了。

🎙 **王天兵**：说到民族性的诗意，你认为李安的《卧虎藏龙》有这种中国式的诗意吗？

🎙 **芦　苇**：武侠幻想的成分多。《安德烈·卢布廖夫》就是民族史诗，不要把《卧虎藏龙》跟史诗拉扯到一起去。

关于类型的发展及电影教育

🎙 **王天兵**：再说说类型问题吧，好莱坞教科书上罗列了三十六种类型、七十二种类型，类型是一成不变还是也在发展？

从八十年代初到现在，你做编剧也有三十多年了，看了这么多的电影，电影技巧是不是也在发展？

🎙 **芦　苇**：当然是在发展的，一定是在变化的。就算我推崇的电影《阿拉伯的劳伦斯》，其编导的技巧也有一些过时了。

🎙 **王天兵**：哪些地方？

🎙 **芦　苇**：比如说，劳伦斯一出场就在一场意外事故中身亡了，结尾的时候吊丧者在议论劳伦斯这个人，在我看来，首尾两段情节放在此处是没有必要的。这部电影是 1962 年拍的，那个时代的电影人正在探索各种表达手法。把这两个情节删掉毫不影响这部电影。

🎙️ **王天兵**：我们看《阿拉伯的劳伦斯》还是会感到有一些陈旧。

🎙️ **芦　苇**：因为那是一个探索阶段，带来两个结果：正面结果是在创新方面大刀阔斧，负面结果是新的表达方法有赘余之嫌。

🎙️ **王天兵**：过去三十年来，有哪些电影展现出了技巧的创新？

🎙️ **芦　苇**：在电影结构上，有一部电影值得关注，就是昆汀·塔伦蒂诺的《低俗小说》。

他的《落水狗》的结构模式也很有新意，但《低俗小说》的电影结构有独创性，有新的表现力，用新手法推进电影的叙事性和人物塑造，令人耳目一新。把昆汀·塔伦蒂诺的结构和大卫·里恩做个对比的话，会发现近半个世纪以来，电影的叙述模式是在不断创新的。这种叙述方法在传统电影里面也有类似因素，但难以有如此高度自觉与精彩的组合内容。

电影叙述技巧有无限的可能性，因为它是人类生活的再现。

🎙️ **王天兵**：还有什么片子让你觉得在电影技巧上有重大突破？

🎙️ **芦　苇**：比如《罗拉快跑》，这是一部实验性质的电影，拍得也很精彩，很经典。

🎙️ **王天兵**：它是电子游戏与类型片的结合，故事结构是电子游戏的结构。

🎙️ **芦　苇**：英雄不问出处，电影从产生时就是拿来主义的大杂拌儿。

🎙️ **王天兵**：《盗梦空间》你看了吗？

🎙芦　苇：没有。

🎙**王天兵**：剧本也很精彩，我是在《世界电影》上看的，那一层套一层的梦像电脑编程中的递归算法，据说写了十年。

请谈谈你对 3D 电影的看法，这对编剧是不是产生了新的要求、新的刺激？

🎙芦　苇：我不觉得 3D 电影对文化表达有什么根本性的突破，但它会给人的视觉感官带来一种全新体验，是技术进步的结果。

🎙**王天兵**：从默片发展到有声片对编剧有一个巨大的冲击，默片编剧和有声片编剧完全是两种感觉。那么 3D 电影会不会对传统电影有一个类似的冲击？

🎙芦　苇：我认为电影不管在什么时候都是戏剧故事，3D 电影也是个故事。

🎙**王天兵**：就是传统的法则永远适用。

🎙芦　苇：故事永远伴随人类，只要讲故事，讲故事的传统技法就起作用。

🎙**王天兵**：你对微电影、手机电影有没有一些想法？

🎙芦　苇：这些不足以撼动传统正剧，也难以撼动常规电影市场，但是它会对电影摄制和电影理念产生推动作用。电影的范畴在扩大，它的可能性日趋丰富多彩，它的领域在不断扩大。

🎤 **王天兵**：我觉得正在形成一个电影生态。

🎤 **芦 苇**：会让人们对电影艺术更加专注、更加着迷。

🎤 **王天兵**：另外，从某种意义上来说，这是电影教育大发展的时期。不少大学都有影视艺术专业、影视制作专业，这在以前是不可想象的。你能不能对这个现象、对现在的电影教育做一些评价？

🎤 **芦 苇**：一则以喜，一则以忧。喜的是关注及从事影视的人越来越多，可见影视的影响力越来越大了。忧的是各个大学影视专业的数量之多有点儿"大跃进"的意思，有揠苗助长之势，很容易只有数量，没有质量。

实际上，师资力量、软件、硬件跟不上趟就会产生一种虚假繁荣。学生多，教师多，但你可能看不到大量有质量的新生力量被培养出来。

🎤 **王天兵**：我个人认为，目前的电影教育很难培养出喜欢《普宁》的人。

🎤 **芦 苇**：有书评家说，要读懂纳博科夫的小说，手边要备一本《韦氏大词典》，读三遍会进入三种不同的境界，最后发现"那人却在灯火阑珊处"，普宁就活在你的身边。

🎤 **王天兵**：我们正在迈向一个影像爆炸的时代，而且影像制作成本越来越低廉。现在给我们录像的这台佳能数码相机的影像效果就可以进院线了！这带来了无穷无尽的可能和机遇。

🎤 **芦 苇**：手机必然带来文字空间的新时代，数码相机必然带来影像容量的新时代。

关于喜欢的电影

🎙 **王天兵**：还有没有你喜欢的电影？可以在这里简单讲一下。

🎙 **芦　苇**：我就想到哪儿算哪儿，罗列一下。

德国电影《朗读者》，讲一个女纳粹分子跟一个小男孩的爱情关系。还有《窃听风暴》，讲在一种特殊境遇下民族性的悲剧，主题宏大，人物刻画很细致。

意大利电影《格莫拉》，获得过戛纳国际电影节大奖，拍得真好。我一直想用这种风格拍一部生动的中国警匪片、侦破片。

苏联、法国合拍的电影《小偷》，讲一个小男孩很喜欢妈妈找的新丈夫，穿一身军人的衣服很神气，其实他是个四处行窃的小偷，拍得很棒。

苏联电影《自己去看》，从一个孩子的视角看德军入侵苏联，烧毁村庄、屠杀村民的故事，是当之无愧的文化经典，可与塔尔科夫斯基比肩。

🎙 **王天兵**：这部片子我是从你这儿知道的，而且借去看了，很受震撼。但最近我才了解到荒唐的事，这部影片是苏联解体前拍摄的。据最新的资料[①]，当初烧毁村庄的其实是化妆成德军的俄国内务部特遣队，他们受斯大林之命挑拨当地居民与德军的关系，因为德军刚入侵时受到不堪斯大林暴政的农民的热烈欢迎，把纳粹当成了解放军……

就像"卡廷森林事件"，它原是斯大林亲自指使的，但直到二十世纪九十年代初人们一直以为那是纳粹所为。导演在不知道真相的情况下拍出了令人信服的"真实"，这颇为荒诞，也有点可怕，可以看出电影真实也是一把双刃剑，它可以被用来营造那种有害的"真实的谎言"。这也是为什么列宁那么看重电影，以至于今天的电影审查制度之严，远超过其他艺术类别，如文学、

---

① 1941年11月17日，德军入侵苏联后，苏联最高统帅部下达了《第0428号》训令，2002年2月12日，德国《东普鲁士报》刊出了它的原件。

话剧等。电影的冲击力是无与伦比的。

🎤 **芦　苇：**王家卫的《东邪西毒》有才气，在独特与矫情中尽展诗意。《东邪西毒》拍的是中国北方荒漠。他拍前曾问过我什么地方的沙漠里有点点绿意，我告诉他陕北毛乌素沙漠有这样的景致。他的武侠片拍法独一无二，拍出了个性和风格。

侯孝贤的《悲情城市》是货真价实、当之无愧的史诗片。这也是中国人第一次获得威尼斯国际电影节金狮奖，我对这部影片心服口服。侯孝贤是在台湾长大的，他的电影把台湾的历史真貌还原出来了，让人们看得目瞪口呆，电影中的人物说日语、闽南话、东北话、上海话、普通话，还有台湾人冒充东北人……这部影片把本土文化的时代魅力拍出来了。但他后来拍的《海上花》只是一部清朝盛装展示，故事毫无魅力。可见导演、编剧跟运动员一样，此一时彼一时也。

杨德昌的《一一》无疑是中国电影的经典之作，从文化价值上说，它与《悲情城市》是对不同层面的展现，但它更加细腻委婉。但《悲情城市》实在太好，我不舍得让它排第二，两部电影并列第一。

贝托鲁奇的《末代皇帝》《1900》拍出了两个民族的不凡史诗。

马丁·斯科塞斯的《愤怒的公牛》《出租车司机》，库布里克的《全金属外壳》。

斯皮尔伯格的《印第安纳·琼斯》（又名《夺宝奇兵》）系列都是货真价实、赏心悦目的商业大片，看了之后很过瘾。独此一家，绝无仅有。门票是超值的，太过瘾了。

法国导演阿尔伯特·拉莫里斯1953年拍的《白鬃野马》是部黑白片，也非常棒。这部电影故事相当简单，台词也特别少，讲一匹马性子很野，难以被牧民驯服，因此饱受摧残，偏偏有个小男孩爱惜它、善待它，锲而不舍地保护它，马和小男孩成为生死之交，结局非常感人。这部电影应该收入影视学院的教科书。

除了电影之外，我还喜欢贺友直的连环画《山乡巨变》。他画湖南山村很有味道、很有功力。

我过去看完电影经常把构图画下来，包括写剧本的时候也画，这个习惯对我当编剧大有用处，培养了我自觉的镜头意识。

🎤 **王天兵**：贺友直的连环画有镜头感，他像一位导演那样调动人物、设计动作、布置道具……但美国剧作理论家悉德·菲尔德有一种理论，即写剧本时不要去考虑镜头，尽量不要在剧本中纠缠镜头位置，那样会干扰写作。

🎤 **芦　苇**：有句老话叫鸟有鸟途、蛇有蛇道，写剧本的路数多了，能有镜头感是你爹妈把你生出息了。

芦苇点评近年来的华语导演电影

《赛德克·巴莱》

优点和缺点同样明显：优点是它对还原历史质感有追求，在制作上异常严谨，下功夫还原赛德克人的生存状态，让人刮目相看；缺点是剧情单薄，人物刻画单一而重复。

演员很棒，音乐很出色，导演虽有才华，但驾驭大片的功力尚欠火候。我不相信这部电影的票房会很好，因为叙述并不精道，它缺乏对情节的掌控和发挥。这部电影冲劲十足、有勇无谋，但导演若修炼得法，必成大器。

《王的盛宴》

我曾经问过陆川，拍《王的盛宴》花了多少钱，他说六七千万元。我问这部电影到底是大情节片、小情节片还是反情节片，他很坦诚地说是反情节片。我说，既然是反情节片，投资不要超过一千万元，可你花了六七千万元，肯定赔定了。阿伦·雷乃是拍反情节片的大师，他的投资从不超过七十万欧元

（约合人民币五百六十万元）。你拍反情节片，居然敢动用这么多钱，你不死谁死?!

反情节片就是随心所欲想怎么拍就怎么拍，《无极》是反情节类型的代表作品，《王的盛宴》步其后尘，勇气可嘉，就别想打票房的主意了。

此片制作水准不错，美工、服装、演员、制作团队都可圈可点。反情节片说好听点儿就是烧钱玩儿艺术，这部电影钱也烧了艺术也玩儿了。

我要说的是，老板的钱也是钱，老板容易吗？让我们与老板携起手来，迈向票房、艺术双丰收的境界，那才叫过瘾。

《搜索》

《搜索》是陈凯歌近年来拍得比较完整的一部片子。它类型清楚，是一个都市青春爱情片，表现时下青年的精神状况与情感生活。它拍得还算流畅，但在人物刻画、故事的戏剧性上依然有很多疏漏，表现为结构不完整、情节不合理、人物支离不全、价值倾向游离不定，还是这些老问题，依然没有得到解决。在近年来的华语电影里面，它有一定的品位，不能说是烂片，但水平实在不高。

《一九四二》

我认为对《一九四二》应该肯定的是，在中国电影完全放弃了对文化与历史的表达、放弃了对国家境遇和民族命运的探寻的时候，冯小刚正面揭开了这一页历史。他在文化上有勇气、有坚守、有担当。这种人凤毛麟角，已属珍宝。

但从叙事技巧来看，情节叙述线索太多，投资已经上亿了，就得考虑叙事技巧了。想拍什么场景就拍什么场景，想把谁往里拍就往里拍，戏剧冲突的向心力必然分散。高明的办法是以小见大，不能以大见大或者以大见小。露面的人物一大堆，却难有让人印象深刻的人物。

这部电影拍得很艰辛，但观众只论观感，这是他们的权利。电影《白鹿原》还一肚子苦水呢，花了多少钱，费了多少心血，却换来一片骂声，也够郁闷的。《一九四二》这部电影的可贵之处是它有对文化品质的坚守，不是假充"土地、民族史诗"，实为土炕上一出平庸的情色剧。

《少年派的奇幻漂流》

李安的电影类型清楚。作为一部带有奇幻色彩的传奇电影，应该有的因素、内容都出色地展现出来了，而且料给得很足。从电影类型来看，非常成熟。虽然是个东方的题材，但它讲故事的方式是国际化的。

《泰囧》

在中国大多数电影对于类型的掌控缺位的情况下，《泰囧》是一部类型明确、可靠的电影。作为一部商业类型片，该有的东西它都有了，不缺斤少两，有模有样，这是一部制作目的与方向都很到位的商业片，那么高的票房就是证明。

《金陵十三钗》

《金陵十三钗》一如张艺谋近年来的作品，技术一流，艺术二流，乍看尚可，不能细究。他是越来越熟练了，但跟当下的国产片一样，都有一个通病，即价值观暧昧不清。在人物戏剧性的刻画与转变的设计上仍是粗枝大叶，流于粗俗。让一群妓女充当"炮灰"去挽救女学生们，是莫泊桑小说《羊脂球》的放大版，却无《羊脂球》对伪善的质疑揭示。张艺谋的电影从《英雄》以后，价值观就经常晦涩不清、指向可疑。《金陵十三钗》要撞这道南墙，非死即伤，难以为士林认可。

《龙门飞甲》

看过，不喜欢。

香港电影的长处和短处在这部影片中一目了然。制作规模说得过去，拍摄细节太粗糙了，情节设计很业余。

《赵氏孤儿》

《赵氏孤儿》不知所云，彻底丧失了方向感，像一辆方向盘失灵的汽车，开到哪儿算哪儿。

《鸿门宴传奇》

野心、抱负倒是都有，但香港电影一旦拉开架式讲正剧、悲剧则往往会成为不受人待见的无厘头闹剧，还不如索性向星爷致敬。这类电影前赴后继烧了不少钱，香港历史大片的正果仍然遥不可及，连方向也搞不清楚。

《将爱情进行到底》

我一听这个虚张声势的片名就不打算掏钱进影院看了，买张碟看吧。

《让子弹飞》

摆酷炫技的一部商业大片。

从影片的制作和故事来看，很多小桥段很用心，也算精道。缺乏的是痛快淋漓的气韵，它是一部小品组合剧。

此片可以与《印第安纳·琼斯》对比着看，都是商业片，高下立判。《印第安纳·琼斯》让人感觉回肠荡气，但《让子弹飞》没有这种感觉，缺乏一种让人信服的江湖传奇与英雄主义。

能自娱而又娱人才是真本事。

《非诚勿扰》

我只看了第一部，类型清楚，都市爱情带点传奇色彩，产品尺寸都合格，投放市场必有票房。票房火爆，也算占了一头儿。

《孔子》

孔子是中国儒家与民族精神的代表性人物，这部电影不仅把如此量级的人物拍得轻如鸿毛，还驴唇不对马嘴。

《山楂树之恋》

《山楂树之恋》是拍"文革"的恋爱题材。张艺谋本人的初恋一定比他这部电影精彩。电影淡而无味，像一部胶片拍的爱情电视剧，你感觉不到电影的分量。

《杜拉拉升职记》

看了三分之一，在碟上看的，之后睡着了，不看也罢。

《叶问》

《叶问》是地道的武打片，香港电影的长处依然有，短处也还存在，制作还算认真，整体品质平庸。

《疯狂的赛车》

发力过猛，重心不稳，不如《疯狂的石头》稳妥。也可能是投资大了有压力，不若拍小片时自如。

《南京！南京！》

在这部第六代导演拍的规模最大的影片里，我看到的是一份混乱而令人齿寒的答卷。这与第六代导演拍的规模最小的影片《小武》形成了截然不同的鲜明对照。第六代导演在讲故事上存在着先天不足的弱势，他们基本放弃了叙事技巧，换句话说，都不会拍剧情片，因此想要吸引大量的观众是相对困难的。电影的本身是讲故事，如何讲故事是个手艺问题。艺术片如果拍得很地道的话，也是能够吸引观众去看的。可第六代导演的人文追求又比较低，作为艺术家，他们的胸怀和眼光都比较狭窄。

《南京！南京！》电影拍得极其认真，但价值观指向却严重错位，本末倒置了。纳博科夫在小说《普宁》中，借助一位老教授之口疑惑不解地感叹：德国纳粹为何要在歌德的故居旁修造集中营的焚尸炉，难道没别的地方了吗？我也同样疑惑不解：为何要在南京这个冤魂死不瞑目的地方去展现日本兵的人性与良心？难道没有别的地方了吗？

说句广东话：有没有搞错啦?!

《孔雀》《立春》

《孔雀》和《立春》拍的是底层人，可是导演真的不了解底层人，人物扭曲变形、不靠实。视角高人一等，在潜意识里有一种优越感，这两部电影中的底层人物都有一种卑贱感。真正的人性是善恶交织的，但《立春》的人物乏善可陈，过于概念化。

《梅兰芳》

如果陈凯歌没拍过《霸王别姬》，《梅兰芳》就不用评价了。但他先拍了《霸王别姬》，又拍了这部内容相似，但品质却有天壤之别的电影，令人无语。

影片彻底地扭曲了梅兰芳这个人。梅兰芳是中国戏剧界的代表性人物，也是中国艺术文化的代表性人物。如果能力欠缺可以不拍，但是不能歪曲人物，不能瞎编，不能涂脂抹粉。这部电影拍出来的是一个扭曲的梅兰芳。

历史上，梅兰芳就没有被关到日军的监狱里，这是公然伪造历史。真实的历史事件是，1938年梅兰芳全家赴香港，他不再演戏。1941年底，日军占领香港，驻军司令叫酒井隆，曾看过梅兰芳的演出，是梅的戏迷，听说梅在香港，特意派人请梅吃饭，并邀请他出山，但被梅婉言谢绝。后来梅兰芳回到上海，也曾托病拒绝日本人及汉奸的演出邀请。抗战胜利后，酒井隆作为战犯被处决。这才是史实。

关于《梅兰芳》，可以看看戏曲专家章诒和的有关评论。她笔下的戏曲大家，那是货真价实的真相。把梅兰芳先生拍成这般高不成、低难就的扭曲人物，令人心寒。

🎤 **王天兵**：在这么多当代华语影片中，你有没有发现特别好的演员？

🎤 **芦　苇**：好演员太多了，不过在目前的条件下，银幕无力把演员的魅力展现出来。这不是演员的责任。

看看《安德烈·卢布廖夫》，里边哪个演员不是好演员？他们大部分不是专业演员。最后一幕中那个男孩演得那么棒，其实他是业余演员，据说塔尔科夫斯基从不给他安全感，随时可能发话赶走他，那种迷茫不安的状态在他身上顿时表现出来了。

关于徐童及当代纪录片

🎤 **王天兵**：你还说过一句话：像徐童的纪录片要拍出一百部的话，那就是一个时代。他们一部片子投资也就四五万元。

🎤 **芦　苇**：别一百部了，二十部就是个伟大的纪录片精品时代。

🎤 **王天兵**：现在几万块钱的摄像机拍出的影像质量就可以上院线了，这是技术的进步，电影不再被垄断了。

🎤 **芦　苇**：工具的进步带来拍摄的自由，各路"好汉"扛机而起，这里面真有英雄好汉，徐童就是其中一个。

他拍了三部纪录片《麦收》《算命》《老唐头》，今天的人未必会认识到它们的意义所在。他把社会底层人物的生存状态雕刻出来了，功不可没。我们有这么强大的社会媒体、这么多的影视制作团体，但反映老百姓生活的片子极少。一个小小徐童，口袋里就那么一点点钱，却把这个时光雕刻下来了。

🎙️ **王天兵**：你觉得他的纪录片比王兵的《铁西区》好吗？

🎙️ **芦　苇**：两人所拍的题材不同，很难直接比较，但徐童的专业技巧、剪辑技巧比王兵高明。《铁西区》拍得很棒，但是剪辑过于累赘冗长。

🎙️ **王天兵**：我在你这儿看了《老唐头》和《麦收》。

🎙️ **芦　苇**：《老唐头》长度八十七分钟，是标准的影院长度，拍得那样精练，信息量大，剪辑流畅，人物质感很棒。徐童是个很专业的人，他拍的社会底层的人很真实，令人心动。

🎙️ **王天兵**：像徐童这样的人还有很多吗？

🎙️ **芦　苇**：拍《京生》的马莉很棒。这是一批自觉的影像工作者。徐童很成熟，他在当今影坛是个不可以忽略的人物。

🎙️ **王天兵**：那你是怎么知道徐童的？

🎙️ **芦　苇**：西宁 FIRST 青年电影展请我当评委，我看到他的作品后大吃一惊，对他刮目相看。

其他领域杂谈

关于近现代美术
🎙️ **王天兵**：你的兴趣很广，涉猎面宽，你关注文化、政治、经济等各个领域，我们不妨抓紧时间再谈一些题外话，未必是文不对题，也许更有意思。

首先，你对美术一直情有独钟，自己还学过画画。请谈谈你对近现代艺术的一些看法，包括齐白石、黄宾虹、傅抱石、徐悲鸿等，有感而发吧。

🎙芦　苇：我喜欢齐白石的乡土气，喜欢他对世间万物（也就是生命）的那种质朴、亦诚的热爱，没有文人的矫情，却有诗人的目光。他是有赤子之心的人。

🎙王天兵：你不是写过一个关于齐白石童年的剧本《星塘的阿芝》吗？

🎙芦　苇：中国的画家对我影响大的有三个人：徐渭、八大（朱耷，号八大山人）、齐白石。

🎙王天兵：齐白石最崇拜的就是徐渭、八大、石涛。

🎙芦　苇：齐白石说过，愿做徐渭、八大的门下狗。我的排法是徐渭、八大，下面就是齐白石。齐白石传统功夫深厚，他是木匠出身，在传统绘画上面功夫极深，一般人未必知晓他的艺术出处和来历。

他曾经评价自己的成就，第一是金石篆刻，第二是诗，第三是书法，第四才是他的画。我同意他这个判断。他诗写得真好，朴实而生动，乡土气息浓烈芬芳。他的金石风格古朴强悍，非方家难以解读个中深味。

🎙王天兵：你是什么时候看到齐白石的画的？

🎙芦　苇：我十几岁就迷恋上他的画。

🎙王天兵：原作？

🎙 芦　苇：那时候没有原作。我母亲从图书馆借了一本《齐白石传》，我看后很受感动，开始注意他的画。他的画有一种神奇的吸引力，我不由自主地被他的画吸引，为之心动。当然，真正读懂他，也是到成年看了大量他的画作以后。

中国美术馆办过一个美术展，展出了五个近现代的大家——齐白石、任伯年、吴昌硕、陈师曾、黄宾虹，都是巨匠，可是最吸引我的还是齐白石。

🎙 王天兵：到底哪些东西吸引你？

🎙 芦　苇：他的画里充满了乡土生活的情趣和魅力，这是别的画所没有的。

齐白石年轻时曾给人画过遗像，他画像的功底很深。我看过他给陈三立先生画的像，令人拍案叫绝。

🎙 王天兵：陈寅恪的父亲。

🎙 芦　苇：看陈三立先生的画像，便知晓蒋兆和的画风是有先声的。齐白石哪里学过这种学院派的素描啊，但他画的人物结构、整体明暗简直就是学院派。他的这种功夫哪儿来的？应该做研究。

🎙 王天兵：民间现在还有画像师。

🎙 芦　苇：画像师常会把人画呆板了，把活人画成"死人"，但齐白石能把死人画成活人。齐白石有一种功夫，当对方已经去世了，生前也没有照片，子女出钱请他画个遗像，他就凝神屏息地观察对方的遗容，然后再画，能画得栩栩如生。齐白石的功夫很硬，不得了。

🎙️ **王天兵**：齐白石在艺术上对你有影响吗？

🎙️ **芦　苇**：他骨子里的那种乡土气会浸透我的情感。我的爷爷奶奶全是农民，我母亲家也是几代农民，我自己也当过农民，所以，中国传统的农耕世家带给我的感情是深入骨髓的。《白鹿原》中的那种乡土就是我的世界。

我再说说傅抱石吧。傅抱石在中国传统绘画里找到了一种独特的现代诠释。傅抱石的画境既是宋人的又是现代的，幽丽潇洒，自成诗境。

🎙️ **王天兵**：奇怪的是我看《卧虎藏龙》的时候想起了傅抱石的画。

🎙️ **芦　苇**：你点得妙！李安有些传统功底，是有出处的。

🎙️ **王天兵**：傅抱石的山水画有洋味儿。我个人很喜欢他，不喜欢徐悲鸿。

🎙️ **芦　苇**：傅抱石继承了宋人山水的真传，观其画如读宋人小令，意格悠远洒脱。徐悲鸿是个承前启后的美术教育家，他把西方素描训练方法引入中国，有意思的是他极为推崇齐白石，眼力很深。徐悲鸿画的马、花鸟还是美得惊人，但他的史诗巨制，如《田横五百士》《愚公移山》等，我都不喜欢。

🎙️ **王天兵**：为什么？

🎙️ **芦　苇**：直觉使然。他的大型历史题材画太实了，没有诗境，有图解之嫌，色彩也缺乏个人风格魅力。

关于章诒和与周素子

🎙️ **王天兵**：你对齐邦媛的《巨流河》有什么看法？

🎙️芦　苇：好书！我对《巨流河》的评价是"家庭史记"！能把中国近代命运留给后世的，《巨流河》是一部。

还有一位大家叫周素子，她的作品有《晦侬往事》《情感线索》等。她是学戏曲的，写了很多回忆录，写自己的家庭亲友，写周围的人与事。

我看她的书有读《史记》的感觉。她讲的都是小事，柴米油盐、儿女情长、家庭琐事、邻里亲友，但有史诗的韵味与格局。看似细碎实则深厚博大，她的书会随着时间的推移越来越珍贵，她的作品必成读者心目中的佳篇。

周素子是大家，但人们未必能意识到其作品的内在价值。

🎙️王天兵：章诒和呢？

🎙️芦　苇：章诒和跟周素子都有史家风范，但周素子令人感到亲近，而章诒和令人起敬，都是大家。

🎙️王天兵：为什么这样说？

🎙️芦　苇：周素子写大爱，而章诒和写大恨，都是爱恨分明的女性。

🎙️王天兵：至今没听你说过张爱玲。我知道你是"张迷"，张爱玲的东西都看过。

🎙️芦　苇：五四运动以后，能把中国世俗生活写到传神境界的非张爱玲莫属，鲁迅是另一个路数。新中国成立前，中国没有真正意义上的乡村小说。张爱玲的《秧歌》和《赤地之恋》是新中国成立后写的。张爱玲是通过细腻的工笔手法把中国人的真像绣绘出来了。她说过一句话：生命是一袭华美的袍，爬满了蚤子。鲁迅若在世，听到这话可能也会拍案惊奇，疑为天人。

关于孟京辉

🎙 **王天兵**：我们再谈谈孟京辉。

🎙 **芦　苇**：我看过他的一部话剧后就不看了。我要在背后悄悄地说一句个人之见：他的作品跟现代戏剧有天壤之别。区别是现代戏剧是原创的，他的作品是模仿的。但话说回米，模仿也是一种进步，不可忽视。

关于价值观的综述

🎙 **王天兵**：综上所述，你从两个视角看电影，一个是价值取向是否明确，另一个是类型是否清晰。类型我们已经谈得比较多了，现在谈谈到底什么是价值观。

🎙 **芦　苇**：价值观是道德原则与品质。比如，《英雄》的价值观是为了统一天下可以牺牲个人生命，落后愚昧。这部电影制作精美，在文化品质上则属劣等。

🎙 **王天兵**：如果我们总是从价值观出发来评论电影，会不会陷入"唯价值观论"的误区？

🎙 **芦　苇**：泛道德论有危险，无道德论是荒唐，这是双刃剑。但价值观是人类对精神品质的诉求，有宽容精神也罢，尖刻狭隘也罢，价值观都是无法回避的。

在评论电影时把价值观放到无限大，这是误区。电影并不是单纯兜售价值观的商品，电影是艺术。价值观在电影里面只是基本的文化品质。价值观要是混乱或者走偏的话，电影就失去了文化品质。同时，很多价值观无错的电影却是艺术垃圾。

🎤 **王天兵**：价值观是否可以多元？或者说，价值观完全统一了是否也有问题？那不成了思想专制了吗？

🎤 **芦　苇**：思想专制本身亦是一种狭隘的价值观。

🎤 **王天兵**：怎么判断价值观的优劣？凭什么说一种价值观是先进的或落后的？存在一种绝对的价值观吗？

🎤 **芦　苇**：对生命的态度是恒定的价值观，绝对价值观就是狭隘僵死的价值观。

🎤 **王天兵**：你能阐述一下你自己的价值观吗？你在电影中传达的是什么价值观？

🎤 **芦　苇**：我的价值观都融入电影了，看过的话不言自明。我要是一个价值观的贩卖者，恐怕就是天下最烂的编剧了。

🎤 **王天兵**：但是既然这么明确提到这个问题，而且你总是从价值观的角度评价别的电影，何不交个底？

🎤 **芦　苇**：价值观是一个人活命行事的底线，电影的好赖都与这条底线有关。我站在普世的人道主义立场上，展现人道精神与人性，这也是我追求的电影剧本的终极价值。

🎤 **王天兵**：最后一句话怎么理解？人性是什么？

🎤 **芦　苇**：人性是丰饶之海，与动物、神灵的复杂性等同。面对人性如同面对大海，会感动也会恐惧。

🎤 **王天兵**：张艺谋也可以这样捍卫自己的《英雄》，比如他可以说：我展示的也是人性，人性中有需要专制的一面，帝王要先把敌人彻底消灭，但他的目的是永久和平，凭什么说我愚昧？我只是展现这种人性的复杂。

🎤 **芦　苇**：这种价值观狂悖无知，还是离远点好。

🎤 **王天兵**：但能否在艺术中探讨？张艺谋可以说：我这是在严肃地探讨，这个尽管有争议，但我有权在影视作品中探讨。

🎤 **芦　苇**：极端分子都认为自己有权替天行道，看结果吧。张艺谋的《英雄》是拍给秦朝的臣民看的，让大家顾全朝廷大局，"朕是替天行道的"。但历史学家一致的定论是：秦行苛政，暴虐天下。

🎤 **王天兵**：那你说价值观混乱的问题和类型不清楚的问题是不是紧密联系在一起的？

🎤 **芦　苇**：一对孪生兄弟，相互影响。

价值观混乱的人在类型上易犯错误。这种人很容易走火入魔，容易得历史学家柏杨所说的"大头症"。

🎤 **王天兵**：在艺术史上，有些作家是憎恨人类的。比如我们俩都喜爱的纳博科夫，美国小说家约翰·加德纳曾说，纳博科夫憎恨一大批人，美国作家索尔·贝娄说他是一个冰冷的自恋主义者，但我们并不否认他是艺术大师。并不是所有的艺术家都像契诃夫那样，既很尖刻又非常悲悯。你说过你不喜欢陀思妥耶夫斯基，不喜欢三岛由纪夫，我们是否也应该包容他们的价值观？

🎤芦　苇：我对他们的价值观没兴趣，只注重阅读经验。人性是偏爱的选择，我偏爱契诃夫。

🎤王天兵：但中国电影导演的问题似乎到不了这种自觉的层次，而是混乱、糊涂。与其说你在批判他们的价值观，还不如说你在指出他们不知道自己的价值观是什么。

🎤芦　苇：以自我为中心、自我膨胀、自我垂怜、自我封神在中国电影界已经泛滥成灾，令人担忧。

关于电影梦与工作计划

🎤王天兵：谈话快结束了。最后一个大问题：如果不给你任何限制，给你无尽的钱财，让你放开想象力去写一个你最想写的剧本，你会写什么？说得具体一些。

🎤芦　苇：写我这代人的命运，父母亲这代人的命运，爷爷奶奶辈的命运。熟悉什么写什么，对什么有感情、有兴趣就写什么。

🎤王天兵：那就是《活着》类型的。

🎤芦　苇：我写剧本只有一个原则——写我心有所感的，剧本只是一个结果。

🎤王天兵：你现在不是跃跃欲试，想拉个班子拍一个大票房的好片子吗？

🎤芦　苇：我生性有点不信邪。他们都说想要票房就别想有文化质量，有文化质量就别想有票房。这话也太自欺欺人了！

《霸王别姬》票房也特别高呀！拍经典大片，一般来讲至少得一年。但我现在年龄越来越大了，该盘点自己还剩多少时间了，不能再想干什么就干什么了，该珍惜自己的时间了。

🎤王天兵：这儿有块黑板，上面是芦苇要做的事，我们读读……

🎤芦　苇：看我那上面的计划，一大堆呢！

🎤王天兵：我们看看，念念……太多了。

🎤芦　苇：我要写回忆录。再不写，我怕将来老了以后就记不清楚了，或者忘记了。

我在东岔河插队三年，一直到当编剧，其间发生的事我都要写下来，给影迷读者一个交代。

我还想拍熟人和同学，他们现在年事已高了，都已六十岁上下了，把他们回忆的"文革"时期的事情拍成纪录片。

这都是计划，伟大而渺茫。我觉得应该重视这些问题了。

还有就是准备写的剧本。戈登的常胜军和太平天国作战能拍出一部史诗来，若拍得好，可以向《阿拉伯的劳伦斯》致敬。

想去青海果洛藏族自治州拍一个有关藏族普通人家生活的小题材。

我写过一个电影提纲，讲抗日战争时期一个农村妇女的故事，她救了两个抗日战士的性命。这是我母亲那辈人的经历，我心有所感，坚信这个故事的魅力。

所以工作计划一大堆、剧本一大堆、梦想一大堆，可是岁月不饶人了，孙中山先生说：革命尚未成功，同志仍须努力！得加油了。

附录　芦苇作品及获奖目录

主要电影剧作

1987 年：《疯狂的代价》（与周晓文导演共同编剧）

（西安电影制片厂出品）

1987 年：《星塘的阿芝》（电影剧本）

首届夏衍电影文学奖二等奖（1997 年）

1989 年：《黄河谣》（编剧）

（西安电影制片厂出品）

第 14 届蒙特利尔国际电影节最佳导演奖（1990 年）

1992 年：《霸王别姬》（编剧）

［汤臣（香港）电影有限公司出品］

第 46 届戛纳国际电影节金棕榈奖（1993 年）

第 46 届戛纳国际电影节国际影评人

联盟大奖（费比西奖）

美国电影回顾奖（1993 年）

第 59 届纽约影评人协会奖最佳外语片（1993 年）

第 19 届洛杉矶影评人协会奖最佳外语片（1993 年）

第 27 届美国国家影评人协会奖最佳外语片（1993 年）

波士顿影评人协会奖最佳外语片（1993 年）

第 51 届美国电影电视金球奖最佳外语片（1994 年）

第 66 届奥斯卡金像奖最佳外语片提名（1994 年）

美国政论电影学会奖（1994 年）

第 4 届日本影评人协会最佳外语片（1994 年）

第 47 届英国电影学院奖最佳外语片（1994 年）

第 4 届上海影评人奖十佳电影（1994 年）

第 19 届法国电影凯撒奖最佳外语片提名（1994 年）

伦敦影评人协会奖最佳外语片（1995 年）

东京电影评论家大奖（纪念世界电影诞生一百周年特设）最
佳影片（1995 年）

入选英文杂志《视与听》评选的"1981 年以来 41 部世界最
佳电影"

入选美国《时代》周刊评选的"全球史上百部最佳电影"
（2005 年）

入选上海电影评论学会评选的"影响中国电影进程的 22 部
电影"（2005 年）

入选英国电影杂志《帝国》评选的"100 部最伟大的非英语
片"（2010 年）

1993 年：《活着》（编剧）

［年代国际（香港）有限公司出品］

第 47 届戛纳国际电影节评委会大奖、人道精神奖（1994 年）

第 13 届香港电影金像奖十大华语片奖（1994 年）

全美国影评人协会最佳外语片（1995 年）

洛杉矶影评人协会最佳外语片（1995 年）

第 52 届美国电影电视金球奖最佳外语片提名（1995 年）

第 48 届英国电影学院奖最佳外语片（1995 年）

1994 年：　《红樱桃》（上映的影片未完全采用芦苇原创剧本）

（北京电影学院青年电影制片厂出品）

第 16 届中国电影金鸡奖最佳故事片（1996 年）

第 19 届大众电影百花奖最佳故事片（1996 年）

1994 年：　《桃花满天红》（编剧）

（西安电影制片厂出品）

1996 年：　《西夏路迢迢》（编剧、导演）

（西安电影制片厂出品）

第 17 届中国电影金鸡奖最佳导演处女作（1997 年）

1996 年：　《秦颂》（编剧）

（西安电影制片厂出品）

1996 年西班牙圣塞巴斯蒂安国际电影节影评人协会奖

2006 年：　《图雅的婚事》（编剧）

（万裕文化产业有限公司、西安影视制片公司出品）

第 57 届柏林国际电影节最佳影片金熊奖、人道精神奖（2007 年）

第 43 届芝加哥国际电影节评委会特别大奖（2007 年）

第 8 届华语电影传媒大奖最佳影片（2008 年）

2006 年：《赤壁》（导演吴宇森约写，但未采用）

2007 年：《白鹿原》（未采用）

2011 年：《狼图腾》（编剧之一）

已完成未拍摄剧本

1987 年：《灯影春秋》

1989 年：《九夏》

1990 年：《黑风景》

1998 年：《李自成》（二十集电视剧剧本）

2001 年：《等待》

2002 年：《龙的亲吻》

2008 年：《杜月笙》（两万字大纲）

2009 年：《李陵传》

2010 年：《岁月如织》

2010 年：《沂蒙母亲》

后记一：芦苇电影生涯回顾 暨《电影编剧的秘密》新书发布会摘要

　　2013 年 12 月 15 日，各路嘉宾和北京各大媒体集聚北京百老汇电影院，《电影编剧的秘密》首发式在此隆重举办。

　　尤为值得纪念的是，那天我们有幸请到了三联书店前总经理沈昌文先生。他对我有知遇之恩，我的处女作当时就发表在他任主编的《读书》杂志上，他也是我出版事业的引路人。我每出一本书，都请他来参加发布活动，《电影编剧的秘密》也不例外。那天沈先生笑容可掬，但没像以前那样谈笑风生——他因身体不适没能发言。不想，这竟成诀别。2021 年 1 月 10 日，沈先生病逝。我未能赴京吊唁，谨在此表示深切缅怀。沈先生对我的提携和爱护，至今让我感到温暖。

　　同样值得纪念的是吴天明导演，这可能是他生前最后一次参加公开活动，他对芦苇和我都有知遇之恩。没有吴导的提携，就没有第五代导演，也就没有编剧芦苇；没有吴导，也不会有曲江电影编剧高研班，也就没有我和芦苇的系列谈话。吴导对有才华的年轻人不遗余力地加以扶持的魄力是极其难能可贵的。芦苇得其真传，可能是当今中国电影界仍然具有这种"天明品格"的屈指可数的人之一。2014 年 3 月 4 日，吴导因心脏病突发去世。如今《电影编剧的秘密》再版，书中也寄托了我们对他的缅怀和追思。

　　这次首发式是由宁瀛导演主持的，她最近的一部电影《警察日记》是跟芦苇合作的，与会发言的还有著名电影导演李杨、陆川、乌尔善和徐童，以及著名电影美术指导曹久平、电影类型专家郝建教授和书评家刘苏里等，他们热情地回顾了芦苇的往事及创作经历，并一致认为此书电影界应人手一本。

——王天兵

宁　瀛：我已经看过这本书了，书中讲了很多不光是技巧的东西，还有很多观念的东西。我私下和芦苇聊，他用非常平和的心态讲："这都是常识。"如果中国电影人都以这些为常识的话，中国电影就有不一样的面貌了。我认为这本书应该人手一本，电影人完成每部影片之后再看一下书。这本书产生的影响应该不是一朝一夕的，而是比较深远的。下面请嘉宾上台发言，首先有请著名导演吴天明。

吴天明：我和芦苇是三十多年的朋友了。我正式认识芦苇是在1983年底我当了西影厂厂长以后。芦苇本来是美工师，在摄影棚里画背景。八十年代初，他因为跳了一次舞被抓起来了，关了几个月。我当厂长以后，他工作的事提到我的议事日程上来了，我恢复了他的厂籍。有一天，他来找我说他不想做美工了，想写剧本，想下乡去深入生活。当时，我想办法拨了一千五百元给他。他买了辆自行车，沿着黄河走了两三个月，到处采风，下了很大的功夫，回来之后就写剧本。《黄河谣》也出自这次采风，一直到后来的《霸王别姬》，他写了很多出色的剧本。

芦苇完全是自学成才，跟我一样，我也没有正式上过大学。他取得这样大的成就出乎我的意料，回头一想他所走过的路，能够走到现在的高度，完全是自己努力的结果。此外他还是非常敢言的人，针对目前电影界，他表达了自己的观点，他的这些观点我完全同意。

有的导演说"文革"过去那么多年了，我们还要沉重到什么时候，还有导演说我原来是背着十字架的，我现在不背了，我得多活几年，我认为芦苇的观点中都涉及这些方面了。电影不仅是商品，还是文化，文化就得有精神，我们现在很多电影没有精神了。

我非常赞赏芦苇的观点和精神。《电影编剧的秘密》这本书的名字起得很好，这是芦苇作为电影编剧的秘密，又是电影编剧技巧的秘密。这本书我希望电影界人手一本。我得给我们公司的人一人买一本。谢谢。

芦苇（左）、吴天明（中）、王天兵（右）在《电影编剧的秘密》北京首发式上

宁　瀛：谢谢吴天明导演，下面有请书评家刘苏里先生发言。

刘苏里：刚才主持人和吴导演说到了一句话，这本书电影人应该人手一册。我认为所有中国人都应该人手一册。我虽然看不懂电影，但我多少懂点生活。

我读了这本书的一部分之后，给天兵发了一条短信："这本书让我太吃惊了，我知道得晚了。"如果我更早知道的话，可能会在今年最重要的一次图书评选（深圳读书月"年度十大好书"评选）中推荐这本书。后来还发了一句话："让我非常吃惊的是，这本书是借着电影的话题谈大人生。"

这本书特别好看，又特别耐看，到现在我还没有看完，不是没有时间看完，是我不想看完，我看了一半左右就放下了，就像小时候的糖很珍贵一样，拿出来舔一下就放在兜儿里。所以书的后半部分是什么我还不知道。

芦苇先生和天兵是两个奇人。天兵刚才就说了几句话。我不知道如果没有天兵的精彩提问，芦苇是否还会有如此精彩的发挥。天兵的提问给人感觉是不把芦苇"榨干"就不罢休。我在这里特别向天兵兄致敬。

宁　瀛：这本书非常有趣。王天兵对芦苇的访谈，一下子就定位到芦苇创作的技巧、秘密、思想以及人生的准确位置上，没有半句话废话。年轻人看了会受益匪浅。

下面有请电影学院教授郝建先生发言。

郝　建：这本书给我的第一印象是，它不像一般的记者访谈，这是真正的对话。这是两个人的思想、精神的交流、对抗和调情。我第一个要感谢的还不是芦苇，应该是王天兵。

我从《最后的疯狂》就知道芦苇了。现在谈商业片，谈好莱坞，很多人不知道芦苇，其实他可以说是中国类型片的滥觞。我能想起来的，除了《最后的疯狂》，之前只有《405谋杀案》，这就是中国类型片的源头。看《最后的疯狂》的时候我还在学校念书呢。一看就是好莱坞的套路，警察和罪犯，两个人上了火车，一个疯狂地引爆炸弹，一个在拼命阻止，虽然是好莱坞的那一套，但却有我们八十年代的生活氛围。

我最近写了关于八十年代"毛片"启蒙作用的文章，里面以《最后的疯狂》为例子。主演是刘小宁，他找一个人，到了人家屋外，但不去敲门，却在外面把电闸拉了再闯进去，然后叫屋里的人说什么他们就得说什么——这个只有八十年代过来的人才能看得懂，现在的年轻人看不懂。因为电闸拉了以后"毛片"就卡在录像机里了，如果知情人说出去的话，偷看"毛片"的人就完了，所以让他去哪儿他就得去哪儿。芦苇剧作的章法是好莱坞的，但社会氛围，包括塑造的人物却是中国的。

这里我讲三个字。第一个是"人"，芦苇这个人。《电影编剧的秘密》里面记录了一件事，显现出他的性格来。1971年芦苇进厂，我跟他同一年进厂，我进工厂以后一干好多年，但芦苇在工厂里面待了两个月，他感觉不自由，于是乎跑到人事干部那里去，说要离职，办退职手续。现在的小年轻跳槽无所谓的，那时候离职可是石破天惊的一件事。他离职以后要做自己的事，就去读陀思妥耶夫斯基。我看这本书之前也想知道这个人为什么走了狗屎运，写出了《霸王别姬》，一部就可以吃一辈子了，凭什么写出了《活着》的还是他，看了这本书我就找到原因了。我想起王小波的《一只特立独行的猪》，芦苇这个人就是投胎成猪也不是一只老老实实的猪，所以他才会走到今天。

第二个字是"技"，"技法"的"技"。我那两天看这本书的时候，黄丹（北京电影学院教授）正好请了美国南加州的教授到我们学校讲课，他们讲课的时候我在下面看这本书。跟这本书相比，他们真是小儿科。

这两天我把《霸王别姬》的导演版又看了一遍，可以说这部剧从头到尾没有一场戏掉下来的，包括用"文革"以后的剧场开头，到在"文革"以后的剧场上两个人把戏演完，人生和戏合在一起。我这两天在某个导演班聊这个电影，我说你们看看人家的镜头怎么给的。《霸王别姬》这样的神话，是芦苇老师的编剧章法和凯歌的镜头调度的漂亮组合。不用看《霸王别姬》和《活着》，看一下《最后的疯狂》，就知道编剧的技法他已经完全掌握了。今天讲类型片、讲商业片，但大多数人可能都没有看过《最后的疯狂》和《405谋杀案》。

第三个我要讲的字是"道"，可以理解为价值观。我是跟芦苇老师心有灵犀的。我写了不知道多少文章，都在讲当代电影的价值观有相当大的缺陷。举个例子来说，姜文的《让子弹飞》，主人公发动群众、搞革命，他到鹅城来不就是为了打造一个没有黄四郎的公平的新时代吗？但凭什么他把假黄四郎的头砍了呢？这就是价值观的盲区。我讲这里的时候，学生经常跟我吵架，说这是人物的价值观，不是编剧、导演的价值观。这个例子我也不知道举得是否正确，但我就是这样看的。不怕不识货，就怕货比货，如果对比一下《活着》，对比一下《霸王别姬》，就可以看到后两部电影里面有一种正气顶着。最近我是在笔记本电脑上重看的《霸王别姬》，但依据我以前看大银幕的记忆，我觉得做人应该是这个样子的。

我就讲这三个字。谢谢。

宁　瀛：谢谢郝建老师这样精彩的发言，下面有请乌尔善导演发言。乌尔善导演与芦苇相识是我搭桥的。乌尔善的《画皮Ⅱ》破了票房纪录以后，人们才说冒出来一个新导演。其实，他以前的《刀见笑》是不得了的作品。雷诺阿（法国导演）说想拍一部艺术上成功的电影是容易的，要想拍一部商业上成功的电影也是容易的，最难的是能够拍一部既在艺术上有所建树，同时也在商业上有所成就的电影。我认为芦苇的精髓就在这里。我非常希望他和乌尔善导演能够合作，做一部让电影界耳目一新的影片。

乌尔善：《电影编剧的秘密》一个月以前我就拿到了，我不像刘老师（刘苏里）不敢看完，我是一口气看了两遍，感觉看这本书很过瘾，里面不仅是秘密，还全是干货。一般的大师张口都是谈人文情怀，很虚的东西，但在这本书里，两人第一次对话就说到类型、技巧。他们非常直言不讳、一针见血，那种透彻让你不忍释卷。

这也是我们电影教育上的误区——不太关注类型电影，不太关注故事片，我们叫剧情片。关于剧情片的技巧都是我从电影学院毕业以后在市场上学到的，通过一些不成功的电影，不断地面对市场的挑战，慢慢地意识到叙事技巧对一部剧情片的必要性。芦苇老师在很早的时候就已经有很清晰的类型意识。

我应该算是看着芦苇老师的作品长大的。比如他较早的《疯狂的代价》——我认为这是二十世纪八十年代最好的类型电影，不仅有精准的框架，还有那个时代的很多准确的生活细节，整部电影没有拖泥带水。此外，还有《双旗镇刀客》和《活着》。

我希望我和芦苇老师的合作能够顺利地进行。

宁　瀛：谢谢乌尔善导演。我希望有多少人观看乌尔善的电影，就有多少人去买芦苇的书。

下面有请《盲井》导演李杨讲话。

李　杨：我跟芦苇兄是好朋友，我很敬重他。我们都是西安人。他的剧本拍成的电影我都看了。平时我一有什么想法，就会回到西安向他讨教，也可以说我是他的学生。我的每个本子他都非常认真地看，而且给出很中肯的意见，不管本子拍成没拍成。

我看过《电影编剧的秘密》之后，感觉文如其人，芦苇平和、真诚地对待生活，也如此对待电影。他热爱中国电影，也热爱中国文化。这本书不仅是中国有良知的知识分子对中国电影的思考，而且是对中国文化的思考，这是非常让我感动的一件事情。

如果广电总局的官员、投资电影的老板——不管是煤老板还是其他什么老板，是电影的制作人还是导演、编剧，都能认认真真地看完这本书，再思考一下我们到底为什么要做电影，我想中国电影真正的时代——是不是大片时代不重要，而是真正的中国电影的时代——可以再次到来。谢谢芦苇，谢谢天兵。

宁　瀛：现在有一部电影的名字特别点出了时代的感觉——《小时代》。芦苇的书里面有一种情怀，他的书给我的最高警示是面对当下，而当下是小时代。我特别希望芦苇那些还未拍的剧本都能拍成电影，这可能就是一个突围的起点。

下面请陆川来说两句。

陆　川：我和芦苇老师有过一次长达四小时的聊天，对我的触动非常大。我也是看芦苇老师的电影长大的。吴天明导演培养的第五代导演的电影对我影响非常深，《黄土地》《红高粱》《霸王别姬》《活着》等。《双旗镇刀客》我是在军校里面看的，还给导演写了信，说非常喜欢这部电影。现在出来很多新的电影人，聊天的时候，他们会去评价很多导演，但是我经常跟他们说，看一看《霸王别姬》《活着》，隔了很多年，没有谁能真正翻过这几座山。这些电影后面都有一个名字，就是芦苇老师。

我记得跟芦苇老师见面的那天下午阳光特别灿烂，我们吃了碗面，就坐在阳光下聊起来。芦苇老师毛衣上有好几个洞，袜子好像还不是一个颜色。我们谈到很多导演的创作，他们具体的作品。聊完回去的路上，我突然发现了一个问题——芦苇老师聊的所有东西，除了他对我作品的评价，其他的我都同意，我跟他所有的看法都是一致的。今天看到芦苇老师的书，我特别佩服——他太大胆了。我们这个行业的人，自从开始做电影就不敢评价电影了，我们变成沉默的一代了。

我没有想到芦苇老师会这样敢说话，比如关于《英雄》后面价值观的问题，我也是这样想的，虽然我也尊重张艺谋导演。芦苇老师就敢站出来，而且都是指名道姓的，无论是小一辈的，还是同龄人。我想芦苇老师将来是"不想混了"，因为这个行业有个规则，那就是开始做电影就不能评价电影了。

我特别怀念在电影学院上学的时候，我们互相判作业，方刚亮（导演、编剧）把我骂得狗血喷头，我把他骂得一钱不值。我干活的时候开始也这样，后来马上发现这样不行。但芦苇老师二三十年下来，这颗爱电影的心还是那么勇敢、质朴。所以他能够做这个事。

他的所有观点我都赞同，他对我的评价也是有道理的。后来我们又陆续打了很多次电话，交换了一些想法。突然某一天，我自己开始写剧本的时候，我发现芦苇老师是对的。

对个体来说，在这个行当里，当你拥有越来越多的权力、越来越多的资源时，你会变得越来越狭隘，你会认为自己是无所不能的。我拍电影的时候自己做编剧。每个剧本为什么能够拿到钱，因为都是按照商业片写的，我拍的时候把它们都颠覆了。但这样是不对的。剧本是一个契约，是投资和创作的契约，在多大的范围内可以试验，多大的范围内必须按照契约精神来做，芦苇老师讲的就是这个事。跟他聊完我特别庆幸自己能够在没有变得更狭隘的时候碰到这样一把利斧。我那天做了很多笔记和录音，我很庆幸我在这个阶段——人生的十字路口，创作各方面要转型的时候碰到了芦苇老师。这是很大的运气。

《电影编剧的秘密》这本书我刚刚拿到，刚才我一直在翻，我感觉就像那天下午的谈话又重现在我面前，真的感觉电影人应人手一本。

宁　瀛：我是通过芦苇才知道徐童的纪录片之精彩的。也请徐童导演上台讲讲他心目中的芦苇。

徐　童：芦老师长我十多岁，我和他是忘年交。今年夏秋之交，我特别有幸和芦老师在藏区采风，我们有近距离的接触。那十几天的生活我非常难忘，这一路从四川北部一直走到青海的南部玉树，遇到了很多艰险，除了高原缺氧，还有车陷到泥里。芦老师这么大岁数，遇到险情却总是第一个冲下去，找木板，搭临时桥，使车能够过去。我们进到藏民家里，看到了种种不一样的生活——黑帐篷里、烟雾中孩子肮脏的脸，我们席地而坐一起聊天。为什么一个编剧、一个作者，需要花费这样大的精力，到第一现场做收集、采集、感受生活的工作？很多编剧都是在家里，以前是拿着笔，现在是对着电脑，写写就完了。这一路上我在想，是什么能够让芦老师去这样工作？这需要一个强大的内心。芦老师有一颗非常强大的博爱之心。

那一路上，我看到芦老师的所作所为是由这些东西作为支撑的。老爷子毕竟上岁数了，遇到了让他兴奋的东西，他都不顾一切地去拍摄、去倾听、去看，结果回来不到一个月就病了，在医院里住了一段时间，是血管方面的问题。我当时心里咯噔一下，芦老师受的是内伤——为了中国电影。他一直很着急，急于把我们鲜活的生活真实生动地搬到银幕上去，这是芦老师赏识我纪录片的原因。

宁　瀛：我们刚刚合作了《警察日记》，芦苇是文学统筹。我应该怎么称呼芦苇？每次见他就想叫大师，但我私下只叫芦兄，或者呼他芦苇。他非常重要的特点是与时俱进。《警察日记》是我去年在内蒙古鄂尔多斯拍的片子。他对很多内容非常敏锐。我们一起设计剧作，什么结构、什么方式、突出什么重点、表达什么，他跟我完全没有代沟。

下面请另外一位电影界大师级的人物——美术指导曹久平先生上台发言。他跟芦苇有过多次合作，可能有更生动的回忆。

曹久平：今天在座的人里面我可能是认识芦苇最早的。我认识芦苇是在 1966 年 10 月的一天，那一年我九岁。西安 9、10 月常常连阴雨，9 月中我家被红卫兵抄了，除了公家发的基本家具——桌子方凳床架床板没有抄走，私人的物品一件都没留。天气渐凉，家里没有被子，我和哥哥姐姐就睡在光板床上，盖着仅剩下的破网套，没有枕头，我从网套的破洞里伸出脑袋呼吸。

过了若干天，我妈感觉这样下去不行，就去找抄家红卫兵的学校——位于西安市南郊的 37 中。当时西北局、陕西省委、西影厂和很多大专院校都在西安南郊，37 中聚集了很多干部子弟。

我妈带我到 37 中索要家里被抄走的东西。在一间平房的办公室里，有个人坐在深处的大桌子后面，我感觉他是红卫兵的头儿。我妈说家里什么都没有了，像被大水洗过一遍，冬天来了日子难熬……结果那人很同情，还下了令，写了条，盖了章，被褥、棉衣、锅碗瓢盆等基本的生活用品可以拿回去了。我妈和我去库房认领，借了一个架子车拉走了。我妈多年后回忆说她遇到了一个"开明红卫兵"。

后来，我画画的启蒙老师刘爱民跟芦苇是好朋友，我和芦苇又一起跟着刘爱民学画画。一天芦苇来我家看我画的素描，我妈在里屋，我进去悄悄跟我妈说："芦苇，我画画的朋友。"我们在外屋正聊艺术，我妈认出他了："你就是那个开明红卫兵芦苇?"我九岁时的记忆霎时被唤醒……

那个时期图书馆都不开放，但芦苇那儿总有书看，各种名作名著，还有外文的画册和内部发行的文学译丛，他总有办法弄到手。后来我才知道，他的书籍画册很多都是从"四旧"堆里扒回来的。

我们都上他那儿去借书借画册，珍贵的画册就在他房间多看几遍。芦苇在西北局二宿舍的那间房是大家向往之处。芦苇在西安南郊赫赫有名，他爱读书，擅长讲故事，人长得帅还会画画，自然朋友众多。

1987年我参与了西影厂《红高粱》八个月的工作，即将杀青前，滕文骥导演约我立即赶到云南参加《棋王》采景。1988年初春完成了《棋王》的美术工作，我去北京太平庄远望楼饭店看望在柏林国际电影节拿了金熊奖回来的张艺谋，他约我接下来进入新片筹备，又是讨论剧本、采景那些事……几个月后的一个傍晚，我在西影厂家属区门口又遇到滕文骥导演，他准备拍一部西部片，提议我去他家看剧本。我用了两个多小时读完（滕导住西影厂四居室，他在其他屋忙事，家里就他一个人），感觉不好，就坦率地提了剧本存在的一堆问题。滕导说剧本大动的话时间太紧了……已经进入筹备阶段了。我说尽快找芦苇，改这个剧本最合适的人就是芦苇，西北的民风民俗民歌他最有优势……我和滕导谈完已过午夜，定了第二天上午我带他去芦苇父母家找芦苇。在那个没有私家电话的年代，我们打了个车就去西安宾馆后面敲芦苇父母家门了。结果一拍即合，芦苇用很短的时间改出新稿《黄河谣》。次年，西影厂多了一部优秀电影，国内国际都获了奖，滕文骥成为中国第一个荣获国际A类电影节最佳导演奖的人。

周晓文导演的《最后的疯狂》和《疯狂的代价》都是芦苇写的，成为当年票房最高的电影。芦苇给陈凯歌写《霸王别姬》剧本之前，我就带着张艺谋去芦苇家看了他拍的关中皮影纪录片，这之后就有了跟张艺谋合作的剧本《桃花满天红》，有了《活着》。有意思的是，几位大导演最重要的作品的编剧都是芦苇。

谢谢，我先说这么多。

宁　瀛：大家说了这么多以后，芦苇有什么感受，有哪些需要和大家交流？

芦　苇：现在，电影越来越成为民族、国家的文化标志和象征了，但我替中国电影感到羞愧，中国电影混到现在只有金钱没有文化，甚至参加重要的国际电影节都很困难，这几年连入围都很困难，参赛的资格也很难得到，一副流浪汉的样子。这是很大的缺憾。

今天到会捧场的不乏电影界的人，我呼吁大家重视电影的文化品质，注重电影的文化内涵，不要让电影沦为纯为感官的娱乐工具和圈钱手段，不管是商业电影还是艺术电影，都要做出品格与内涵，把电影的文化品质和传承功能发挥出来。这就是我要说的话。

宁　瀛：下面安排了十五分钟，媒体和观众可以跟芦苇直接对话。

提　问：我之前看到过您这本书的部分内容，您讲到自己做过导演，可能不太满意这段经历。我想问您以后还想做导演吗？编剧转行做导演有什么好和不好的地方？

芦　苇：从性格来说，我最好干编剧。我只做了一次导演，是因为项目确立了，资金到位了，是被人拿枪顶腰眼儿上干的，我实在不是当导演的材料。我当编剧如鱼得水，非常自在。我的动手能力比较差，大概天生是块儿当编剧的材料，当导演是自不量力。

提　问：这些年发生了什么事情让您很多的作品无法拍成电影？不说审查的问题，请您从文化观察的角度说说是体制内什么环节造成的？

芦　苇：陈可辛导演找我改编哈金的小说《等待》，剧本写完到现在已经十三年了，一直无法立项，就不能拍摄。我大概点儿背，总碰到这样的事。2002年的时候我写了一个电影剧本，叫《龙的亲吻》，陆川看过这个剧本，很喜欢，但那个老板不见了，找不着了，我就到处找这个人，结果打听到他被判了无期徒刑，就无法拍了。《白鹿原》，我写了七稿，花了五年时间，可谓呕心沥血，但是导演没有用，用的是他自己写的剧本。夫复何言？

日本导演小泉尧史找我写《李陵传》，李陵是汉代名将，与苏武是朋友。这个剧本写了以后，导演已经开始考虑演员的问题了，但日本经济萧条了，投资方把资金抽回去了，这个剧本又搁置了。

我写的剧本可能不合时宜，有一些导演不喜欢，但这也无所谓。电影是大众媒体，有不喜欢的必然有喜欢的，希望喜欢我的人还能够跟我交流。

我是《狼图腾》的编剧，这部电影是法国导演让·雅克·阿诺拍的，我很期待。（此时，《狼图腾》还未上映。）

电影编剧是相对被动的职业。编剧必须要有超乎常人的坚韧。

提　问：中国武侠片的类型怎么才能做得更好？好像内地的武侠电影从来没有达到过二十世纪九十年代香港武侠电影的水平。

芦　苇：武侠片是中华民族给世界影坛贡献的唯一一种电影类型，在商业上取得了巨大的成就。但中国武侠片走到目前已经像中国电影一样迷茫。我认为这是价值观混乱造成的。武侠首先是价值观的问题，扶弱抗强、除暴安良、行侠仗义，这些品质都是我们这个社会稀缺的。中国武侠片要从根本上得以改善、重新发挥自身魅力的话，需要电影界一代人的团结和努力。

我特别想写武侠片，此念萦绕于心，希望在有生之年能够写出让观众喜欢的武侠片。

提　问：我是编剧帮的创始人。大家都知道电影中编剧的地位很重要，您对中国电影编剧的地位是怎么看的？您对年轻人如何成为好的编剧有什么建议？

芦　苇：关于中国电影编剧地位的问题，相信同为编剧的各位和我是有同感的。国内编剧基本是后娘养的，在电影里不受待见，完全没有在好莱坞和外国电影中那样的合理位置，这种状况如果不改变，中国电影是很难提高的。

怎样成为一个好编剧？非常简单，就是去写吧！同时，别忘了琢磨经典电影作品。

后记二：为《电影编剧的秘密》正名，向上海致敬
——上海发布会纪要

2014 年 1 月 7 日，《电影编剧的秘密》上海发布会及签售活动在上海季风书店举办。季风书店创始人严搏非是我的老相识，他多年来恪守出版理念，将季风书店打造成了上海的文化地标，书店拥有坚实的读者群体，在这里举办发布活动可谓尽得地利。我们还荣幸地邀请到了上海知名学者、庄子研究家张远山出席发布会，他也是我和芦苇的老友，其他嘉宾我们稍后再介绍。

尤其值得一提的是，发布会前，我们到上海拜访了慕名已久的贺友直老先生。他是芦苇崇拜的连环画大师。芦苇在少年时代就曾临摹过贺老的《山乡巨变》，《电影编剧的秘密》中曾提及贺老创作连环画就像导演拍电影一样。贺老位于巨鹿路的家既朴素又非凡，也是上海的文化地标之一。我们到他家里，一见到他，那种老上海人的气质扑面而来，让人如沐春风。我们非常惊讶，一个地道的上海人怎么能把湖南乡土的气息捕捉得那么准确？他的回答是，只有真正欣赏那方水土，真正喜欢上，才能做到。芦苇认为，如果贺老当年有机会把陈忠实的《白鹿原》画成连环画，也能把陕西关中乡土的魅力展现出来。贺老和芦苇对乡土的热爱是相通的。后来，我还接到贺老的电话，他说读了《电影编剧的秘密》，非常赞赏，对这本书评价很高。不想这次奇遇也成诀别。2016 年 3 月 16 日，贺老去世，享年九十四岁。2022年是贺老诞生一百周年，在此记下这段往事，也是对贺老的缅怀。

王天兵（左）、贺友直（中）、芦苇（右）2013 年 11 月 6 日于上海巨鹿路贺友直家，刘晓宁摄影

如果说《电影编剧的秘密》北京发布会是对芦苇生平和职业生涯的回顾，那么上海发布会则是向上海致敬，因为上海是中国电影的发祥地，我们在上海发布一本有关电影的书，话题不能不围绕上海人物、上海电影和上海电影人，何况，芦苇是个对区域文化特别敏感的电影人，对上海风物情有独钟。今读发布会的现场谈话整理，仍能感受到当时精彩纷呈的热烈气氛。

——王天兵

张远山等嘉宾发言

王天兵：《电影编剧的秘密》这本书 2013 年 12 月 15 日在北京百老汇电影院已经发布过了，为什么还要在上海开发布会呢？因为我要为此书正名。在北京发布本书之后，媒体做了大量的报道。比如说《南方周末》说这本书是"芦苇吐槽录"；《新京报》还登了一张芦苇的漫画，三头六臂，口喷火焰；《北京晚报》的大标题引用导演陆川的评语说芦苇出此书是"不想混了"……不少晚报、快报、日报等都做过类似的报道。给人感觉这本书就是芦苇的吐槽骂人书。实际上，这些媒体只是抓住了其中的一点。

这本书其实是有关一个电影人的成长的书，甚至有励志的性质。我们是想通过芦苇本人的经历谈他对编剧技巧的学习和分析，核心内容是成长。这不是一本娱乐人众的书，而是严肃而平易近人地探讨一个人的成长的书。

为了把这个发布活动现场搞得活跃一些，今天请了几位嘉宾，我先给大家介绍一下。张远山先生，毕生专注于研究庄子、研究伏羲，他最近在研究太极图的来历。他是上海本地人，也是我和芦苇的老朋友，他多年来不写书评，但看了我们的书之后就写了篇书评。我想请他说几句。

张远山： 我讲几句书评中没有讲过的话吧。我对芦苇仰慕已久，看过他以前的电影。但这次拿到这本书——《电影编剧的秘密》，我感觉非常吃惊，原来我对芦苇的了解是非常浅薄的。这本书让我对芦苇这个人成长为一位电影编剧的过程，以及创作出支撑中国二十世纪八九十年代两大导演最顶峰的电影代表作的过程有了了解。

我算是一个专业的、职业的读书人，说阅读面非常广也不算夸口了，因为我是吃这碗饭的，如果阅读不广饭就吃不下去了。所以，文学艺术圈的人的阅读面轻易不会让我觉得吃惊，但芦苇和王天兵在这本书里面谈到古今中外文史哲那么多的书，确实让我非常吃惊。虽然也有我看过而他们没看过的书，但确实有不少他们看过的书我居然没有看过。任何一个要做好文学事业的人，决不能靠投机取巧。我们看到的别人的成功只是冰山一角，还有巨大的隐藏着的部分、成功背后的努力我们没有看到。

这本书写的不仅仅是芦苇本人成长为一代电影编剧的传奇，还从芦苇一个人身上折射出中国当代电影的成败——成是芦苇的成，败不是芦苇的败。从这本书中首先可以看到芦苇这个人，其次可以看到中国电影，这是一个小的点和一个大的面。

这本书除了内容精彩，形式也非常精彩，特别新颖。我完整看完一遍了，估计有时间还会再看。他的形式为什么有趣呢？我觉得像看一场相声，有逗哏，也有捧哏。这本书的逗哏芦苇非常精彩，捧哏王天兵也非常精彩。这是特别有意思的"文化相声"。

芦苇是电影圈的人，有人说，芦苇说这个说那个，是不是不想混了？我觉得芦苇还是想混的，为什么落得如此境况呢？是给王天兵逼的。王天兵有特别强大的穷追猛打的能力。芦苇有的时候讲到一半，认为分寸到了，点到即止，但是王天兵会逼他讲出来，讲一半不行，要讲出全部。所以王天兵不是普通的捧哏，他是一个穷追猛打的高手，芦苇本身拥有的巨大的资源被他这样一个超级捧哏给捧出来了，所以这本书才能精彩纷呈。

王天兵：谢谢远山。

上海是中国电影的发源地，从 1895 年开始到二十世纪二三十年代的电影黄金时代，没有上海，就没有中国电影！所以我们来上海发布关于电影的书，是在向上海致敬。如果一本关于电影的书不来上海发布，心里总归有点不踏实，我们要向老一辈的电影人致敬。

今天我还请到了我们的一位老朋友，西安老乡、艺术界的策展人——张熹先生。他虽然是西安人，但特别能代表上海，因为有一家英国的翡翠画廊在上海设的亚洲总部就是由张熹先生负责的。

张　熹：我是六十年代生人，和一些五十年代生的大哥的关系很好。我旁边这位大哥——著名学者葛严先生也是"50后"，他的一篇文章很好玩，说自己是"偷书贼"，青少年时代到处"偷书"。后来我跟芦苇大哥说了，芦苇大哥一拍桌子："他那也叫偷书？我才叫偷书。"因为"文革"那个年代市面上是没有什么书的，而他们知道自己需要什么，就到学校图书馆"顺书"。有一次，芦苇大哥因为偷书被派出所抓了起来。人家来取证的时候，他的书是从地窖挖出来，被军用大卡车运走的！那时他才发现自己不知不觉竟然偷了一卡车的书，可见他对书渴望到什么程度。

王天兵：我觉得张熹、远山刚刚的讲话可以用一个题目概括，就是"芦苇与书"。我每次见芦苇，他都在津津有味地看书，他沙发上会同时堆着四五本在看的书。通过他的介绍，我才喜欢上很多作家。别人推荐我可能会当耳旁风，芦苇一说我真的会回家看。他的眼光是从他所读的海量的书中慢慢练出来的。

关于季风书店，我也想多说两句。昨天是芦苇和书店老板严搏非第一次见面，其实他们早已经结缘了。芦苇有一本最喜欢的书——《八月炮火》，谁看过？好像知者寥寥。

严搏非：《八月炮火》是我在 2005 年主持重做的一本旧书。天兵有一个特点，他会把他喜爱的东西推荐给所有朋友，无论是书还是电影。

《电影编剧的秘密》这本书很好地描述了我们精神生活的一种特殊存在方式。我们在这个时代应该以怎样一种方式来滋养自己，这本书可以给我们每个人带来启发。

王天兵：接下来，我们要转到发布会的主人公芦苇身上了。为什么说我要跟芦苇谈话呢？我们一聊天他就滔滔不绝、妙语连珠，但是你让他单独说他就没词儿了。

芦　苇：我这个人天生胆子虚，人一多就慌神儿了。

王天兵：我就想，我给芦苇提提词儿吧，让他更放松。我觉得芦苇是什么样一个人呢？我们为什么出这样一本书呢？我也不想当面夸他，他现在到什么境界了呢？他现在掉下来的渣子都是金子。这是我对他的一句评语。所以今天签售的时候你们真的要摸摸他了！（笑声）

其实芦苇和上海已有很多的关系了，芦苇最喜欢的电影是《乌鸦与麻雀》，是上海人拍的上海生活，这么多年来他跟我提及最多的就是这部电影，他说这部电影的长处就是我们现在中国电影的短处，而且又是和上海息息相关的本地电影。你谈谈这部电影吧。

关于《乌鸦与麻雀》

芦　苇：《乌鸦与麻雀》是中国电影中的经典。我作为一个电影人，看了很多遍，深感佩服。这部电影把上海文化的魅力表现得非常充沛完美！这部电影荟萃了当时中国第一线的主要明星，赵丹、孙道临、上官云珠、魏鹤龄、吴茵，加上大导演郑君里，剧中演国民党军官的李天济还是《小城之春》的编剧！

《乌鸦与麻雀》是一部让当代中国电影人脸红的电影。我们六十年前拍出了丝毫不亚于世界一流电影的作品，但六十年之后，再回头来看，我们已经拍不出来这样水准的电影了。电影界的老前辈比我们出色，比我们厉害，让人不得不服的是，它从剧作水准到导演手段到表演风格都是浑然一体的，可谓是中国电影的瑰宝！

我建议大家有条件的话一定要把这部电影看一看，看了，你们才知道上海的魅力、上海人的魅力、上海文化的魅力是什么，这些都在电影里面出色地展现出来了。我是西北人，但我非常喜欢上海，这跟我受过这部电影的熏陶有关系，跟我喜爱这部电影有关系，我觉得上海人与这部电影一样，非常有魅力。

王天兵：我看这部电影首先感觉里面有正宗的市井气息。我们曾谈过乡土气息，大家都能理解，但这个电影有市井气息，城市里面底层平民生活的那种味道，他们那么穷困，那么窘迫，但是生活过得可以有滋有味。再一点，芦苇特别推崇郑君里导演，他说中国第二代导演是美国人培养出来的。我们可以对比一下。

芦　苇：中国导演都已经到了第七代了，但是真正说素养深厚、造诣非凡的，实际上是第二代导演。第五代导演取得的商业和艺术成就是最大的，但是功力最深的还是第二代，希望大家关注他们的电影，真的非常棒。还有一部电影叫《万家灯火》，也是第二代导演的作品，也值得研究。今天拍不出这样的电影了。

关于《风月》

王天兵：芦苇与上海实际上早已结缘了。他和陈凯歌成功合作了《霸王别姬》之后，陈凯歌又找了一个题材让芦苇写，被芦苇拒绝了，这部电影叫《风月》，也是张国荣演的。为什么你要拒绝呢？

芦　苇：这就要说到老上海的话题了。据说上海在清末民初的时候，有一个秘密的民间组织——拆白党。《风月》的故事原型就是这类靠男色骗取女人钱财的逸事。但我查过历史资料才发现这只是上海市民口头上的谈资，只是一种传说。中国的家族财产过去是传男不传女的，谁家里只有女儿的话，一般会找近支的男性来过继这个财产，不会那么轻易被外姓男人骗走。所谓骗取妇女财产的拆白党，是子虚乌有的组织，查无实据。当时凯歌来找我，说《霸王别姬》成功了，以北京为背景的电影我们拍过了，拍得挺地道的，也获得了大奖了，接下来我们写上海吧。我说上海可以写，但是为什么写虚假的、不存在的呢？《霸王别姬》虽然是虚构的，但是每个情节都有真实的出处，都是真实生活当中发生过的事情。我们为什么要写虚假的上海呢？拆白党根本不存在。凯歌跟我说，我们就拍部电影啊，你何必较真儿呢？我说你的故事情节、人物行为和中国的传统伦理、地方习俗都是不相符的，因为根据宗法，财产传不到女人手里，只能传承到男性的手里去，子虚乌有的事与人我写不出来。我就推辞了。我说谁有感觉你找谁写。后来我推荐凯歌找了叶兆言，他是南京人。后来他们又找了王安忆，最后完成了电影。成片可以说非常失败，赔钱了，大家都灰头土脸，没有光彩。徐枫说这次投资投错了，把《霸王别姬》赚的票房赔得精光，从此也终结了她和陈凯歌的合作关系。

王天兵：很多年前我在美国时真的看过《风月》这部电影的磁带，我的感觉是乏味怪诞，张国荣演得也很苍白，不管是人物还是行为，都不可理喻。

芦　苇：其实，陈凯歌的很多问题在《风月》里面已经浮现出来了。《无极》是《风月》的放大版，他的毛病和问题依然没有得到根本的改变和解决。《风月》是他走下坡路的第一步，非常可惜。

王天兵：我想通过这个案例给大家说两点。我认识芦苇多年了，他对一个导演的判断，对一个剧本的判断，往往能够得到印证。王全安是芦苇最早发现的，《图雅的婚事》是芦苇写的，并找投资让王全安拍的，后来获了大奖——我不喜欢这部电影。但拍完之后芦苇就说王全安绝对搞不了《白鹿原》这样的大片，后来果然被他言中了。回顾芦苇的剧本，我们不得不得出一个结论：只要是照剧本拍的大都成功了，凡是把剧本改动了的，要么不了了之，要么就不成功。我和芦苇说话很随便，他很多话都说得和风细雨的，从不声嘶力竭，但我都记下来了。芦苇每提到一本书、一部电影，只要是我没看过的，我当天就会上网查，找到后连夜看……所以这么多年来芦苇对于我而言，是亦师亦友。通过今天的交流，希望大家可以从他对电影点点滴滴的回忆中吸取电影编剧的技巧，至少能提高品位吧。

嘉　宾：我看过一部电影《双旗镇刀客》，觉得很不错。这本书让我知道是芦苇给了这部电影的导演最重要的东西。这揭开了一个谜，我非常高兴。

芦　苇：《双旗镇刀客》我只是写了梗概，剧本不是我写的，是我朋友杨争光与导演写的。这部电影讲述了清末民初陕西和甘肃的刀客，他们有一套自己的行事方式和江湖做派。举个例子，刀客的刀没有挂在身上的，都是插在自己的靴筒里，刀身也比较短，加上刀柄，有一尺半（五十厘米）的长度。这些都是我查资料做了考证才知道的。导演也采纳了。电影是生活的积累，当一个好的电影编剧要有大量的生活常识的积累，要养成研究素材的习惯，接到任何题材，认真客观的研究工作是必不可少的。

王天兵：我给大家揭个底儿，芦苇的文化程度是初中。

芦　苇：本来要上初三了，结果留级了，只能算初二。

王天兵：但芦苇是我见过的真正有学术素养的人。很多书他一看，就马上看出作者的知识结构有问题，哪方面有欠缺。刚刚芦苇说拒绝写《风月》，因为编剧是要有历史依据的。这是他的特点。
　　芦苇和上海还有一次缘分。上海有一个女演员叫罗燕，后来去美国发展，做了制片人，她想写上海的犹太富商哈同，罗燕的剧本初稿也给芦苇看过。哈同这个人物也特别能代表上海，这个事请芦苇回忆一下吧。

关于哈同

芦　苇：那个剧本的问题是，编剧对旧时上海并不清楚，剧本里的人物与故事没有基础。我看完剧本就没有再参与这个事情。

王天兵：我记得你当时说哈同是个商人，关于商人的电影成功的非常非常少，成功了的就是《公民凯恩》。

芦　苇：那是谁拍的啊？哈同是来自中东的犹太人，他到上海一开始也是从底层干起的，最后做房地产生意发家了，成为上海最大的一个地产商。他在中国的事业蒸蒸日上，还资助过王国维，接待过孙中山，算个传奇人物。但罗燕剧本的问题是中国电影界的一个普遍问题，即人物毫无根基。我看了故事梗概以后，觉得剧本没有把哈同这个人吃透，我看不出哈同故事的主题与戏剧性在什么地方，就谢绝了。

王天兵：我在美国生活时与罗燕接触过，也看过这个剧本，还看过第二稿。罗燕热爱上海，想通过哈同这个人物将上海展现给世界，用心不可谓不良苦，但剧本情节苍白，人物无根，背景也无上海味儿。哈同是只有上海才能造就的人，他的个人命运可以折射出上海近代的发展历程，这未尝不是个好的电影题材。芦苇，如果让你写哈同，你会怎么写呢？

关于杜月笙

芦　苇：我没有写过关于哈同的剧本，没有办法回答你，但是我写过一个上海人——杜月笙，他才是上海标志性的历史人物。这个剧本最初是因为陈凯歌的邀请，他想拍杜月笙，我也有兴趣，但写杜月笙我的功力不够，我必须研究这个人，先把他的资料做一番梳理。为此我专门去上海图书馆把杜月笙的相关资料浏览了一遍，数量相当多。看完以后我又去美国斯坦福大学的胡佛研究所，在那儿找到一本《杜月笙传》，是他的门生陆京士出资请章君毅撰写的，整整四大本，内容生动详尽。我以那本书为基础写了电影剧本的初稿，两万五千字。一个剧本不过就是五万字。天兵你看过，说一下你的观感。

王天兵：你说那四大本，我没有看过。以前我翻过几本杜月笙的外传，都没看完，故事用一个字描述就是"俗"。但芦苇的剧本梗概把他的人生脉络整理得非常清晰，我看完竟然对杜月笙产生了兴趣。这是芦苇剧作的一个特点，它比原著更清晰可读。比如小说《白鹿原》，我在美国留学的时候就听说过这本书，有人说这本书很好，但是我拿来一读，文字粗糙，看不下去，等很多年后我看了芦苇根据小说改编的剧本，才理解了《白鹿原》，进而对这本书也有了兴趣——虽然还是无法通读。杜月笙也是这样，我看了芦苇的大纲之后，对杜月笙、对上海有了浓厚的兴趣。芦苇对电影类型的掌控、人物刻画的功力，尤其是对杜月笙的爱情态度的把握，耐人寻味。

芦　苇：杜月笙一生中娶了四个老婆，原配后来死了……第四个老婆我们都知道是京剧名角儿孟小冬。杜月笙对孟小冬说："我以前只知道对女人喜不喜欢，并不知道爱情，但是见了你之后才知道了什么是爱情。"要让我用一句话来概括杜月笙的特点，就是：杜月笙是一个与时共进的人。上海在清末民初的时候是官府与青帮统治的时代。原先处于地下的青帮到了杜月笙的时代变成公开结社了，也就是社会组织了。这是杜月笙对城市发展所做的贡献，但杜月笙的政治立场偏右，站在国民党一边，是共产党的对头，"四一二"反革命政变就有他的份儿。但他又不纯粹支持国民党。中华人民共和国成立前，共产党地下组织劝他不要离沪，说不会与他为难，不用走，但是杜月笙把自己的经历掂量了一下，还是走了，没有落到黄金荣最后扫马路的窘境。

王天兵：你只说了爱情线的结尾，没有说到开头，我补充一下。杜月笙年轻的时候是黄金荣的一个小马仔，当时黄金荣的老婆林桂生病了，按照大夫的说法，要找一个年轻男性服侍一下，所以就把杜月笙当作药引子，去服侍她了。是不是这样的？

芦　苇：杜月笙一开始是黄金荣老婆的小跑腿，是伺候林桂生的，两人没有男女之情，毕竟年龄、身份、辈分都不一样，相差了十万八千里。黄金荣和杜月笙大相径庭，他们在上海大佬里面一个是老派人物，一个是新派人物。按黄金荣的搞法，青帮永远是黑帮组织，不可能进军工商业，但是杜月笙做到了，他最后是上海经济界名义上的首领人物。当时上海的商会和行会有将近两百家，各行各业都有行业商会，就是掏大粪的也有行会组织，不可以随便掏的，那是经济资源，茅坑都要经过争夺划分势力范围的。杜月笙是百多家商会的会长，你就知道杜月笙当时在上海滩的地位了，他是一言九鼎的人物，上海在 1927—1937 年是杜月笙的时代。日本人的侵略打破了杜月笙在上海的垄断地位，张啸林取而代之。黄金荣辈分高一等，杜月笙小一辈……张啸林和杜月笙、黄金荣最初虽有师徒关系，实际上是三个各有势力的大佬。

王天兵：如果这个片子拍成了，不但是杜月笙的肖像，也是上海的肖像——与时共进是二者的共同特点。上海是个伟大的城市，至今很少有电影对得起上海，刚刚说的《乌鸦与麻雀》是五十年代完成的，它展现的是上海底层人民，之后我们有没有对得起上海的电影呢？好像没有。如果芦苇的《杜月笙》剧本能够拍摄成功，也许就能展现另一个层面的上海。

关于以上海为背景的电影

芦　苇：上海的文化魅力、上海芸芸众生的世俗魅力，在现在的电影银幕上可以说已经消失了。上影厂［上海电影制片厂，现为上海电影（集团）有限公司］是四家电影制片厂联合而成的，从 1950 年到 1963 年的十三年里，上海电影中还依稀可以看到上海市民的魅力，其中展现最显著的一部就是谢晋的《舞台姐妹》。我不知道在座的有多少人看过？哎哟，还真少！在《舞台姐妹》里面能够看到江浙一带的流浪艺人的生活、江湖班子的状况和上海越剧的发端史。这部电影很有味道。女主角谢芳演得好！"文革"之后关于上海的电影就乏善可陈了。

王天兵：八十年代有一部《逆光》，是以上海江南造船厂的青年工人生活为背景的，有一股敏锐清新的都市气息，我一直挺喜欢，但演员都说普通话，行为方式也不太像上海人。这是一部被遗忘的好片子。其实一些有世界影响力的美国大片都是有鲜明地域特色的，都是讲具体的城市与人的故事。但我们的电影很少根植于一个地方，总是缺乏地域色彩。但芦苇往往就能挖掘出这方面的东西，他对这方面的东西很敏感。

芦　苇：我写《白鹿原》是想发掘陕西关中乡土的独特魅力，写《杜月笙》是想表达上海独特的地方文化的魅力。

王天兵：不妨说说西方导演主导或参与的上海电影吧，包括斯皮尔伯格的《太阳帝国》，还有李安的《色·戒》。

芦　苇：《太阳帝国》是以抗战时期的上海为背景的，但再现的是美国人、英国人眼中的旧时上海。李安是很有野心的，他想把上海的文化魅力和区域特色拍出来，但这部电影拍得也不地道。最关键的是女主角没有上海女人的气质魅力。在座的都是上海本地人，大家应该都能看出来。

王天兵：为什么呢？你说得具体一些。

芦　苇：她不是上海人。也不是语言的问题，是气质的问题，味道不对。电影女主角的原型叫郑苹如，登上过上海《良友》画报的封面，也是上海选美的亚军，很漂亮。她当时结识的人物三教九流，是走到哪里都能吃得开的人。《色·戒》的女主角太青涩了，没有江湖气，没有上海交际花特有的风尘感。这是影片的不足之处，角色一出场就让人难以信服。

王天兵：《电影编剧的秘密》中有我们关于《色·戒》的讨论，大家要感兴趣的话可以看一下。我并不同意芦苇对《色·戒》的看法。我在上海住过一段时间，上海人不同于其他城市的人的特殊味道真那么独特吗？现在也许不那么明显了。民国时期是个特殊时期，当时的上海名媛张爱玲可能就有你要的上海味儿。讲讲对她的看法吧。

芦　苇：张爱玲的小说成就无人超越。她写的上海才是原汁原味的，她的感受来自上海真实的场景和氛围，所有以上海为背景的小说，数她写得最地道。她很棒！

王天兵：你有没有兴趣把张爱玲的故事改编成电影呢？

芦　苇：我当然有兴趣，只是没有机会。

王天兵：她的小说你最喜欢哪一部？

芦　苇：张爱玲虽然出身于豪门，但她自己的身世和上海的小市民有千丝万缕的联系，她对上海小市民特别了解。她在上海时期的小说我都喜欢，但她到了香港，以及出国之后，小说就乏善可陈了。到现在为止，还没有一部电影可以把她小说里面人物的魅力拍出来，实际上统统失败了，包括《色·戒》。上海人比谁都清楚，你们看过之后应该比我更有发言权。

王天兵：上海总归会有人拍的。虽然我生在西安，在美国读书，但是我也有上海情结。中国的现代化、城市化是从上海开始的，这里也是中国共产主义革命的发源地。我特别希望有人能把上海搬到银幕上，让大家说

"这就是上海"。我在美国的时候发现几乎每个大城市都有一部属于它的电影，像纽约，谁看过伍迪·艾伦的《曼哈顿》和雪儿主演的《月色撩人》？后者虽然不是什么伟大的电影，但拍出了纽约意大利后裔社区的生活味道。中国电影人缺乏的就是把一个城市的味道展现出来的能力。芦苇有这个能力，但是他的东西没有被拍出来。

芦　苇：《色·戒》是下了大功夫的，上海味道还是成色不足，只消把《乌鸦与麻雀》与之对照便一目了然。

王天兵：你还说过希望写上海的赵丹。如果写成，《赵丹传》就是一部史诗。他主演的《马路天使》有浓郁的上海市井气息。

芦　苇：赵丹是上海电影的标志性人物，他经历过新旧两个时代、两个时空。如果将来有机会的话，上海的几个人物，杜月笙与赵丹都是值得大书特书的。他俩是上海沧桑历史的亲历者。赵丹在临终的时候觉得电影有愧于时代。

关于费穆

王天兵：无论如何，我们要向上海电影、向上海电影人致敬。

芦　苇：是的，上海哺育了中国最伟大的一代电影工作者。

王天兵：你就费穆说两句吧。

芦　苇：费穆的《小城之春》讲的是江南小镇的生活，并不是说上海的，但是费穆是在上海起家的，在上海掌握了电影技巧的，上海是他的

"根据地"。我认为《小城之春》和《乌鸦与麻雀》都是中国最伟大的电影。当下的电影界对《小城之春》的重视度不够，对它的艺术成就、导演风格、电影技巧都研究得不够。我看了好几遍，深受教益。费穆非常了不起，在1949年拍出那个水平，和意大利新现实主义相比毫不逊色，他是一个令人起敬的前辈。

王天兵：费穆的这部电影我是在美国看的，首先觉得特别像美国家庭伦理片，刻画人物那么细腻，同时他们又是地道的中国人——发乎情，止乎礼。

关于在上海的犹太人

王天兵：你对在上海的犹太人的经历也非常感兴趣，你说一下吧。

芦　苇：上海是中国最具包容精神的国际化港口城市。二战的时候，上海人以开阔的胸怀、热情的态度，接纳挽救了将近四万犹太人。在生死交关的当口，是上海收留了他们，给了他们一个容身之地，给了他们一个摆脱浩劫的跳台。犹太人是崇敬上海的。

我去美国南加州的时候，遇见电影学院的一个教授，他就是二战时通过上海去美国的犹太人，他来上海的时候还是个小孩子。我讲了一堂课，他跟我说了一句上海话："夏夏侬（谢谢你）！"上海有很多传奇故事，在上海的犹太人是值得关注、研究和表现的。这体现了上海人以天下为家、不歧视任何人、能够接纳任何落难民族的包容能力。这就是上海的胸怀。

王天兵：刚刚说的涉及了犹太浩劫，西方围绕这方面拍了太多的电影了，像《辛德勒的名单》《钢琴师》等。当时来上海的犹太人住在提篮桥一带，融入了上海的生活，在这里长大的犹太人的孩子们永远烙下了上海的印记。可惜这段历史从来没有被中外电影表现过。中国其实有好多国际题材，都没有被充分挖掘。这也是芦苇可贵的一面，他的触角、目光，渗透到了各个富有文化冲突的角落。

关于偷书

王天兵：既然我们开头提到芦苇偷书被抓的事，我想大家一定想知道个究竟，请芦苇再补充一下。因为时代不同了，可能在座的年轻人未必理解，澄清一下，以免误导大家。

芦　苇：那时候，大中小学都停课闹革命了，老师被打倒了，到处不是把书当烂纸烧了，就是当废品卖了。我特别想读书，就翻墙到附近的学校图书馆找书看。我体力好，一有风吹草动就翻墙跑，从来没有出过事。

我偷来的书有些放在一个同学家里，有些藏在防空洞里，当时怕和苏联打仗，到处在挖防空洞，挖完了又往往弃之不用。我不断地偷，不断地往里放，跟老鼠储冬粮一样的。有一天，我这个同学的弟弟跑到植物园去挖人家的牡丹根，当中药材去卖，结果让人抓住了。公安到他们家去搜查，他的牡丹根很少，倒是把我的书翻出来了。

我跟老鼠储粮一样，一点一点地存放，对书的数量从来没有清点过。结果一抄出来，我也吓了一跳。公安调来拉重炮的十二吨卡车，拉了满满一卡车书！我被抓到派出所关起来，但当时书是"四旧"，不值钱，偷书难以定罪，还没有偷自行车严重，怎么定罪公安也不清楚，书都当垃圾处理。我表哥是交警队的，跟派出所所长认识，我表哥装模作样地把我训了一顿，说以后再不许偷了，老老实实做人。面子上算过去了，派出所把我关了三天，让我写了检讨，就把我放了，但书全没收了。太可惜了。要是放到今天，我的学问大了去了。

王天兵： 就好这个。

芦　苇： 爱读书，就这一个嗜好。有一些书是很珍贵的，有民国时期出版的杂志，柯达公司出的《柯达杂志》，上海出的中国版，为柯达照相机做宣传的一个杂志，里面的照片有蒋介石、宋美龄夫妻坐滑竿游华山，还有冯玉祥和各路军阀的照片。上海的《良友》画报也有，里面有江青的照片，当时叫蓝苹。

王天兵： 那个时候你多大？

芦　苇： 十六到十八岁之间吧。自"文革"开始到下乡插队期间，我求知若渴。我记得特别清楚，当时的《外国小说》是内部刊物，有一篇小说，我特别喜欢，是寓言体的，名字叫《海鸥乔纳森·利文斯顿》（作者理查德·巴赫奇，1970年美国出版），可是只借我两天。我就把整篇小说手抄下来，朋友也帮着抄，抄下来的书现在还留着呢。那时候下的是狠劲。我是初二的文化程度，文字经验是抄书抄出来的，看着什么好书就抄。那时候还出了一套关于南斯拉夫德兰修女阿格蕾丝（今译为特蕾莎修女，慈善家，1979年获诺贝尔和平奖）的书，这么厚的一本，我抄的底子还在呢。罗素所著的《哲学问题》，抄着抄着我就读懂了。眼过千遍不如手过一遍。后来我们在西安成立了一个学习小组，一部书每人负责讲解一段。关于那个时代秘密学习的事可以写本书。这种自学得出的一些结论在当时可谓惊世骇俗，相当超前。那个时代读维特根斯坦的可谓凤毛麟角。

王天兵： 细微的东西抄了之后才能发现、吸收。鲁迅如果不是在北京十年抄碑帖，后来不会有这么硬的书法功底和文字功夫……"文革"后招考了，你考大学了吗？

芦　苇：这个学习小组的人都考上大学了，我要考也能考上，当时一看题那么简单，只觉得文科教材着实荒谬，这样培养出来的多半是"脑残"，就算了吧，不愿意上了。

如何自学编剧

王天兵：我们今天的话题是围绕电影编剧的，你刚才说研究费穆，你是怎样从编剧角度向他学习的？还有，你说正在教侄子学编剧呢，你讲讲这个吧。

芦　苇：我侄子是学美术的，大学毕业之后忽然对电影编剧感兴趣了，希望我教他。我给他布置作业，训练他，我知道自己是怎么学电影的，就用自己的经验给他布置作业。我列举了电影史上的三部经典，一部是大卫·里恩的《阿拉伯的劳伦斯》，一部是黑泽明的《七武士》，一部是意大利导演维托里奥·德·西卡的《偷自行车的人》，我说你看这三部电影，你把出版的剧本找来，先不要看，先看电影，看完之后，你对照影片，用文字一场戏一场戏写下来，这就是一个电影剧本，然后你再把原剧本跟你写的剧本做一个对比，中间的差距就是编剧的技巧了。这也是进入剧本写作的一个捷径吧。大家切记：学习剧本一定要看经典，不要看乱七八糟的电视剧，不要看二三流的电影，一定要看世界上最伟大的经典电影，比如《阿拉伯的劳伦斯》《公民凯恩》《战舰波将金号》《教父》《安德烈·卢布廖夫》《七武士》……

王天兵：《末代皇帝》？

芦　苇：《末代皇帝》也是经典，那是二十世纪八十年代后期拍的。如果有兴趣学电影编剧，至少把我们在《电影编剧的秘密》中推荐的五部电影看过，把这五部电影的故事情节根据自己的理解写下来，然后再对照原剧本，你就会明白中间的差距，就会明白电影剧本的格式要求了。很多编剧连电影剧本的基本格式也不清楚，很是业余。经过这堂课后你会明白电影剧本的基本格式，而且清晰明了、一目了然。

王天兵：就跟临摹油画大师的原作一样，对比一下就能悟到那些不可言传的神妙之处了，和只看是不一样的——这和抄书也有异曲同工之处。如果你不知道剧本在哪儿找，我建议你看《世界电影》杂志，每期登两个经典剧本，这对芦苇来说是一本关键的杂志。

芦　苇：我学电影没有拜师，没有上学，我对电影的了解就是通过看这本杂志，是双月刊，中国电影家协会的会刊，现在可能不太好买，但是你可以写信向编辑部订购，《世界电影》每期都有一两个剧本，我看的经典电影的剧本都是在这本杂志上登的，所以《世界电影》是我的老师，令我受益良多。那份杂志也不贵，双月刊一本也就二十几块钱。大家有心学编剧的话，可以买来看看，里面有大量的影片分析和经典的电影剧本。

王天兵：比如《盗梦空间》，我是先在《世界电影》上看了剧本再买碟看的，看完剧本再看电影的感觉会不一样。如果你对电影感兴趣，哪怕你不想成为电影编剧，也不妨看看剧本。

我再教大家一个更便宜的办法，不要钱的，有一个网站叫电影剧本网——www.Pmovie.com（今名后浪电影，网站内容已经有变化），上面可以下载很多剧本。另外，我们这本书不但有刚刚芦苇说的经典电影推荐，而且还附了芦苇自己的剧本《赤壁》。你想学剧本怎么写的话，这是一个创作示范。

芦　苇：《赤壁》剧本我只写了一稿，当时是吴宇森找我约稿的，我写的剧本他最终没有采用，用的是他自己和他夫人写的剧本。《电影编剧的秘密》出版的时候说要放一个剧本做示范，就用了这个剧本，让大家知道完整剧本的格式是什么。

王天兵：这个剧本今天不多说了，虽然是初稿，但是里面有很多电影的妙处、剧作的妙处、创作的秘密。

1. 贺兰山川　　黄昏　外

夕阳下的贺兰山脉雄浑壮美。

山川已是幽暗，冷风阵阵呼啸而来。

托娅骑着骆驼驱赶着羊群下了山坡，如同中世纪西部高原牧民的生活图景再现。

托娅包裹严实，挥动着长长的鞭杆驱驼而行，叱叫着把羊群赶到山里去。

2. 托娅家（土房）　　黄昏　内

炉火正旺，家里很温暖。

儿子都仁的脸被炉火映照得红扑扑的，他加添完牛粪，举勺拂扬着锅里热气腾腾的奶茶。

托娅的丈夫巴特尔瘫卧在床，似入梦境，小女儿宝娆骑在一具旧马鞍上玩弄着褪了色的景嘎①，把它圈套在巴特尔的脖子上猛地一扯，惊醒了巴特尔。

宝娆嚷嚷着："妈妈呢，妈妈为什么还不回来？"

巴特尔懵懂未醒地说："……妈妈放羊去了，就回来了……"

宝娆："为什么老是妈妈放羊，爸爸老躺在炕上？"

巴特尔（打着哈欠）："没给你说过么……爸爸是给咱家打井，把腰腿砸坏了，起不来了，成废物了。"

宝娆拉着景嘎缠问不休："打井干吗？为什么要打井？"

巴特尔打着哈欠说："羊的水不够喝了呗……羊跟人一样，没水就活不成命了。"

都仁："没水为什么就活不了命了？"

巴特尔："……你不喝水试试看，一天都过不去，羊跟你一样。"

都仁："羊可以喝羊奶呀。"

---

① 景嘎是用五彩绸缎编制的项圈。运动员只有在相当级别的那达慕大会上获得冠军时才有资格佩戴，是搏克（蒙古式摔跤）运动员荣誉的象征。

巴特尔："羊奶也是水变成的……都仁，你穿上外衣，去看看妈妈回来了没有。"

都仁忙着熬茶，说："我刚才看了，没回来呢。"

巴特尔："今天有寒流，你再去看看妈妈回来没。"

都仁披上外衣推门出去。

3. 红柳滩　　黄昏　外

残阳给托娅的骑驼与羊群抹上一缕金边，她匆匆驱赶着羊群回家。

滩口拐了急弯，羊群如云掠过。

羊群乱蹄踩过的砂石地上，霍然露出一个仆卧在地的人与一辆倒翻的单骑摩托车！

托娅警觉了，她勒缰掉过骑驼，围着卧地的人转了半圈，翻身溜下驼背。

托娅踹了踹僵卧的人，未见反应。托娅扶起他的头试鼻息，认出了这个人。

托娅紧张起来，她脱下外袍，喝令着骆驼跪卧下来。

托娅干练利索地把他拎拖上驼鞍，将他置放牢固，把外袍包在他身上。

托娅牵起骆驼急急离去。

天色暝暗北风呼啸。

地平线上最后的亮色映衬出托娅牵驼而去的身影，前面的羊群已远去而行了。

4. 托娅家（土房）　　夜　内

巴特尔回答着女儿没有止境的问题。

巴特尔："……你爷爷当初把咱们家安到这儿，就是看上了后面沟里有水。因为有水嘛，草长得比你还高，爸爸小时候跟爷爷放羊，回家靴子都让草染成绿色了……"

宝娲："爸爸胡说，沟里没有水。"

巴特尔："本来有水，后来水越来越少，最后就干了。"

宝娲："那水呢，水去哪里了？"

巴特尔摊开手掌："……水没了。"

宝娲："水到底去哪里了？"

巴特尔："……这要问老天爷了。"

宝娲："老天爷是谁呀？"

都仁突然冲进来汇报："妈妈驮回来了一个男人！"

巴特尔未及反应，都仁已疾如脱兔般蹿了出去。

5. 托娅家（院场、蒙古包、土房）　　夜　外　内

骆驼趴卧伏地，托娅把驮回来的人往蒙古包里拖，急促地对都仁说："快去！把马灯点着拿来！"

都仁跑回土房点亮马灯，飞身钻进蒙古包，举起灯。

托娅扒掉那人的马靴，又脱卸他的衣服，对都仁喝道："快去！端盆水来，再拿条毛巾过来！"

巴特尔不安地坐着，都仁猛蹿进来，端起脸盆从水缸内舀凉水，又将火炉上铜壶里的热水冲进脸盆，端了出去。他突然又跳进门，抽下毛巾闪出门去。

都仁迈进蒙古包把脸盆放下，托娅用毛巾蘸水，脸色陡变，训斥着："谁要热水啦？冻伤的人用热水就要他的命了！去！快换凉水来！"

托娅索性自己动手，端起脸盆出了蒙古包，泼掉热水，跑进土房去。

托娅舀着凉水，巴特尔问："谁呀？"

托娅："森格！"

巴特尔："又喝醉了？"

托娅："快喝死了。口袋里还装着两瓶酒，都摔成玻璃渣子了。"

巴特尔："冻坏了没有？"

托娅端着水盆出去，说："够呛，腿都硬得伸不直了。"

都仁提着马灯瞪大眼盯着。

托娅用凉水使劲地擦拭着森格，她气喘吁吁地对都仁发令："都仁！快去把妈妈藏在箱柜子里的白酒（沙漠王）拿来！"

都仁跑进土房，打开箱柜一通乱翻，忽然醒悟了。他来到炕前悄声对巴特

尔说:"爸爸!妈妈要白酒瓶子呢。"

巴特尔在被褥犄角里摸出一瓶白酒,对着灯光看了看,压着嗓门说:"还行,看不出来。"

都仁作为同谋接过酒瓶"嗯"了一声,飞身出屋。

蒙古包里,托娅咬开酒瓶盖饱灌了一口,噗地喷吐在森格身上,接着是第二口、第三口。

土房里,巴特尔倾听着外面的动静。都仁又冲了进来,说:"妈妈问,咱家的狼油藏在哪儿啦?"

巴特尔(翻眼思索):"……在底下抽屉里找找。"

都仁手忙脚乱地翻找,苦着脸说:"没见呀!"

巴特尔拍打着脑袋想起来了,说:"在爸爸的博克靴子里!"

都仁拖出来一双满是灰尘的摔跤靴,摸出一只瓷罐子跑出去。

蒙古包里,托娅接过都仁递来的瓷罐,蘸了一指尖抹在森格身上。她突然惊悟,说:"都仁!快把羊放回圈里去,点点数看少了没有!"

6. 羊圈　夜　外

都仁打开羊圈栅栏门,捏亮手电筒,用细木棍点拨着羊数。羊群迫不及待地涌进羊圈里去。

7. 托娅家(土房)　夜　内

托娅给自己倒了一碗热奶茶,疲惫不堪地斜卧在炕上喝着。

孩子们都已睡着,夫妻俩压低嗓门悄声而语。

巴特尔:"森格怎么样了?"

托娅:"问题不大,已经有鼾声了。"

巴特尔:"碰上你,就算他命不该死……不然,这阵儿肯定冻死了。"

托娅:"救这个家伙,丢了咱们三只羊。人真是越怕鬼越要撞上鬼。"

托娅大口地喝着奶茶,两人沉默了。

巴特尔突然开口:"托娅,都仁上学的事不能再拖了。"

托娅瞟了巴特尔一眼，起身下炕给碗里舀上炒米，续添奶茶。

巴特尔："都仁今年都八岁了，已经误了一年了，再不上学，这一辈子就真耽误在我的手里了。"

托娅："……让我先把肚子填饱行不行……现在脑子累得都不转了，明天再说吧。"

巴特尔口吻决绝地说："今晚就得定下来。"

托娅觉得巴特尔有些异常，平托着碗直直地看着他。

巴特尔："……我小时候，上学的事爸爸可是一天都没耽误。……都仁从五岁就侍候我，三年了，就是为我守孝，三年也该满了——"

托娅脸露不悦把碗重重一放，说："你不吉利的话少说！"

巴特尔像听训的孩子般垂下头，口中嚅嗫不清地絮叨着"……我……我命中注定就是个……就是个不吉利的人嘛……"

托娅端起碗，问："你说什么？"

一阵阵哭号声悚然而起！

托娅提起马灯急忙出去。

8. 托娅家（蒙古包、羊圈、驼圈、马圈）　　夜　内　外

蒙古包里传来森格痛不欲生的泣号声、不可遏制的怨诉声、时断时续的呕吐声，间夹着托娅时急时缓的哄劝声。

马匹不安地刨着蹄子，喷着响鼻。

羊群、骆驼静静地倾听着人类的动响。

9. 托娅家（土房）　　夜　内

托娅回屋，看见巴特尔坐在炕上发愣。

托娅："还没睡呀？"

巴特尔："……森格吐了？"

托娅脱下沾满湿渍的外衣，说："看，吐了我一身，脏死了！"

巴特尔："……吐了就没事了……"

托娅给孩子披好被子，给巴特尔放妥枕头，拉开被盖钻进去。

巴特尔（料定）："哼，他老婆又跑了。"

托娅："跑了。这家伙把我当成他老婆了，又是跪着发誓，又是扑过来亲我的鞋，讨厌死了。"

巴特尔嘿然一笑。

托娅伸展腰身打着哈欠说："还满嘴发誓，说他一定要发财，把全世界的好东西都买回家让老婆享福。……还求老婆不要关手机，天涯海角他也要回到老婆身边去什么的……"

巴特尔突如哲人般地说："森格老婆是身在福中不知福，你是活在苦中不知苦呀。"

托娅迷糊了，喃喃不清地说："看不住老婆就喝酒，没出息样儿。……睡吧睡吧，天都要亮了，……什么叫福气，能钻进被窝睡它三天三夜就是福气……"

巴特尔严肃地思考着，说："托娅，都仁的学必须要上了，咱们离婚的事，也必须办理了。"

托娅没有反应。

巴特尔："托娅，你听见了没有？"

托娅已沉沉睡去。

10. 坡路　　晨　日　外

驼铃叮当，托娅牵着驮水壶箱的骆驼赶回家去。

滩野空旷，家院遥遥在望。

11. 蓄水井池　　晨　日　外

托娅让骆驼伏地，拎提着箱壶把水倒进井池中。

都仁打开羊圈栅栏门，驱羊出圈，托娅吩咐他："都仁，去把奶茶先烧开。"

托娅吹着呼哨唤羊饮水，从井池中提起水桶倒入木槽中，一桶，一桶，又一桶。

盛水的木槽边挤满了羊。

托娅累得汗流满面，她抬起头来。

大群骆驼在一辆摩托车的驱赶下踏尘而来，在晨光的映照下颇为壮观。

摩托车急冲到井边，发出刺耳的刹车声，骑摩托的人摘下头盔墨镜冲托娅露齿一笑。

托娅："森格，我看你是又活了。摩托车没摔坏呀？"

森格："我命大，它跟着我命也大。"

托娅："你命大个屁，不是我把你拖回来，你早让狼吃光了。"

森格粲然一笑，点着头说："这个，我心里有数。"

托娅："你老婆手机开了没有？"

森格："开了开了，人也回来了。"

托娅："人回来了，心回来没有？"

森格："回来了回来了。她跑了几天，其实是帮我找关系办事去了。"

托娅："办什么事能跑几天不回来？"

森格："当然是大事情。她想用二手货的价钱，买辆新成色的大卡车。养骆驼这活儿来钱太慢，想挣快钱大钱，还是跑运输才行。自己老婆嘛，心总还是拴在我身上嘛。"

托娅："不管干什么，你把自己的小命爱惜着点，别让人家为你提心吊胆的。"

森格："想起这世上还有个老婆，我真的要爱惜小命了。"

托娅："害怕死就好。以后多打手机多给老婆下跪，少喝酒少撒疯，再多亲几口她的鞋，日子就过太平了。"

森格给托娅行礼，说："你发的话，我要句句照办。"他发动了摩托车轰鸣而去。

托娅大声叫喊："叫你老婆陪我丢的羊！"

森格转了大半个圈反身停下，远远地喊着："托娅！苏木的教育干事说，你要再不送都仁去上学，就违反公民教育法①了！"

---

① 指《中华人民共和国教育法》。

托娅："你声大些，违反什么法了？"

森格挥挥手，猛加油门飞驰而去。

12. 羊圈　　日　内

都仁夹着羊头帮托娅挤奶。

托娅："……你上学的事，又得往后拖一年了，你生气不？"

都仁摇摇头，表示不生气。

托娅："不是今年天这么旱，草料的价钱涨得厉害，妈妈再为难也该送你上学了。可现在顾得了你，就顾不得羊，妈妈实在是顾不上两头了。"

都仁点点头，表示明白。

托娅："你是妈妈的一条胳膊，也是这个家的半个顶梁柱，咱们都咬咬牙关，等到明年好了，一定送你上学去。"

都仁："……要是明年又不下雨，旱了呢？"

托娅："……妈妈再想别的办法，明年肯定让你进学校。"

都仁没有言语。

托娅："妈妈说话算话。"

都仁："其实，我根本就不想上学。"

托娅吃惊地抬起头，问："为什么？"

都仁："……就是不想去。"

托娅："妈妈有话给你明说，你有话也给妈妈明说。"

都仁："……我都大了，再跟小娃娃挤在一个班，太丢人了，能让人笑死我……"

托娅："你上学晚是因为爸爸瘫痪了家里穷，咱们人穷可志气不穷，你是家里将来的顶梁柱子，不管走哪儿都要把腰给我挺直了，谁爱笑让他笑去。"

都仁："……等我真的上了学，再挺腰吧。"

托娅："你现在就给我挺起来。"

都仁突然带着哭腔申辩："我现在挺腰，就夹不住羊了！"

都仁赌气扔下羊跑了出去。

284

13. 滩地　　日　外

沙尘暴骤然降临，狂风飞沙，遮天蔽日。

托娅一路挣扎着把羊群赶回家去。

14. 羊圈　　日　外

都仁东倒西歪地奔去打开栅栏门，帮着托娅驱羊入圈。

托娅咬着都仁耳朵大声喊着："把骆驼牵到背风墙后面去！再把马牵进厨房去喂料！"

15. 托娅家（土房）　　日　内　外

托娅推门进来，肆虐的风沙将屋里蒙上一层黄尘。

巴特尔（迫不及待）："羊走丢了没有？"

托娅抖落着满身灰尘，没有作答。

巴特尔（焦急）："没听见我的话？问你羊走丢了没有？"

托娅（没好气）："听见了，丢了五只！"

巴特尔张口无语，末了问："都仁呢？"

托娅："给马拌料去了。"

巴特尔（愤然不平）："有这五只丢的羊，都仁今年的学费也该够了。"

托娅拿起笤帚清扫灰尘，边收拾边说："学费才是小头，伙食住宿费、书本文具费、校服费、鞋袜书包费，加上往返的路费，你怎么不算？供一个住校生，抠到牙缝里算，也得小五千块钱！"

巴特尔："那就不住校了，不行么？"

托娅："咱们家离学校八十五里路，你让都仁每天跑一百七十里路呀。"

巴特尔："……把我的马鞍子、摔跤服、奖杯、奖钟，这些箱子柜子里不用的全卖了去呀……"

托娅："你可以卖，可谁会来买？……都是一堆破旧……马鞍子可是我爸爸送给你的陪嫁，你想卖我还不想卖……都仁上了学就没钱买草料，到冬天封了雪，羊就得全饿死！"

巴特尔："羊还没饿死不也丢了么？"

托娅（诧然）："巴特尔！我是故意把羊丢的？！……以前来沙暴时你一次丢过十九只羊，我吭过一声没有？……"

巴特尔："你只要让都仁上学，你就是把羊全丢了，我要吭一声就让我死！"

托娅砰地扔掉笤帚，吼着："你死了才一个人，羊没草了，全家都要死！……你怎么越活越小，还不如宝娆懂事啦？"

宝娆哇地号啕起来，巴特尔接过她紧紧地贴抱在怀里，铁青着脸不发一言。

托娅拉开抽屉取出本子打开，扔到巴特尔身旁，冷冷地说："去年冬草一捆是六块钱，今年涨到九块钱，账都在上面算着，我们敢不敢上这个学？！"

俩人默然无语，只听宝娆的哭声揪心。

都仁的脸夹在门缝里，然后他关上门消失了。

托娅拾起笤帚继续清理房间。

巴特尔（冷静下来）："托娅，还是照咱们商量过的，赶紧离婚吧。再拖下去，这个家就让我拖垮了。"

托娅："婚可以离，但话得说明白，不是我不让都仁上学的！"

巴特尔："……明天你就带我办手续去。"

托娅："明天不行，我得买草料去。再不买，天一冷草还要涨价。"

巴特尔："那就后天。"

托娅："后天，大后天，大大后天，都得去把草料拉回家。咱们是马车，不是拖拉机。"

巴特尔："你当初就不该卖拖拉机。"

托娅："废话少说，不卖拖拉机拿什么救你的命？"

有人敲窗户，玻璃上贴着一张土头土脸让人吃惊的脸。

托娅打开门，森格钻进来卸下帽盔，嘶哑地说："快给我碗茶，嗓门全让沙子糊住了。"

托娅倒茶递过去，森格咕噜咕噜漱嗓子，还吐了几口。托娅复又斟满，他仰首一饮而尽，抹着嘴说："我今天忙，得赶紧去跟骆驼贩子搞价钱去。"

巴特尔："你要卖骆驼？"

森格又喝了一碗茶，说："卖！卖了骆驼买卡车，开着卡车才能进入 21 世纪。"他放下茶碗，从身上摸出一张纸放在桌几上，说，"这是都仁的入学通知书，你们给娃娃收拾收拾，后天我送他去报到住校。有话回头说，拜拜！"

森格扭身出了屋。托娅拿起通知单端详，追出门去。

森格跨在摩托上系头盔，托娅一把揪住了他，说："森格你别走！……我们没有交学费呀！"

森格："有人交了就行了。你只管放娃娃走就行了。"

森格发动着摩托车，托娅侧身挡住了他。

托娅："森格，这可不行，你给我连说都没说。"

森格露齿而笑："你把我拖到你家，也没跟我说么。我忙，一大笔生意呢！"

托娅："森格，没有这个道理，你下来咱们说清楚。"

森格："道理我不比谁清楚？"

森格扭过车头猛加油门离去，托娅随后追跑，他回过头大声说："你就当是我老婆赔你丢的羊！"

森格消失在弥天的风尘里。

16.托娅家院场（土房、蒙古包）　　日　外　内

沙暴过后，蓝天清澄万里无云。

院场的拴缰上系着几匹马，巴德玛提着铜壶从土房里出来钻进蒙古包里。

蒙古包里坐着几位为都仁上学送行的亲友，大家七嘴八舌地寒暄着。

客人："巴德玛，你身体不好，这么大老远地还跑回来！"

巴德玛为大家斟奶茶，说："上学这么大的事你们都来了我能不来？巴特尔就这么一个儿子，我也就这么一个亲侄子嘛！"

客人："都仁姑妈，你们那儿下雨了没有？"

巴德玛："没有。咱们这儿呢，下了没？"

客人："从开春一滴雨也没下过，旗里说是碰到了 50 年都不遇的大旱，连

老鼠都渴死了。"

土房里，托娅趴在炕上改缝巴特尔的一件上衣。她跳下炕给都仁试穿，把一只旧帆布书包挂在他身上，细细端详。

都仁穿着肥大过膝的衣服显得不合体，他下意识地把书包转藏到背后。

托娅脱下都仁身上的衣服，爬到炕上重新裁剪，对都仁说："旧书包就是旧书包，藏什么？这是你爸爸上学用过的，当年风行时髦得不得了，得专门托人从呼市往回带——"

外面响起的摩托声戛然而止，森格出现在门外，对都仁招手。

托娅（招呼）："森格，你先到屋里头喝茶歇歇，我这就收拾好了。"

都仁应森格之召出门。

蒙古包里，巴德玛为客人斟倒着奶茶絮絮叨叨："……唉，肯定是人造下什么孽了，才叫老天爷把人往死里整。不是为了缺水打井，巴特尔咋会落到这一步？咋会？再看看托娅，那么漂亮的一个女人，现在成什么样子了，叫逼成男人啦！看见她的样儿，我就想哭……"

土房里，托娅伏在炕桌上忙着裁剪，没察觉到森格把都仁推进来了。森格说："看，咱们马驹配上鞍，比他谁的差，嗯?!"

都仁穿着一身流行款式的学生装，背着色泽鲜艳的拉链背包，衣着光亮，神色忸怩不安。

托娅与巴特尔看孩子的眼神也在发亮。

森格拍着都仁的头，说："给爸爸妈妈行个告别礼!"

17. 旷野小路　　日　外

森格的摩托车一路狂奔，土路拖起一条黄尘长烟。

都仁坐在森格胸前，兴奋地聆听着他的教诲。

森格：……对个头儿比你矮的同学，绝不能欺负人家。个头儿跟你一般高的要欺负你，就是打破了头流出了血也要打到底，绝不服软。人一服了软再抬头就难了。

都仁："那个子比我高的要欺负我呢？"

森格："打不过也要还手。头一回肯定要紧张，没关系，打过一回就不害怕了，实在打不过的，告诉我，我来教训他。"

森格猛地刹住了车，对都仁说："打架就跟开摩托车一样，开过一回就不害怕了。来，你试试。"

森格对都仁言传身教，一一指点。都仁驾车轰起油门，突地奔出去！

都仁开得还算稳当，森格竖起大拇指高声夸赞："好样的！就这个样子！"

都仁把摩托车开进石滩地里，突突地跳着砰然栽倒！

18. 路途　　日　外

托娅赶着马拉的勒勒车行走着。

一辆崭新的蓝色大三轮农用卡车出现在马车后面，响起了一串长音的喇叭声。

托娅惊然回首，大卡车冲到前面斜横着拦住了路。森格从驾驶舱里伸出头，摘掉眼镜冲着托娅傲然一笑。

托娅："森格你混蛋！把马惊了怎么办？"

森格（不屑）："你这马，已经老得不会受惊了。"

托娅："那么多的骆驼，就变成这一辆车了？"

森格拍着车门说："东风型，柴油四缸，一百三十匹马力，外加拖挂。你买草料去呀？"

托娅："嗯。"

森格："把你这辆车送到民俗博物馆去吧。"

托娅："你是有钱人，我是穷人。"

森格跳下车递给托娅一瓶矿泉水，打开车门把她往里推，说："坐上去感觉感觉。"

托娅说："我忙着呢，没工夫陪你感觉。"

森格把托娅推进驾驶舱，说："我看见你忙了，你跑十趟的事，我一趟就办了。"

托娅："你让我下来！我可没钱交运费。"

森格砰地关上车门，爬进驾驶舱发动着汽车，说："这不是钱的事，是承认不承认先进生产力的问题。"

托娅："我的马车，停下！"

汽车猛地蹿了出去。

19. 滩路　　日　外

大卡车装载着超高的草料，在凹凸不平的路径上东倒西歪地行驶着，卷起阵阵灰尘。

驾驶舱里，森格老婆的时装化妆照悬晃着，托娅定眼看照片，说："你老婆把头发染红了?!"

森格："专门跑到盟里美容院做的，二百块钱呐。"

托娅吃惊："天呐，三十捆草没了。"

森格："钱花在老婆身上，丢不了。"

托娅探出头去张望车厢，不安地说："我说别装这么多，你非要一车拉完，太危险了！"

森格："我心里有数，放你的心。现在跑车哪有不超载的，不超载就赚不了钱。"

托娅："给我拉草，超载了你也赚不着钱。"

森格："我可赚着心里痛快了！……我打小最服的人是巴特尔，现在，最服的人是你。能把这么个家硬撑到今天，你比男人还厉害。"

托娅："谁愿意厉害了？我没你老婆的命，只能这么干撑着，撑一天是一天。"

森格："都说女人的泪是过云的雨，说来就来，我可真的没见你哭过一回。"

托娅："现在天上连过云雨都没了。巴特尔打井把腰砸坏的时候，我把眼泪全哭干了。现在就是哭也没有泪了，还哭什么，顶什么用，有口喘气的工夫还恨不得多驮一回水，哪有时间去哭?!"

森格："我要是巴特尔，这辈子知足了。人在这世上要的，说来说去不就是你这一份心么。"

托娅："心……可是有心无力，心又顶什么用？（大吃一惊）哎——！你怎么不走路了?!"

森格："我从这坡上冲过去，让你看看这辆车挂上挡的威力！"

森格猛轰油门，汽车怪吼着冲上山坡。

驾驶舱内，森格与托娅左右颠腾着续说话题。

森格："……托娅你说，我要到了巴特尔这一步，我老婆会怎么样？"

托娅紧紧地抓着把手："……你们俩呀，得赶紧生个孩子，她的心就拴死在你身上，有孩子赶都赶不走。"

森格："这一招灵么?!"

托娅："你看我，不就成这样子了么？"

森格连连点头："有道理有道理！"

驾驶舱猛地一震，挡风玻璃霎时间被翻滚下来的草捆砸得嘭嘭作响！

大卡车的侧轮陷进凹坑里，高耸的草堆失衡倾塌坠落在地。

森格与托娅把散落的草捆归集起来，用铁叉挑上车厢码装。俩人干得汗流浃背，断断续续地说着话。

托娅："……都仁的学习成绩还可以，就是太倔，跟别的娃娃打架挨了老师的训。"

森格："你不要说都仁，那是我教他的。"

托娅："你都成他崇拜的偶像了。巴特尔也说你教得对，换了他也是这么个教法。"

森格："换了你呢？"

托娅："……嗨，也一样。"

森格："这就对了，这就把爹妈都当好了。托娅，你跟巴特尔离婚要再往下拖，把宝娲上学的事也耽误了。"

托娅："这话，是巴特尔让你来说的吧？"

森格："是巴特尔的话，也是我的话。"

托娅："我也不想拖，可是……你看巴特尔这样子，还不如宝娲，越活越小了。我只当自己是带着三个孩子过日子，哪一个都撒不开手。你是没孩子，不明白。"

森格："不是都商量好了么，巴特尔跟他姐姐过么。"

托娅："话是这么说，可事到临头，我就要胡思乱想——哎哟！"

托娅突然呻叫了一声，她扔掉草捆撑着腰身僵挺着颓然跌倒在草堆中。

森格奔过去，愣了下神，欲扶托娅起来，未料她尖厉地嘶叫着："别动！别动我！"

森格贴近说："托娅！你怎么啦?!"

托娅脸色煞白汗如雨下，已经昏过去了。森格慌了神，抱起托娅把她塞进驾驶舱。

20.公路　　日　外

森格开着大卡车一路狂奔，车厢上的草捆颠落下来，在公路上散撒满地。

21.旗医院（诊断室）　　日　内

医生指着荧光屏上的 X 线片，对巴德玛诉说着托娅的病情。

医生："……你这个弟媳妇是长期的腰肌劳损没有及时治疗，受猛力挤压而导致主干腰椎严重错位。你看，这个位置非常危险，如果再往后错挤半厘米，就会伤及脊神经，那就麻烦大了。"

巴德玛忧心忡忡地问："能麻烦到什么程度？"

医生："轻的引起下肢神经麻痹，重的，就是下肢瘫痪了。"

巴德玛悚然而起，说："那不成了巴特尔的病了么？"

医生："她恢复得还不错，但千万不能再出现这种情况了！"

巴德玛茫然地自言自语："那不成了巴特尔的病了么？"

22.旗医院（病房）　　日　内

托娅俯卧在床，巴德玛手扶艾草卷给她灸熏背腰。

巴德玛（严峻）："……我听完医生的话衬衣也湿透了，腿也迈不动了，你说你出这事怕人不怕人？"

托娅脸埋在双臂里如似沉睡。

巴德玛："巴特尔有我呢，谁让我们是一个妈生的呢？我有五个孩子四个孙子，一家十一口人，加上一个巴特尔也就多一张口，我还能担得起来。要是你也倒下来，我就得再加四张口，就不说能把我压死，愁也把我愁死了！那不是把大家都逼得无路可走么？"

托娅没有反应。

巴德玛："咱们都得替这俩孩子想。宝娲跟都仁还小，这两条小命就挂在你当妈妈的身上了。你好了他俩就好，你坏了他俩就坏，你敢出个差池，就是三条人命，这个道理你还不明白？"

托娅还是没有反应。

巴德玛接着说："天底下没有当姐姐的劝弟媳妇离婚的事，可是不说这句话，你这一家都是死路。托娅，听我的，把婚离了，重找一个，好好把宝娲、都仁拉扯大，你就是巴特尔跟我的恩人。你跟俩孩子谁有个万一，可就真的对不起巴特尔跟我了。听见没有？"

托娅仍然没有反应。

巴德玛的声音哽住了："托娅，咱们都为孩子着想，该你担着的命你就得担着。听见没有？！"

托娅突然说："我想喝口酒。"

巴德玛心疼地叹了口气，掏出怀里的小酒瓶递给托娅。

巴德玛："喝吧，苦命的托娅，唉，酒能叫你好受点儿。"

托娅把瓶里本来不多的酒喝干了，拿着酒瓶发愣。

23. 旗法院民事庭　　日　内

离婚申诉按正常程序进行着。

法官看着申请书说："家庭所有的经济财产，双方自愿协商解决。双方再无异议？"

托娅与巴特尔都点着头。

法官："家庭所有的经济财产，双方自愿协商解决，双方再无异议？"

托娅点头，巴特尔嘟囔着什么。

法官："巴特尔，你把你的意见说清楚。"

巴特尔："我说……除了那具马鞍子留给我，别的都归托娅。"

法官："既然你们双方自愿协商解决，我们就不予以干涉。（对托娅）但是巴特尔是残疾人士，他今后的生活扶养问题必须由当事人明确承担妥善解决，这个问题你怎么落实？"

托娅张口无言。巴德玛站起来，说："巴特尔是我亲弟弟，我跟托娅都商量好了，巴特尔搬到我家去住，我来管他今后的生活。托娅拖着两个孩子，她是没有这个能力了——"

托娅忽然开口截断了巴德玛的话："巴特尔得跟着我！……他是我们家的人，所以，他要跟着我们在一起。"

托娅的话出人意料，霎时一片寂静。

法官："托娅，你把你的意思重说一遍。"

托娅："我说，……巴特尔……巴特尔肯定今后要跟着我们过。"

法官："你慢慢说，不着急。"

托娅："……我说了，他从来都是我们家的人，……所以，我会一直带着他。"

法官："你是说，巴特尔今后的扶养完全由你承担？"

托娅点头："……是。"

法官："还在一起生活？"

托娅："嗯。"

法官（不解）："那你们还办什么离婚手续？"

托娅一时语塞没有作答。

法官："就没有这个必要了嘛。"

托娅："……我会再找个人，帮我一起把家养起来。"

所有人都大感意外，一时交头接耳起来。

年轻的女记录员低声问法官："这女的怎么这么怪，法律允许这样做么？"

法官："人家来办了手续就跟法律无关了。按老习俗讲，这叫招夫养夫。"

女记录员："这是什么意思？"

法官："你们不懂，下来我给你们说。这个女的不简单，现在这号人少见了。"

24. 法院办证室　　日　内

五六位法院工作人员站在门外好奇地注视着。巴德玛扶着巴特尔坐着，托娅站着，看办证人填写离婚证书。

办证人拿起章子蘸妥印泥，"啪！啪！"重重地盖上大印，把离婚证递进俩人手中，说："手续完了。"

法官吩咐说："王超，你帮着把巴特尔送出去。"众人帮着一个年轻人将巴特尔背出去。

法官与托娅握手道别，说："这么多年办你这种离婚是头一回，我们大家都钦佩你。说句实在话，我这还真有可能帮你找上合适的人呢！"

25. 泉水池　　日　外

托娅从泉水池汲水灌水箱壶，未及将壶装满，池水已干竭见底。

托娅只得收摊，吆牵着骆驼离开这里。

26. 滩路　　日　外

托娅赶着骆驼往坡下走去。

蓝色大卡车出现在坡顶，冲了下来。

森格停下车探出头呼喊着："托娅！"

托娅不理会他，继续往前走。

森格驱车跟着托娅，托娅没好气地说："离我远着点，我怕你这辆车！"

大卡车拦住了托娅，森格跳下车，把几盒药塞进她手里，说："我打听了，西藏出的奇正膏药治你的病最灵。"

托娅："你早要离我远点儿，我什么病都没了。"

森格："好，你叫我滚我就滚。"

森格驱动卡车，托娅突然看见驾驶舱玻璃窗里露出了都仁的笑脸。

托娅身不由己地追跑，森格停车下来打开车门，对都仁说："给妈妈亮一手。"

都仁操着木槌在塑料桶上敲起了一阵欢快的鼓点！

森格提着加水桶走到骆驼跟前，命令都仁："再来一段！"

都仁又敲了一段，跳下车来，托娅高兴地把他拥在身前，抚摸着他的额头。

森格敲着水箱壶，问托娅："怎么这壶没装水？"

托娅："泉眼的水越来越少，不够一次装的了。"

森格（惊讶）："?！……托娅，这麻烦就大了。"

托娅："麻烦就是大了。"

森格："驮一趟水就是三十里，你还能一天照两趟驮？别的活路咋办，羊谁放？"

托娅："……"

森格："只剩下打井了，不然这地方人没法住了。"

托娅："别再提这事了！……打井打得我……打得我心都碎了，想都不敢想了。"

森格从另一只水箱壶里倒水，山坡上下来四个骑马的人，他们穿着光鲜的礼服，向森格探问："朋友，请问你们这里的托娅家还有多远？"

27. 托娅家（蒙古包）　　日　内

桌几上放着酒品茶砖礼物，求婚的来客端坐在毡垫上。托娅草草地换了件外衣，给客人们一一敬上奶茶奶干。

求婚者的代表清清喉咙对托娅一鞠躬，说："那我就代表普日布跟他的所有亲友向你致意了！"普日布也鞠躬表示认可。

代表（侃侃开言）："老人们都说千里姻缘一线牵。我们是从旗法院的朋友那里得知你的情况的，没有他们的热心介绍我们是找不到这里来的。法院朋友打的保票我们绝对相信。说句普日布的心里话，我们是冲着你的人品、冲着你的好名声来的。大家彼此的家庭既然都不圆满，都有困难，何不齐心合力相互扶助——"

突然外边传来阵阵砰砰作响的扰人心乱的鼓点声。

求婚代表喝着奶茶，中断了话题。

托娅不安地解释："孩子放假了，没有关系，请再用茶……"

28.托娅家（土房） 日 内

都仁坐在门槛上低闷着头用力敲打着塑料桶，巴特尔透过窗户看着院里来客的马匹，只有宝娲听鼓声听得眉开眼笑。

托娅过来拍拍都仁，悄低着声说："都仁别敲了，来这么多客人，你怎么一点礼貌不懂？"

都仁（生倔）："我是给爸爸敲的，不是给他们敲的，爱听不听！"

托娅（呵责）："你怎么当了学生反而不懂事了，老师教你可以对来家的客人不讲规矩了么？！"

都仁："这又不是他们家，是我的家！我连敲个鼓都不行了么？！"

托娅张口无语。巴特尔说："都仁，听你妈妈的话。"

都仁气鼓鼓地噘起嘴，提着塑料桶愤愤出门离去。

29.羊圈 日 内

都仁拎着塑料桶进来，重重地躺在草堆上，仰面瞪着天窗。

他猛地坐起来，一下一下狠狠敲打着塑料桶。

羊群不安地骚动起来。

都仁跪在草堆上，紧咬着嘴唇，突然敲打出一段狂乱无序的、刺耳的鼓声！

羊群被这凶兆般的声音惊得四散而避。

30.托娅家（蒙古包） 日 内

双方的议题谈到关键时刻。

求婚代表："……这个条件本来是可以商量的。如果普日布家里没有老人，也可以将巴特尔接过去，我们就把他当老人养起来。可是家里的两位老人都还健在，加上三个孩子，再加上你跟两个孩子，一共是九个人，这个家庭就不堪重负了不是？"

大家都沉默了。

求婚代表点着了烟，深吸了一口，说："希望你在这点上能体谅我们，通融通融。"

托娅："别的都可以通融，只有带着巴特尔这个条件是不能改变的。这个意思法院的同志是知道的，他们没给你们说么？"

来客们面面相觑，大家复归沉默之中。

31. 羊圈　　日　内

宝娃走到门口探望，说："都仁，爸爸叫你不要敲了！"

都仁跪在草堆上抹了一把眼泪，突然把鼓槌从天窗扔出去。

32. 托娅家（院场）　　日　外

一辆三轮拖车卷着灰尘自远而来。

几位来客上马准备启程，求婚代表掏出一张名片塞给托娅，说："我私下说句话，普日布对你是全心全意地满意，就看他的诚心，请你无论如何再慎重考虑考虑，我的家电手机号全在上面，我随时等候你的回话。"

托娅："谢谢你的好心，受累了。"

来客们与托娅挥手而别。

三轮拖车已驶进院场，与离客们撞个正着。

车上的几位来者礼服齐整，拿着礼物，兴冲冲地问离客们："请问，这一定是托娅家吧？"

托娅极为尴尬地迎上去，竟不知作何答复。

离客们策马而去，不时地回身侧目而视。

33. 托娅家（土房） 日　内

夜已深沉，孩子们都熟睡了。

托娅操持完家务给巴特尔铺被褥。

巴特尔（追问）："……今天来的人，他到底是什么意思？"

托娅哄劝着他："你就好好睡吧，知道那么多累不累。"

巴特尔："……他，到底是来求婚的，还是说媒的？"

托娅："他是又求婚又说媒来了。"

巴特尔茫然地盯着托娅。托娅说："他绕了半天圈子我才弄明白了，原来他是替他爸爸求婚来的。"

巴特尔："他爸爸？！……他爸爸多少岁了，干什么的？"

托娅："退休的教师，今年六十四岁了，有退休金有医疗保险有三室一厅的房子，还有辅导学生的额外收入。说我只要照顾好他爸爸，都仁跟宝娆上学的事都好就地解决。哼，还是个孝子。"

巴特尔不吭气了。

托娅拿起小镜子左右端详弄理鬓发，说："我真的老成这个样子了么？只能嫁老头儿了么？"

巴特尔："嗯？"

托娅叹气说："唉，孩子越长不大就越急，越急就越老，越老孩子就越长不大。"

巴特尔（自言自语）："上门的算上这一拨，已经有五拨了……其实，第四个条件还不错，人看着还能干，家里也没什么负担。"

托娅给巴特尔盖好被子躺在他身旁，说："他们没负担，我可有负担。"

两个人沉默了。

巴特尔："……托娅。"

托娅倦意已深地"嗯"了一声。

巴特尔："换了我，我也不会背这个负担。像我这样的人谁不害怕，连我都不想要自己。你不要死犟着非要拉上个我，你把所有人都吓跑了，以后的日子怎么办？以后谁帮你把孩子们拉扯大？"

托娅没有回声似已入睡。

巴特尔："你明天……还是叫巴德玛过来吧。"

托娅（不悦）："你有完没完，叫你姐姐来回瞎跑个啥！"

巴特尔（负气）："我求你了！我求你去叫巴德玛过来还不行么？"

托娅霍地支起身子，说："谁来了也不行。我在法院里对所有人都说过了，谁要我就得要你！巴德玛也听见了。"说罢拉过被子蒙住头。

巴特尔发火喊道："你不要把一船人都往水里拖！"

托娅又支起身子，说："拖到水里就拖到水里，我托娅在这世上争的就是这么一口气，反正我们家的人少一个我就不干。"

托娅颓然躺下，复又蒙盖住头。

过了半晌，巴特尔才说："那我们这婚离了个什么？……离了个没名堂！"

托娅翻过身子，说："没名堂也离了。"

34. 草滩川口　　日　外

托娅骑着骆驼赶羊归来。

远处，一辆老牌奔驰牌小轿车陷在泥坑里挣扎吼喘着，两个人在后面吭哧着推车。

车轮飞转溅起片片水污，小轿车越陷越深。

托娅驱赶着羊群过去，突然听到身后有人惊喜地呼叫着她的名字："托娅！托娅！"

托娅停住骆驼，追上来的人名牌衣服上溅满了泥污，向她伸出手，说："托娅！我是宝力尔！怎么，认不出来我了？"

托娅从骆驼上溜下来，疑惑地笑着，与宝力尔握手。

宝力尔（热切地）："咱俩可是中学同班同组的同学呀，难道认不出来了？！我可是一眼就把你认了个准！"

托娅认出了宝力尔，说："真是你宝力尔，嘿！……你怎么能到这里来的？"

宝力尔："我现在吃的是打油井的饭，这次到这里来是专门勘探石油来的，也顺道来探望你这个老同学。见你不容易呀，托娅！你怎么样，老同学，过得好么？顺心么？"

35. 托娅家（土房）　　日　内

秘书与司机提进大兜小包，一件件朝外摆礼物，宝力尔抱起宝娆不住地夸赞："看这娃娃多漂亮，看这娃娃多精神，看这娃娃多让人心疼！"

宝力尔把一只比宝娆还大的毛绒狗塞进她怀里，又送给都仁一台电子琴。

托娅不安地说："宝力尔，你不能这个样子，这叫我们过意不去了——"

宝力尔："都是娃娃们玩的东西。你忘了，咱们小时候多可怜，除了打弹球绷皮筋，就再没个什么玩的。现在还不该叫咱们的娃娃高兴高兴？"

托娅与巴特尔低语了两句，她起身出门，对都仁说："走，给妈妈帮忙去。"

36. 托娅家（院场）　　日　外

都仁从羊圈里拖出一只羊，托娅备好家什挽起衣袖准备杀羊。宝力尔过来拦住都仁，把羊往圈里拖回去。

托娅上去阻拦，宝力尔说："托娅你听我的，何必劳这个神，我是赔不起这个工夫，太麻烦了。"

托娅："到我们家了还麻烦什么。你这么远的都来了，还能不吃一顿饭？你是客人么。"

宝力尔把羊拖进圈里关上门，说："老同学见面么，图个说话亲热，图个感情交流，时间宝贵得很。这些事，你就交给我来办。"他转身对秘书吩咐，"你快打个电话。"

宝力尔挽起托娅往房里走，说："现在是信息时代，方便得很，一个手机电话，什么都给你送上门来了。咱们俩说话要紧。"

37. 托娅家（院场、土房）　　黄昏　外　内

托娅家热闹得像煮开了锅。

院里摆放着一辆大卡车、两辆面包车，从屋里传来电子琴架子鼓伴奏的男

女对唱声。

房里酒肴丰盛杯盏交错，席热酒酣，一班专跑堂会的人将酒宴曲爬山调唱得摇人心旌。

宝力尔喝得面红耳赤谈兴正浓，他给巴特尔托娅敬酒碰杯，一饮而尽，又续斟上酒。

宝力尔："……我的奋斗史？说不成！说出来就是一部惊险电视连续剧。打纸牌挖坑你们该知道吧？"

巴特尔与托娅对视，都摇头表示不知道。

宝力尔："赌博！打油井就是跟土地爷爷玩挖坑的赌博游戏，打一口井不出油，就砸掉一百万！我是连贷公款带借私债加上抵押，连祖宗传下来的家当都卖了，打了五口井，结果连个油星星也没见着，算算砸了多少？最后连煮方便面都吃不起了。我知道完了，掐了个升天的日子爬到井台上面，为祖国的石油事业英勇捐躯吧。准备往下跳的当儿，怎么觉得不对劲，天上突然哗啦啦降下来一阵子稠乎乎的黑雨，我还当是地震来了，低头一看，是他妈的这口井往外喷油了！这我还能跳呀？不能跳了，爬下这井架子不就成民营企业家了么！来，巴特尔大哥，小弟再敬你一杯！"

另一首酒曲开唱，都仁上去操鼓演练，他打得有板有眼节奏鲜明，引起大家的一片喝彩声。

宝力尔："老子英雄儿好汉呐，巴特尔大哥，你是我当年最敬佩的人。当年旗上那达慕博克比赛整整五百四十个摔跤手，就看你一路威猛横扫过去把冠军拿下，牵着一匹大骆驼奖品绕场一周，那气势那风光在全旗真是空前绝后！记不记得？！就在那回那达慕上，你还把我给收拾了一顿，记不记得？"

巴特尔迷茫地笑着，摇摇头表示记不得了。

司机："老总，你当年也在摔跤场上让巴特尔大哥淘汰了？"

宝力尔："我还没上摔跤场哩，在情场上就让他淘汰了！"

司机秘书起哄："老总交代，怎么在情场上被淘汰了？！"

宝力尔："我是看天热，送了托娅一瓶一毛五分钱的汽水，就让巴特尔大哥过来把我摔了个鼻青脸肿，你们看，牙到现在还是歪的！"

众人哄笑起来，托娅检举说："你的牙本来就是歪的，你的外号不就是叫歪歪牙么?!"

众人笑得更爽快了，宝力尔一杯酒下肚，感叹着："还是家乡好呀，还是家乡人亲呀，来，我为家乡跟家乡的朋友们献上一曲！"

宝力尔一跃而起，夺过麦克风朗朗有声地宣布："这首《天堂》，献给当年旗博克冠军巴特尔大哥，同时也献给我中学时代同级同班同组的托娅女士！请大家捧场！"

宝力尔跟着电子琴深情地唱起来：

"蓝蓝的天空，清清的湖水，

绿绿的草原，这是我的家……"

宝力尔唱得声情并茂纵意忘形。

38.羊圈、草滩、山川　　夜　外

羊群静静地倾听着流行歌曲。

明月高悬，宝力尔陶醉入迷的歌声划破了寂静的大地。

39.托娅家（土房）　　晨　外

托娅醒来，发现屋里一片狼藉如同幻境。

托娅起身拎起水桶，小心地绕过一地横七竖八熟睡的人，推门揭帘出去。

40.蓄水池　　晨　外

托娅去汲水，看见宝力尔一个人背身站在井池台上默然沉思。

托娅："宝力尔，大清早的你出来不嫌冷呀？站着看个啥，看我们这井池子下有石油？要砸上个一百万在这里打井呀。"

宝力尔（沉静）："比打上十口井都重要。托娅，我这趟回来，是专门向你求婚来的。"

托娅（莞尔一笑）："快快快，快回屋去等着喝奶茶吧。奶茶一喝酒就醒过来了。"

宝力尔："你离婚的事，我是才知道的。我是一分钟都没耽搁就赶回来了。"

托娅："……我看你是喝得太多了，小心掉到水池子里头去。"

宝力尔："我没醉。当年，我是偷了我妈的一毛五分钱给你买汽水的，就为这一毛五分钱还挨了我妈一耳光。那时候就喜欢上你爱上你了，可是巴特尔把我的道堵得死死的，堵得我连嘴都张不开。"

托娅："……"

宝力尔："现在能开这个口了，不晚吧？"

托娅张口无语。

宝力尔："能开这个口，得让我等上整整十七年，你说我的机会容易不容易?!"

41. 草滩川口　　日　外

大卡车将陷在泥坑里的小轿车拖了出来。

42. 山路　　日　外

小轿车在坑凹不平的路面上爬行，颠簸着爬上翻下，宝力尔与托娅在后排坐得摇摇晃晃。

宝力尔（诚恳）："……家庭么，最重要的也就是娃娃们的教育了，这是头等大事。跟我到了城里以后，娃娃们自小学到高中，一定要上省上挂名的重点学校，不然基础打不好，就考不上大学，没竞争力了。等大学毕了业，只要娃娃们有出息肯上进，去国外读研究生、读博士生，对咱们来讲都不是什么难事么。"

托娅："……你是怎么跟你老婆离的婚？"

宝力尔："过去就过去了，不提也罢。"

托娅："到底怎么离婚的？"

宝力尔："我打一口油井时，就把家里的钱赔光了。我老婆是到法院起诉坚决离的婚，走的时候把所有东西都拿走了，连个碗筷也没给我剩下来。这个我走背运不能怨她。后来井出了油我又站起来了，她回来要复婚，我也坚决一口回绝了。我的心死了，这个也不能怨我，泼出去的水还想再收回来，不可能了么。"

托娅："她现在好不好？"

宝力尔："咋说呢，不好也不坏，改嫁了。娃娃跟了她，所以我还是负担她跟娃娃的费用。总是夫妻一场过么，对不对？"

托娅点点头。

宝力尔："咳，人这一生祸福难料，不是她走得坚决，我也回不到你的身边。"

43.公路　　日　外

小轿车驶入公路，开得快速而平稳。

托娅一门心思地听着宝力尔的话。

宝力尔："……能住得起这种福利院的只有两种人，一种是过去的头头脑脑有公费医疗的，一种就是有钱人的家属，一般人家拿不起这么高的费用。住宿伙食那都不用说了，有家属陪同间、卫生间、电视、电热杯、电热毯，关键是有医疗设备跟正式的医护人员，最适合有残疾的人疗养，你这一去看就知道了……"

小轿车驶进了公路检票站。

44.公路检票站　　日　外

宝力尔对托娅说："……咱们去看的这一家福利院是盟里最高档次的。不满意再寻，直到寻到你满意的，咱们就将巴特尔好好地安置妥当，我保证养他一辈子……"

小轿车驶离检票口，托娅突然叫起来："停下！停下！"

小轿车停到路边，托娅下车，向一处检票口快步跑去。

森格满身灰尘形容憔悴地蹲着，双眼通红焦虑不安地瞪视着来往车辆，没觉察托娅跑过来。

托娅："森格！你怎么蹲在这个地方了？"

森格（站起来）："……我在这儿等人呢。你怎么来了？"

托娅："你等谁呢？你看你这个样子！"

森格："我找我的车呢。"

托娅："你的车怎么啦？"

森格："……咳，说不成……"

托娅："丢了？说话呀！"

森格："……我老婆说跟车贩子去办理过户手续，结果一走连人带车都不见了。"

托娅："多长时间了？"

森格："有七八天了。"

托娅："……那她手机呢，又不开了？"

森格摇摇头。

托娅："你这些天就待在这儿？"

森格："我就守在这儿，不信他们还能把车埋到土里面。"

托娅："那你晚上怎么办？"

森格："就睡这儿，我有大衣。"

托娅："那也能把你冻坏！吃饭呢？"

森格："我现在哪来心吃什么饭。"

托娅目光凄恻地看着森格，两个人一时相对无语。

小轿车喇叭响了一声，宝力尔对托娅摇手示意。

森格："这个人是谁？你跟着他去哪儿？"

托娅翻着衣服口袋："……我一时给你说不清，这个你先拿着。"托娅摸出几张钱塞进森格的口袋里，劝慰说，"森格，你不要太着急，你先吃个饭，等我办完事就回来找你，咱们一起想办法，好不好？"

森格："我要谁的钱也不能要你的钱，托娅！"

托娅生气了："你要冻死到这儿我可救不了你了！"

小轿车的喇叭又响起来。

托娅："森格你听话，等着我回来！"

森格眼含泪光地点点头。

托娅向小轿车跑去，俩人挥手道别。

托娅站在小轿车前犹豫了一下，又反身跑过来，不由分说拉起森格向小轿
车走去。

森格："怎么啦，托娅？"

托娅："你跟我走！找个地方你先住下来再说。"

45. 福利院单人套间　　日　内

新买的烧奶茶的电热壶烧开了，托娅拔掉电源，把叠好的衣物放进大柜，
大柜里巴特尔的用品一应俱全，连马鞍也在里面。

巴特尔躺在床上已经熟睡，托娅给他盖上毛毯，最后巡视了一遍全屋，凝
视着巴特尔。

托娅下定决心转身离去，轻轻地关上里门走出套间。

46. 福利院外停车场　　日　外

托娅向小轿车走去，宝力尔跟孩子们在车里等候她。

托娅走近小轿车，宝力尔打开了车门，突然森格骑着摩托车飞驰过来，一
个急刹差点摔倒。

森格问托娅："怎么，真的要走了？"

托娅点点头。

森格："那家里的羊跟骆驼呢，谁照管？"

托娅："巴德玛的老五先替我们看着。你呢，车跟人还是没消息？"

森格摇摇头。

托娅："你就踏实住在这儿，慢慢找。"

森格来到小轿车前，打开车门，对孩子们说："怎么，也不跟我道个别？！"

两个孩子显得心事重重格外严肃，都仁对森格破颜一笑。

森格握着都仁的手，叮嘱："都仁，今后不论到了哪儿，都要听妈妈的话，

记住没有？"

都仁噙住眼泪，点点头。

森格："你是男子汉，到哪儿都要保护体贴妈妈跟妹妹，记住没有？"

都仁滚下几滴眼泪。

都仁（怯语）："……我想，见爸爸。"

森格（问托娅）："你没让孩子见巴特尔？"

托娅没有回答。

森格反身从车里抱出宝娲拉起都仁欲走，托娅拦住他，抱走宝娲，让孩子们又回到车里。

森格（不解）："托娅！……这样不行吧？"

托娅："你不要管！走，我有话跟你说。"

森格站着不动，托娅拖着他的手臂，两个人向院内走去。

47. 福利院单人套间 日 内

托娅与森格推门而入，来到陪客间。

森格低声不满地说："托娅，人心都是肉长的，巴特尔是都仁宝娲的爸爸呀。"

托娅（压着窘恼）："就是因为人心是肉长的，（气得一时语塞）……森格，你替我想想，一见面我们还走不走了？……还怎么走？"

森格不解地瞪着托娅。

托娅："你真是没养过孩子没当过爸爸的人，孩子们一哭起来——怎么办！不咬咬牙，这一步怎么走？"

森格："……"

托娅："先把这一步走出去，回头再带孩子来看他。你在这儿，巴特尔我就先交给你了。他有什么想不开的、不习惯的，你替我多劝劝他、多陪陪他。"

森格点点头，说："这个，我心里有数。"

托娅指着桌子上的名片："这是宝力尔家的电话地址，你跟巴特尔有任何情况，就打电话给我。"

森格："你放心走吧。"

托娅："我把那头安排好了，就回来帮你的事。你不要着急，等着我。"

森格点点头。

托娅推开门，森格叫了声："托娅！"

托娅停住了。

森格："……你快点回来。"

托娅出去关上了门。

里屋间，巴特尔面壁而卧，脸上清泪滚落下来。

48. 高速公路　　日　外

小轿车风驰电掣。

戈壁滩上的油井座座相连密如立林，玻璃窗外的景色飞掠而过，令人目不暇接。

宝力尔坐在前排，揣着酒瓶子有滋有味地品呷着，意气风发地说："看看这些油井，淌出来的都是一捆子一捆子的钱呀。再打上它几口出油的井，真就把银行开到自己家里来了。人这个东西怪，没钱了活不自在，钱多了也活不自在，托娅，你将来主要任务就是帮着我减轻钱的压力负担，让我也过上轻松愉快的日子，好不好？"

托娅搂着两个孩子，都睡得迷迷糊糊的，她强打精神地"嗯"了一声，又问："你说什么？"

宝力尔又灌了一口酒，说："你就看这八块六毛钱一瓶的二锅头，比两千八百块的人头马滋味要扎实得多，又实惠又解恨。托娅，你来尝一口。"

宝力尔把酒瓶递到后座，被托娅推了回去。

托娅："不喝不喝。"

宝力尔嘿然一笑，说："你的酒量我都算过了，一斤白酒挡不住！我就缺你这么个压寨的。你跟上了打油井的，喝酒就是主要工作。打油井的上上下下方方面面头头脑脑，哪一个不得用酒来对付？！喝得越多，咱们油井淌出来的钱就越多!"

都仁突然醒过来，说："妈妈，我憋尿了!"

小轿车停下来，都仁下车撒尿。司机的手机响了，他打开手机听了几句，捂住手机问："宝总，白总那边联系好了，该怎么回话?"

宝力尔："就说我结婚了，专程带新娘子上门来请他喝酒，看他给不给面子。"

49. 酒店豪华包间　　夜　内

宴请白总的酒席到了酒酣人畅的境界，白总气宇轩昂口若悬河地纵论天下时局。

白总："……美国花这么多钱还贴上美国的人命打伊拉克，为了个甚，是为了推翻萨达姆？萨达姆才值几个钱，我给你们说，是冲着石油去的！不为了石油他布什敢摊下这么大的本钱？萨达姆摆上酒席请他布什都不去！经济是不流血的政治，政治就是流血的经济，打的什么仗？打的就是抢石油仗么，我说得对不对？"

宝力尔（由衷佩服）："对，对么，只有你白总这种大脑里都是哲理的人，看问题才这么透彻一针见血。布什亏的碰上萨达姆，要是碰上你，就麻烦了，麻烦大了！"

白总（顺水推舟）："我既然说对了，你跟新娘子就得再干一杯，不然我白说了。"

众人跟着起哄，宝力尔跟托娅干下一整杯酒，空酒杯立即又倒满了。

白总："宝力尔，你这位新娘子是女中豪杰，喝得比你痛快。（对托娅）你听我说，男怕选错行，女怕嫁错郎，宝力尔跟着我们干石油是选对了行，你嫁给宝力尔是嫁对了郎，等于是嫁给了石油当老婆，你知道今天一桶石油突破多少大关了？"

众人附和着问："多少了？"

白总（鄙夷）："看你们这一个个的都不研究市场信息，迟早都得被行业竞争淘汰出局。听我说，今天已经正式突破一桶六十美元大关了。这么大的喜讯，正好给咱们石油界的这对新郎新娘锦上添花，这还不得再干上他一杯了?!"

众人跟着呼应着，托娅脸色潮红不胜酒力，对宝力尔为难地说："不行了，不能再喝了!"

宝力尔柔声细语地对托娅耳语，手在她背上拍推着，托娅一咬牙，仰头又灌下一杯。

众人齐声喝好，白总接着阐发宏论。

白总："就按这个涨幅速度，再过上一年，突破七十美元是铁定的价格。宝力尔，你就根据这个价值把你的家当算一算，光你手里的产值就得翻个倍! 咱们干石油的一个个都成了虾米咬上了龙尾巴，都混到天上去了么，我说得对不对?"

宝力尔（不再上套）："白总，你这脑筋是超级光速电脑，不然你怎么成了咱们这行的龙头老大，我们只能当下面的虾兵蟹将呢? 白总你海宽水深，你现在匀给我一杯水，不多，两千万，等油涨到七十美元一桶，我赚了你也发了，这不就是双赢的局面了么。"

白总："你小子就双赢了! 你娶了老婆还白赚了一对男女成双的好娃娃，连一点床上的本钱不摊就把香火续上了，你小子厉害! 一箭双雕，不，一箭三雕! 就凭你这啖起实货来比石油还猛的劲头，敬你一杯就能说过去了? 说不过去! 光冲你这一箭三雕，就得敬你跟新娘子三大杯! 把这三大杯都干了，咱们再说你别的事情。"

白总的妙语激得众人齐声喝彩情绪高涨，逼着宝力尔跟托娅连喝三大杯。

在阵阵吆喝的声浪与杯盖相迫的簇拥中，托娅左推右躲狼狈不堪，被酒溢出来的酒水泼湿了半张脸。

白总用牙签剔着牙，志得意满地欣赏着自己炮制出来的火爆场面。

都仁冷不防突地蹿过去，夺过托娅脸前的酒杯狠狠地摔到地上，霎时只听酒杯崩裂而碎!

都仁一口气夺过几只酒杯摔到墙上地上，玻璃的碎裂声接连乒啷作响。

大人们面面相觑愕然冷场。

托娅窘恼不堪，扬手打了都仁一个嘴巴，拉起他走出包间。

托娅把都仁拉到一个拐角，俩人站住。

托娅气得张口无语，末了吼出一句："都仁！……谁给你教的？"

都仁回答得更加响亮："谁也没给我教！"

包间里，白总的副手打破了僵局，奚落起宝力尔来。

白总副手："哎呀呀宝力尔，你这个娃娃生猛，我看你是当上恐怖分子的爸爸了，过上个两年就能制造新闻惨案上电视镜头了。你还想要投资，谁还敢给你投资？！……娶老婆为养后人，投钱为赚钱，我们白总投资企业有个特点，衡量一个企业老板的管理水平，别的甚都不看，只看他管得住管不住老婆跟家……"

宝力尔茫然失神呆若木鸡，坐着一动不动。

走廊里，托娅在训斥都仁。

托娅："……这不是在家里，想怎么干就怎么干，你这是跟妈妈出了门了，你怎么这么给我丢人，这么给我不争气？！"

都仁："……我没有丢人，没有不争气！"

包间里，白总副手继续讽刺着宝力尔："一个企业老总要是连个老婆娃娃都管不住了，还怎么管理企业？这个企业还有什么指望，还有什么信誉？谁敢把钱投资给这号企业，迟早要烂包！"

白总摆手示意止住副手，说："宝力尔，我倒是欣赏你这娃娃，敢劈山救母，有气势有骨头，好小子好汉！敢上九天揽月敢下五洋捉鳖，将来准定是干大事的材料。宝力尔，你要敢有这个娃娃的气魄，刚才敢摔酒杯敢把皇帝拉下马，我甚都不看，就冲你有这一身豪胆，我就敢把钱撂下来让你去倒腾，你信不信？！"

50.市区近郊　　日　外

小轿车驶进了市区近郊的豪宅区。

一车人都沉默不语。

托娅忐忑不安地问："……宝力尔？"

宝力尔"嗯"了一声："啥事？"

托娅："……都仁是草滩上长大的孩子，不清楚外面的事情……是不是把你的大事情耽误了？"

宝力尔心烦意乱地挥挥手说："没事情没事情，你不用操这个心。……我是自己干出来的，不是看他谁的眼色看出来的。这种事不用你操心。"

说话间，小轿车驶进一幢装饰华丽俗气的别墅楼前。

51. 别墅楼　　夜　内

托娅给宝娃洗手洗脚，都仁温驯地躺在被窝里，听着妈妈的开导。

托娅（苦口婆心）："……都仁，你不能像在家里那样，跟野马驹一样乱蹦乱踢了。咱们出了这么远的门，好多事妈妈也搞不懂摸不清，所以你更要小心注意，多动脑筋少动手，有不清楚的什么事跟妈妈商量，妈妈让你做了你再做，好不好？"

都仁点点头"嗯"了一声。

托娅把宝娃放进被窝，说："你是当哥哥的，将来宝娃还要看你的样跟你学，你就是她的榜样么。你看你昨天害不害怕，你要是把酒杯子扔到别人的脸上了，把别人打伤了，还不当时就闯下大祸了？你叫妈妈怎么办——"

宝力尔悄然进来。

宝力尔："唉，娃娃么，说一遍就行了。娃娃也有自尊心么，不能老说。托娅你出来，来看看你的卧室去。"

托娅未出门，宝娃哭出声来。

托娅吩咐："都仁，你先哄哄妹妹。"

宝力尔把托娅领进一间布置豪华的大卧室，他不停地按着照明开关，一时室内灯光闪烁变换宛如魔境。

宝力尔推开卫生间，介绍说："商家吹这是意大利名牌的双人冲浪浴缸，我看也就是广东的冒牌货，质量还行，刚刚装上的，洗澡连手都不用动，你不信试试看。"

托娅（心事重重）："我想给福利院打个电话。"

宝力尔掏出手机打开，说："呦，没电了，你明天打吧。"

他牵着托娅的手来到双人床前，说："你今晚就睡这儿吧。"

托娅："……这俩孩子刚来，还不习惯，你没看闹情绪还哭着呢……我今晚不陪她就能哭一夜。"

宝力尔把托娅拉到酒柜桌前坐下来，熄灭了所有的灯。

黑暗中托娅叫道："宝力尔！"

音响的音乐声起，宝力尔点燃了蜡烛。他从酒柜拿出酒瓶斟满两只杯子，说："昨天的酒喝得太窝囊，你替我受委屈了。今晚我陪你好好喝两杯。"

托娅没动酒杯，宝力尔把小盒子打开，说："托娅，你把手伸出来！"他取出一只戒指，套在托娅的手指上。

宝力尔："这就是我今生的梦想，现在成真的了。这是我托人从香港的梦丽宝专卖店带回来的，你看看，光线越暗上面宝石的光泽越漂亮。"

托娅卸下戒指仔细看了看，小心翼翼地放到桌子上，对宝力尔淡然一笑，说："你为了油井还得跟别人借钱，你不要为我花这么多的钱，以后日子还长着呢，不知道还有什么麻烦等着呢。"

宝力尔喝口酒，说："托娅，生意场上的事情我一时给你说不明白，你一时也弄不明白，时间长了你就懂了。这就跟两国打仗一样，真真假假虚虚实实，最后只看谁个赢谁个输。我借钱也是虚晃他一枪，无非是探探他的底细罢了。咳，这就不是现在该说的话题，今晚是属于我们两个人的。这酒就是我跟你说的人头马，全世界的有钱人都喝这种酒，实际上就喝了个牌子的名气，你尝尝。"

托娅喝了一口，放下杯子。

宝力尔："咋样？不就是红糖水加生石灰么。"

托娅点点头，说："怪怪的，像是草药的味道。"

宝力尔："托娅，让我好好看看你，看看你真的是不是托娅。这可别是在做梦。托娅，你还记不记得在旗文艺会演你代表咱们学校去跳舞参赛那回了？"

托娅："是哪一回？"

宝力尔："就是你拿旗里的文艺二等奖的那回，你忘了？"

托娅："噢，想起来了。"

宝力尔："你跳的是鄂尔多斯的顶碗舞，你在台上跳舞我在台下面心跳得厉害，不知不觉地鼻血就流下来，把衬衣染红了都不知道个擦。"

托娅（笑）："是礼堂太热了吧。"

宝力尔："是爱你爱得发晕了。你当时穿的什么衣服你还记不记得了？"

托娅想了想，摇摇头。

宝力尔："我给你说，你头上扎的是粉绿色的头巾，穿的是大红色绸裙，脚上是黑色的小马靴，旋转起来红绸裙就开成一朵红牡丹花了。我什么时候想起来，不喝酒人都是醉的。"

托娅脸上泛出一层羞晕，说："你记性真是好，我全都忘了。"

宝力尔捧起托娅的手，动情动色地说："当年谁能想到，我宝力尔最后还是把全校的校花摘到手了，连我自己都不敢相信有这一天——"

外面传来急促的脚步声跟人吵闹的声音，门砰地被撞开，司机与森格扭扯着挤进来，司机拉拽着森格说："宝总！宝总！这个人说是要找托娅，自己就往里硬闯，我挡都挡不住！"

托娅站起来："森格！"

森格失魂落魄地喘着粗气，半晌才嘶哑着嗓门说："托娅——"

托娅走过去："你怎么来啦，森格，出什么事了？"

森格沮丧万分地说："……托娅……我对不起你……"

托娅（顿时紧张）："……怎么啦？……巴特尔出什么事了？！你坐下来慢慢说。"

森格坐下来说："我把巴特尔……我把巴特尔害了……"

托娅："你说什么？！"

森格不再言语，抽泣起来。

托娅："再说一遍！你把巴特尔怎么啦？"

森格泣不成声。

托娅定下神，一把拽起森格走出大卧室。

托娅拉着他走进孩子住的小卧室，把他推进卫生间，打开水龙头，对他说："你把脸冲一冲。"

森格对着水龙头冲脸，连着灌了好几口水，喘息着，忘了接托娅递过来的毛巾。

托娅索性给他抹脸，说："现在你好好说，巴特尔到底怎么了？"

森格哭丧着脸，说："巴特尔跟我喝酒喝醉了，我醒来的时候，巴特尔就不在了……"

孩子们都坐起来，宝力尔与司机也进了小卧室。

托娅："人呢，他去哪儿了？"

森格："人送给医院抢救去了，在急救室里躺着呢……"

托娅："……谁叫你们喝酒的？！"

森格："他难受，我也难受，他难过，我也难过，就这么喝起来了。"

托娅："他哪来的酒？！"

森格："……酒是我买的。"

森格从身上摸出一张纸递给托娅，说："医院给我一张病危通知单，让我交给直系亲属，我就赶来了。"

托娅拿着通知单一看，气得脸色煞白，抖着通知单说："森格！你就这样照顾巴特尔的？！"

森格自知理亏，乞哀地看着托娅，一时无语。

托娅匆忙地收拾行装，对宝力尔说："宝力尔，巴特尔喝酒出事了，我这就跟森格回去，你替我把孩子照看几天，行不行？"

宝力尔："现在就走？"

托娅："现在就走。"

宝力尔："你着什么急，这么晚了，你怎么走？"

托娅问森格："有没有夜间车？"

森格点点头。

宝力尔："托娅，你又不是医生，人好着你就不用这么着急，人不好了你去了也没用，我看这样，先叫他拿些钱回去看看情况，你去了也解决不了问题嘛。"

托娅："我先回去了再说。"

宝力尔（极为不悦）："……什么事都得商量着办，你这人怎么这么固执的？"

托娅："这件事没商量的。"

宝力尔（生气）："没商量就不商量啦！"

宝力尔满腹郁闷地回到大卧室，把两杯红酒仰脖子灌下去，又打开一瓶二锅头自斟自饮起来。

托娅收拾完行装向大卧室走去，森格跟着她随后而行。都仁从床上蹦下来也尾随过去。

托娅推开大卧室的门，宝力尔已经喝得面红耳赤显出醉意来。

托娅："宝力尔，我这就走了。能不能，先给我些钱，我怕我带的不够。"

宝力尔没回话，又喝下一杯。

托娅："宝力尔，行不行？"

宝力尔把酒杯重重一声敲放，大声叫嚷着："不商量么还有什么行不行的！"

托娅始料未及惊立住了，森格与都仁站在她的后面。

宝力尔突然冲到托娅跟前，满腔怒火勃然而发："不要再提钱的事！你跟你儿子在酒席上把两千万都砸没了，还有脸在我跟前再提钱的事！……我看你是人在曹营心在汉，人跟上我来了心还拴在那头，你要钱干啥，还要把你的巴特尔搬到我这个家来供着不成？！"

托娅转身出门，森格与都仁随她离去。

宝力尔回身又倒杯酒一饮而尽，反身碰翻椅子追出去。

宝力尔追上托娅，指指点点继续发泄："托娅！你出这个门容易，想再进来可就难了！你过了这个山就没有这个庙了。你真是中了彩票当手纸！我宝力尔再找个大学生、研究生，都能挑着找，可你将来怎么办？——托娅你惨了！"

宝力尔拽住托娅的胳膊拉住她，说："你还当你是校花呀？你拖着两个儿女还要捎上个残废男人，谁还会要你，谁还要娶你？！不信你回去等着，等到你老死也没有男人要你！"

森格一掌断开宝力尔的手，说："你说什么，你再说一遍？"

宝力尔又拽住托娅，叫着："我就说了，我就说她等到老死也没有男人会娶她！"

森格突然抓住宝力尔一个大翻背把他凌空摔过去！

宝力尔跟廊顶玻璃珠吊灯一起砰然坠落，玻璃珠子四散飞迸。

森格不肯罢休，踢着宝力尔狠狠骂道："你凭什么骂人！你有钱就能欺负人啦?！托娅不用你操心，我明天就娶她！"

托娅急了，失声呵斥："森格！你疯了你，你又发酒疯了！"

森格余恨未消地拉着宝力尔嚷着："你看着，我明天就娶托娅！你等到老死也没人嫁你！"

托娅死拉活拽把森格推走。

52. 长途汽车　　日　内

托娅、孩子们与森格坐在后排，挤在一起。

两个大人都不自在，紧绷着脸沉默无语。

53. 旷野　　日　外

长途汽车后面拖起一股长长的黄尘。

54. 长途汽车　　日　内

托娅与两个孩子都睡着了。

汽车颠簸起伏，托娅身不由己偎靠在森格的肩膀上沉沉入睡。

森格挺着托娅、抱着宝娲一动不动，一脸严肃如在深思。

55. 医院　　日　内

托娅守着巴特尔，他挂着吊瓶处于半昏迷状态，不时发出几声痛苦的呻唤。

森格进来，说："福利院的人来了。"

托娅出去，留下森格陪守。

托娅来到走廊里，福利院的一位女工作人员把清单递给她，说："一共打碎了四块玻璃、一个茶杯，损坏一把椅子，折价赔偿一百三十七块钱。"

托娅掏出钱交给她。这时医生与护士走过来，托娅上去，问："医生，巴特尔现在情况——"

医生："大危险过去了，人这次就算保下来了。刚送来时心脏极度衰竭，连血压都没了，半个身子已经迈进鬼门关了，你老公生命力够顽强的，一定是放心不下你跟娃娃，九死一生地硬把命给拽回来了。你今后可得把他看紧着，老公么，还敢交给别人？嗯？"

托娅不住点头，急救室里传来巴特尔含混不清的喃喃呻语。

托娅推门进去，见巴特尔已沉沉睡去，轻声问："巴特尔说什么？"

森格："说，不想，不想死在福利院。"

托娅："什么？"

森格："说，……想死在家里。"

托娅凄恻地凝视着巴特尔。

56. 托娅家（院场）　　日　外

风沙骤起，风车飞转。

57. 托娅家（土房）　　日　内

托娅家又恢复了往常的情景，仿佛什么也没有发生过。

托娅坐着用线把整块的奶豆腐一条一条地拉开，放置在木盘里。都仁兴致勃勃地给巴特尔表演着摔跤动作，念念有词地说："……森格叔叔抓住他的胳膊说：'你敢再说一句！'他又说了妈妈一句，森格叔叔就把他一下子从屁股后面举起来，从头顶上面摔过去，砰地一下，把那家伙跟房顶上的一个大吊灯都砸下去，摔到地上去了！大吊灯轰地一声，就跟爆炸一样，满地都是碎渣子。"

巴特尔饶有兴趣地问："你看清楚了么，是从头顶上摔过去的么？"

都仁（再次比画着）："我看得清清楚楚！就是这么从头顶上摔下去的。"

托娅："都仁，你好的学不会，坏的一看就会！"

巴特尔："这就是大翻背摔么，（纳闷）……奇怪，当年就这个动作，我怎么教森格都学不会，怎么一下子就无师自通了？太奇怪了……"

电灯泡忽明忽暗，终灭于黑暗之中。

58. 托娅家（院场）　　日　外

风和日丽。

森格动手修理风车，都仁给他当帮手。

都仁（兴致勃勃）："……我爸爸说你根本就不会大翻背摔，你怎么一下子就又会了呢？"

森格脸色呆僵心事重重，闷头干着活路没有回答。

羊圈里传来托娅的呼唤声："都仁！都仁！"

都仁应声而去。

59. 托娅家（羊圈）　　日　内

都仁帮着托娅清理羊圈。

托娅："都仁，现在泉水越来越少，要是每天必须驮两回水，羊就没人放了。妈妈想来想去，你下个学期还是得停学了，行不行？"

都仁（爽快地点点头）："行。"

托娅："妈妈没办法，只好把马驹子当马使了，你明白不明白？"

都仁："明白。……妈妈，森格叔叔说他要娶你，是真的假的？"

托娅（陡然变色）："……你说是真的假的？"

都仁："我要知道，还问你干吗？"

托娅（叱责）："你老老实实干活！……他干的混账事你学会了，他说的混账话你也记住了！"

都仁不敢吭气了，两个人默默地干着活。

60. 托娅家（土房）　　黄昏　内

灯忽闪着又亮了，大家坐着歇息喝茶。

托娅给大家斟茶，说："我今天去泉水池驮水，有一家子四只狐狸趴在那儿喝水，见着我也不躲也不害怕，我敲着铁皮箱都把它们吓不跑，真是比狼胆子都大了！"

巴特尔："……那还不是渴极了，顾不上害怕了。"

托娅（忧心忡忡）："狐狸还能跟我们抢水喝，我们跟谁抢水去？"

大家不吱声了，只听啜茶的声音。

托娅（自言自语）："……都是水把我们害的，要是有水，这个家我一个人就能撑下去，谁也不用靠，谁的脸也不用看。"

无人应声。托娅给森格加添奶茶，森格说："我去借支猎枪，把它们都打死。"

托娅（冷语相讥）："狐狸是国家保护动物，你要犯法进监狱呀？"

森格："……监狱也得给人一口水喝。"

托娅（霍然起火）："森格！以后我们家的事你不要管了！你是小鬼帮忙越帮越糟，你看你把我们家闹成什么样啦？……我现在见你比见狼还害怕还紧张，你以后不要进这个门了，行不行？"

森格一惊把奶茶溢洒在坐垫上，他仓皇失措地用自己的衣服拭擦湿渍。

屋里悄然无声，森格起身一声不吭地走出门去。

巴特尔（嚅嗫）："……托娅，是我惹的祸，你不要往森格身上推……"

托娅："反正你们这个也会惹祸，那个也会惹祸，我还活不活了？！"

托娅把茶壶重重一放，愤然离去。

61. 泉水池沿路　　晨　外

托娅赶着骆驼驮水。

62. 山川滩地　　黄昏　外

托娅与都仁骑着马放牧。

63. 托娅家（土房）　　日　内

一位蒙古族老大夫给巴特尔的腰背上扎针，托娅在灶房里忙着给客人做饭。

房门开启，都仁骑着马在外面大声嚷嚷："妈妈！你快出来看！"

托娅："什么事？"

都仁："你出来看就知道了。"

都仁策马离去。

托娅匆匆走出屋门。

64. 院场背坡　　日　外

都仁骑马立在背坡边，托娅走过去。

沟底下废井旁，六七个人从一辆三轮车上卸打井用的桩子什物，森格指挥着大家忙个不停。

森格对坡上挥手，都仁抖缰策马跑下坡去，剩下托娅一人呆呆地看。

65. 托娅家　　日　内

托娅走进屋，老大夫给背上扎着银针的巴特尔号脉。

巴特尔问托娅："外面出什么事了？"

托娅见灶房水壶开沸满是蒸汽，匆匆跑进去提壶灌开水。

巴特尔追问："外面怎么了？"

托娅："外面森格得了疯牛病了。"

巴特尔："森格怎么了？"

托娅："他带来一帮子人，要打井！"

巴特尔茫然不解地看着托娅，喃喃地说："……他干吗要打井？"

托娅："你问他去吧，井架子都立起来了。"

巴特尔突然双手一撑，差点失重倾倒。老大夫赶紧扶住他惊叫起来："你干什么？别动！危险不危险?!"

托娅跳起来，训斥着说："坐好，听大夫的！你怎么这么不听话？怎么森格一来你就不对劲了？"

托娅扶好巴特尔，老大夫给他开药方子，对托娅交代："先吃二十付，如果腰有热的感觉，我再换一个方子试试，不要中断。"

都仁推开了门，森格牵着马朝里张望。

巴特尔见托娅没反应，主动招呼："进来，森格，你进来呀。"

森格以手捂胸用老方式礼鞠一躬。

森格："托娅，巴特尔大哥，等我把这口井打出水来，再进来给你们道歉。"

森格转身欲去，巴特尔叫住了他。

巴特尔："森格，等等……我们哪里有钱打这口井呀？"

森格："这个不用你们操心，我把摩托车手机都卖了。"

森格又准备离去，被托娅喝住。

托娅："森格，你怎么没有把你也卖了？你放着老婆汽车不去找，在这儿瞎折腾什么？"

森格（严肃）："老婆汽车没影了。谁会来买我呀？"

托娅（哭笑不得）："谁请你来打井的？"

森格："我请我的，给你打这口井，我心里好过一些。"

托娅："森格，你不要再胡闹了！打井要再出了什么事，我们真的连送你上医院的钱也没有了。"

森格："我是自愿的，谁也不用管我。"

森格关上门离去。

66. 打井台　　日　外

鞭炮噼里啪啦响毕，骆驼拉着吊缰向前走去，打出第一桶土。

森格将第一桶土倒掉，众人各就其位动手打井。

森格站入兜筐准备下井，半个身子入井时他忽然示意稍停。

他看见托娅骑马赶着羊群下坡去放牧。

托娅驱赶着羊群，看也不看井台。

森格一声"放！"随绳滑沉下去。

67. 沟坡　　黄昏　外

托娅骑马赶羊放牧归来，遥遥看见井台旁已积起大堆掘土。众人在抽烟歇息，都仁提着大铁壶给森格和打井人倒奶茶，在嬉闹中开怀畅笑。

托娅驱羊走上沟坡。

68. 托娅家　　日　内

灶房里蒸汽缭绕，托娅忙着烧茶做饭。

巴特尔抱着宝娃，说："托娅。"

托娅应了一声。

巴特尔："咱们，不能总让都仁……让孩子招呼大家吧……你是女主人，不出面，大家背后要笑话咱们的。"

托娅："我拿这个森格没办法，他搞的事哪一样有好结果？……骆驼没了，汽车丢了，老婆也跑了，把咱们家的事也搅了个乱七八糟，我看他跟都仁一个样，越急还越长不大！"

巴特尔："就念他一片好心吧。"

托娅："好心不得好报，好心有什么用？"

巴特尔："……你也想想，有心打这口井的，这世上也只有我跟森格……不会再有第三个人了……就念他这个吧。"

69. 井底、打井台　　日　内　外

森格在井底对着一块石头片左看右看，狠狠扔掉，蹲下去察看断裂的挖镐。

吊笼下来，里面放着奶茶壶。森格端起奶茶壶喝了两口，对井口说："都仁！这是你妈妈煮的奶茶，她今天背后都骂我什么了？"

井口传来托娅嗔恨的声音："骂你的命撞上灾星了，自己日子不好过，也不让别人日子好过，你最好就待在井底下，永远不要上来！"

森格看见托娅的脸闪过去，对上面大声叫着："起吊！把我拉上去！"

骆驼拉着转缰，把森格吊上井口。

森格对托娅咧嘴一笑，把断镐当啷扔到地上，对光察看手掌。

森格弯腰拾断镐，托娅过去捉住他的手，只见手掌开裂血迹斑斑。

托娅："你怎么搞的？！"

森格："你说得对，我肯定是命撞灾星了。"

托娅："怎么成这样呢？"

森格抽回手，说："碰上青石板岩层了。"

70.托娅家　　日　内

烟气腾腾，大家低声议论着打井的话题。

托娅给森格的手缠妥纱布，森格走到桌几前坐下来，闷着头喝奶茶。

赶驼老头儿："……说来说去，咱们只能打一般的土井，碰到青石板，除了请钻井车再没别的办法了。"

大家看着森格，他只顾喝着奶茶。

老头儿："我说得对不对？"

一人（反唇相讥）："你这话，跟没说一个样。"

老头儿："说人话是给人听的，咋能跟没说一样？"

一人："森格要有请得起钻井车的钱，还会请你这个拉骆驼的来这儿喝奶茶吃煮肉？"

大家沉默了。

巴特尔看着托娅，低声问："托娅，你给大家道个谢吧……"

托娅："这井本来就是你打的，你说。"

巴特尔："……看来，老天爷是存心不让这口井打成了。托娅跟我，只能感谢森格兄弟，感谢大家了。"

老头儿问森格："主事的，你说什么时候拆井架子？"

森格："井还没出水呢，拆什么井架？"

大家都惊然不语。

森格问老头儿："过去没钻井车你怎么打井的？"

老头儿："那个说不成！碰到石板层，连个正经炸药都没有，只好用自制的土药炸。"

森格："什么自制的土药？"

老头儿："用锯末子、马粪加上盐混在一起，也能炸，就是药力太小。"

森格："打出过水没？"

老头儿："当然打出过水，也打成过井。"

森格起身向门走去。

托娅："森格，去哪儿？事情还没交代完呢！"

森格："我买工业炸药去。"

71. 泉水池　　日　外
托娅汲水装箱，突然听到远方传来轰响声，手中的水箱砰然坠地！
托娅与骆驼都站立不动，凝视着远方。

72. 打井台　　日　外
老人把骆驼吆得飞步而行，吊缰猛地把森格拉出井口，都仁与森格手拉着手跑开。
大人孩子屏息倾听。
井底传来闷闷的轰响，森格与都仁爬到井口朝里张望。
两个人被腾冒出来的蓝烟熏得人鬼不分相视而乐。森格得意扬扬地说："我就不信，工业专用的硝酸铵炸药还不如锯末子加马粪蛋儿了！"

73. 打井台附近　黄昏　外
托娅赶着羊群回来，井底的爆炸声惊得羊群四散而逃。

74. 野滩山川　　日　外
野滩茫茫山川巍巍。
一群驴子被隆隆的爆响声惊吓得飞奔逃去。

75. 托娅家　　日　内
托娅端着一盆羊肉进灶房揭盖下锅，外面传来的炮响震得玻璃发颤。
巴特尔："森格行呀，第二百二十四炮了，看二百五十炮内能不能出水。"
托娅："他那点钱也该快折腾光了，巴特尔，我准备卖一部分羊了。"
巴特尔："……没上足膘的羊，卖了就是赔……连草料钱也搭进去了……"
托娅："只要有水，我就敢先赔，有了水，就真的敢想好日子了——"
都仁突然冲了进来惊悚失魂地嚷嚷着："妈妈！快去！出事了！"

托娅："有话说清楚！！"

都仁："森格叔叔让炸死了！"

托娅手中的羊肉盆砰然坠地！

托娅跌跌撞撞地跑了出去。

76. 坡路　　日　外

大家七手八脚地把森格抬过来，托娅冲过去，魂不附体地扶起森格的头，悚然失音地呼唤着："森格，森格你睁睁眼！"

森格没有反应，大家抬着他向蒙古包走去。

老头儿拉住托娅的胳膊，劝慰着她说："你不要慌，不要慌，他是震晕了，人死不了！"

托娅收不住脚步追跟着大家，惊魂不定地问："森格怎么啦？怎么炸成这样子啦？"

老头儿："他是图个节省，把一次用的导火索分两三次用，人刚吊到井口，底下就爆炸了，你说这家伙心沉不沉！人是受了震动被呛住了，不要紧，命丢不了！"

77. 托娅家（蒙古包）　　日　内

森格躺在毡垫上醒过来，茫然失意地瞪着虚空。

托娅扒下他的鞋扔到地上，用毛巾拭去他脸上的烟尘，森格听任她的摆布。

托娅指着他勃然怒骂："你说你混账不混账，为了块儿八毛钱的导火索就敢玩命呐？！"

森格没有反应地听着。

托娅："睡好了爬起来，把你这一摊子都搬走，滚得远远的，越远越好！"

森格像个乖乖听训的无辜孩子。

托娅（气急败坏）："你要死了，你老婆问我要人，我怎么办？你说，我怎么办？我到哪里去赔你这条命？！"

森格无语，托娅欲骂无词了。

森格翻翻眼皮，突然开了口了："托娅……我向你求婚好不好？"

托娅："……?！什么？……你再说一遍！"

森格清了清嗓子，又不吭气了。

托娅愕然失措地瞪着森格。

森格："……行不行，你说？"

托娅把毛巾扔到森格脸上，拂然起身而去。

78.打井台　　晨　外

托娅赶着羊群出去放牧。

打井台工序如旧，炮声又响了，托娅紧绷着脸充耳不闻。

79.川沟　　日　外

托娅把羊群驱进沟滩。

炮声在山沟里隐隐回响。

托娅实在忍不住了，策马奔到山坡顶上，举手遮目张望着打井方向。

80.牛圈　　日　内

托娅挤着牛奶，轰响声扰得她心烦意乱。

81.托娅家　　日　内

托娅提着一桶牛奶进来，倒进木桶里面，用木棍不停地上下搅拌着。

巴特尔："托娅……你应该，把导火索的长度……每天查一查。"

托娅没吭声。

巴特尔："不然，我不放心。"

托娅看见灶房里茶水壶烧开，抽身走进灶房。

82.打井台　　日　外　内

托娅提着壶给大家倒奶茶。

托娅问老头儿："森格呢？"

老头儿："井底下装炸药呢，马上就吊他上来。"

森格在井底下装炸药，托娅突然自天而降！

森格吃了一惊："托娅，你来干吗？"

托娅："这是我家的井，我不能来了？"

森格露齿一笑，俩人没话了。

托娅蹲下去，把导火索拔掉看了看，扔了。

森格将导火索拾起来，又装进药眼里。

托娅又将导火索拔掉，背过手去。

森格："……托娅，……那天我脑子震得有点不清了，都忘了，我还没离婚呢……我知道，这个太糟了，太丢人了……你不要生我的气。"

森格去拿导火索，托娅推开了他。

森格："……托娅，我想，只要这口井打出水来，你……你就可以不走了。"

两个人沉默着，彼此的呼吸声声相闻。

森格："托娅，……我不想让你嫁给别人。"

两个人低垂着头一动不动，突然紧紧地拥抱在一起。

83. 托娅家（土房）　　夜　内

孩子们都已熟睡。托娅打着奶皮，淡淡地对巴特尔说："告诉你一件事，有人求婚来了。"

巴特尔："谁，谁求婚来了？"

托娅："森格。"

巴特尔半晌无语，嘿然一笑，说："他又喝多了吧？"

托娅："他差点儿把你灌死后，发誓戒酒了，再没喝过。"

巴特尔茫然地沉默着。

托娅："问你话呢。"

巴特尔："……你把酒瓶给我，让我喝两口，清醒清醒。"

托娅寻出酒瓶倒了一盅酒递给巴特尔。

巴特尔一饮而尽，又要斟酒。

托娅："不行，就一杯。"

巴特尔："一杯想不明白。"

托娅斟酒，说："顶多两杯呵。"

巴特尔又一饮而尽，咂着酒味。

托娅："想明白了没？"

巴特尔摇摇头，说："这事有点儿邪，得在太阳下面晒着才能想明白。"

84.沟坡　　日　外

天高云淡阳光和煦。

托娅背着巴特尔过来，把他放在毡垫上。

巴特尔眯着眼看着沟底下忙碌着的井架。

托娅陪他站了一会儿，说："今天太阳不错，该晒奶皮去了。"

托娅转身离去，剩下巴特尔一人看着下面。

又传来一声炮响！

85.托娅家　　夜　内

夜已深沉，孩子们已经入睡。

托娅把洗好的衣服搭好，爬上炕给孩子们披理被子。

托娅（问巴特尔）："太阳晒了一天，晒明白了没有？"

巴特尔："不明白。"

托娅："怎么不明白？"

巴特尔："……森格要是光棍一个人，他求婚，……那是老天爷看咱家苦，可怜我，可现在这样……那不成了捉弄我了么？"

宝娃醒了，咿咿呀呀地哭哼起来。托娅轻轻地啪哄着她。

巴特尔："……你说，老天爷是可怜我还是捉弄我？"

托娅："老天爷把你捉弄够了，该可怜你了！"

巴特尔摇摇头，不再言语。

托娅哼起了摇篮调。

86. 山峦、草滩　　夜　外

皎洁的月光下，草滩广袤山峰逶迤。

托娅家的灯光明亮温暖，摇篮调委婉动人。

87. 托娅家（土房）　　晨　内

托娅找了一件干净漂亮的外衣穿上，对着镜子梳理鬓发，细细端详。

托娅放下镜子走进灶房，扬沸着热气腾腾的奶茶，将奶茶灌进铜壶里。

托娅提着奶茶出门，巴特尔忽然支起胳膊，说："森格再提这事，你就说，先让巴特尔看看他的离婚证！"

托娅："……你昨晚一夜都没睡呀？"

巴特尔："……"

托娅："太阳下想不清的事，你倒在月亮下想明白了。"

88. 打井台　　晨　外

外面刮起了呼啸的山风。

托娅提壶走下山坡，看见老头儿一人在收拾打装工具搅绳。

托娅："老伯早呀，他们人呢？"

老头儿朝蒙古包努努嘴，说："都歇下工了，准备各回各家呀。"

托娅（意外）："为什么？……森格呢？"

老头儿："森格半夜走了，你不知道？"

托娅："不知道，……森格走了？"

老头儿："都大后半夜了，他的一个朋友骑摩托来了，说在旗里看见他老婆了，他衣服都没穿好就坐上摩托车跑了。"

托娅："……他没说什么？"

老头儿："他一听说老婆就跟丢了魂一样，一句话没说人就不见影了。"

托娅方寸大乱，手中提壶的奶茶溢了出来。她转身急步上坡，又站下来，反身来到老头儿身旁，说话声都变了："他没交代打井的事？"

老头儿："他没钱了，我们工钱都赊着呢，他人在好说，他人一走，装药放炮这可没人干，这井打不成了。"

托娅（仍不相信）："他人现在去哪儿了？"

老头儿："他老婆在哪儿他就去哪儿了。谁不知道森格把老婆当庙里菩萨供着哩，心早就飞到老婆身上去了！"

89.草滩　　日　外

托娅与都仁骑着马赶羊放牧。

在呼叫的寒风里，托娅情绪激动地大声叱叫着，挥动着马杆不停地驱打着羊群。

都仁感到异常，提醒她说："妈妈，你把羊赶得太快了！"

托娅火气十足地训斥都仁："不快走下了雪羊吃什么？家里买不起那么多草料！"

俩人来到山岔，托娅用马杆指着命令道："都仁，从这儿进去四五里是红碱滩，你带上这一群去放吧。"

都仁面有难色，说："妈妈，这里边，我没去过。"

托娅勃然大怒，说："你进去不就去过啦？不去你怎么知道草在什么地方？没出息！去吧，我下午来接你！"

都仁驱赶着一群羊走进山岔，托娅赶着一群羊向草滩深处走去。

90.托娅家　　黄昏　内

巴特尔张望着玻璃窗外，与宝娆在炕上等待着，托娅推门进来，一声不吭地脱下外衣拍打着上面的积雪。

巴特尔问："下雪了？"

托娅没回答，扯下头巾疲惫不堪地坐下来，用脚把靴子钩脱下来。

巴特尔："山里雪大不大？"

托娅半晌才回应："嗯？……嗯。"

俩人又沉默了。

巴特尔见托娅神情沮丧，劝慰说："托娅，森格这个人……是个实心人……来求婚，是实心的；去老婆那儿，也是实心的……你连气都没法生他的……对不?!"

托娅不作答，末了冷笑一下，站起来向灶房走去，说："对，就当老天爷又把咱们捉弄了一回吧。"

巴特尔强笑了一下，看着托娅动手做饭。

巴特尔："都仁呢？在羊圈里？"

托娅顿时蒙了，反问："他没回来?!"

巴特尔："不是跟着你放牧去了?!"

托娅："……怎么忘了去红碱滩叫都仁啦？真该死！真该死！"

托娅跑出来惊慌失措地套靴穿衣，悔恨不迭地责骂自己："这口井里有鬼，我肯定让鬼缠上身了！颠三倒四脑袋都成糨糊了！"

巴特尔："都仁在红碱滩么？"

托娅："我找他去！"

托娅拉门出去，巴特尔喝住她："托娅！"

托娅转回半个身子："?!"

巴特尔："穿上你的皮大衣，拿上手电带足电池，还有都仁的毡靴子！"

托娅手忙脚乱地搜寻着衣物，砰地关门出去。

巴特尔惶惶不安地看着玻璃窗外。

91.红碱滩　　夜　晨　外

风雪肆虐，托娅坐骑被大雪染白，她举着手电四处呼叫："都仁！都仁！给妈妈回个音！"

一阵风雪袭来，扑打得托娅睁不开眼睛。

山野乱琼碎玉茫茫无际，只见一骑渺小如芥，母亲揪人心肺的呼唤声回荡着："都仁！都仁！你在哪里呀——！"

托娅的呼唤声被风雪淹没。

清晨时分，托娅的呼唤声已暗哑不清了。

托娅鬓眉皆白，看见远处出现了一处残墙断壁，她驱马前去。

托娅的马临近残墙断壁，她跳下马牵缰踉跄而去。

托娅在残墙断壁中来回巡梭，不见人羊踪影。她的喘息变得急促而猛烈起来。

托娅蓦然回首，一群羊拥聚在壁墙一处的死角里！

托娅含混不清地呻唤着跌跌撞撞奔过去，只见羊群不见都仁。

托娅转过身躯，在恐惧中含混不清地絮叨着："都仁，我的孩子都仁，你快出来呀……你再不出来妈妈就……妈妈就要疯了，你快出来呀！"

托娅身后传来微弱的动响，她转身疯狂地扒开羊群寻探着，只见都仁紧紧地抱着一只羊僵坐在地，他脸色青紫已经说不出话来。

托娅扑过去搂住都仁，把脸贴在都仁头上。她解开皮大衣，把都仁裹进去紧紧地搂抱在怀。

托娅剧烈地喘息着，欲言无语欲笑无声欲哭无泪。

92. 托娅家（蒙古包）　　日　内

远来的求婚者们正襟危坐，商谈已到关键阶段。

求婚代表："……既然扶养巴特尔我们已经做出了承诺与保证，双方也没有别的要求，是不是可以把这桩既合天意又合人情的大事就确定下来了？"

托娅（漠然）："行。"

求婚者们都松了口气，气氛活跃起来。

求婚代表："请你安排好一个适当方便的日子，我们接你去办理结婚的正式登记手续。"

托娅："……行。"

求婚代表："你说是哪一天为好。"

托娅："……你们定吧。"

求婚代表："那，我们什么时候来迎亲，把大家都接过去合成一家呢？"

托娅："行，什么时候都可以。"

求婚者们对托娅的态度感到意外，困惑地相对而视。

求婚代表："我们总要以女主人的意愿来做决定嘛，都要你亲自点头才好做出决定么。"

托娅："……"

求婚代表："希望你告诉我们具体的时间，以便我们做好准备么。"

托娅："……只要巴特尔跟着我，别的……看你们的方便安排吧。"

求婚代表："……当然，当然是这样，当然是这样。"

托娅出去提奶茶，求婚者们低声交头接耳，显得既意外又兴奋。

托娅再过来给大家续倒奶茶时，求婚代表说："那么，我们就约定下个月的第一天这个吉日来接你们先过去，在办理完结婚登记手续的三天之内举行仪式。"

托娅："行。"

求婚代表："那就请你抓紧时间安排清理这里了，该处理的处理，该送人的送人，该带走的带走，搬家时我们会用大卡车来接的。"

托娅："行。"

93. 托娅家（羊圈、土房）　　日　内

托娅在羊圈与羊贩子清点羊只。羊贩子用细棍点拨着羊只，不停地按着电子计算器统计数字。

巴德玛在土房里打捆包装行李，清理各种杂物。托娅进来倒了一碗奶茶，边喝边对巴特尔说："贩羊的看上这副马鞍子了，从一千五百块涨到两千五了，你说卖不卖？"

巴特尔翻了一下眼皮，没吭声。

托娅："三千我就卖了……我得留些钱，过去以后你的扎针买药钱得有个着落。"

巴特尔："……你先把我卖了吧。"

托娅："……看你说的，不愿意就算了么。"

巴特尔（凄然）："……除了这副马鞍子，我还有什么？"

托娅赶紧过去哄劝，说："留下留下。我们不都在你身旁么，少了谁啦？马鞍子给你留着呢。"

宝娲："爸爸哭了！"

托娅低下头察看，巴特尔扭过脸去。

托娅："宝娲，你妈妈真是老糊涂了。我嫁你爸那天，看着你爸爸这副马鞍子搭上马背时，嘿！你爸那个神气，那个帅劲，真是赛过明星腾格尔。"托娅拿着手巾给巴特尔抹脸。都仁出现在门口，说："妈妈，我看见一辆大卡车过来了，肯定是接咱们搬家来了！"

94. 草滩川口　　日　外

托娅骑着马过来探看究竟。

一辆蒙着帆布的大卡车陷在泥坑里，托娅过来，车轮突然飞转溅了她半身泥水！

托娅策马来到驾驶舱，探头问："你们是——"她突然脸色陡变噤口不语，驾驶舱内露出了森格的脸。

森格跳下汽车过来，他兴奋得满脸是光，得意忘形地说：

"托娅！托娅托娅！你看看，看看这辆车，这就是正牌专业的钻井车！咱们做梦都想的事，到底让我弄回来了！你快下马看看这辆车。刘老板，这就是我给你说的托娅，托娅，这位就是车老板老刘——"

托娅切齿叱马，勒缰掉过马头扬鞭离去。

森格："……托娅！你停下托娅！"

托娅头也不回，只是抽鞭纵马。

森格追了上去。

95. 山披　　日　外

森格在后面猛追托娅，边跑边叫喊着："托娅！——你停下来，有话给你说，托娅——你怎么啦？！"

托娅一路纵马头也不回。

森格连滚带爬地抓住了马缰，气喘吁吁地说："托娅，……我把婚离了！"

托娅一马鞭抽下去，森格上来欲夺马鞭，不料劈头盖脸地又挨了一通。

托娅把马鞭打飞了，她下马拾鞭，森格趁机贴上来，从怀里掏出离婚证明抖现在她面前，气鼓鼓地说："不信你看，这上面盖着法院的大印，你不信拿着看看！"

托娅一巴掌打飞离婚证，森格捡起离婚证，一次次地阻拦着上马欲去的托娅，挥舞着离婚证书，怒不可抑地叫嚷着："托娅，你听着！我现在向你求婚，该不丢人了吧！我现在求婚该不丢你的人了吧?!"

托娅夺过森格的离婚证远远撇飞，切齿而语："听着森格！……那天晚上，我就不该救你，冻死你，让狼吃了你，我的日子才好过，……你快死去吧！"

托娅翻身上马挥鞭急驰而去，剩下森格摸着脑袋四处寻找离婚证。

96. 打井台　　日　外

钻井车在隆隆地工作着。

森格把一沓钱递给何老板，说："你这钻井车光会吃钱不吐水，有问题了吧？"

何老板点着钞票，说："这不能怨我的车，现在地下水水位都变低了，哪年都要下沉个一两米，不打深井就出不了好水。森格，你本事大，你找到了那个车贩子，他就能把钱给你乖乖儿地掏出来了？我就不信。"

森格："你不信，你手里点的不是钱呀？"

何老板："是呀，这可是比亲爹还亲的钱呀，现在的人法院判下来的钱都敢赖着不还，那个车贩子就这么通情达理，一要他就把钱一个不少地还给你了？你肯定是有绝招！把你的绝招给我教教，我去追欠我的打井钱。"

森格："你去练蒙古摔跤的大翻背摔吧。我就这一个招把车贩子连着摔了五次，他什么话都没有了，把欠我的钱一个不少全吐出来了。"

何老板："我现在就拜你为师吧，给你磕个头吧。"

森格拦住他，说："我用这个招真是怪了，平时学也学不回，挨过巴特尔多少次骂也不行，可是每到被气蒙了头脑一热，就管用了。"

何老板："你是不见钱不出绝招，武林高手呀。"

森格："见了心里喜欢的人，一激动也能出手。"

何老板："反正你是不见财色你不开窍！"

俩人聊得兴致勃勃，不觉井管哗然作响清水喷涌而出！

97. 托娅家（院场、蒙古包）　　日　外　内

牧民们穿着节日盛装骑着马、开着摩托车结群而来，院场里拴着成排的马匹，停放着许多摩托车。

亲朋好友纷纷把礼物捧送进屋，四处洋溢着一派婚庆的喜气。

蒙古包里，巴德玛拉着托娅的手与森格三人相对而语，她悲欢交集哽泣着说："托娅，我早就说过，巴特尔这辈子跟上你，是他跟我们全家修下的好福气。你是天底下最善良最心慈的妻子了。现在你给我又找来一个弟弟，我就有两个弟弟了。巴特尔命苦，我救不了他，就把他交给你们两个了……"

托娅点点头，碰碰森格。

森格忽然局促羞涩起来，他说："巴德玛姐姐，从今天起，巴特尔就是我的亲哥哥了……以后，只要有我森格的，就有巴特尔的……姐姐你放心，我会好好地待他，养他一辈子……我有什么不对的地方，你和托娅就说我……"

巴德玛热泪滚落下来，说："托娅找的人，我没有信不过的，有你跟托娅陪着巴特尔，我当姐姐的心就算放下了——"

这时人声喧闹，大家七手八脚将巴特尔抬进来，森格托娅赶忙前去搭助，众人吆喝着："巴特尔当证婚人！请证婚人坐上席！"来客们随之蜂拥而入择席而坐，屋里顿时热闹起来。

98. 托娅家外草地　　日　外

都仁骑着一辆摩托车带着伙伴在院外转圈玩，伙伴问他："都仁，以后你就有两个爸爸了吧？"

都仁："你说什么？"

伙伴："我说，今天你妈妈一结婚，你不就有两个爸爸了么？"

都仁："……我只有一个爸爸！"

伙伴："那，你把森格叫什么呀？"

都仁："……叫叔叔。"

伙伴："他跟你妈妈结了婚，就是你爸爸了，叫叔叔肯定不行吧？"

都仁："叫什么关你什么事？"

伙伴："这明明是事实么。"

都仁："你记住，我就一个爸爸。"

伙伴："两个，两个爸爸！"

都仁发了狠加大油门，摩托车突然冲到野滩去了。

大人们在后面喝叫着："回来！都仁回来！马上就要开始仪式了！"

摩托车卷起一溜尘烟已经跑远了。

99. 托娅家　　日　内

蒙古包里的仪式已经开始了，来客们端坐于位神色凝重庄严。托娅与森格给来客们依次敬酒，接受着他们的叮嘱与祝福。

100. 草原旷野　　日　外

都仁把摩托车开到旷无人迹的地方停下来，把伙伴拉下来，虎着脸问："你再说一遍！"

伙伴："我不说了……反正我只有一个爸爸。"

都仁扑上去夹住伙伴的头，两个人撕扭摔绊起来。

都仁发狠劲把伙伴重重地摔翻在地，骑在他背上把他的脑袋往沙土里摁。

伙伴号叫着："都仁！我不说了，再也不说了还不行嘛！"

都仁松开手，俩人都站起来。

都仁突然潸然泪下。

101. 托娅家　　日　内

天边燃起绚烂的红霞。

蒙古包里酒酣席热，烤全羊抬了进来。

巴特尔喝得面膛醺红神情亢奋，豪狠的本色尽现无遗。他放声吆喝着："森格！你再给我倒一杯！"

森格瞅了一眼托娅，巴特尔面带鄙夷地说："让你倒酒，你看托娅什么脸色，还不快倒？倒！"

森格只得给他斟酒，巴特尔嫌慢，摁着酒瓶倒酒，酒溢洒出来，巴特尔端起酒杯仰首一饮而尽，博取了一片叫好声。

巴特尔重重放下酒杯，挑衅地说："森格，大翻背是怎么个摔法，你比试比试让我看！"

森格（笑）："那不是给师傅你丢人了么？"

巴特尔："丢你的人，不丢我的人。当初我教你这招，你是笨得死活上不上趟把我给惹火了，我就照这招一气把你连摔了几个跟头，你鼻青脸肿跪着对我求饶，还记不记得啦？"

森格："鼻青脸肿有，跪着求饶可没有。"

巴特尔："你敢说没有？！"

森格："真的没有。"

巴特尔眼喷灼焰逼视着森格："你真敢说没有？"

森格又斟一杯酒递过去，说："大哥，我是你徒弟里最笨的一个，这是真的？"

巴特尔接过酒杯随手扔掉，怒目切齿而语："不摔你个真的你就敢赖账！"他脸色陡变，突地支臂拔身站立起来！

客人们愕然失措不辨真假。

托娅音容失色惊叫："巴特尔！"

巴特尔向森格扑过去，如似一堵墙壁坍塌，轰然倒坠在桌几上，霎时盘裂杯碎一片狼藉！

众人扶着巴特尔，又收拾桌几，巴德玛捧起两杯酒敬给森格和托娅，肃然而起，唱起了深情无限的长调。

长调悠悠跌宕，将生命中爱与悲的感叹尽诉于歌。

来客们前后合应，男女老少混声唱起了祝福的婚宴曲。

102. 打井台、院场　　日　外

托娅用螺丝刀修理电闸，合上盖子拉上电闸。

井水潺潺流进水槽，大群的羊只畅饮着。

森格骑着马风尘仆仆地过来。他跳下马，从鞍上卸下一辆崭新的轮椅车，把它打开。

森格："托娅，你坐上去感觉感觉。"

托娅忙于饮羊，对着他笑了一下。

森格过去不由分说地抱起托娅放进轮椅，推着她飞跑起来，颠得托娅惊叫："行了行了，你可不敢这么推巴特尔！"

森格放慢脚步推着托娅上坡，托娅高兴地打量着轮椅，说："这下你带巴特尔出门就方便多了。"

森格："旗里医生交代了，该带他去呼市医院拍 CT 照片，让专家检查诊断治疗的效果，看有没有更好的办法。过两天就该动身了。"

托娅："你见都仁了么？"

森格从口袋里摸出奖状跟照片，递给托娅："咱们都仁出息大了。"

托娅（惊喜）："……都仁拿了旗里文艺汇演的二等奖了，跟我当年得的奖一样！"

森格："我再给你看一个。"

森格把一张纸条塞过去，托娅脸色陡变，说："又打架了，还背了一个警告处分！……森格，我明天就到旗里找他去，这样子下去还得了，都是你把他惯成这个样子的，以后——"

托娅忽然噤口不语了，森格也放慢脚步，停下来。

他们不敢相信自己的眼睛，只见院场的拴马柱前，巴特尔撑着木棍，颤颤巍巍摇摆不定地往马背上搭放马鞍子！

马鞍子滑落坠地，巴特尔不屈不挠的跪下地，挣扎着又站了起来。

森格与托娅相视无语愕然呆立。

巴特尔踉跄失重单腿跪下，他剧烈地喘息着。

森格欲上前扶助，被托娅拽住。

巴特尔顽强地爬起来，砰地一声终于将马鞍甩搭在马背上，他力尽气竭依附在马身上，搂抱着马脖子剧烈地喘息着。

托娅如置梦境，突然用双手捂住了嘴。

托娅凝视着马前的两个男人，不觉脸上热泪潸然而下。

剧终。

字幕出。

《赤壁》的真相与改编

当初吴宇森找我写《赤壁》时，我们谈得还不错——《赤壁》的主题就是以弱抗暴的大无畏的英雄主义。可事后他在很多场合讲，跟我也谈，说《赤壁》是以博爱为主题的电影。他希望主题是博爱与和平！就是说周瑜为和平而战，这完全是个误解。闻言我惊出一身冷汗。周瑜是为了生存而战，与和平十八竿子打不着。

《三国演义》这部小说，包括赤壁之战，凛然正气、顽强拼搏、三十六计什么都有，唯独没有一丝一毫的和平气息。真想拍和平主题的话，可以选另外一个题材去拍，不要拍这个题材。《赤壁》的失败，主要是主题指向含糊不清，走入误区了。哪一个伟大的战争片、史诗片是在讲和平精神的？托尔斯泰的《战争与和平》也不是这个主题。完全跑题了。

吴宇森跟我谈完以后，我的感觉是，他要《赤壁》这棵树上既结苹果，也结菠萝，还结西瓜，还结杧果，甚至还结石榴。统统都想要，可能吗？办得到吗？

《赤壁》的主题价值是不惧牺牲、以弱抗暴。独立自主重于生命，这个主题在今天仍有意义。剧本情节要围绕着这个主题展开，这是价值诉求。情节上的失败，其根源往往是价值诉求的失误，《英雄》就是个例子。

历史上，赤壁之战实际上是孙权、周瑜和曹操的对决。

刘备和诸葛亮的势力在当时还很弱小，不足以在军事舞台上占据主要位置。《三国演义》与《三国志》有很大的区别，后者是历史真相。《三国演义》多半是虚构的，像诸葛亮神机妙算、借东风用火攻的方式打败了曹操的水军，这些都是说书人的肆意畅想，与历史真相相去甚远。

当年刘备军事力量区区万人，曹操也没八十万，二三十万比较靠谱。史书记载东吴的兵力加起来五万多人，第一线的部队部署在三江口和赤壁之间的水军和陆军加起来不过三万五千人，这就是周瑜的全部家当，再加上刘备的军队，也就是四五万人。可歌可泣的正是以少胜多、以弱抗强。这一仗是中国战争史上以弱胜强的典范，我们应该抓住这个点来把情节做足、做精彩。

以寡抗众的智慧和勇气，是这部传奇的价值品质。欲讲和平主题可以拍另外一个电影题材，不必去碰赤壁。

我的剧本中关羽仅露了一面，张飞露了几面。从历史的真实来看，刘备军担任侧翼牵制、游击、骚扰的任务，正面战场全是东吴水军与曹操水军。我还是愿意尊重历史的事实。戏剧性最好在真实的基础上去展现。我还删减了大量的演义性质的人物。

吴宇森的太太参与了剧本创作，后来让影迷觉得特别搞笑的台词出自她手："别闹、别闹"，还有周瑜跟小乔给小马起的名字"萌萌"。东吴当时身陷灭顶之灾，大将军跟他老婆给萌萌洗澡，这还是周瑜吗？对历史的想象力幼稚至此。那是几十万铁甲洪流杀气腾腾取命来了，你还有闲情逸致给小马洗澡、跟老婆调笑吗？

内地电影惯有的虚假，还有香港电影常见的与历史的距离，都是顽症。

赤壁一战，曹操和周瑜是战场上的主要对手。周瑜这个人物形象若刻画得成功的话，主演应该拿影帝，这部电影在艺术与商业上也会成功。原本想请周润发演周瑜——他戏演得很棒的，我基本上是按周润发的路子来构想、描写周瑜的。

曹操是英雄，周瑜也是英雄。压力太大了，几十万大军到门口了，你手里面就那点兵与资源，打还是不打？能将黑云压城城欲摧这个气韵把握住的话，电影就成了。

《赤壁》的剧本我就写了一稿，吴宇森没用，我也就不用再做修改，但故事已然成型，人物完成得算是鲜明有特色。

序幕

特写：一把出土的汉代古剑文物，垂直于黑画面中央。锈蚀而残缺的古剑，如重回历史般逐渐还原成真剑原貌，剑身上腐蚀的斑痕也渐次还原成雕刻精致的花纹。

（叠印片头字幕）

在古剑还原过程中，黑背景渐现出晨曦初现的天幕。晨光自剑身后升起，剑锋折射着晨光，闪烁生辉，光线渐变金黄，投射着历史的辉煌。

古剑不速不缓地向下滑落，凛然无声，划过长空。

叠印着战争场面，悲壮激越。

字幕：东汉末年，农民起义，天下大乱，豪强并起群雄割据，形成长期混战的局面。

曹操集团经过二十年的苦战，统一中国北方并控制了名存实亡的朝廷。

镜头从被强光逐渐淡化的剑身缓缓地摇落在晨光中的宫殿上。

1. 许昌　汉宫大殿　　日　外　内

字幕：公元 208 年（东汉建安十三年）

满朝文武齐列，钟磬交错笙鼓齐鸣，大殿上正举行着隆重的封拜丞相仪式。

蒋干丰神俊朗，手持圣旨宣念，其声朗朗，声震殿宇。

蒋干："诏命，自古以来，人臣未有如曹操之功者，虽周公吕望莫可及也，自海内倾覆群凶四起之时，曹公秉忠贞之诚，兴义兵以匡扶汉室，二十年来亲躬披甲、栉风沐雨、征伐周旋、出生入死。"

曹操坐在皇位前面的座几上面，雄伟的身躯挡住了汉献帝刘协。他跷着二郎腿瞑目悠然，显示出凌驾于帝王之上的傲然气概。

蒋干的声调厉然刺耳，所述功绩令闻者不寒而栗。

蒋干："建安元年，曹公自洛阳营救朕，护驾于许都，是年镇压汝南黄巾军杀贼数万；

　　建安二年，曹公征伐黄巾军张绣部于宛，亲子曹昂战死。"

　　曹操睁开眼嘿然而笑。

　　曹操："这一仗我是一败涂地，为了一个娘们儿，险些搭上老命！"

　　蒋干："建安三年，曹公擒杀吕布陈宫；

　　建安四年，曹公击斩黑山黄巾眭固，张绣胆破降服；

　　建安五年，曹公于官渡大胜袁绍，斩贼八万；

　　建安六年，曹公南征刘备，灭杀千数。"

　　曹操摸出手巾清了清嗓门，悠哉地说："刘备这家伙比蛇还滑，都拎起他的尾巴了，还是溜掉了。念，往下念。"

　　蒋干："建安七年，曹公击败袁尚袁谭于河北；

　　建安八年，曹公占领黎阳，吕旷吕朔率部投降；

　　建安九年，曹公攻克邺城，大败袁尚；

　　建安十年，曹公斩杀袁谭于南皮；

　　建安十一年，曹公拔壶关斩杀高干；

　　建安十二年，曹公北征大败乌桓，得袁尚袁熙人头。曹公功比泰山，勋若日光——"

　　曹操突然打断蒋干。

　　曹操："建安十三年呢？"

　　蒋干（不明白）："?!……曹公，本年未启战事呀……"

　　曹操霍然起身站在座几上面，斩钉截铁地说："建安十三年，曹公灭斩刘备，将其头做蹴鞠踢而戏之！"

　　君臣满廷悚然无语。

　　曹操："都听见了吧？这才是书写历史的春秋笔法。"

　　曹操径直走上皇座，拉起献帝的手。

　　曹操："走，跟老夫到后庭寻乐去。公事嘛，让他们慢慢办着去。"

　　满朝文武鸦雀无声，看着献帝乖乖地被曹操拉走，两人消失在屏风之后。

　　蒋干清清嗓子接着念诏。

蒋干："曹公功比泰山，勋若日光，官拜丞相之位，统领朝野，并加九锡之爵以彰功德！"

满朝文武大臣哗啦啦下跪，皇座上已空无一人。

2. 汉宫后宫　　日　内

后宫雅乐靡靡，同时上演着挑线木偶戏，曹操与献帝喝酒赏戏侃侃而谈。

曹操："……修炼到仙境的人，便是仙人了。仙人者，长生不老无忧无虑，火不能焚而水不能侵，乘云驾雾吸风饮露，以日为宫以月为殿，随兴所至而遨游于天地之间，比做个皇帝不知道快活多少倍！"

献帝："境界太高，只怕修炼亦难。"

曹操："老夫自有捷径秘传于你。"

曹操从左袖筒里掏出一卷绘画绢本的《素女经》徐徐展示。

曹操："咱们黄帝老祖就是御女一千二百名修炼成神仙的，你就照着《素女经》悉心习练，采阴补阳闭精守关，练到御接而不施泄者，自会得道。你好好看，学问大了，你得潜心深究才能入道。"

献帝翻看着《素女经》，曹操从右袖筒里又取出一份写好的诏书展放于案几。

曹操："皇上签个字吧，老夫要消灭刘备去了。"

献帝看着诏书呆坐无语。

曹操信步来到木偶戏台，一时兴起，从艺人手中夺过木偶耍玩起来，只见他手下的木偶刀飞剑舞横冲直撞，众木偶被杀得人仰马翻、乱不成形。

献帝仍在发呆，曹操玩着木偶催促："皇上你快签呀，老夫还忙着呐。"

曹操见献帝呆坐不动，扔下木偶过来，冷然一笑："你兔死狐悲也没用，这刘备非死不可。"

献帝借着酒劲壮胆，正色道："曹公，你何不把这身黄袍穿到自己身上，把这冕冠戴到自己头上，灭谁都便当……你把我当傀儡还没玩儿够么？！"

曹操扔掉木偶，叹了口气："玩儿够了，你还能活到今天吗？"

曹操坐下身来斟了两杯酒，推给献帝一杯，自己呷了口酒，又夹了块鱼品尝滋味，赞叹地说："嗯，真正的四鳃鲈鱼，只有皇帝才享用得起。"

曹操又夹起一块鱼强塞进献帝口中："你呀，别得了便宜还卖乖，不是老夫在这儿替你担当着，哼，现在天下各种来路的皇帝少说也有七八十个，还轮得着你在这儿坐享天子的福分？"

献帝忍着泪强咽鱼块。

曹操："你呀，恩将仇报，真是昏君一个。当初你想杀老夫，把诏命缝在衣带里秘传给刘备，让他来取老夫的头。这家伙盘算来盘算去，把你的诏命送交我了。"

献帝怔怔地盯着曹操。

曹操："为此一案，所有涉案者都被灭了三族，唯独他刘备逃之夭夭了。欺君尚是死罪，卖君又当何罪？当杀无赦！你呀，被刘备卖了还要帮他数点卖身钱，你说你昏不昏？"

献帝："你何不杀了我这个昏君呢？！"

曹操（笑容可掬）："我是儒门之徒，奉行的是尊君之道。不过，你们刘家出的昏君太多，杀起来你都排不上号。（如父呵子般）你好好地听话，老夫自会把你料理得舒舒服服，别找不自在，记着了？"

献帝愤愤地在诏书上签名，扔掉笔双掌捂住面孔。曹操动手在诏书上加盖玉玺。

曹操（轻声而语）："你吃得比我丰盛，穿得比我华丽，女人比我多，天下的重责老夫替你担着，骂名替你背着，房中术给你教着，你还动不动就撒火卖疯，一会儿叫刘备杀老夫，一会儿又叫老夫去杀刘备，你小子！你这傀儡当得比神仙还快活呀。"

3. 曹府　　日　内

谋士将领齐聚大厅，诏书在众人手中传阅。

曹操端坐于首，曹丕曹植侍坐于旁。

于禁手执诏书问："这次征伐刘备，主公要动用多少兵力？"

曹操（淡然而答）："三十万。"

众人嗡然吃惊！

蒋干："主公，刘备地盘不过一县一城，兵力不过万余，我们何以倾巢出动？杀鸡焉用牛刀？"

曹操对贾诩摆摆手，示意由他解说。

贾诩双手击掌，一束巨大的牛皮地图从墙壁降下，哗然展现，他指图而言："汉地一十四州，已有十州归属曹公所有，可谓天下三分已占据其二，剩下这四州，凉州荒远不足为忧，益州涣散不足为患，东吴弱小不足为敌，与我能决争天下者，当为荆州的刘表军。曹公的战略是假道伐虢声东击西，以征刘备为名行攻荆州之实！"

众人闻语愕然，大厅霎时寂静。

曹操对曹植说："以杀鸡之名行杀牛之实，非牛刀不可。"

贾诩："荆州北据汉、沔，东连吴会，西通巴蜀，既贯穿南北又隔绝东西。占领荆州，东吴与西蜀便都陷入孤立无援的绝境，这是天下的咽喉，势所必夺。刘表的荆州军实力雄厚，计有步军十五万，马军五万，加上八万水军，共二十八万，兵力与我相等，所以，这将是一场以石击石的硬战，是一场实力对等的血战！"

众幕僚个个紧张屏息瞠目以待。

曹操起身，从兵架上抄起一支闪着寒光的兵槊，神色凝重地说："这支槊，随我征战已有二十年了，跟诸位一样，历经的战事已不计其数，将来定夺天下为史书所载者不过两战。官渡一战，我们打得艰苦，但半取了天下，而荆州之战，则是全取天下的决战！我们的功名垂败、我们的身家性命、我们一切的一切，都取决于此战的胜负！"

众人闻语悚然，全部俯身下跪。

曹操："刘备务必全歼！先杀这只鸡给猴子看看，杀一儆百，破掉荆州军的胆气。贾诩，官渡之战我们牺牲了多少？"

贾诩："三万两千人。"

曹操血气上冲，斩钉截铁地说："荆州之战牺牲的人数可能是此数的两倍、五倍、十倍，纵使用血水淹没荆州，我亦不悔！"

曹操转身猛地将槊投掷出去，槊锋砰然扎进了牛皮地图上的一个点——荆州，槊杆抖动不已。

曹操："得荆州者，得天下。"背手昂然离去。

4.新野　山坡　　日　外

曹军骑兵高举旌旗，遮天蔽日，咆哮之声冲逼云霄，如决堤之水势不可挡。

刘备新野步卒守军顷刻间淹没在曹军骑兵的狂滔之中。

5.樊城　刘备府邸　　日　内

刘备召集部下开紧急会议。

刘备："值此危难之际，我从隆中请来一位足智多谋的先生力挽狂澜，今后大家都听诸葛先生的指教吧。"

众人目光齐聚在一位衣着简朴、神情淡然的年轻人身上。

诸葛亮略一施礼："主公，第一件事，火速撤回驻扎在新野的部队。"

刘备（言听计从）："张飞，你立刻去新野，执行先生命令。"

张飞满腹狐疑领命而去。

诸葛亮："主公，荆州军与我们联合抗曹有无把握？"

刘备："刘表虽然多疑少断，但曹操是破门而入，端他的老巢来了，容不得他左顾右盼了。"

诸葛亮（冷峻）："究竟有几分把握？"

刘备（肯定地）："十二分把握，荆州是他的命脉所系，谁的命根子被掘都要拼死相争的。"

诸葛亮从容起来侃侃而谈："有此把握，我们天时地利人和都占上风。荆州军兵力雄厚，骑兵、步兵、水军俱全，我们尚有一万多精兵猛将，联合起来足以与曹军一较高低。荆州地形广阔复杂，足够周旋，且敌为外线我为内线，以逸待劳，依托汉、渭二水，北守襄阳章陵一线，可将曹军顿兵于坚城之下，打持久战，伺机再迂回袭击敌后宛、叶，断其粮道，同时在战略大局上采合纵之势，东联孙权，促其兵出江淮威胁曹操的老巢——许都邺城，西结马、韩，进军关中洛阳，使曹操陷入三面为敌之势——"

张飞突然带着几名遍体血污的兵士撞进来，他大声喝道："别卖你娘的这口鸟经了！曹操都占了新野，说话就踢上你的后裆啦！"

众人愕然，霍然起身。

刘备惊惧，结巴起来："……那、那……那部队呢？"

张飞指着身后的人说："两千步骑，就剩下这五个啦！"

一个伤兵支持不住仆倒在地，后肩上中的箭杆抖动不已。

6. 行军途中　　日　外

曹军骑兵势如洪潮一望无际。

曹操头戴斗笠与曹植并缰而行。

曹植："父亲，像皇帝这种恩将仇报昏庸无常的家伙，你为什么不废掉取而代之呢？"

曹操："皇帝这个名号取而代之易、名副其实难。你读过诸子百家中名家的典籍么？"

曹植："名家学理很深，读得似懂非懂。"

曹操："之乎者也云里雾里，说穿了，无非是名副其实与徒有虚名而已。皇帝可怜就可怜在他是个徒有虚名的皇帝，你老父要当，就当他个实实在在的皇帝，不玩虚名、不即虚位。"

曹植："天下一十四州，父亲占了十个，应该名副其实了。"

曹操："拿下荆州才敢说名副其实，那三个蕞尔小国自会望风而归，不战自降。植儿，荆州才是扭转乾坤的枢纽所在，是改朝换代的关窍之地，是皇帝玉玺的一半重量呀。"

7. 刘表府邸　　日　内

刘表病容青晦仰卧在榻，几名心腹重臣围床默然。

刘表忧心如焚地对蔡瑁说："我若不行，荆州的重任就压在你肩上了。"

蔡瑁："主公不必过忧，曹操是奉诏讨伐刘备，以理而论，并未对我荆州宣战。"

刘表："怕就怕项庄舞剑意在沛公。"

蔡瑁："祸起自刘备,得他自己背黑锅!(悄语)主公不妨招刘备来襄阳扣住他,把刘备交出去,用他的头把曹操的嘴堵上。"

刘表吃惊地说："曹操胃口之大,岂是一个刘备所能堵住的?"

蔡瑁："但是他进犯荆州已师出无名,师出无名则成不义之师。他不得不忌惮。"

刘表："我亦成不义之人了,我也不得不忌惮。"

蔡瑁："此事你并不知晓,一切由我来担当。"

刘表沉吟不语。

蔡瑁："两害相遇权其轻,主公,当断则断!"

刘表："刘备的手下如何能甘休?"

蔡瑁对傅巽一使眼色,傅巽开口了："主公抗曹亦是一策,但势必与刘备联合,如此便会背上抗拒圣诏王师的罪名,一旦失利便身败名裂,主公的半世功名就付之东流了。"

刘表："胜败尚未可知。"

傅巽高深莫测地说："只怕胜了局面更糟。"

刘表："这是何意?"

傅巽："若打败曹操,刘备肯定深得民心、羽翼丰满,定会取主公而代之。"

刘表不寒而栗盖紧了被子。

此刻属下禀报："曹丞相信使到!"

8. 荆州　衙门　　日　内

刘表强支病体接见曹使蒋干。

蒋干递交上信,并带来一只彩绘华美的大箱子作为礼物。

刘表打开来信,是一张未着一字的白纸。

蒋干儒雅地说："丞相嘱命,或战或降,只需你在这张纸上写一个字,不费荆州一纸我即可复命，并请大人开箱验点查收丞相送来的礼物。"

满廷文武无一人敢语。

刘表半晌才说："谢谢丞相的厚意，先点收下吧。"

属吏打开箱封，不禁惊讶失声。刘表俯身一看，箱里装满秽气四溢凝血黑紫的人耳朵！

蒋干："这是刘备在新野驻军的遗物，望大人笑纳。回信只需一字，我即刻便返复命。"

蒋干拂袖而去，刘表指着他的背影手指僵直张口无语，随之口吐血沫颓然倒地。

衙门厅内大乱。

9.樊城　刘备府邸　　日　内

诸葛亮行色匆匆赶来，见糜夫人抱着阿斗吃了一惊。

诸葛亮（责问）："主公！所有的家眷妇孺都随关羽水军南下了，你拖妻带子的如何与曹军接战？"

刘备愧疚地说："都抱上船了，这孩子受了风寒又咳嗽起来，实在是不放心才抱回来了。"

诸葛亮："既是军令，主公亦须遵守。"

张飞对诸葛亮不禁侧目而视。

刘备："下不为例下不为例。（疑虑）你把关羽撤到夏口去，兵力不是分散了吗？"

诸葛亮："截至此刻，我们与荆州联合的十二分把握未见一分，再延误两天，原定的方案就成纸上谈兵分文不值，我必须留条后路另谋局面。"

刘备（疑惑重重）："夏口是荆州的地盘，你背着刘表擅自行动，肯定要引起他绝大的误会与麻烦。"

诸葛亮（淡然一笑）："曹操一来，荆州地盘上的误会与麻烦就多了，刘表无暇顾及这件事了。"

张飞拍案而起斥责道："你对主公如何说话？"

诸葛亮笑而不答，端起茶壶自斟饮茶。张飞恼怒，一把将茶壶摔得粉碎。

刘备慌忙劝阻张飞。这时军探冲进来报告："荆州牧刘表大人猝然发病身亡！"

10. 新野至樊城途中　　日　外

田畴里的农夫们纷纷撇下犁牛农具，如惊弓之鸟四散而逃。

曹军大队浩荡而来。

曹操父子三人乘骑而行，曹丕将一皮囊水递给曹植。

曹丕："父亲写过的诗篇里，哪首是足以传世留名之作呢？"

曹植仰首饮水。

曹植："《龟虽寿》。"

曹丕不禁脱口而出："神龟虽寿，犹有竟时。腾蛇乘雾，终为土灰。老骥伏枥，志在千里。烈士暮年，壮心不已——"

曹植突然变色："父亲的头风又犯了。"

曹操面若死灰，手掩面额摇摇欲坠。

曹植贴身扶挽曹操。

曹植（急语）："快去叫华佗医生！"

大军如潮受阻，速度滞停下来。

曹操头枕马鞍躺在树荫之下，华佗在他头上扎满银针，时而轻轻捻动。

曹操在疼痛中感到异常，猛地睁开眼，只见众将谋臣合围聚集肃然而待。

贾诩贴在曹操耳旁悄然而语："蒋干派快马来报，刘表已死，刘琮蔡瑁举城投降。"

曹操如梦未醒久久不语，又霍然起身一把揪住贾诩："你说什么？"

贾诩把信交给他，曹操看着只写着一个"降"字的信怔怔不语。他将信揉捏在掌，闭上双目仰身躺卧下去。

曹操（喃喃而语）："荆州会不会是诈降？"

贾诩："蒋干才智超人但功名心切，只怕荆州若有陷阱他亦一时难料。刘表虽死，但他儿子与豪门重臣的利益仍旧未变，没有拱手相送的道理。"

曹操支起身展开团皱的信复看，并问众僚："诸位对荆州投降有何看法？"

众将已有共识，齐看曹仁。

曹仁："曹公，不讨价还价的买卖必有疑诈，荆州敢走这步绝棋，背后必有阴谋诡计。"

曹操问曹丕："你看呢？"

曹丕："这事如同儿戏，难以置信。"

曹操又向曹植："说说你的见解。"

曹植："人算莫如天算，天该亡荆，投降就正合天道。"

曹操突然起立翻身上马，断然把头上银针根根拔下，下令说："宁可信其诈不可信其降，真降只当是假降。曹仁，你将二路搜索变成四路搜索前进。等拿下樊城包围襄阳，真假自见分晓。前进！"

曹操挥鞭，大军滚滚向前。

11. 樊城　城墙外　　日　外

刘备诸葛亮一行身披祭服携带着祭品出城。

诸葛亮（对刘备）："主公，此去襄阳名为吊孝刘表，实为迫使荆州迎战曹军，我已安排了赵云以荆州军的名号抢先偷袭曹军，拖也要把他们拖下水。"

刘备举目前望，只见一辆打着旗号的马车辚辚而来，上面坐着一位年迈的老头儿。

刘备："这不是宋忠吗？总算是请咱们来相商大计了。"

两下勒缰施礼，宋忠立于车上，以差官的身份宣布命令："奉新主荆州牧刘琮令，刘备军封存兵械马甲，随荆州军一并顺降朝廷，等待曹丞相处置，令毕。"

刘备愕然张口无语。

诸葛亮（冷静）："请问宋先生，荆州是何时决定投降的？"

宋忠："三天了，迎接曹操的降使亦出发有两天了。何去何从速拿主意吧。"

刘备老泪盈眶，突然拔剑欲砍宋忠，被诸葛亮架拦住，刘备拖着哭腔号叫起来："欺人太甚，把老子当猴儿耍了还要卖给曹操，欺人太甚！"

张飞扑向宋忠，被赵云拦挡，两人撕扭着。

诸葛亮夺下刘备的剑插入鞘套，对赵云下令："即刻率部渡江撤离。"

赵云拉着张飞离去。张飞对着呆若木鸡的宋忠脸上啐了一口，狠狠大骂："老子过了江就去打襄阳，先杀光你们这些荆州府的王八蛋再说！"

刘备跺脚长叹，问："渡过江呢？只有去夏口了？"

诸葛亮："绕过襄阳南下，直趋江陵。"

刘备："关羽去夏口了，我们为何去江陵？"

诸葛亮："来不及细说了，速走为上！"

诸葛亮抖缰急去。

12. 荆州　衙门　　日　外　内

曹军将士对着征尘满身的曹操欢呼雷动。

曹操面对隆重的迎降仪式表情冷漠，对刘琮献出的象征权力的节钺与印绶傲然无视，急急向蒋干奔去。

曹操连脱落的一只鞋也无暇顾及，扶起了正在施礼的蒋干，紧握其手上下摇晃。

曹操（由衷叹赞）："功比泰山勋若日光，这个人说的原来是你呀。"

蒋干（一脸骄色遮掩不住）："一切都是大人的春秋笔法！一切尽归大人的天威赫赫！（低声）蒋某只恨今日不能当众高呼曹公万岁！"

曹操陡一变颜："刘备军的去向呢？"

蒋干："听蔡瑁说逃之夭夭了，但去向不明。"

曹操："你传蔡瑁一个人到衙府里面见我。"

曹操挥手叫来曹仁，两人走进衙府大门。

曹植俯趴在马背上咻咻喘息，曹丕奔马过来。

曹丕："下马卸鞍，该让马也歇歇了。"

曹植一脸苦相，说："我腿软得下不来了。"

曹丕："扶着我，下！"

曹植扶着曹丕的胳膊起身，不料曹丕一抽臂，曹植失重跌落，摔得他龇牙咧嘴连连呻吟。

刘琮母子在曹军的叱喝下过来。曹丕拎起曹植站立。刘琮母子对着曹氏兄弟拽拉起来。

曹丕（训斥）："该站的你就得站着，该跪的你就得让他跪着。"

曹操突然从衙府里疾步流星走出来，众僚围了上去。

曹操："曹仁，你急调五千精锐骑兵轻行装备，每人两匹马，并一万匹马，即刻出发南行去追击刘备军。夏侯惇随我，于禁、曹洪，你们随后依次出发！贾诩留此镇守并总调各部粮草补给。"

曹仁（面有难色）："曹公，自从许都出发，马不停蹄兵不卸甲，实在疲惫不堪，恳求曹公恩准休整半日，人马得以歇缓后出发。"

曹操（嘿然一笑）："好呀。你干脆在襄阳安家养小妾吧。"

曹操猛地挥鞭抽了曹仁两鞭子，宣布："撤曹仁扬威将军之职，回基本部充任骑兵。"

众僚面面相觑，无人再敢言语。

贾诩："曹公总得在此受接了印绶节钺，荆州才算名正言顺地归附在丞相的名下吧？"

曹操："这些应景的排场就劳你应酬了，荆州之实不在襄阳而在江陵。去晚了让刘备占了先手，那家伙就把肉吃得给你一口不剩。"

贾诩："由谁来接替曹仁的职位呢？"

曹操："曹植如何？"

贾诩（摇头）："不妥，太年轻，难经恶战。"

曹操："那就来个老家伙，我来接手吧。老骥伏枥，志在千里，不能言而不行。"

曹操摸着曹植的脑袋："儿子，你有料事之才，就做随军参谋吧。走，出发！"

曹植拍着马鞍子苦苦哀求："你看，我屁股磨出的血把马鞍子都浸透了，骑不上马了。"

曹操不由分说将曹植掀上马去，笑吟吟地说："儿子，汉高祖刘邦得天下就是屁股上的茧子磨出来了，不然天边的晚霞何以是红的？你看看，刘琮的屁股又白又嫩，只能撅起来给人磕头。"

曹操一鞭子抽得曹植的马狂奔而去，转头对曹丕发话："去，关照着你弟弟去。"

曹操上马掉转马头跑向席宴。他捧起酒壶痛饮，捞起食物大嚼着驱马率先出发。众将士纷纷上马蜂拥尾随而去，乱蹄踏起团团尘土。

13. 当阳　道路　　日　外

刘备军南撤而下，与逃难的流民拥挤在一起。

刘备与诸葛亮骑马并行而语。

刘备（懊悔地）："本以为依靠荆州便能与曹操抗衡，万万没料到他们竟能把荆州白白地拱手送给了曹操，当婊子还要收个卖身钱呢。我真是有眼无珠，徒然做了一场空梦。"

诸葛亮（鼓励）："塞翁失马，安知非福？乘荆州群龙无首人心慌乱之际，我们强行占据江陵，控制住荆州的水军就等于控制了长江，我们也就有本钱与曹贼一较高低。"

刘备（甚为感激地）："幸亏先生及早筹划，让关羽从水路带走家眷拖累，否则绝难逃离樊城。能在荆州得到先生一人，便是天不亡我之兆。"

诸葛亮："但愿曹操被襄阳的迎降仪式缠住手脚，忙于点验财产银两，那才是天赐良机。"

赵云飞马来报："主公，前面长坂坡石桥被逃难的流民堵塞，军队与百姓搅杂在一起，被拖住了。"

诸葛亮急急策马前去督视。

14. 当阳　途中　　日　外

曹操头上扎着湿毛巾、戴着斗笠，率领轻骑紧追不舍。

曹操语重心长地对儿子们说："你们将来执政领军切要牢记，不得因虚名而损实益。这句话是为父用半生的血泪换取的教训，足以终生为鉴。植儿，为父刚才说的是什么？"

曹植疲困已极形同僵人："不得因虚名而损实益。"

曹操："对，占据襄阳便是仅得虚名，而占据江陵方得实益。何也？江陵是荆州步军水军的大本营，是囤积粮饷军械的基地，所以占据江陵方可称拥有了荆州之实。现在刘备别处不去而一路奔向江陵，定然是得到了高人指点。如被抢先一步，他就会骤然成势后患无穷。为父如不将刘备堵截歼灭，荆州还不知落于谁手。"

曹操言者谆谆，儿子们听得昏昏，累得在马上摇摇欲坠。

夏侯惇策马过来急报："曹公，一日一夜已连奔三百里，马匹暴死毙倒三百四十余匹，兵员中暑昏死者亦不下此数。曹公，如再急追，恐损耗过大失去战斗力，恳求曹公让部队歇息半个时辰也好。"

曹操："才死三百匹马就心疼了？待死掉三千匹马你再报不迟。我告诉你一句秘诀，战斗力不是歇出来的，是激出来的。"

夏侯惇无奈，只得离去。

曹操挥鞭欲行，不料曹植砰然坠地昏厥过去。

曹操只得下马，亲手扶起曹植的头，以酒喷面，怜子之情溢于言表。

夏侯惇突然返回并带来探马。

探马跪报："丞相，发现刘备军队就在山下的长坂坡一带！"

曹操搂抱着曹植，对夏侯惇发令："停止前进，就地隐蔽。"

夏侯惇领命而去。

曹操："曹仁，你过来。"

曹仁牵马贴过身来。

曹操暗自偷笑，悄声地说："咱俩的双簧戏演完了。"然后正色而令，"曹仁，你戴罪上阵，率领原部人马绕过山脊，只要封死通往江陵的大道，将功折罪，你便可官复原职。"

15. 长坂坡　石桥　　日　外

诸葛亮与赵云勒缰停马，只见大道与石桥上逃难的百姓携老带幼赶着牲畜与军队簇拥在一起，混杂难分。

诸葛亮："赵云，你以桥为界拦截流民，给部队让道。"

诸葛亮忽然辍口，俩人抬头望去，桥上一行人马逆行而进，与刘备军互不相让拔刀相向，冲突起来。

诸葛亮赵云急忙策马前去。

赵云叱令部下收刀后退，抱拳而问："来者请报何方？"

一名骑马的官员抱拳回答："我们是东吴使团，前去襄阳吊唁荆州牧刘表大人！（他忽然露齿而笑转向揖礼）敢问这位是诸葛亮先生么？在下鲁肃。"

双方下马相识握手。

鲁肃："你跟诸葛瑾不愧是一娘所生，长得太像了。我算是碰到了东吴的亲戚了，请收家信一封。"

诸葛亮接过信开封。诸葛亮："鲁肃大人，你们东吴的一片厚意，刘琮怕是无福领受了。"

鲁肃："你这话是什么意思？"

诸葛亮："荆州已投降曹操了。"

鲁肃一愣神，随之喷鼻而笑。

鲁肃："你果真是隆中奇才呀！荆州投降？你是替曹操说梦话吧？这玩笑开得太不厚道、太邪门！你也不怕刘表在天之灵报应你这张嘴——"

话未讲完，飞矢嗖然而至，集密如雨！

一名女孩中箭仆倒在鲁肃怀中！

鲁肃瞠目结舌，只见使团的坐骑与驮骡中箭倒地挣扎，箱筐开散，物品四散滚动，侍卫亦随之中箭仆倒。

诸葛亮情急之下夺过盾牌掩护鲁肃，只听盾牌嘭嘭作响连中数箭。

曹军骑兵呐喊着从山脊上猛扑下来。

诸葛亮急急调兵用盾牌掩护着东吴使团撤退，对赵云急令："快去保护糜夫人与阿斗，速速转移！"

又有几名中箭百姓翻倒在鲁肃身边。

曹军骑兵如狼驱羊般冲进人群，刀光剑影处腾起团团血雾，石桥上人纷纷落水被滔滔河水卷走。霎时，人间变成恐怖的屠宰场！

16. 战场　　日　外

杀声此起彼落，人马倏忽出没。赵云率十几骑寻到此处，只见辎车倒翻死伤狼藉，独不见糜夫人与阿斗。一中箭伤兵为赵云指出方向，说糜夫人抱着阿斗随难民逃走了。

赵云匆匆追去。

17. 战场　　日　外

曹军骑兵狼奔豕突，刘军步骑困兽犹斗。

曹军向着刘军辕营猛攻，刘备诸葛亮率众拼死抵抗。

混战中曹军将东吴使团人员连连击杀，鲁肃愤起拔剑斩杀一名曹兵，血溅袍服，与刘军并肩战斗。刘军势渐难支，张飞率骑兵冲杀过来解围，掩护刘备等人后退。

18. 荒村　　日　外

赵云在村口与一队曹军骑兵猝然遭遇，瞬间兵刃相交人仰马翻。

一场混战，曹军尽亡，赵云仅剩四骑。

赵云在残垣断壁间寻不见母子，焦急间忽闻婴儿哭声，在一弃屋院落里发现糜夫人抱着阿斗瑟瑟发抖。

赵云接过孩子扶糜夫人上马，突见曹军骑兵，遂返身掩门，但数十名曹兵破门冲入，马受惊把糜夫人摔下来。

赵云被迫抱着孩子应战，霎时血溅婴儿满身，糜夫人以为儿子已死，悲声欲绝。

刀光剑影中不断有人仆倒，糜夫人被曹军逼到井旁，纵身跳了下去。

血战告终，只剩赵云一人抱着阿斗喘息。

赵云遍寻糜夫人不着，却在井旁发现了一只女鞋，探身看见井中糜夫人的衣裙。

赵云含泪解开衣甲，把阿斗绑置于怀，转身过去肃然而立，一名受伤的曹兵正张弓引箭对准他!

赵云猛地拖起一具死尸，箭砰然射中尸体!

赵云冲过去将那个曹兵砍翻。

19. 荒村外　　日　外

赵云怀抱阿斗冲出村去，被埋伏在村口的曹军用长矛刺中马肚，赵云翻滚倒地，僵卧不动。

三名曹军持枪围上来，听到婴儿啼哭声惑然相视，赵云猛地跪起剑刺一人，顺势用曹军之枪刺中另一人，余剩一人掉头窜逃。

赵云见阿斗无恙，捉住一匹散马跨鞍飞驰而去。

20. 山脊　　日　外

曹操乘马沿山路而行。

曹操神情爽快地说："总算把刘备这个狡兔网住，这回该新账老账一把清了。"

曹操对夏侯惇下令："尔等在此围歼残敌，务使赶尽杀绝不留活口，我带曹仁领兵直捣江陵!"

夏侯惇请示："如擒刘备，要活的还是死的?"

曹操正待张口，忽听山下喊声骤起，不禁勒缰张望，只见一白袍单骑迅如疾风闯杀过去，曹军将士如蜂炸窝骤然乱形。

21. 山脊对面　　日　外

刘备军队亦被曹军呐喊声惊动，纷纷回头观望。

鲁肃观战心切，策马定于山石高处观望。

诸葛亮命令张飞："你速去长坂桥接应赵云!"

张飞遵命而去。

22. 山川　　日　外

赵云冲入敌阵，霎时枪飞剑舞、人仆马翻、血溅如花！

赵云连斩二将冲出重围：

一员曹将挥斧拦截，被赵云一枪挑毙；

赵云夺路而走，斜刺里冲出一员曹将持戟追杀，二马首尾相衔，戟刃冲赵云后心愈逼愈近，赵云突然拨转马头，左手持枪格戟，右手挥剑砍去，曹将被连盔带脑削去一半坠马而亡。

曹兵纷纷躲让，赵云如入无人之境。

曹洪纠集弩骑加鞭追去。

23. 山脊　　日　外

曹操观战如赏宴乐，索性下马品赏。

曹操搂住曹植，手指战场说："此人作战，如似白龙狂舞，若配以飨宴之乐的鼓阵那就是武中绝品呐。此乃何人也？"

夏侯惇："是赵云，常山赵子龙。"

曹操考问儿子："屈原的辞章中哪几句可配此人？"

曹丕还在思索，曹植已朗然开口："诚既勇兮又以武，终刚强兮不可凌。"

曹操兴致盎然地与曹植共诵："身既死兮神以灵，子魂魄兮为鬼雄。"

曹操激赏地说："真乃天将也，我只留这一个活人！传令，务必活捉此人！"

夏侯惇得令疾走。

24. 山川　　日　外

赵云奔走飞驰，未料扑通一声陷入一个大土坑之中。

曹洪的弩骑据坑而围，张弓引弩对准赵云！

夏侯惇飞驰而来大声喝令："退后！丞相要活捉此人。（对赵云说）你已经尽忠尽力了，现在可以下马了。"

赵云突然暗剑猛刺马背，惊马长嘶腾空跃出土坑！

曹兵瞠目结舌，眼看赵云驾马飞去。

余股刘军将士身陷绝境，个个殊死奋战宁死不降。

25. 山脊　　日　外

鲁肃被刘军将士宁死不屈惊天地泣鬼神的气势震慑，对呼他转移的声音听而不闻。

诸葛亮亲自策马上前牵其缰绳拉马离去。

26. 长坂桥　　日　外

张飞指挥骑兵于桥后山坡处用马拖树枝扬起灰尘布置疑阵，听到动响即策马立于桥头。

赵云血染征袍冲过来，曹军追骑如蝗而至，张飞大呼："子龙快走，追兵我挡！"

赵云飞马过桥，曹军已追至桥畔。

曹军部将夏侯杰勒马，见桥头仅站一骑，山坡处马嘶尘扬，顿起疑心。

张飞虎须抖动圆睁环眼，挺矛大吼："来呀！"

吼声如雷作响，夏侯杰猝不及防从被惊了的战马身上摔出去。

众兵下马把夏侯杰拖回队中，他口吐白沫喘息下令："不准上前，等待后援。"

张飞（大骂）："战又不战退又不退，想挨日还怕羞不成?！"

夏侯杰愈发疑怯，悄声传令弓弩手上前暗射。

张飞（接着骂）："妹妹太丑，俺老张的㞗看你不上！"

他用矛刺断桥头矢柱，桥身轰然塌落。大雨骤然落下。

27. 雨林　　日　外

凄风苦雨林涛如泣。

刘备军队借林隐蔽稍事歇息。

诸葛亮清点人马，对鲁肃歉然而语："实在对你不起，你的使团只剩下三个人了。"

鲁肃如置噩梦，呆看着被屠杀的无辜百姓横尸遍野，悲然无语。

刘备："江陵还可去否？"

诸葛亮："此路已绝。曹操急急如飞而来，已经窥破了我们去江陵的意图，抢占先机了。（由衷赞叹）不愧他注写过《孙子兵法》，韬略精通直逼命门，难怪各路群雄被他全部打垮。"

刘备："现在我们该去何方？"

诸葛亮："乘曹军急欲占据江陵，兵力尚未合围之前，我们行南走东，到夏口与关羽会合，再图后计。"

众人纷纷惊起而立，只见雨水迷茫中赵云形同厉鬼，浑身血污，他一头倒伏在马颈上，连下鞍的气力也没有了。

众人扶赵云下马，他喘息着喃喃而语："阿斗……没声音了……怕是保不住了……"

众人解开胸甲捞出婴儿，赵云抱住阿斗倾听气息，未料婴儿一声啼哭尿了他一脸。

刘备接过阿斗紧搂在怀，赵云颓然倒地瞑目不语。

诸葛亮问："糜夫人呢？"

赵云半晌无语，如同脱魂。

诸葛亮附耳轻问："没见糜夫人么？"

赵云支起身，掏出一只绣鞋，跪行到刘备面前举起来。

刘备接过绣鞋，一手抱住阿斗，一手抱住赵云，三个人搂在一起，只听阿斗哭声撕心撕肺。

鲁肃脸上雨泪不分，突然指天切齿而语："戕杀无辜屠戮妇幼天理不容天道不赦，不杀曹贼世无宁日！"

他一把扼住诸葛亮的手腕说："走！跟我到江东去！"

28.江陵　荆州水军基地　　日　外

曹军占领江陵，受降仪式规模空前浩大。

战船密密匝匝，降卒层层如蚁。旌旗似波涌浪翻，曹操乘骑在众将领的簇拥下傲然而来。

曹操所经之处荆旗飞坠曹旗升腾，降卒纷纷下跪屈身俯首，如似层层泥俑一望无际。

曹操雄视睥睨而过，所过之处呼声如雷："曹相必胜！曹相必胜！"

29.江陵　军府　　日　内

曹操正襟危坐，蔡瑁带领属僚对他行跪拜大礼，满廷降官卑躬俯首莫敢正视。

曹操一挥手，荆州降属悄然而退列侍一旁。仆役用杠抬进来几十只大箱子，一一开启，里面装满册簿。

蔡瑁禀报："荆州的军政建制库存财饷，马步水军编制及械器装备册录尽在于此，请丞相点验查收。"

蔡瑁半晌未闻反应，抬起头看，只见曹操衣襟抖颤掩面颓然伏案。

贾诩急急出来挡住曹操，喝令："丞相已收，尔等退下待命！"

30.江陵　曹府　　日　外

黑漆屏风上暗红的云纹如似梦境。

华佗用艾草熏灸银针，曹操睁开眼睛。

曹操把曹植的手摸过来贴放在胸口上，声音嘶哑恍然低语："植儿，我……我居然梦见荆州举国投降，光接收的册簿就有几十箱之多。人这个怪物，这是日有所思便夜有所梦啊……"

曹丕、曹植愕然相对，无以对答。曹丕用热毛巾为父拭面，又奉上参茶。

曹操喝了两口茶，茫然地凝望着虚空。

父子相对沉默。

曹植："父亲，荆州是投降了，这不是梦境，而是事实。"

曹操叫曹植取来铜镜，他端视着自己，发出了一声浩叹："朝生华发暮已成霜，这二十年的刀光剑影腥风血雨，奈何成了这朝夕间的恍然一梦呢？……荆州真的投降了吗？"

两个儿子点头证实："真的投降了。"

曹操："……这里是江陵吗？"

两个儿子又点头证实："是江陵，是江陵。"

曹操："……为父的鬓发是不是白了？"

两个儿子相对一视，点头。

曹操闭上眼睛说了句："人生苦短，譬如朝露呀！"

他潸然泪下，仰身躺下，抑制不住地发出亦喜亦悲的声声哽咽。

31. 夏口至柴桑水路上　　日　外

江南渔歌清婉醉人，船舟在碧波中穿行于烟柳风荷之境，诸葛亮四顾流连赞叹不已。

鲁肃："曹军一来，此处良辰美景顷刻间便会灰飞烟灭，变成冤鬼聚泣的地狱。"

诸葛亮："江东的军队实力究竟如何？"

鲁肃："江东以水为主体，都掌控在都督周瑜手中。"

诸葛亮："以周瑜之胆略，敢与曹操一战吗？"

鲁肃："江东的要害全在主公孙权身上。请你来，就是让江东人看看，天下还有敢于对曹操拔刀相向的人！你必须用大义韬略来说服主公，我们联合抗曹的大计方有希望。"

江上笛声悠扬。芦苇丛中一叶小舟如箭穿出，一名小校揖拳而语："周都督请二位大人到军寨歇息！"

32. 周军水寨　　日　内

周瑜设鱼虾席款待来客，他手握竹笛兴致勃勃却一脸惊讶地说："什么？你说鲁肃竟然手刃了一名曹兵？"

诸葛亮："在下亲眼所见。你看，衣服上的血迹还没褪色。"

周瑜："他能杀得了一名曹兵，我就能杀得了——"

诸葛亮："杀得了谁？"

周瑜："本想说曹操，胆子一虚不敢吹了。"

诸葛亮："以鲁肃在当阳所为，东吴事实上已与曹军开战了。"

周瑜（莞尔一笑）："这事要是主公所为，那就算开战了。他不行，官还没我大。他是瞎猫撞上只死耗子。来，再尝尝江南的热醪酒。"

周瑜举杯敬酒，晃着脑袋神情迷惘地说："我还是不敢相信，荆州就这么投降了？天上掉下来的这馅饼也太大得荒唐，岂止是馅饼，简直就是掉下来一顶皇帝帽子直直扣到他曹操头上去了。即使不乐死，他也得乐得疯了去。嗯，准得疯，换了我也非疯不可。"

诸葛亮："等他疯劲儿一过，就该敲你江东的门了。"

周瑜："光这敲门声就能把江东人吓死一半。"

诸葛亮："都督一身的胆气便足以撑起一片天来。"

周瑜面露惧相，吐吐舌头："这活阎王来了，谁说不怕都没有底气。"

诸葛亮："亮不信，江东只有鲁肃一个人长着男儿的胆肝？"

周瑜："贵军敢与曹军作战，周某深感敬佩。可是亮兄也明白，荆州自古以来就是王霸之地，占据着问鼎天下的实力，可是连他们都不战而降了，江东区区一隅势薄力单，只是螳臂当车罢了。荆州都可以降，江东又有何不能降？"

鲁肃："公瑾，这是主公之意还是你的意思？"

周瑜没有回话，吹了一曲笛子作答。

33.江陵　曹府　　日　内

曹操与他两个儿子核对册簿。他对恭立着的蔡瑁张允说："荆州所有的文官武将都得到了封赏，你二位更身兼水军正副都督的帅位，足以光宗耀祖，还有何不妥？"

蔡瑁："丞相恩重如山，只是刘琮毕竟年幼，把他封到千里之外的青州去，我等对旧主总心存愧疚。"

曹操："有话直说吧。"

蔡瑁："荆州已是丞相的了。我等恳求将刘琮留在故地，伴守着父母的陵墓，心始觉安。"

曹操："荆州？两位对我的忠顺，我看得比两个荆州都重。以刘琮之才怎配为官？只是看你两位的面子才封他刺史的名分。此封命已经颁布，不可能收回了。"

蔡瑁："……那就，请丞相免去我们的封位，以求心安。"

曹操嘿然一笑，说："我也求心安，我就把荆州还给两位吧。"

蔡瑁张允相顾失色，扑通跪下。

蔡瑁："丞相言重，我等吃罪不起。"

曹操："荆州可不是曹某偷来的，是你们送上门的。尔等退下想想是不是这个道理。"

蔡瑁张允悚然离去。

曹植："这两个人真的比荆州还重要吗？"

曹操："对。"

曹丕："父亲，得荆州者得天下，而荆州却不战而得，这应该是天命的示意吧。"

曹操拍着曹植说："盈缩之期不但在天。天命这个东西，不如植儿屁股上的茧子值钱。什么天示我也、天成我也、天助我也，都是自欺欺人的说辞，天下的事还忙不过来呢，还管它天上的事？荆州岂是天之所赐，那是植儿屁股上的鲜血换来的。治国的学问，都在马鞍与剑刃上面。"

曹植："益州、凉州，还有东吴，等到父亲名副其实地得了天下，我这屁股就磨得没有了。"

曹操畅怀而笑，踌躇满志地说："我儿莫愁！为父告诉你们个秘密，益州已经派出使节表示归顺，凉州也送来人质表示服从了。我儿屁股可保无忧。"

曹植："还有东吴呢？"

曹操："风卷残云而已，你只消坐等着他们前来磕头吧。"

34.柴桑　孙权书房　　日　内

风声呼啸，黑云压城，雷声滚滚而来。

鲁肃带诸葛亮会见孙权，气氛压抑而拘谨。

孙权长叹一口气，深感忧惧地说："依先生之见，曹操就要吞并东吴了？"

诸葛亮："荆州已亡，东吴屏障尽失，唇亡齿寒，主公自会感知。"

孙权（忧心如焚）："曹操真的会对东吴用兵吗？"

诸葛亮："曹操是要吞并天下的奸雄，东吴就在嘴边了，他岂能住口？"

孙权（惊惑）："……派鲁肃去荆州，本欲合力抗曹，人尚未到而荆州已降，真是风云变幻凶险莫测。"

诸葛亮："能合力抗曹者，还有刘备军在。"

孙权直摇头说："依先生之见，东吴当战不当战？"

诸葛亮："若战，须及早定策。不战，也须及早定策。"

孙权："你并没有回答我的问题。"

诸葛亮："这是东吴自己的问题，只有主公有权作答。"

孙权点头："你说得对。……刘备为何不投降呢？"

诸葛亮："一句话，我们不给曹操下跪。刘备是汉室血统，论理、论义、论道，都不可能与曹操这个汉贼有调和的余地了。"

孙权："论势呢？"

窗外电闪雷鸣，大雨倾盆而下。

诸葛亮："势无常势，大义难移。"

疾风吹得窗棂砰然作响。

孙权身冷，侍从给他披了一件外衣，他紧紧裹住自己点头沉吟，说："东吴与汉室无关，但与你们一样面临生死存亡。希望先生的理义道势能说服东吴的重臣，我才可能及早定策。鲁肃，你陪先生去见他们吧。"

35.江陵　曹府　　日　内

曹操对僚属发布指示："新朝登基礼仪筹备的原则是不尚奢华、力求俭朴，唯独演奏魏国颂歌的仪式要宏大壮丽，所以要立即排练，以免草率。邺城的铜雀台宫也要抓紧装修，既用于受禅仪式，也是老夫将来养老歇息住所。原汉宫的太监宫女一律遣散，重新招配。太监人须实诚，宫女人须贤丽——"

蒋干插问："丞相亦须得明示，宫女以贤为重还是以丽为重？"

曹操朗笑而答："当然以丽为重。我这辈子雄烈火气太重，只有观秀色可以清心嘛。"

众僚哄笑。

蒋干："若说秀色，当以东吴的二乔姐妹为绝，可以给丞相当贴身宫女。"

曹操："你见过大小二乔？"

蒋干（点头）："小乔丈夫周瑜与我是同窗，学友情谊深厚。小乔确实是国色天香，名不虚传。"

曹操："果是国色天香，老夫岂能委屈她们当宫女，当然要封妃赐嫔，供养于铜雀台内细细品赏。"

贾诩："曹公，东吴至今未见来使表明归顺，不知其何故也。"

蒋干："恐怕是吓糊涂了。"

贾诩："不论何故，未见东吴降意，便不能以天下归一为定局。"

曹操："听说孙权这小子爱打猎，怕是猎色过度忘乎所以了。"

众僚讪笑。

蒋干："丞相再派我去东吴送点礼物，让孙权抬起头看看天相。天下归一这事就定了局了。"

曹操拈须而笑，说："真没想到，才一箱礼物就把刘表吓死了。可是今非昔比，再用这些血庚手段就不是圣者所为了。这样吧，孙权爱打猎，我投其所好，只去一信，告诉他老夫也要去东吴打猎，别的废话没有。"

蒋干："孙权不过猎马猎兔，而丞相是要去猎色猎国。"

众僚附和声一片。

众人："丞相王者霸气，丞相天纵之人！"

曹操："植儿，这封信交由你写了。"

曹植："……这，这可是国书呀！"

曹操："你身为魏国的国储，也算你应尽的本分。"

曹植："可这国书……该当如何去写？"

曹操："治大国如烹小鲜么，言语意赅，字愈少而其意愈重，对付孙权之流，你足以胜任。"

乐府令："魏国颂歌的辞章事关千秋，除丞相的笔力之外，无人可胜。"

曹操："曹某干的从来都是无人可胜的事情，魏颂舍我其谁？！"

36.柴桑　孙权府　　日　内

孙权不堪忧虑病卧在塌，孙夫人与丫鬟服侍着他喝药。

鲁肃不顾礼仪疾步冲进来。

鲁肃悲愤焦急地叫嚷："东吴这一堆大臣都是不长脊梁骨的变色虫！个个闻风丧胆、苟且偷生，拿社稷百姓去换各自的乌纱财禄，卑鄙至极，无耻至极——"

孙权不语，只是吃药。

鲁肃："以诸葛亮之舌辩群儒竟没说动众人，依着这堆臣僚之卑怯懦弱，东吴不亡更待何时？"

孙权："诸葛亮是为刘备，不是为东吴。"

鲁肃："臣请他来此可是一心为了东吴呀。"

孙权："以刘备所剩的万把人，自身尚且难保，何谈保我东吴？"

鲁肃："主公，诸葛亮托我代他辞行，他要回夏口去了。"

孙权："他回去也好，免得风声走漏反惹曹操猜疑。"

鲁肃："主公，你现在待个客人也要看曹操的脸色了？可这东吴谁都可以降，唯独主公不能降啊！"

孙夫人给鲁肃一杯茶，劝道："请坐下来，有事慢慢说。"

鲁肃："别人降了，我鲁肃降了，只要向曹操屈膝效忠拍马趋炎，就俸禄照拿官位照坐官帽照戴。可主公呢，你是东吴的旧主，是东吴人的希望所在，是东吴人的信念所在，曹操能容你吗？纵使他宽宏大度，不过封你一个乡侯县侯，给你一辆车坐坐一匹马骑骑，赏你一杯酒喝喝，你还得感恩戴德战战兢兢生怕他变脸，这日子好过吗？是人过的吗？刘琮的下场就是主公的明天！"

孙权揭开被子碰翻了孙夫人手中的药碗，药汁泼洒一身。

孙权（切齿而语）："这话我都想过一百遍一千遍一万遍了，脑子都想破了！可是大家都说打不过，都说不能打不敢打不愿打，只剩下我孤家寡人加上个你，再加上一个黄盖，能抵挡得住曹操的大军吗？我敢拿东吴百万生灵的性命来逞你我的一时之快吗？"

37.鄱阳湖　东吴水军大寨　　日　外

周瑜骑马巡行，所经之处将士神情敬畏不敢怠慢。周瑜来到亲兵队前，三百亲兵赤膊提刀手握扒钩，哗然下跪行礼。

周瑜跳下马，对众人还礼。

周瑜："你们都是我从家乡带来的子弟兵，个个跟我都是砸断骨头连着筋的亲友世交。爹娘把你们交到我手上时，巴望着你们跟我周瑜一样光宗耀祖衣锦还乡。前程是远大，可是要拿命去换！换得不好了，身首异处血本无归。战争是生死游戏，所谓胜者，就是死中求生者，是置之死地而后生者，所以只有死练才能求生，是不是这样？"

亲兵队齐声回答："是！"

周瑜："现在，本都督以练为战，鼓声一落，各自奋进，能在鼓声结束前登船爬上桅杆者，得生，爬不上者，处死！"

周瑜走入鼓队亲自指挥捶鼓。

鼓点声起，亲兵队冲下湖去，一时激起千堆水花。

周瑜鼓声疾进，士兵奋勇划水前进，湖里掀起白浪层层。

鼓声徐疾有致，三百个浪里白条飞快前进。

士兵奋力冲刺，攀爬锚绳上船。

周瑜密汗满颜，鼓点声声如催逼索命。

士兵争先恐后，成群爬上桅杆。

嗵！鼓在最激昂时停下来。

有的士兵刚抓住锚绳，有的刚登甲板。

所有的人都面对周瑜，只有喘息与心跳声。

没有上船的人在水里沉浮，湖面一片寂静。

周瑜突然再抢鼓槌，鼓声在汗雨翻飞中直达霄汉。

所有的士兵奋力拼搏互相协助，当最后一名士兵在呐喊声中爬上桅杆时鼓声戛然而止。

周瑜双拳揖礼，只见鲁肃与诸葛亮乘舟而立，静候以待。

周瑜一声号令："再练！"

38. 东吴水军大寨　水榭　　日　外

周瑜摆酒宴给诸葛亮送行，为他把杯斟满。诸葛亮满脸酡醉飘然潇洒。

诸葛亮："……都督治军令亮佩服，只可惜东吴如此精锐要落入曹操这个老贼的裤裆里去了——"

周瑜把杯盏塞入诸葛亮手中："东吴弱小，活该倒霉。听说先生一口气把江东俊杰都骂了个狗血淋头羞死了祖宗，何不在此骂骂曹操以助酒兴？！"

诸葛亮仰面一饮而尽，借着酒劲大发谵意："曹操的脸比屁股还厚，骂是骂不退的，不过亮有计可密告都督，定然能让江东转危为安。"

周瑜又斟一杯敬上："瑜恭请赐教。"

诸葛亮："据亮侦知，曹贼引百万之众威逼江东，其实是为了图取大小二乔。你们只要献上二乔，把老贼侍候舒坦了，曹军必然卸甲卷旗班师回朝。"

鲁肃夺过诸葛亮酒杯，窘急不安地说："先生，不得浪言——"

周瑜连连点头称是："嗯，妙计！嗯，高明！"

周瑜恍然醒悟地对鲁肃说："难怪。想必是刘备军中的女人形容惭愧，惹得曹操心中不悦，所以才败落至此。"

他转身对诸葛亮深表同情仗义而言："事已至此，不若贵军先易帜换旗投归江东，而后我们再献二乔于曹，大家便可都转危为安了。反正救一个也是救，救一对也是救，何乐而不为也！"

诸葛亮顿时酒醒，怔望着周瑜露齿一笑："都督，你为江东俊杰雪耻了。"

周瑜："那你得连喝三大杯才行！"

诸葛亮："不敢喝了不敢喝了，再喝下去也要羞死祖宗了，我认罪，认罪，就用都督的这张琴献丑谢罪吧。"

周瑜置放琴身。

诸葛亮说："那就弹一首《广陵散》，以取曲终人散之意吧。"

诸葛亮拨动琴弦，将人们的思绪带到幽玄而绝苦的境地中去。

诸葛亮曲终抱拳告别："就此天各一方了，请君保重。"

周瑜："《广陵散》的下阕呢？"

诸葛亮："都督享名'顾曲周郎'，难道不知道下阕早已失传只成绝响了吗？"

周瑜："在北地的绝响，在此地可就未必。"

诸葛亮坐下来："亮倒要恭请赐教了。"

周瑜起身就琴凝息片刻，一段铿锵刚烈惊魂动魄的旋律彻响于湖山之间。

诸葛亮吃惊起身："果真是《广陵散》绝唱再起！"

周瑜："这里是江东。"

诸葛亮："请周郎奏完此曲，亮这趟来东吴不算虚行了。"

周瑜琴声再起，一名差将突然闯进。

差将（宣令）："主公大人请周都督速归柴桑，不得有误！"

周瑜（对诸葛亮说）："此曲未终，你还是虚行一趟，跟我去柴桑终了《广陵散》，我们合奏一曲如何？"

诸葛亮："只怕江东俊杰要把我捆了献给曹操了。"

周瑜："献你无济于事，曹操不好男色。实话说了，不才的老婆便是小乔，依先生之计，理应是东吴妇女去为国捐躯，你又何怕？"

39. 江陵　曹府　　日　内

钟鸣缶击笙竽齐奏，乐府令排演着场面宏大的乐奏。

屏风后面，曹植手持帛卷看着父亲试戴衣冕。

曹操忽地脱去身上的服冕一一掷地，愠怒地责训左右："你们这不是搞成了汉朝的帝服冕冠了吗，讲得明明白白，本朝推崇简朴不尚奢华，再改！改到样式简单质地朴实为准！"

曹操（转问）："植儿，为父写的这首《短歌行》你喜欢吗？"

曹植把帛卷贴于胸前："岂止是喜欢，我不恭维父亲，这是《诗经》以来最好的四言诗。意境高远气势苍浑，相形之下汉高祖的《大风歌》就显得粗俗简陋了。"

曹操喜不自胜地搂住曹植的肩膀："知我者，唯植儿一人耶。立一代新朝不易，而开一宗诗风更难。为父虽然定鼎了新朝，而开宗诗风的大愿，就寄望于你了。好！那就用这首诗加以谱唱，为新朝的诗风而先歌一曲吧。"

曹操瞑目击拍，随乐曲节奏唱和诗文。

贾诩与众僚进来对曹操禀报。

贾诩："曹公，接到密报，刘备派诸葛亮去东吴活动联络，似谋图勾连。"

曹操至一曲尽了方睁开眼皮："诸葛亮是谁？"

贾诩："据蔡瑁说，是刘备在隆中三顾茅庐才请出来的军师。"

曹操（轻蔑）："刘备都成丧家之犬了，什么狗头军师也救不了他。去东吴？刘备自己去了才好，按照礼数，孙权正好拿他的头来当觐见我的礼物。"

贾诩："若是孙权不识这个礼数呢？"

蒋干（不以为然）："他孙权又不是个白痴，袁尚袁熙的头何等珍贵，比刘备的值钱多了，还不是让人当礼物送给丞相了？"

一僚属："丞相所好天下皆知，丞相这种礼物也收得多了，他孙权装不了这个糊涂。"

贾诩："莫说礼物，便是丞相给东吴的信，至今还未见回音。"

曹操（漫不经心）："我看孙权是嫌诸葛亮的头太寒碜，拿不出手。（笑语）咳，他们脑子真不开窍，大乔小乔随便送一个来，不也就永结亲家了吗？"

哄笑声中，曹植问父亲："若是东吴果真送来刘备的头，你会对他说什么？"

曹操："当然按照礼数要问候他，刘公别来无恙乎？"

贾诩欲开口再问，奏乐声起，曹操以手示意贾诩安静，他瞑目而听，专心致志沉浸于乐曲之中去了。

40.柴桑　周瑜府　　夜　内

大堆主降的臣僚密访周瑜，白发苍颜的国相张昭一一陈理不胜忧惧："……曹操托天子之命、借朝廷之力、拥百万之众，江东的一时偏安全仗长江天险，但曹操现在又占据了荆州江陵，与我们共领长江，他已经占尽了天时地利人和，力量对比是天壤之别，如若抵抗，江东便是自取灾祸，只剩死路一条了。"

众人（异口同声地说）："只有纳降才能免去江东的灾祸，为万安之策。"

周瑜一腔诚恳点头称是。

丫鬟进厅来催，说："夫人有请。"

张昭等人只得告辞。周瑜送客出门，挽着张昭的衣袖恭敬地说："国相公忠心恤国，瑜五内感铭。大家的心迹彼此一致。我见了主公自以国事为重。"

周瑜回到后室内，身怀七月身孕的小乔幽怨地说："天都快亮了。"

周瑜："真的，告罪告罪。"

小乔："自你回家进门，来人就没断过，都多少拨了？"

周瑜扳指而数，小乔没好气地说："别数了，都七拨人了。"

周瑜："是呀，足见局势严峻，人人思危呀。"

小乔："你怎么不问问我心里的想法呢？"

周瑜："你是高人，最后才敢请教嘛。"

小乔："主战的来了你说有理，投降的来了你也说有理，不战不降的来了，你还说有理，我看曹操来了你也说有理！"

周瑜："见人要说人话，见鬼就得说鬼话嘛。"

小乔："见了我呢？"

周瑜："说枕边的体己话嘛。"

小乔："你到底打的什么主意？"

周瑜（贴近）："我听夫人的。"

小乔："我又不是你丈夫，你是我丈夫。"

周瑜半跪在地抱住小乔，听她腹中胎音。

小乔（仰天长叹）："国事都到了这一步，家还不知能保住几天，你还嬉皮笑脸的。"

周瑜冷笑一声，说："夫人，唯有这时看人嘴脸才最真切，才最有趣，能不嘻乎，能不笑乎？"

小乔："你投降了我自杀；你战败了，我也自杀。"

周瑜（惊讶）："……我战胜了呢？"

小乔："我也自杀！"

周瑜霍然而起："这是为何？"

小乔（悲切）："咱们东吴怎么可能打败曹操？怎么可能？你这不是痴人说梦、以卵击石、自取速亡吗？"

周瑜："你什么时候成了张昭的门下之徒了？怎么说开他的理了？"

小乔："我管他这理那理，我只有一个理，我是你的女人，不当曹家的女人！"

周瑜如视陌人，张口无语。

小乔："离开你一步我就死。"

周瑜："你怀着咱们的孩子呢，别自己把自己先吓死了。"

小乔："若是生而为奴，不如伴我去死。"

周瑜从后面搂住小乔，一时默然无语。

41.柴桑　孙权府　　日　内

孙权忧心如焚地把信递给周瑜："你看看曹操的来信吧。"

周瑜逐字念读："'近者奉辞伐罪，旌麾南指，刘琮束手。今治水军八十万，方与将军会猎于吴。操。'嗯，好词！不过依诸葛亮之见，曹操来吴是猎色来了。"

孙权："?!……"

周瑜（击节赞赏）："以战书而论，曹操的文笔堪称经典，一纸仅有三十个字，不着一个'战'字，却腾腾杀气尽在其中。写得好，上佳之品！"

孙权："公瑾，你看我该当如何回信？"

周瑜："我来代笔吧。"

周瑜展纸，笔走如飞，写罢捧纸而念："'信悉。中原鹿肥，不若与丞相会猎于邺。'正好十五字，比他还少一半，如何？"

孙权霍然而起说："公瑾，你是决意要战了？！"

周瑜："回曹操的信其实就需一个'战'字。痛快归痛快，只是粗鄙了点，不入妙雅之境。"

孙权："你痛快了，你入妙雅之境，东吴就要下地狱！"

周瑜："主公，我不痛快了，不入妙雅之境了，难道东吴就免下地狱了吗？"

两人默然相对，周瑜转身离去。

孙权（煎熬痛苦）："公瑾！我以先君先兄在天之灵，以东吴国君全家性命，以东吴百万百姓的名义问你，我们能抵御曹操的军队吗？"

周瑜背身站定，复又拂袖背手离去。

42. 柴桑　山间　　日　外

周瑜纵马飞驰于山河之间。

猎队抬着一头死兽过来。孙权策马而行，脸上伤痕斑斑，手臂上扎着绑带，与周瑜不期而遇。

猎队行止，周瑜下马拉着孙权离鞍，愤懑地指着死兽，说："主公，这是你此刻该做的事么？"

孙权仰天饮水，喘息着未做搭理。

周瑜："下次，就该看你陪曹操打猎了！"

孙权扔掉水囊拂然起怒："你们个个满口是理，都能堵死人，我对主战派不能说是，对主降派不能说是，对不战不降派不能说是，从你公瑾嘴里连句话都掏不出来，不冲野兽发火，你让这腔怒火烧死我不成？！"

周瑜："要按道理，你应该对曹操发火。"

孙权半晌无语。

周瑜（平静）："主公，我来告诉你，我派人给曹操回信了。"

孙权（不相信）："？！……就是你写的那十五个字？！"

周瑜："正是。"

孙权（顿时气馁）："……谁授权于你的？"

周瑜："无人授权，以我的名义发的。"

孙权倒吸冷气切齿而问："我还是不是东吴主公了？"

周瑜："你当然是。"

孙权："回去，你把都督的大印给我交出来。"

周瑜从马鞍上取出大印交上，随后把剑扔给孙权："你若要降，现在把周某的头砍下来送给曹操，投降之路仍然畅通。曹操高兴了，会给你顶乌纱戴戴，不高兴了，他会把你的头跟我的头挂在一起玩儿！"

孙权脸色僵白发青："公瑾！……你，你这是逼我应战了……"

周瑜："不是我逼你应战，是曹操逼着东吴应战！"

孙权失魂落魄转身踉跄而去，不料绊在死兽上失重跌倒。周瑜赶紧上去把他搀扶起来。孙权忽然扶抱住周瑜失声而泣。

43. 江陵　曹府　　日　内

笙管齐奏，伴唱声起。

曹操在声乐伴奏下朗朗咏念《短歌行》：

"对酒当歌，人生几何？

譬如朝露，去日苦多。

慨当以慷，忧思难忘。

何以解忧，唯有杜康——"

贾诩神色不安持信递上，曹操正在兴头，不予理睬。贾诩强令乐工停奏，说："主公，东吴的复信来了！"

曹操扫目一瞥，点着头嘿然而语："羊群里还真的蹦出只骆驼来了！"

他把信递给曹植，说："你的回信来了，你看文笔如何？"

曹植："周瑜？何许人也？"

贾诩："东吴水军都督。"

曹植："行文有太史公的风范，写得比我好。"

曹操（点头称赞）："文字简白而气度磅礴，胸臆挥发潇洒，江东还藏有如此俊杰呀。"

贾诩（愤然）："夜郎自大，嚣焰太过。孙权竟狂妄到叫一个手下回丞相的信。"

曹操："世上之人无奇不有。绝色有二乔，妙文有周郎，看来这东吴还真值得前去一猎。"

贾诩："以某之见，东吴胆敢狂悖如此，料其必有所防范准备。我们在江陵滞留太久，已经错过了突袭的时机。为稳妥大局，应养精蓄锐，等度过寒冬，明年粮足马肥，再一鼓而荡平江东。"

曹操："贾诩，你今年多少岁了？"

贾诩："四十一岁。"

曹操："老夫可是五十四岁了。"

贾诩："丞相，欲速反不达。"

曹操："贾诩，求稳反失机会。如君所言，占据天下九分亦不能算一统天下。封禅登基我已经定在明年春分，没有让东吴这么一个跳梁小丑往后年拖的道理。"

贾诩："丞相，东吴胆敢拒抗，势必要与刘备结成联军，我们面对的可就是两个敌人了。"

曹操："跳梁小丑再加一条丧家之犬，正好一并清扫，省得费事。贾诩，年寿有限，时不待人，等到须眉尽白了，帝尊之位我还能坐几天？"

曹操不容置疑断然而命："马上出发占领东吴，刻不容缓！"

大厅内的臣僚寂然无语，俯首受命。

曹操："无非是耽误了我排演颂乐的时间，没关系，带上乐队我们行船途中继续排练，等到了东吴，叫二乔为颂歌翩跹伴舞，岂不锦上添花，一举两得？是一举三得！开曲！"

乐声复起大作。

44. 柴桑　东吴大殿　　日　内

衣冠济济佩剑锵锵，东吴重臣将领齐聚一堂，倾听诸葛亮指着地图侃侃而论："亮与周都督所见一致，曹操军队貌似强盛却已犯下兵家大忌。其一，曹军长于陆战而不习水战，以彼之短来击我之所长，他已处下风；其二，荆州水军与曹军貌合而神离，不甘为其卖命，必生嫌隙，不足为恃；其三，时近隆冬，草料不接，他的骑兵近乎瘫痪；其四，他的军队自中原远道而来，师乏兵疲，如似强弓之末已失劲力，连一张薄绢也难穿过，何况对我以逸待劳的两支联军——"

张昭打断诸葛亮，说："这是曹操所犯的兵家大忌，而这所谓的联军，犯的兵家大忌又何止四十条！先生为何不言？"

大家目光齐聚于孙权身上，只见他面若死灰形同石偶毫无表情。

周瑜抱拳礼揖四向，说："诸位不论主战主降，公瑾深信都是为国为民。如若言降，道理何止万千，可如要言战，却只有一句话——"

大家屏息而待。

周瑜的话如金石掷地声震屋瓦："生当为人，不甘为奴！"

周瑜："我们与刘备军联合起来，只因所求一致，都是为生存而战，为尊严而战，为不屈而战，不是为了兵家之道而战。"

周瑜转身对孙权深深一揖："请主公最后定夺。"

所有人都看着这位东吴主公。

孙权缓缓起身，突地拔剑，猛然砍下！

案桌应声断裂。

孙权声音嘶哑缓缓低语："今后，谁再敢言一句投降，当同此桌！"

孙权拂袖而去，留下满厅悚肃无语的臣僚。

45. 长江　　日　外

阳光透照着薄雾笼罩的江面，一舟若叶浮漂于水。

渔夫望着宁静的前方，用力撒出渔网；

渔网缓缓落处，网洞后憧憧巨物隐然而出；

渔夫回首，曹军大船如山移动逼迫而来；

渔夫面无人色呆然不动，成群的大船霍然驶过，显得渔舟渺如芥子。

曹操挥槊，江山改色。

历史上空前壮观的水陆大军浩浩荡荡沿江而下；

陆地上旌麾遮天灰尘滚滚，骑兵洪流势同巨龙蜿蜒；

江面上篷帆蔽日艨艟如林，水军巨阵如似乌云漫顶；

曹军滚滚而来。

暗蔽处，东吴人的眼目在窥视闪烁，东吴人的身影在倏忽离去。

46. 江畔苇丛　　日　外

东吴探马飞驰如矢，马蹄踏得水花四溅如银。

47. 夏口　联军指挥部　　日　内

指挥部内联军会议上，双方的将领面对沙盘图势神色紧张严峻。

刘备："都督带来总兵力多少？"

周瑜："三万。"

刘备（惶然）："太少，只恨太少。"

刘备军将领的失望都挂在脸上。

周瑜："我也恨少，只恨曹兵来得太少，不够喂我水乡的鱼虾。大人在当阳的兵也不多，不是照样打得风生水起吗？"

刘备："不敌不敌，打得惭愧。"

周瑜对诸葛亮淡然一笑："友军何必事事惭愧？既是联军，今后便手足相依、共担生死了。亮兄，该借重你了。"

诸葛亮："都督以联军统帅令部署如下：曹军一过巴丘，我们以水陆两军在三江口迎战，利用这里水域密布地势复杂，先打他个出其不意，挫其锐气。本军在南岸陆地上袭击曹仁骑兵，佯败诱其进入芦苇泥潭，都督领主力在此设下埋伏，加以痛击；东吴水军由黄盖将军指挥，伺机攻袭敌船队；水陆两军都须得速战速撤，到赤壁大营后再相机而战。"

周瑜嘴里嚼着虾米干，嬉笑如常地说："自古兵家就是北马南船。南方士兵到了地上，就不如一只耗子，北方士兵入了水里，还不如一只王八。所谓相机而战，就是要把曹操当新娘子一步一步诱上床去，把他引进云梦大泽与鄱阳湖的水域里，再断其粮秣补给，管叫他八十万大军折戟沉沙葬身水底。来年庆功设宴，正好喂个鱼肥虾丰。"

刘备心生疑惑，说："本军自当阳遭败，骑兵锐减，都督既派本军充任先锋，恐怕得用东吴骑兵补充本军才行。"

周瑜爽口而答："好，给诱饵加足分量，本部调一百名骑兵随贵军上阵。"

刘备窘恼不语，张飞拍案而起喝道："这是打发叫花子，不要啦！扔下半斤下水货就想办出席面来不成？"

黄盖亦拍案而起，痛斥张飞："混账放肆！你敢咆哮公堂辱骂帅统，按照军规，现在就该把你斩首示众了去！"

双方将领情绪激动，一时对立。

周瑜笑着对诸葛亮说："若不然，这统帅请豫州大人当好了。"

诸葛亮喝止住场面，说："周都督身为联军统帅，本军有不听遣令者，格杀勿论！"

48. 夏口　联军营外　　日　外

探马加鞭如飞而行。

49. 夏口　联军指挥部　　日　内

刘备小便后系着裤带一脸忧虑地对诸葛亮说："我看这周瑜轻佻无常，迹近纨绔，此人怎能为帅？只怕我们未亡于当阳，而要亡于三江！"

诸葛亮："主公，你看走眼了。当今天下，曹操若有对手，恐怕正是此人。"

刘备："第一仗就拿我们去填铡刀口？说是诱饵，东吴军为何不去？"

诸葛亮："东吴军是本地人，曹军会忌惮他们熟练地形，未必上当。见了我们倒会分外眼红，无所顾忌。"

刘备："我这点血本全交给先生了，这颗脑袋也拴在先生的裤腰带上了。"

诸葛亮："主公放心。公瑾布局的一招一式，亮全看得分明。"

探马奔到，下鞍入帐，俩人急随后而入。

探马："禀告都督，曹军水陆两军已过巴丘，正向三江口进发。"

周瑜："水军先锋的旗号是谁？"

探马："仍是蔡瑁张允的旗号。"

周瑜对进来的诸葛亮说："果真让蔡瑁张允打头阵送死，真是后娘养的，曹操不爱。"

张飞余气未消，起身吼道："我也是后娘养的，都督不爱！"他一拳砸到周瑜案前，嗔怒而语，"没你这道鸟菜，老子的席面也照吃不误！"说完一把掀翻了桌面，愤然离去。

众人惊然失色。

周瑜扶起案桌，对刘备伸出大拇指，笑赞而语："性情中人，真性情中人！"

50. 长江　　日　外

旭日东升，江山一时多娇。

水陆并进的曹军旌旗飘扬金戈铁马，气势无比壮丽雄浑。

曹操与两个儿子立于楼船之上，父子指点山河激情澎湃。

曹操："此时不与天地吟唱，不与江山共舞，更待何时？来人，把老夫的兵槊拿来，置酒奏乐！"

51. 三江口　水面　　日　外

竹林叠翠，鸟声啁啾。

摘莲时节，村姑乘盆漂浮于碧叶丛中巧手摘莲。

村姑们脸色陡变，弃丢莲蓬纷纷落逃。

曹操率领的骑兵结队而来。

竹林中梆子猛响，霎时箭如雨下！

曹军骑兵纷纷中矢翻倒。

伏兵杀声四起，曹仁拔出剑沉着指挥应战。

52. 江面　日　外

蔡瑁张允悚然回首见陆岸战事已起，下令水军升旗准备应战。荆州水勇张弩排盾刀剑出鞘。

53. 三江口　陆地　日　外

呐喊声中，张飞赵云一马当先带领着骑兵突袭而来。双方相遇分外眼红，霎时刀枪相撞卷入厮杀中。

54. 江面　日　外

厮杀声阵阵传来，楼船上的人翘首观望。

曹操从侍卫手中接过桨，豪情满怀地对儿子说："这支桨二十年来伴随着我经历了无数征战，但是凌驾于江海之上，傲然下视战尘飞扬倒是第一次，遗憾的是，也是最后一次了。"

乐声大作，曹操随曲而吟：

"神龟虽寿，犹有竟时。

腾蛇乘雾，终为土灰。

……"

55. 三江口　陆地　日　外

战场上拼杀酷烈搏斗凶猛。

联军与曹军激战正酣。

56. 江边苇丛　日　外

伪装隐蔽的联军基地严密地监视着江面上曹操的水军。

探兵向黄盖报告："荆州水军过去了大半——看见曹军的大旗啦！"

57. 三江口　陆地　日　外

双方损失惨重，曹军愈战愈多蜂拥而来。

赵云喝令撤退。

58. 江边苇丛　　日　外

荆州水军前锋已过，探兵急报："曹军船队已抵！"

黄盖一声令下，二十余头水牛拉的巨型木质绞盘吱吱起动，将隐藏在水下的跨江铁索牵拉起来。

59. 江面　　日　外

水中铁索破浪而出，将曹军船只拦截锁挡；曹船顿时尾部起翘，曹兵猛地失重跌倒滚落。

后续船依惯性与前船相撞，船上曹兵顷刻仆倒，乱成一锅粥。

曹船队形大乱。

60. 江边苇丛　　日　外

黄盖挥旗下令，霎时鼓声雷动，号角连天，东吴的百艘战船剥掉伪装向曹船冲去。

61. 三江口　陆地　　日　外

赵云见部队大半脱离战场，派一小校通知殿后的张飞速撤。

张飞在混乱中被夏侯杰击落头盔。夏侯杰嘲骂："看好卵子，小心跟头盔都丢了！"

张飞大怒，挣脱阻拦，挺起丈八蛇矛向夏侯杰冲去。

曹仁趁机包抄上去将张飞退路截断。赵云愤然切齿。

62. 三江口　水面　　日　外

黄盖、甘宁指挥东吴水军乘乱发动猛攻，水军迅速杀进敌阵。

东吴水军训练有素，动作快捷，先发弩弓，随之飞身攀杆跃上敌船大开杀戒。

曹军拼死抵抗，伤亡惨重。

角号声战鼓声喊杀声震耳欲聋！

63. 三江口　陆地　　日　外

张飞陷入包围，左冲右突，随骑伤亡殆尽。

张飞困兽犹斗。

64. 三江口　水面楼船　　日　外

曹操一手持槊一手把酒，踞高雄视着天地为之变色的水陆激战，他仰首畅饮，将酒杯抛掷于天，舞动兵槊慷慨起歌：

"老骥伏枥，志在千里，

烈士暮年，壮心不已。

……"

曹操横槊赋诗，把惊心动魄、惨烈无比的战场变成了他抒发胸臆恣肆狂放的舞台。

65. 三江口　水面　　日　外

蔡瑁张允发现背后船队受袭，急令掉转船头逆水返航。

66. 三江口　水面　　日　外

甘宁指挥部下在曹船上激战。

黄盖指挥水下攻击，几十条尖锥小舟似飞梭冲向曹船，小舟下藏的铁头尖锥砰然捅进曹船底部，曹船猛受震动。

东吴大船划桨而进，小舟将飞抓钩抛上大船固定，东吴大船反划桨而退，尖锥小舟被拉力拔出。

江水哗哗灌进曹船洞口，曹船失重倾斜。

67.三江口　芦苇荡　　日　外

周瑜、诸葛亮、刘备等人临坡观战。

周瑜摘下斗笠扇风，诸葛亮刘备瞠目结舌地看着受创的曹船坠落江心，旋沉下去！

周瑜对校尉下令："传令黄盖，水军速撤！"

周瑜转头对诸葛亮说："传令赵云张飞不得恋战，撤军速回，把曹军引进来。"

赵云率部奔骑过来，刘备急问："翼德呢？子龙，翼德呢？"

赵云："主公，翼德被夏侯杰缠住，让曹军包围啦！"

68.三江口　水面　　日　外

黄盖下令吹起牛号角。

东吴水军依次互相掩护撤退。

69.三江口　陆地、芦苇荡（A）　　日　外

周瑜与众人望着西面怔怔不语。

赵云："主公，再不去救，翼德就回不来了。"

诸葛亮（毫无表情）："你听命于都督。"

赵云："都督，请都督救翼德一命！"

周瑜："你已完成任务，在此候命。"

周瑜策马若无其事地隐入芦荡里。

刘备声泪俱下，哽泣着对诸葛亮说："翼德，翼德，翼德是我的手足兄弟，是我的半条命呀，这叫我给云长如何交代？给我刘备如何交代？"

诸葛亮（不为所动）："主公，这是战场。"

刘备泪流满面连连捶头泣不成声地说："早知如此，应当，应当我替翼德去死，哪有兄坐视弟死不救之理？翼德若死，便是我这不义之兄害死的呀！"

诸葛亮："主公，眼泪救不了翼德。"

刘备嚓啷一声抽出宝剑放到脖颈上，诸葛亮出掌将剑击落。

70.三江口　陆地、芦苇荡（B）　　日　外

鲁肃在临时帅营严阵以待，刘备军一干要员策马而来。

诸葛亮："都督呢？"

鲁肃："方才不是与你们在一起吗？"

刘备与诸葛亮愕然相视。

刘备策马欲走，被鲁肃拉住马鞍。

鲁肃："哪里去？"

刘备："我去跟翼德死在一起，放开！"

鲁肃："都督已把战区全封锁了，休想乱动。"

赵云突然抽马如闪电奔去，从几名东吴士兵的头顶腾跃而过。

71.三江口　陆地　　日　外

张飞被曹军骑兵铁桶合围。

张飞挥动丈八蛇矛喝破喉咙，只见枪戟排排逼近而来，成圈将其锁定。

一排飞箭射来，张飞坐骑仆然倒地。

张飞飞身跃起，一声巨吼挺身相向。

夏侯杰（冷笑）："你就是雷公嗓门也死定了，再喊啊！"

曹军突然骚动散乱。

对面山坡上，"周"字帅旗高高耸起。

曹仁调领骑兵向帅旗冲去。

另一面山坡下，周瑜率领着亲兵队趁机杀出，向夏侯杰军的背后猛攻。

周瑜的亲兵队锐不可当，一鼓作气冲破铁围。

赵云策马冲下坡去。

周瑜剑术绝巧，如似旋风卷过，连连劈翻曹军骑兵。

赵云待机冲进阵地，大喝："翼德快上我马！"

曹军无人能近周瑜，夏侯杰指命弓弩手上前，周瑜纵马冲上，剑光闪过，只见夏侯杰身躯不稳而头首不知去向！

曹军一时惊呆。

夏侯杰躯体嘭地倒地，周瑜反身一剑刺中弓弩手，弓弩手同时发箭射中周瑜肩膀。

赵云与张飞一枪一矛飞舞，杀开一条血路。

亲兵队前仆后继，保护着周瑜杀出去。

曹仁在山坡上砍翻帅旗知道中计，挥剑命令："追击！"

曹军骑兵尾追联军骑兵而去。

72. 三江口　陆地、芦苇荡　　日　外

芦苇浩渺，曹军骑兵紧追联军骑兵不松，如似巨蟒扑追着一条细蛇。

73. 三江口　芦苇、沼泽　　日　外

联军骑兵奔过一座小桥，分路消失在浩如深海的芦苇中。

曹军前锋马不停蹄追入一片开阔的沼泽地里，举目四望不见敌踪，只见一群飞禽扑水惊飞而去。

曹军骑兵前拥后挤，不知不觉间坐骑纷纷踏陷进泥潭里去，顿时兵惊马啸混乱不堪。

曹仁审势觉出不妙，高喝一声："撤退！"

曹仁刚刚退出，桥砰然倾塌。

霎时锣声刺耳欲聋，芦苇丛中弓响嗖嗖，飞矢如雨，陷入泥潭中的曹军骑兵纷纷中箭坠马。

曹军被断桥截开，欲击无处、欲救不得，只听着芦荡里鬼哭狼嚎，哀号声不绝于耳。

沼泽成为联军的活人练靶场，惨不忍睹。

曹仁咬牙切齿地下令："速退！撤退！"

芦苇荡钻出许多柳叶小舟。东吴水军唱着渔歌撑篙而来，笑劝着曹军骑兵的残余快快投降，上舟方能保命。

74. 三江口　水面　　日　外

曹操挥楫臻入化境，浑然不觉战事告终。

曹操的声腔悲壮苍迈，在乐器的烘托下意境高古激越：

"盈缩之期，不但在天。

养怡之福，可得永年。"

楼船突与前船相撞，曹操失重趔趄，他用楫支住了身体，高声宣白："幸甚至哉，歌以咏志！"

曹操翻了翻眼，颓然跌倒。儿子侍从冲上去架扶起曹操。

75. 赤壁　　日　内　外

军帐前，刘备军将领下鞍拴马。

周瑜出帐迎接，他吊着伤臂行礼，爽笑而语："贵军神勇使初战告捷，瑜略备水酒觥筹以表钦佩之意。"

众人拥进军帐，刘备说："翼德，该你给都督下跪请罪了。"

张飞跪地就磕，周瑜窘急相拦，不料刘备也撩衣跪下了。

刘备（念念有词）："翼德粗莽，违反指令害都督受伤，他罪祸太大，只有我为兄的与之共同担其罪，请都督严惩……"

周瑜："亮兄快来，我只剩单臂扶不起二位了，快起快起！"

诸葛亮不动，示意让刘备把话说完。

周瑜索性亦俯身跪地，三人相对而跪！

众人皆惊。

刘备："……都督，这如何使得？"

张飞："……都督！"

周瑜："两位不起，瑜只有陪着相跪。"

诸葛亮见不成体统，叫来鲁肃拉他们起身。

刘备去扶周瑜。

周瑜："要张将军回一句话，瑜才能起。"

众从忍俊掩口。

张飞扑通又跪下磕了三个响头。

张飞（大声）：“你是我爹！”

周瑜：“岂敢！叫一声周哥即可。”

众人忍俊不禁喷口失笑。

张飞又磕了一个响头：“周哥哥！”

周瑜在哄笑中起身入座。

诸葛亮：“都督，你身为联军统帅，身负重任，万无亲自上阵去冒风险的道理。”

周瑜（揖拳而语）：“领命。我亦实在是割舍不下张老弟，下不为例。”

诸葛亮：“翼德，你若再敢不遵都督的命令，即使主公跟都督都称你为弟，我亦当严惩不贷。为了救你，都督带去了一百五十名亲兵，只回来了不到五十个！”

张飞（红脸）：“再说，俺老张这张脸就变成屁股见不得人了。今后，都督指派往东，我西边连看都不看一眼！”

周瑜举起酒杯：“今天是给贵军摆功的，现在曹军骑兵扎在江岸不动，我还指望张老弟的嗓门儿把曹仁骂出窝呢！”

76. 乌林　曹军大营　　　日　内

贾诩穿过拥挤凌乱的队伍走进临时军帐里。

曹操托额瞑目而坐，蒋干正对他窃窃密语。

贾诩：“丞相，已遵你的命令，除南岸曹仁部队外，步、骑、水军已全部集中在乌林这里了。”

曹操紧闭双目不语，心游天外，用手指弹敲着起伏不定的音节。

贾诩：“丞相，曹仁虽然受挫，但他准备绕过三江口水域，直捣柴桑。”

曹操（瞑目而答）：“他能绕得过周瑜？别让周瑜把他绕进云梦泽里喂了鱼。叫他坚守不出，准备北撤。”

贾诩领命而去。

曹操：“你再接着讲。”

蒋干："周瑜生性诙谐，风流倜傥，自幼便精熟音律，当时我以为他天生是当乐府令的人，可真没看出来他有统军之才。"

曹操："本当天下能用乐律杀人只有老夫一人……罢，你跟他同读一窗、同住一舍七年，又情同手足义结金兰，何妨与之'契阔谈宴，心念旧恩'呢？"

蒋干："丞相要让我去江东抽孙权的釜底之薪了？"

曹操："蒋干，占领荆州你已经功比泰山了，若再助我拿下江东，便是勋若日光了。别的话，我就不说了。"

蒋干一躬到地，说："干岂敢受丞相——岂敢受圣主如许之言？！"

贾诩复又进帐禀报："丞相，东吴水军趁我立足未稳，又来衅战，我看不必理会他们。"

曹操："传令，叫蔡瑁张允率荆州水军应战。哼，试玉何须三日烧？"

77. 大江　　　日　外

薄雾飘绕，荆州水军破雾前进。

蔡瑁张允紧张不安地目视前方。

张允："……东吴水军锋利无比，我们此番是真打还是虚晃几枪？"

蔡瑁："全看东吴的了。我们现在是老鼠钻进风箱里，受的是两头子气，由不得自家了。"

张允："曹操也太毒了，借东吴的刀杀我们，借我们杀东吴。当初投降他只图个求生保平安，现在倒被他曹操当枪使，早知如此，何必当初？"

蔡瑁："早知当初何必如此！谁又能想到东吴竟敢与曹操抗衡——（悚然而语）东吴水军！"

风吹雾腾，东吴战船的暗影霍然出现。

蔡瑁："备战！"

荆州战船上，刀剑出鞘弓弩上弦。

蔡瑁感到船身受撞，下令："发箭！"

一阵弓弩狂射，却不见反应。

张允："妈的！是几条东吴水军的弃船。"

风雾之中，传来的却是悠扬跌宕的渔歌："同饮一江水，无故何相残？"

歌声此起彼伏，不绝于耳。

蔡瑁悄声地对张允说："东吴识相，我们也得给脸，传令收弩下弓！"

歌声渐去，东吴水军消失在江雾之中。

78. 曹军大营　　日　内

曹操与众僚将领对着地图商讨战策。

曹操："……周瑜此人，颇有谋略，不可小视，他所采用的手段正是老夫当年对付袁绍的战术，分而诱之，各个击破。周瑜布下的陷阱在哪里？"

众僚属面面相觑，无人作答。

曹操（断然）："就在云梦泽与鄱阳湖的水域之间！一个'水'字，用己之所长击我之所短，小子！非等闲之辈——"

程昱匆匆而入，对曹操说："曹公，蔡张昨日临战欺瞒实况，我已查明那几条俘获的船只都是东吴的弃船。"

曹操（冷笑）："弃船也是船，不得声张此事。传令，派蔡张去三江口南岸接回曹仁所部，你去看看，还会有何动静。"

79. 赤壁　联军总部　　日　内

张飞对周瑜禀报战况："……都督，俺老张把曹仁的十八代祖宗都骂了个遍了，他装孙子就是不出阵，今晨俺老张又去骂阵，倒见蔡瑁的水军开到岸边，要接曹仁的部队去江北乌林了。"

刘备（激动）："大好时机！都督，曹仁骑兵一俟上船入水，便与一群猪羊无异，以都督水师之锐，杀他个人仰马翻——"

周瑜："攻曹仁容易，但投鼠忌器，不便下手。"

刘备："难道就眼睁睁地看着他曹仁白白过江而去？"

周瑜笑着对诸葛亮使眼色。

诸葛亮："主公，都督宁可放过曹仁，也不愿逼蔡张成死敌。曹操能跋扈纵横于长江，全凭荆州水军卖命。但蔡张又不想为他卖命，便留下了一个可做间离的缝隙，做得好了，当折曹贼的双翅。"

周瑜（对刘备）："打蛇应打七寸。"

校尉进帐来报："禀报都督，有蒋干先生求见，其自称为都督故交。"

周瑜笑语："老贼曹操做间离连前戏都不做，手下得比我还要快！"

80. 赤壁　联军营地　　日　外

周瑜与蒋干老友相会互拜，分外亲热。

周瑜手挽蒋干而行，问："蒋兄，一别多少年了？"

蒋干掐指而数，答："公瑾兄，十二年了，真是风雨瞬间呀。"

周瑜："辛苦辛苦，此番你若不给曹操做说客，你我还是不得相见。"

蒋干（痛快）："受人之禄忠人之责，兄弟不若你混得好，只剩一张嘴，不当说客何以为生？"

周瑜（点头叹息）："以蒋兄之文采，本以为日后必为天下文豪，奈何屈身为曹门鹦鹉传舌乎？"

蒋干（反唇相讥）："以公瑾兄少冠'顾曲周郎'盛名，本以为日后必为天下乐圣，奈何屈身为江东门下当恶犬守门乎？"

周瑜开怀畅笑，拉扯着蒋干的手上下抖动，说："蒋兄这张刀斧之口还是杀人不见血，这十二年，不知在蒋兄的口下平添了多少冤魂？"

蒋干（自豪）："小弟不才！最冤的当数荆州牧刘表，倒确实是被我的这张嘴吓死的。"

周瑜："?！……你千万不敢把公瑾也吓死了。奇才呀蒋兄，看来，你是选对行了，我是选错行了。"

两位老友亲热相携而去。

81. 乌林　曹军大营　　日　外　内

战船密布，军帐无际。

曹操对部将僚属宣布战略决定："《孙子兵法》云，十倍围之，五倍攻之，绝对优势理应一战而荡平。当初，袁绍力量十倍于我，如果他不左顾右盼而铁心决战，我等绝难逃脱厄运，早葬身于官渡沙场了。

"现在我们何至十倍于敌，断不能重蹈袁绍的旧辙，不与敌人做局部纠缠，不分批渡江以防离异分散，被精通水战的东吴各个击破。

"我宣布，本军就在乌林养精蓄锐加紧训练整编水军，一俟运兵大船如数造妥备齐，将二十万主力部队并粮草补给一次渡过大江，以雷霆万钧之力、以泰山压顶之势摧毁敌军，用牛刀杀这只鸡，用巨石去砸碎这颗卵蛋！"

曹操双拳紧攥狠狠砸下，案桌砰然起跳！

82. 长江赤壁　　日　外

遥望对岸乌林，一艘艘大船连接成气势规模宏大的水寨巍然而出。

周瑜与诸葛亮隔江相望叹为观止。

周瑜："这老贼也欺人太甚，不但勘破了我的方略，还把他的招数写在屁股上给咱们看，真不愧是修炼成精的老枭雄。"

诸葛亮（连连摇头）："若无蔡瑁张允的经验，曹操断无这种本事。"

周瑜（无奈）："是啊。曹操的骑兵在水上是十不抵一，蔡张水军可是以一抵十。要坏事就坏在这两个家伙的能耐上。"

诸葛亮："都督可有对策？"

周瑜："玩儿不过老贼，献上二乔，就投降吧。"

诸葛亮："有你这封十五字信，献上三乔四乔也无济于事了。"

天高云淡大江寥廓。

芦荡起伏苇叶飞舞间，只见周瑜诸葛亮的身影时而指点江岸，时而聚首低语，只有天地知道两人的秘密。

83. 赤壁　联军大营　　夜　内

周瑜大摆宴席款待蒋干。

舞者戴着面具跳演傩舞。周瑜醉意已浓，与蒋干碰杯而饮，拉着他的手知心贴己地说："蒋兄受主之命不得不为，我是受主之恩不得不说。孙权是我的知己之主，立君臣之义，结骨肉之情，祸福同担，生死与共。大丈夫处世各取功名，你不拉我入曹营，我也不拉你入东吴，咱兄弟俩只管畅叙旧情，共尽同欢。"

蒋干："公瑾明人不说暗语，痛快至极。"

周瑜拔出剑来且歌且舞，在傩舞者中独领风骚。

周瑜（唱）：

"丈夫处世兮立功名，

立功名兮慰平生，

慰平生兮吾将醉，

吾将醉兮发狂吟。"

众人齐声喝彩，独见黄盖起身欲走，周瑜用剑拦住他："公覆为何不喝声彩？"

黄盖抄起一觚酒一口饮光，将觚杯掷扔在地，醉颜不屑地说："等曹军一过江，我再看你如何'吾将醉兮发狂吟'！"

周瑜（不相信）："公覆，你再说一遍？"

黄盖："若想听真言，你得酒敬老夫。"

周瑜扔下剑，捧起一壶酒，黄盖接壶仰天而饮，周瑜猛地将壶抬高迫其猛灌，说："你再说一遍，再说一遍！"

黄盖被灌得喘不过气来，夺过酒壶重重砸案，指着周瑜责骂："你自不量力，狂言误主，你无策对敌，轻薄害国，主公是毁于你口，东吴是毁于你手，我们都要毁于你的'吾将醉兮发狂吟'！"

周瑜："那你说，还有谁能救主公与东吴？"

黄盖："与其听你在这儿吹牛皮，不如听张昭的话实在，早降了早安生！"

周瑜勃然变色掀翻了酒席，说："主公有令，敢言降者必斩，来人，将黄盖拿下！"

亲兵拿住黄盖，众人一时皆惊。

黄盖挣扎着跳骂："你孙子拿爷爷的钱去赌你不心疼。我跟先公打东吴江山时你还穿开裆裤呐，我是三世老臣，东吴毁于你手我心痛！"

周瑜气得脸色煞白，说："推出去速斩！"

众人愕然失色，甘宁出来相阻，说："都督，酒后失言不能做真，都督不能当真！"

周瑜一拳抢倒甘宁，说："军中何有戏言？先把你乱棍打出！"

亲兵呵叱着将甘宁打出去。

鲁肃出来，拉着周瑜苦苦哀求："公瑾，黄盖口出狂言罪该当死，但他是先公留下来的老臣，要杀也该交到主公手里杀才是！"

众人齐齐苦求。

周瑜（愤恨）："看鲁大人和众将的脸面，今且免你一死，拖出去打一百军杖！"

亲兵们一声应喝将黄盖拉出去，帐外传来杖竹抽击声与人的惨号声。

蒋干听得心惊肉跳，只见周瑜若无其事地捧起那壶酒独自痛饮。

84. 联军大营　周瑜军帐　　夜　内

周瑜拉着蒋干入帐，酒气喷人，醉态十足地说："今宵与你抵足而眠叙个通夜！他妈的，老东西竟敢骂我对敌无策，数日之内，我就叫你看曹操老贼的头，你信不信？"

周瑜呕吐狼藉，横卧床榻占满全铺，鼾声如雷响起，搅得蒋干无法入睡，只得坐椅伏桌度夜。

蒋干无聊，在残灯下翻阅书籍信件，突见一封信，眉头皱紧吃了一惊！

那信封上写着：蔡瑁张允谨封。

蒋干神色骤变四顾而视。

周瑜睡得死熟。

蒋干迟疑片刻，抽出信夹入书籍之中，佯作阅书匆匆阅信。

蒋干依原样放妥信件，睡意全无，一双眼闪着幽幽的光。

军中鼓响二更。

蒋干见周瑜仍在浓睡，复又启信夹书看了一遍。

85.乌林　曹军大营　　日　外

两条新修的大船被拉近靠拢，荆州水军用铁链将两只大船锁固。

船体以铁链相连，形成一座二十四门的规模宏大的水上城堡，各船以方木跳板铺通，平坦如途。

水寨内，用于训练桨手的船艇穿行如梭，号令严整。

突然，所有桨板齐举指天，众军士致礼的呼喊声震江水："丞相必胜！丞相必胜！"

曹操披着斗篷的身影出现在船阵顶端，他在于禁等将领的侍陪下督阅水师。

曹操挥手致意，以这座人间奇观为傲。

曹操对于禁等将领说："现在造船速度太慢，必须要不计工本手段了。传我的密令，你们组织军队到附近各郡各县去，将一切能收集的木料，什么衙门庙宇民宅祠堂桥梁，统统拆卸组运过来修造兵船。"

曹操忽然俯视而笑。一叶小舟从水寨巨门驶入，蒋干青衫葛巾遥遥对他揖拳致礼。

86.赤壁　联军大营　　暮　外　内

鼓声变化无穷如似迷阵。

诸葛亮与鲁肃向周瑜大帐走去。

鲁肃："周瑜有怪癖，在鼓乐声中寻计决策心里方觉自如。他心事太重，陪蒋干喝了那么多，口口都是为蔡瑁张允送魂的酒，这酒不能白喝呀。"

诸葛亮："怎有白喝之理？今晚就有人去送催命符。公瑾的心事你只知其一不知其二。"

鲁肃："敢为请教。"

诸葛亮："公瑾的心事是如何送掉曹操的老命，苦于法力不足耳。"

周瑜在帐内瞑目倾听，手指如似指挥鼓声上下翻飞敲击。

诸葛亮鲁肃入帐，周瑜浑然未觉。诸葛亮压止住周瑜的手指，周瑜从鼓点旋律中回到现实。

诸葛亮（轻声而语）："都督，你给鲁肃兄派下造箭矢的任务太重，把他的身体都压垮了，我今晚请鲁肃去江上饮酒赏月，也请都督一并赏光。"

周瑜："那箭矢，我就只能问你要了。"

诸葛亮："这个自然。"

周瑜："三天后我就要收验入库了。"

诸葛亮："明日早晨就如数奉交都督。"

周瑜："军中无戏言！"

87. 长江　　夜　外

遥望乌林，只见曹军水寨灯火通明，半江红彻。

周瑜等三人在船上对月把酒逍遥自在。

诸葛亮："都督此行何以带鼓队而来？"

周瑜："亮兄饮酒赏月摆下这十几条船的排场，不带这支鼓队，怕是配不上你的场面。"

诸葛亮："只是此时此刻我愿求静意。"

周瑜一箫在手品奏起来。

明月高悬，大江升起淡淡水雾，箫声悠咽，水山一时静若仙境。

88. 乌林　曹军大营　　夜　内

红烛泪残，曹植强忍着倦困换上新烛。

曹操与蒋干聚首密谈。

蒋干："……周瑜只是见着了我才忘乎所以，酒后吐了真言。两厢印证可谓铁证如山了。只是蔡张之信语言粗鄙放肆，不能入丞相之耳。"

曹操目光闪烁，说："老夫知道你有过目不忘之才，但说无妨。"

蒋干低声背密函："都督复函已知，某等降曹，非图仕禄迫于势耳。极感都督临阵免战，荆州东吴本饮一江水，何愿为曹贼无谓驱命。但得其便，即将持贼之首献于麾下，早晚人到，便有关报，先以敬复。"

曹操（嘿然而语）："没见东吴送刘备的头来，倒见蔡张要把老夫的头送给东吴了！有趣至极。"

主僚目光炯炯相视默然无语。

蒋干："这次没钓上周瑜这条大鱼，倒钓上黄盖这只老鳖了，也算不虚此行。"

蒋干扯开腰束拿出一封密信递给曹操，说："黄盖隶属张昭门下一系，素与周瑜不合。丞相的水寨大阵一出来，官兵人心惶惶不战而自乱，黄盖心明眼亮，抢先给自家留下一条活路。"

曹操就灯细阅黄盖密函。

曹操："投降这件事，妙就妙在坠一梁而尽毁其舍。黄盖一降自能生风，别人就会望风而降。"

于禁突然进来禀报："丞相，东吴水军乘着江雾鸣鼓邨战，我们是否还是坚守不出？"

曹操略思片刻，淡然地说："传命蔡瑁张允出战。我不信他脱光了裤子还能装太监。有一有二还能有三有四地混。一战下来，我叫他是龙的上天，是蛇的落地，真假忠奸不辨自明。于禁，我有话给你交代——"

曹操对着于禁耳旁细细密语。

89. 乌林　水寨　　夜　外

战鼓催人，水寨巨大的栅栏门开启，蔡瑁张允率领着荆州水军迅速出寨。

90. 长江　　夜　外

江雾弥漫如似幻境。

只听鼓声诡异不见船艇踪影。

蔡瑁张允神色紧张不安，发令："准备弓箭!"

弓弩手们嗵嗵地爬上各层甲板，各就各位张弓搭箭。

于禁带着督战队神色冷峻地监视着。

91. 东吴船　　夜　外

校尉进舱报告："离敌船已有一箭之距!"

周瑜神色一变，手指叩案，命令："擂奏！"

鼓声突如霹雳炸响，震耳欲聋！

92. 蔡瑁船　　夜　外

在激烈的鼓声中，东吴船影蓦然闪现，船上人影幢幢。

蔡瑁下令："放箭！"

箭矢如雨飞射出去。

93. 东吴船　　夜　外　内

东吴船砰然中箭。

人形草垛霎时纷纷着箭。

周瑜用双拳支额，沉迷在鼓点节奏的旋律中，数支箭嗖嗖入窗扎刺桌几，他竟浑然无觉。

诸葛亮急忙拉闭窗板，给鲁肃斟酒以手示请。

94. 蔡瑁船　　夜　外

浓雾中，鼓声节奏突变，从另一个方向骤起，几艘战船破雾而出。蔡瑁手臂转向指挥往东吴船上疯狂发箭。

95. 东吴船　　夜　外　内

船一侧的人形草垛中满箭镞，船身失重倾斜，桌上盘杯滑动跌落，诸葛亮下令转舵。

舵手猛然转舵，水手随之划桨。

唯有周瑜如同坐石，姿势不变。

鼓声套谱又变一路节奏。

96. 长江　　夜　外

蔡瑁船上的士兵在变化莫测的鼓声中疯狂发箭，东吴船坦然受矢，形如箭猪。

97.蔡瑁船　　夜　外　内

于禁以命令的口吻对蔡瑁说："蔡都督，箭攻已经足够，该冲上去与敌人近战了！"

蔡瑁（口气生硬）："东吴水军一向诡计多端，贸然进攻定中圈套。"

鼓声骤然又变套路。

于禁："蔡都督，这是交战，不是让你射靶演习给人看，该上就得要上去了。"

蔡瑁心神未定，对着于禁龇牙叫嚷："东吴人的近战犀利锐不可当，难道你在三江口还没领教够么？我告诉你，水战自有水战之道！"

于禁上下打量着蔡瑁，语寒如刃地说："我倒要请问，你是哪家的水军？"

蔡瑁："你不要欺人太甚，不要拿荆州人的命不当人命。要上，你带你的人上，休想让我上。"

于禁哗地抽出佩剑直逼蔡瑁脖子，说："我就是督着你上阵的，你要临阵抗命不成？"

满仓将士愕然相向。

于禁（不容置疑）："上！让我看看你们吃的是谁家饭。"

蔡瑁愤辱交加，提剑顺势拨开对方剑，锋刃直对于禁胸口，口沫横飞地咆哮着："老子先让你当引路的鬼——"

刀光一闪，蔡瑁浑身紧抽，张口无语，旋坠仆倒。

于禁的副将再补一刀，血溅于禁袍甲！

张允与手下刚一拔刀，就被于禁的督战队疯狂砍杀尽净！

98.东吴船　　夜　内

船上的人形草垛两面受箭，船身平衡过来。诸葛亮见酒案平稳，与鲁肃碰杯而饮。

诸葛亮对进舱的校尉下令："返航回营。"

鼓声骤止，只有周瑜姿势依旧，仿佛还在潜心聆听。

99.长江　　夜　外
大江寂静，只见一艘小船满插箭支如刺猬漂游于水。

100.赤壁　联军水营码头　　晨　外
士兵们忙碌着从十几艘大船上收集箭矢。

船舱内，周瑜坐姿未变纹丝不动。

诸葛亮与鲁肃进来，对着他大声说："亮已遵命完成造箭十万支的数额，请都督查收。"

周瑜似魂灵脱窍，不为所动。

诸葛亮鲁肃一左一右去搀扶他。

周瑜突如梦中惊醒，反抓手腕将俩人扯拽出去。

101.赤壁　联军营房　　晨　外
晨练的将校士兵们纷纷注目而视，只见周都督如魔附身般生拉活拽着诸葛亮鲁肃疾步而去。

诸葛亮鲁肃步履跟跄几欲跌倒。

102.联军军帐　　晨　内
周瑜将气喘吁吁的诸葛亮鲁肃拉到军事沙盘前，俩人不明所以地相互对望。

周瑜掏出火镰以石击铁，点燃棉絮，捞起一只纸船点着，扔进曹营水寨船群中。

船群呼呼起燃。

周瑜一拳捣乱曹营模型，说："如此而已。"

诸葛亮鲁肃愕然无语。

周瑜问诸葛亮："《孙子兵法·火攻篇》是如何说的？"

诸葛亮倒背如流："发火有时，起火有日。时者，天之燥也；日者，月在箕、壁、翼、轸也，凡此四宿者，风起之日也。"

周瑜点点头，说："对，风起之日也。"

周瑜拂袖出帐。

诸葛亮与鲁肃伫立无语。

103. 乌林　曹军大营　　日　外

战船巨大，船船相连，那条如似刺猬的小船，碇停于水营码头。

104. 乌林　曹操大帐　　日　内

曹操卧榻不起，扎着满头银针强忍病痛听于禁禀报："……他们趁机给敌军发送的箭矢不下十万余支，扎满箭镞的敌船已被我俘获，铁证如山，罪不容赦！"

曹操瞑目点头，说："蔡张已是死人了，冤与不冤自有阎王爷去对证。可是，你把荆州水军的马蜂窝捅了，这怎么办？"

于禁吃了一惊。

曹操："不过半日，荆州水军人心大乱，逃遁被拘捕者已达两千多人，均是驾船把舱的校尉军士，此风若蔓延不止，大军渡江的船谁来掌划？你？我？"

于禁张口无语。

曹操："这两个家伙死得太不是时辰，现在所有船只全部已造配齐全，原拟定五日后即举军渡江，而今纵是稳下局面，再调配训练补充仍得十天，大事已经贻误了！于禁，你说如何才能把荆州水军安抚下来？"

于禁："丞相，只有恩威并用。"

曹操："说明白，如何恩威并用？"

于禁："一切听凭丞相指令。"

曹操贴在于禁耳旁悄语："借你那几位动手的副将的头用用，挂出去，说他们因私仇而擅杀蔡张，将大事化小。"

于禁神色陡变，扑通跪下磕头说："丞相，万万使不得，都是遵照你的……"

曹操毫无表情地说："那就得借你的头用了。"

于禁："丞相?!"

曹操："那就只有借我这颗头了。"

于禁（惊悚交加）："丞相，宁用我的头，不可，不可用……不可用别人的头……"

曹操睁开了眼，用手亲昵地抚摸着于禁的头，说："于禁于禁，你是一片赤诚耿耿忠勇之人，我视你为亲族子侄，何能舍弃？但你手下那几位，只能忍痛割爱了。宁舍人命，不舍时间。十天之内，誓必渡江！"

105.赤壁　联军大营　黄盖营苇塘　　日　外

水面上进行着紧张的攻击队搏杀演习。

黄盖深为不满，喝令："速度太慢，重来！"

周瑜春风得意地向黄盖说："老将军，你这屁股立下的丰功伟绩足以流传千古了，弄得曹营炸了窝，还送掉水师正副都督两条人命。来，请你把屁股摆正，受我三拜。"

黄盖："我这屁股是都督送给曹操的一块毒药，都督愿打我亦愿挨。都督既然让我指挥火攻队，黄盖送命也在所不辞，但条件是，都督你也得掏出来血本。"

周瑜："我的屁股可不禁打。"

黄盖："我不要都督屁股，我要都督的亲兵队！"

周瑜张口无语。

黄盖（振振有词）："都督既然把我当刀尖使，这刀尖就必须好钢好刃。都督，务必用你的亲兵队来做火攻的搏杀掩护。"

周瑜："黄盖，你是无毒不丈夫呀。"

黄盖："我毒不过都督你。在一瞬间我若冲不过敌军的封锁拦截，就这一瞬间，都督，那就一切尽付东流了。"

周瑜默默不语。

黄盖："若论水上格斗搏杀，全军我只信得过都督的亲兵队，没这块好钢，这刀尖就不保险。"

周瑜切齿而语："亲兵队在三江口已经折掉了近百人，剩下的二百我拨你一半。"

黄盖（一字一字）："我要全部！非此，我不敢应承都督的重负。"

周瑜："老将军，给我留点老本吧。"

黄盖摇头，说："刀尖就是刀尖，非此不足以破曹。"

两人相视无语。

一校尉："鲁肃大人急请都督议事。"

106. 周瑜军帐　　日　内

鲁肃神色凝重地对周瑜说："密报已到，曹操将于第五日渡江进攻。"

周瑜："那就在第四天先攻他，那封信，可以给曹操送过去了。"

诸葛亮："都督，该你进攻了。"

三个人对着沙盘模拟作战，周瑜把点燃的纸船推向曹营水寨，被诸葛亮用扇子自西向东扇回原处。

诸葛亮："大江冬季西风自上而下，你烧不着曹营反倒玩火自焚。"

周瑜抽过扇子将纸船又扇回去，说："如此而已。"

诸葛亮夺回扇子高高举起，说："天相节气自有其律，岂是你掌中之物？"

周瑜："借呀、请呀、骗呀、哄呀、诈呀，反正只要它风高月黑夜，就是杀人放火时。"

诸葛亮："诈曹操易，欺天只怕难。"

周瑜："天律如似音乐，虽遵其律，但也微妙，有时反锋逆转便是另一种境界，鲁肃，你该把赤壁的秘密告诉先生了。"

鲁肃对诸葛亮咬耳而语："此地在冬至阳生阴遁的时节，云梦大泽会因为冷暖交替不均，生起一股东南反吹的湖陆风，这是所有外地人绝难知晓的。便是当地人，也只有长年行于浪中的老渔民才知晓，这便是都督的另一种境界。"

诸葛亮眼光一惊。

周瑜（淡然）："如此而已。"

107.曹军大营　　日　外

一排人头悬挂于高杆之端，曹丕的坐骑在下面飞驰而过。

曹丕在大营中飞奔驰骋。

两千艘大小战船广布水面。

军帐万千，步、骑、水军各领其队，各练阵法，气势浩大磅礴。

曹丕来到幕布围成的"鞠城"内，这里正进行着曹军与荆州水军的蹴鞠联谊赛。

曹操与重要将僚们在高高的观礼台上兴致极高地观看着场面激烈的比赛。

曹丕飞快地来到曹操身旁，掏出一封信，说："父亲，黄盖来密信了，说他获得押运粮草的机会，将于冬至前后率船队报降，记号是船首部插青龙牙旗——"

曹操正专注于比赛，挥手把信交与手下传阅。

蹴鞠场内如火如荼，曹方王叔材左盘右带攻进一球，曹操得意忘形雀跃欢呼。众僚齐聚于曹操身边，他盯着球场问："你们看如何？"

蒋干（深自得意）："黄盖一降，正应了丞相所言，'坠一梁而尽毁其舍'，其兆大好！"

贾诩："只怕是他来投降的时机太好了。早不来晚不来，恰恰在本军渡江的前夕，只怕他来者不善。"

曹操眼珠子随着鞠球飞转，反问："你看王叔材这一回能再攻进一球么？"

贾诩："进与不进之间。"

曹操白了贾诩一眼，说："我对黄盖亦是信与不信之间，如若他假降，他能干什么？"

贾诩："……那就居心叵测了。"

曹操（大气）："只要是降，就让他居心叵测去好了。"

贾诩："他若是借机火攻呢？"

蒋干："贾兄所言大谬。我们地处上风口，他们地处下风口，就算他假降，也没有自烧自焚自来送死的居心吧？"

王叔材龙腾虎跃，飞身将鞠球打进球门，一时全场欢呼。

曹操击节叹绝，说："这小子运球势若闪电所向披靡，与老夫用兵之道如出一辙。"

贾诩："丞相，对黄盖不可不防。"

曹操："防他简单，叫于禁把他拦在封锁线外，一查便知他葫芦里的药是真是假。对黄盖不可不防，可也不可不信。贾诩你投降过我两次，我不是也不防你么？你掐指算一算，曹营里的精兵良将投诚过来的倒有一大半，何故也？人心所向，大势所趋。荆州投降难道就心甘情愿？势所必然，由不得他啦。"

说话间王叔材又妙进一球，全场疯魔般地骚动呐喊起来。

曹操兴奋得手舞足蹈，狂傲不羁地说："黄盖投降带来的那点零碎老夫不屑一顾。黄盖所贵者，是他一降，势必败毁东吴的士气，势必助长我军的斗志。他送来的，是东吴不战自溃的风声，老夫正好乘此风，达到不战而屈人之兵的兵法最高境界。"

曹军士兵把王叔材抛上天去。

曹操沉迷魔境般意犹未尽地说："亦即诗意的境界，天籁地声的境界，就像这个王叔材！"

108. 赤壁　联军大营　　黄昏　内

联军会议已告结束，周瑜站起身，说："各军各路布置已毕，贵军即刻就出发，由程普将军护送张飞军渡江，去乌林侧背集结待命。"

众将纷纷起身，独刘备一人坐着不动。

刘备："周都督，你是硬攻，我是偷袭，应该让张飞所部留下来助你硬攻。"

周瑜："多谢刘备将军的盛意，已经部署的就不动了。"

刘备："你的大恩，他一直在找报答的机会。"

周瑜："你能把诸葛亮留下来，周某对刘将军才是大恩不言谢。"

刘备："周都督，冬至这天我们进攻，如果没有东风，该当如何？"

周瑜（奇怪）："不是说过了？推至冬至的第二天进攻。"

刘备（明知故问）："第二天仍无东风该当何办？"

周瑜（凛然）："那我就再说一遍，决案已定如山不动。天不予我，我自予我，我们仍是从江上正面火攻，你们仍是从乌林东北侧背趁机偷袭，水陆两面进攻，出其不意，以攻对攻，先把长江染红再说。"

刘备："可这就成了打不赢的仗，其意义又何在？"

周瑜："让曹操过江先交足了本钱，我们撤退到夏口，再听我的指令而战。"

刘备站起来，紧握住周瑜的手，慨然而语："都听见了吧，我就是要请大家把都督的话听上两遍。当此生死关头，我部将士誓与都督同敌共忾，赴汤蹈火万死不辞，若敢违都督命令，我刘某定斩不饶。"

张飞对周瑜揖礼俯首，说："俺老张这腔子血都督不要，那就往乌林去倒啦！"

诸葛亮："万事俱备，只欠东风了。"

109.赤壁　联军隐蔽基地　　黄昏　外

风吹苇叶，其声似泣，残阳如血。

周瑜与亲兵队、黄盖告别。

周瑜举起酒碗过顶，压抑住内心的苦痛说："弟兄们，我无法站在骨肉中间，是我身为统帅身不由己，愧疚深恨，唯有一跪。"

周瑜跪下，所有亲兵哗然齐跪。

周瑜磕拜，仰天饮酒，专注凝神地看着每一张脸，几次张口却说不出话来。

黄盖举酒亦跪下来，命令："与都督告别！"

亲兵们磕拜，举首饮酒。

周瑜站起来，强忍哽咽说了一句："此生是亲人，愿死为亲鬼。"

黄盖跪行到周瑜身旁，说："都督，或取胜相见，或来世相会。黄盖只有一句话留给你：此生与公瑾相交，如饮这碗热酒！"

黄盖起身猛摔酒碗，霎时两百只酒碗同时迸裂！

110. 乌林　曹操大帐　　夜　内

红烛冉冉，曹植在灯下对着绢帛上的辞章呆呆出神。

曹操领着乐府令进来，对曹植说："植儿，冬至已到，再过一天，我就要带着滚滚雄师挥槊过江了。可谓万事齐备，只欠你写的魏颂了。你想想，届时百舸争流、万帆遮江，没有颂乐诗章如何供配天地？"

乐府令对曹植揖礼，说："三百乐工都在恭候少公的颂词呐。再不排演，就要辜负丞相的万世宏图了。"

曹植："父亲，我左右寻思、反复推敲，终归难免重蹈以往颂歌的陈语旧调。与其老调重弹，不若干脆标新立异，就用父亲的《龟虽寿》词句，一则意境壮阔悲烈，正配山河气概，二则乐工们也熟悉词句，即刻就能排演了。"

曹操："那不是魏颂，是曹操颂了。"

曹植："曹操颂有何不妥？不破不立，正好开一朝新国颂歌之典，立一代文风辞章之范。"

曹操："颂是颂天之德，不会有夺天之嫌吗？"

曹植："天是因循而替的，父亲不就是天吗？"

曹操（激赏）："植儿，不愧是我生的儿子，你也会成为天的。（以拳击掌，对乐府令下命）那就让曹操颂声震大江、响彻天地吧！"

111. 乌林　曹军大营　　夜　外

颂歌排演的前奏嗡然而起。

112. 赤壁　周瑜军帐　　夜　内

周瑜与诸葛亮苦苦等待着东风来的消息。

诸葛亮手持羽扇似古井无波，周瑜双拳支额如视虚空。

乐声如风隐隐而来，诸葛亮警然一觉。

校尉进帐禀报："都督，东风已起！"

周瑜诸葛亮霍然而起。

周瑜："传令黄盖，准备出发。"

113. 乌林　曹军大营　　夜　外

于禁的巡逻队在水寨外来回穿梭，监视着江面的情况。

乐声大作，颂歌已进入乐声对位练排阶段。

114. 赤壁　周瑜军帐　　夜　内

乐声似有若无。

校尉进帐禀报："都督，风向标渐缓，风势减弱。"

周瑜目光炯炯，如坐针毡。

诸葛亮："一个时辰内风势不起，天就亮了。"

周瑜："那是天的事。"

诸葛亮："如若明天东风仍不起，我们的攻击就只有气势而无结果了。"

周瑜："结果归天，气势归我。"

诸葛亮："很好。我们到夏口若再战败呢？"

周瑜："无非天亡东吴。"

诸葛亮："如果天亡东吴，你当如何自处呢？"

周瑜："东吴要亡就得亡得正气！我将退往柴桑战，在卢陵战，在豫章战，在丹阳战，在吴郡战，在会稽战，在百越战，在东吴的每一寸土地上战，直至最后一个人倒下去。让曹操来统治一个无人可存、无烟可炊、无米可食、无物可得，一个僵尸遍野鬼哭狼嚎的东吴，天就算是得了道了！"

诸葛亮肃然无语。

校尉进帐禀报："都督，风向标不再动响，江风完全停止。"

周瑜："命黄盖撤回原地！叫他回大营歇息。"

115. 大江　　晨　外

红日喷薄而出，大江遍映朝晖。

颂歌响彻江面。

116.赤壁　联军大帐　　日　内

午日高悬，歌乐余音袅袅。

周瑜与诸葛亮相对无语。

一军尉来报："都督，黄将军坚不回营，说已与都督诀别过了。"

俩人寂然无语。

117.江边　苇丛　　黄昏　外

大江落日，霞光尽染。

黄盖率领的攻击队船只悄然隐蔽。

攻击队沉默无语、纹丝不动，如似排排身披金光的塑俑。

118.乌林　曹军大营　　夜　外

月明星稀，大江寂静。

曹军骑兵排列有序依次登船。

兵械砰然作响，马蹄磕板声碎。

119.赤壁　联军大帐　　夜　内

烛火忽然熄灭。

亲兵复燃烛火，周瑜与诸葛亮坐姿如同白昼，一动未动。

进帐校尉语含失望："无风可起。"

120.乌林　曹军大营　　夜　内　外

骑兵将战马缰绳拴死在梁木上以防颤脱。

曹军将士进仓列排而坐，层层排排甲杖鲜明，报数号令骤然而起响彻水寨。

骑兵们将舱门放下，横木闭锁。

121.赤壁　联军大帐　　夜　内　外

军尉急报："仍旧无风！已是酉刻，天即将明！"

周瑜停了半刻，淡然下令："命令黄盖出击。"

军尉飞身离去，诸葛亮霍然起身！

周瑜按下诸葛亮，说："战时已定，战法已定，天意不善，纵使无风，也坚决进攻。"

诸葛亮哑然，周瑜坦然如常："大战在即，生死莫测，现在，只需与君奏完《广陵散》，彼此之间就无憾可留了。"

122. 江边苇丛　　夜　外

黄盖攻击队悄然出动。

123. 赤壁大江　　夜　外

《广陵散》琴声砰然而起。

124. 赤壁　联军大帐　　夜　内

周瑜全神贯注于琴，对身外事已无知觉。

125. 大江　　夜　外

黄盖的攻击队如群鱼溯流排列而上。

126. 乌林　曹军水寨　　夜　外

毛率领的巡逻船队穿梭于水寨外面担任警戒。

一时灯火通明照彻江面水寨。

127. 赤壁　联军大帐　　夜　内

琴声节奏轻微起来，军尉急进欲报，被诸葛亮拦住，两人悄然出帐。

帐外风向标起转，诸葛亮竟然昂首观天。

轻云遮月，暗云涌积而来。

128.长江水面　　夜　外

曹军巡舸驶向毛船只，巡士急急向他汇报："禀报大人，东吴船队已到江心，上面遍插青龙牙旗。"

毛："回报丞相黄盖来降，我即去拦截搜查。"

毛率领装备精良的船队出发。

129.赤壁　联军大帐　　夜　内

乌云蔽月，暗云滚动。

琴声节奏急切起来。

诸葛亮衣衫飘动，疾步进帐，只见周瑜手指上下拨舞如似翻搅云层。

130.曹军楼船　　夜　外

乐队服饰典丽排出场面。

兵士将战旗尽展，遍插船舷两侧。

曹操在众僚簇拥下持槊出来。

于禁飞身登上舷梯兴奋报告："丞相！接毛喜报，黄盖果真率船来向丞相投降了。"

曹操傲然一笑，顿槊而语："他来得正好，天启祺兆了！"

风飘旗展，曹操昂然下令："传告全军，东吴水军已经投降！"

131.赤壁　联军大帐　　夜　外

风声渐起，风向标转快。

琴声峰回路转，变得幽暗诡异。

132.大江　　夜　外

毛船队成三层横列封锁航道，曹军兵士箭矢按弦刀剑出鞘虎视眈眈，把东吴船队相拒在江心。

毛喝令："停船！谁是黄盖？"

黄盖立于船头作揖："在下便是！东吴黄盖率部向丞相投诚！"

两船相靠搭上木板，毛严令："黄盖一人空身过来！你们船队全部降下篷帆！"

攻击队船只纷纷降落下篷帆。

133. 乌林　曹军大营　夜　外

军士疾步如飞奔跑于各船传报："接丞相传告，东吴水军已率船投降！"

传报声此起彼伏！

各舱军士闻讯激昂，齐呼："丞相必胜！丞相必胜！"

一时曹营呼浪迭起，声震江面。

134. 赤壁　联军大营　夜　内

琴声轻柔缓和，如似密语。

周瑜突然扬掌劈下，斩向琴弦！

135. 大江　夜　外

毛回首听闻水寨呼声，黄盖暗抽匕首猛捅曹兵，大喝一声："冲！"

136. 乌林　曹操楼船　夜　外

大风骤起，军旗飞舞，颂歌前奏声嗡然而起！

贾诩不安，奔上船舷向前望去。

137. 大江　夜　外

亲兵攻击队死伤狼藉，用强弩还击掩护，纷纷撞向曹船。

亲兵奋不顾身跃身冲进曹船。

短兵相接，格杀激烈。

第二拨攻击船冲向曹军后层船队。

点火船复张风帆，水手们呐喊击橹，所有声音都淹没于呼啸而起的大风之中。

138.赤壁　联军大营　　夜　内

狂风阵阵帐旗飘摇，周瑜的琴声如戈矛纵横锋刃相撞，勇奋之气锐不可当。

139.大江　　夜　外

东吴前两拨攻击船损毁殆尽，第三拨攻击船冲上去。

黄盖在恶战中砍翻毛，不顾伤痛指挥搏杀船蹚开一条血路，掩护着点火船冲过封锁线！十几只点火船在前，后系走舸，乘风破浪疾如飞矢！

140.赤壁　周瑜大帐　　夜　内

琴声如滚滚怒涛，似排排急浪，周瑜反手拨弦，琴声直上云端。

141.大江　　夜　外

黄盖昂立于船头，仰天狂啸："老天爷开眼了！比亲爷爷还亲的风呀！再刮猛些！再刮猛些！再刮猛一些！"

船舸如飞而进。

黄盖一声令下："点火！"

点火船霎时变成十几条火龙向曹营水寨扑去。

142.乌林　楼船　　夜　外

颂歌合唱声起，气势博大恢宏，一时声冲云霄直压江风。

贾诩突然失魂落魄冲进来，直奔曹操面前手脚乱指，如鬼魅起舞。

143.大江　　夜　外

熊熊燃烧的条条火龙逼近曹军水寨。

144.乌林 曹军水寨   夜 外

正在卸除扣船铁环的曹军目瞪口呆，不知所措地望着如从天降的火龙条条飞逼过来。

于禁狂叫："弓箭手！上前抵抗！迟疑者斩！"

弓箭手你推我搡从船舱里挤出来。

于禁一刀砍翻一名盼顾失措的弓箭手。

弓箭手踉跄爬上前，抽箭张弓。

145.赤壁 大营   夜 内

琴弦锵锵慷慨激烈，声声相叠气贯长江，周瑜奋然起身，将琴弦根根拉断！

146.乌林 曹军大营   夜 外

火龙冲进箭雨，砰然扎进大船！

霎时，十几条大船火光冲天而起！

147.赤壁 联军大营   夜 内

周瑜垂直僵立如同石偶。

他突然双拳砸下，琴身应声迸裂！

148.乌林 曹军大营   夜 外

点火船猛地撞向曹军大船！

大船倾动，突地爆燃起火。

攻击队水勇纷纷跳上走舸，举盾掩护，击桨撤退。

黄盖连中两箭，砰然落水。

水勇不顾箭雨，奋勇救起黄盖。

水寨烟火障天火逐风飞。

149.乌林　楼船　　夜　外

众人愕然失措呆立不动。

曹操如置梦境，手中的兵槊砰然坠落。

半晌，他拾起兵槊，茫然不解地环顾四周。

150.乌林　梢林　　夜　外

火光映红了半面天。

刘备军众将士振奋前进，在赵云、张飞的率领下对曹军陆营发动攻击。

刘备军冲进曹营，一边发射葫芦箭，一边投掷火把，一时曹军陆营风随大火熊熊燃起。

151.乌林　楼船　　夜　外

舷旗被风卷起，呼呼着火，呆若木鸡的乐队突然惊叫着四散而逃。

曹操清醒过来，喝令于禁："快，传令解开铁环，先分散船只！"

于禁得令急去，曹操蓦然回首，只见陆营火势复起，不禁骇然变色。

曹操转过身来，正与蒋干直面相照。

曹操："蒋干，你功比泰山勋若日光呀！"

蒋干牙齿上下打叩："……丞相！……丞相，黄盖投降一定是真……恐怕，恐怕是——"

曹操："是什么？"

蒋干："定然是，定然是被周瑜识破利用的……"

曹操举槊对着蒋干切齿而语："被周瑜利用的是你！"

曹操挺槊捅去，未击中蒋干。一阵风火袭来，蒋干抱头鼠窜而去。

曹操悚然而立，看见曹植被烧成一团火，在舱板上翻滚，他扔掉槊扑过去，用披风扑灭曹植身上的火，双膝下跪，紧紧地搂住儿子，他目光悚惧，愕然朝天！

曹仁率兵冲进来，欲分开曹氏父子分别救护。

曹操如似僵胎紧紧搂定曹植，死不松手。

曹仁只得命令兵士将父子二人一并抬走。

152. 大江　　夜　外

东吴主力船乘风破浪前进。

曹军水寨火焰冲腾漫天彻地，雄壮场面使天地为之失色！

周瑜迎风而立面无表情。

鲁肃心情激动地对他说："公瑾，我方才一直不敢打扰你，恭喜你双喜临门，尊夫人在酉时给你生了个儿子，东吴后继有人了。"

周瑜既无所感亦无所动，目不交睫地凝视着大火，一任江风吹得衣飘鬓飞。

153. 乌林　曹军大营　　夜　外

陆营大火与船坞大火连成一片，曹军四散而逃，刘备军横冲直撞犹入无人之境。

154. 乌林　曹军大船　　夜　外

风啸火呼，曹军水寨沦为一座景象恐怖的炼狱。

兵士与惊马乱如沸粥，纷纷落荒坠水。

舱门封死，整舱人马翻滚着坠跌而下，狼藉不堪惨绝一片。

战马皮毛燃火，疯撞狂踢践踏着成群成堆的兵士。

一匹疯马将曹操撞踢在地，他仍然紧抱着儿子不肯松手。

曹仁大骇，下令让兵士用门板将曹氏父子举抬而行。

曹氏父子如同两尊失去生命的神偶，在炼狱的景象中浮游而去。

155. 乌林　曹军大营　　夜　外

东吴船队绕开水寨登陆。

周瑜下令："进攻！"

鼓声惊天动地响起，东吴兵士向曹营发动猛烈攻击。

156. 乌林　曹军大营　　夜　外

张辽、曹仁等将领驾小船将曹操父子接离楼船。

曹仁挥刀将企图扒船的几名士兵砍落水中，划桨逃去。

楼船轰然倒塌，江面变成火海。

曹操将曹植紧紧搂抱在怀中。

张辽、曹仁驾船逃离火海，搀扶曹操父子上岸。

157. 乌林　曹军大营　　夜　外

刘备军愈战愈勇，张飞赵云各领一翼横扫敌军如卷席。

赵云策马飞奔到刘备旗下，只见刘备杀红了眼，在马鞍上累得咻咻喘息。

赵云："主公，我看该适可而止了，喝令曹军投降免死吧。"

刘备流出两行浊泪，悲愤地说："杀！杀！断不歇手，给夫人、给当阳死去的弟兄们报仇！杀！"

158. 乌林　曹军大营　　夜　外

硝烟弥漫火光闪烁，散马四处乱闯，疯狂地嘶鸣踢腾；

大船在爆裂，在倾塌，在沉没；

水面上浮尸累累，落水的马群在尸堆中挣扎漂游。

曹军彻底丧失战斗力，变成一堆堆失魂落魄的行尸走肉。

周瑜下令："传令各部，停止战斗，只收缴武器兵械，严禁屠杀！"

令人心悸的战鼓声戛然而止。

面对惨绝人寰的地狱，周瑜对所得胜局痛然无语。

周瑜（对诸葛亮）："天道忌杀。请先生去贵军传达本帅的指令：停止杀戮。"

诸葛亮策马离去。

一群白色的江鹭从烟雾中拍翅而出，飘然飞去。

周瑜蓦然仰首苍穹，被风卷裹的片片雪花斜坠而落。

159. 乌林　交叉路口　　日　外

大风夹裹着雨雪袭来，曹军残部已成惊弓之鸟，不知该去哪里。

曹操抱着曹植坐在门板上，将领众僚的坐骑围绕如堵，各个神色惶恐仓皇盼顾。

曹仁："丞相，四周情况混乱不明，该从哪里撤离？"

曹操（极为冷静）："走华容道，直线撤往江陵集结。"

曹仁（面有难色）："丞相！华容道是一片沼泽泥潭，大军殊难通过！"

众将领们七嘴八舌表示畏难。

曹操（坚决）："正是这片沼泽泥潭才能保住你们的命！"

贾诩："丞相有理！敌军唯一无法设置埋伏的地带，只有这条小道，这也是去江陵最近的路，接援亦便，我传丞相之命，从华容道迅速撤离！"

众将纷纷离去寻领部属，曹操突然抬眼，望见蒋干浑身泥污狼狈不堪，光着脚夹在残兵之间。

曹操："蒋干，你过来。"

蒋干过来一扑跪地，羞愧不堪地说："丞相！……事已至此，蒋干罪不容赦！……丞相杀了蒋干以谢全军吧……"

曹操（诚恳）："你是东吴的功臣，到周瑜那里也有饭吃。此时此刻你还能跟我，就无罪可究了。（命令贾诩）去，给蒋干找匹马来骑。"

蒋干泣不成声坚跪不起。

曹操（感慨）："我是成也蒋干败也蒋干。你功过两抵了，往后再好好干吧。给，给你双鞋，快上马跟我走吧。"

曹操把自己的鞋脱下来塞给了蒋干。

160. 华容道　　日　外

雨雪交加寒风呼啸。

曹军骑兵变成一群鸠形鹄面泥血遍体人鬼不辨的溃军，在沼泽泥潭中举步艰难踉跄而行。

骑兵陷入泥潭扑腾挣扎，愈陷愈深直到没顶，惨不忍睹。

风声鹤唳，任何动响都让曹军仓皇失措乱发箭矢。

曹丕奋力指挥，用芦苇柴枝铺垫出一条草道。曹操在将僚的簇随中骑马过来。

曹操须发枯焦，怀抱着受伤的曹植，变得苍老落魄。

曹植在梦魇中惊悸呻吟，曹操用斗篷包紧儿子，竭力呵哄，慈父之情尽现于色。

贾诩劝慰曹操说："丞相，实力尚在，回去励精图治，将来再图帝业。"

曹操（凄怆而语）："帝业已是非分之想了。天设大江不让南北合拢，已经明示皇冠太重，我这颗头是担负不起了。看来，丞相之位就是我的命数了。人算岂能胜过天算？皇冠不戴我也能活得自在，可是这个小儿若死在我的怀里，叫老夫如何能活得下去？"

曹操潸然泪下，清泪颗颗滴在儿子脸上。

风雪模糊了曹操的身影，模糊了这支残破不堪的溃败之军。

161. 大江　　日　外

白帆轻舟，江山多娇。

周瑜、鲁肃送诸葛亮去南郡刘备军驻地，羽扇纶巾谈笑风生。

诸葛亮："……等到本军驻地南郡，我一定要求得一音色上佳的琴送给公瑾。"

周瑜谢绝说："你我一别，《广陵散》上下两阕便无人再能接续，不可能再成一曲了。"

诸葛亮点头称是，说："公瑾，你何不直说这是我俩彼此的处境呢？"

周瑜（笑）："你是一女不事二夫的贞烈表率，东吴留你不住嘛。"

诸葛亮（转移话题）："不知曹操现在会做何想？"

周瑜："大小二乔他一个也没捞到手，去铜雀台写失恋诗赋去了。"

诸葛亮："感谢你跟鲁肃的力争，孙主公总算把荆州四郡让给了我们。漂泊半生，本军总算有立足之地了。"

周瑜："得罪得罪。曹操再来讨要二乔，首当其冲的便是贵军，我跟鲁肃是请先生当二乔的看门人去了。"

诸葛亮："本军心甘情愿。天下三足鼎立已成事实，这局面是你公瑾打造出来的，你会功盖千秋名垂青史。"

周瑜摇头一脸苦笑，说："三足鼎立就是三分天下！他日三国争霸在战场彼此相会，你老兄呀，可是比曹操要难缠得多。"

诸葛亮："何以见得？"

周瑜："曹操是诗人呀！诗人只要一发诗情就会做白日梦，将'兵者诡道也'忘到九天云外去了。你太世故、太有城府、太谨慎、太忠诚、太明白又太认真，世上最可怕的就是你这种人了。麻烦，东吴将来的麻烦大了。说起来，还是老曹操可爱呀。"

诸葛亮："我确与诗无缘。公瑾通曲而曹操通诗，这才是天设地造乾坤造化出来的一对妙人儿，不是同样可爱吗？"

周瑜（大笑）："你这家伙！没错，周瑜是年轻的曹操，曹操是年老的周瑜呵！"

162. 大江　　日　外

返航途中，周瑜在船头伫立沉思，两岸景色流逝而过。

小乔怀抱婴儿从船舱出来，惊喜地说："孩子睁开眼睛了！"

周瑜接过婴儿，只见儿子双眸清澈而迷惘地看着这个世界，父子相对凝视。

小乔："该带他回老家了，带他到爷爷奶奶坟上去磕头，让爷爷奶奶知道他的样子。"

周瑜凄恻而笑，说："老家？这一辈子是回不了了。"

小乔美目盼凝，不知此话何意。

周瑜："老家的亲兵我带了三百个出来，现在只剩下七个，其中还有三个已成残废，你让我有何面目再回去？"

小乔愕然无语。

周瑜喟然长叹，说："老家今生是回不去了。生而为人，都跟咱们的孩子一样，都是父精母血十月孕育，都是一口奶一口奶日复一日年复一年养大成人的，现在，我见了他们的父母妻子，你让我如何开口？如何给他们说？如何给他们交代？"

小乔凄然泪下。

周瑜："……曹操有家，怕也难回。古往今来，所有的圣书圣典从未说明，为何一个人的谬误，要用如此之多的生命才能证明其谬其误？若真有天道，这天道的格局为何如此暴虐惨烈？"

小乔泪水盈盈地依靠在周瑜身上。

周瑜低头对婴儿慨然而语："孩子，这不是江水，是人世间淌不完流不尽的英雄血呀。"

父亲的热泪滴在儿子粉嫩的小脸上。

江水滔滔，白帆已过万重山。

剧终。

字幕出。